Miranda J. Fox

# Der letzte Tag

## Lucan

Roman

Deutsche Erstausgabe März 2015


Cover: Kopainski Artwork
Lektorat: Lilian R. Franke
Korrektorat: Buck Schreibbüro



ISBN-13: **978-1508842705**
ISBN-10: **1508842701**

www.mirandajfox.com

Miranda J. Fox

# NEWSLETTER

Mit jedem Newsletter verschicke ich das neueste E-Book kostenlos und wahllos an eine Hand voll Abonnenten.
Wenn du über Neuerscheinungen informiert werden oder die Chance auf ein kostenloses E-Book haben möchtest, dann registriere dich einfach unter:

**www.mirandajfox.com**

Sie wissen es nicht,
aber niemals hat mich ein
Lehrer so sehr beeindruckt wie Sie.

# Ein neuer Anfang

## ***1***

Es war ein eigenartiges Gefühl, wieder hier zu sein. Die hohen Türme der Schule, die ich sonst immer bewundert hatte, ragten nun bedrohlich über mir auf, und die roten Backsteinmauern ringsum schienen mich einzuengen. Ich hatte noch nie in meinem Leben an einer Phobie gelitten, aber seit dem schrecklichen Unfall verspürte ich ein eigenartiges Gefühl, das mich beharrlich begleitete.

Es war wie eine dunkle Vorahnung, als könnte hinter jeder Ecke der Tod lauern, dem ich nur so knapp entkommen war. Ich spürte eine Gänsehaut meinen Nacken hinaufkriechen, und obwohl wir so früh am Morgen bereits 14 Grad hatten, fröstelte es mich.

Doch je länger ich mich umsah, desto schneller begriff ich, dass alles beim Alten war. Der Schulhof lag noch genauso gepflegt und lebendig vor mir, wie ich ihn in Erinnerung hatte.

Die Schüler trafen sich, alberten herum und eilten zum Unterricht in das prächtige und alte Gebäude. Nichts hatte sich also verändert und gleichzeitig alles. Ich würde nach der Schule nie wieder vom warmen Apfelkuchen meiner Grams empfangen werden. Ihr nie wieder im Garten helfen und zusammen neue Apfelbäume pflanzen und mit meinem Grandpa würde ich niemals wieder vor dem Fernseher sitzen und seine geliebten Basketballspiele schauen. Sie waren fort und das für immer.

„Alles okay?“, fragte Anna, meine beste Freundin, und blieb ebenfalls stehen. Wie ich so vor unserem Schulgebäude stand und verträumt die Türme betrachtete, musste ich wie eine geistig Verwirrte aussehen, doch die gewaltigen Mauern hatten mich einen kurzen Moment gefangen genommen.

Ich riss meinen Blick los und sah zu ihr. Eisblaue Augen, versehen mit beneidenswert dichten Wimpern, und weiche, geschwungene Lippen wurden von einem ovalen Gesicht eingerahmt, das an Entzücken nur noch von den kleinen Grübchen übertroffen werden konnte.

„Ja, klar“, sagte ich und hakte mich bei ihr ein. Wie oft ich diese Worte in den letzten Wochen doch gesagt hatte, ohne sie jemals so zu meinen. Doch als ich nun in mich hineinlauschte, war wirklich alles in Ordnung. Sicher, die Wunde in meinem Herzen würde nie vollkommen verheilen, denn mit meinen Großeltern war ein enormer Teil davon herausgerissen worden, doch ich erlitt zumindest keine Panikattacken mehr oder wurde von Heulkrämpfen geplagt – das war doch schon mal ein Anfang.

In dem halben Jahr meiner Auszeit hatte ich viele Sitzungen bei meinem Psychologen abgesessen und gelernt, mit dem Verlust zu leben. Natürlich würde sich dieser Prozess über mein gesamtes Dasein erstrecken, doch ich hatte neue Kraft tanken können und diese galt es nun zu entfesseln. Es war nämlich einzig und allein meinen guten Schulnoten zu verdanken, dass ich mitten im Schuljahr wieder einsteigen durfte, doch ich hatte eine Menge nachzuholen, wenn ich meinen Schnitt halten wollte.

Die *Dornan High School*, benannt nach ihrem Erbauer Alexander Dornan, war nicht nur das Wahrzeichen unserer bescheidenen Kleinstadt, sondern auch das älteste Gebäude – und es war gewaltig. Wenn ich in acht Monaten meinen High School-Abschluss bestanden hatte – hoffentlich mit dem höchsten Durchschnitt –, dann würde ich das Gelände nicht verlassen müssen, sondern im Zweitgebäude, dem College, studieren, und zu wissen, dass Anna dabei sein würde, um gemeinsam neue Abenteuer zu bestehen, ließ mich meiner Zukunft freudig entgegenblicken.

„Ist in der Zwischenzeit irgendetwas vorgefallen, von dem ich wissen müsste?", fragte ich, während wir das Gebäude betraten. Ich liebte meine Schule wirklich, ja, ich betete sie geradezu an, denn mit ihren verwinkelten Türmen, den unzähligen Gängen und den alten Mauern erinnerte sie an eine weltbekannte Zauberschule, die es leider nur in meiner Fantasie gab.

„Eigentlich nicht, außer dass wir fünf neue Schüler bekommen haben. Zwei Wiederholer, ein Mädchen aus der Parallelklasse und zwei neue Jungs. Einer davon dürfte dich interessieren, er ist genau die Art von Typ, für die du schwärmst", sagte sie augenzwinkernd und zog mich mit einem Mal eilig mit sich.

Ihr blondes, schulterlanges Haar schwenkte vor meinen Augen auf und ab, als wir das Schulgebäude durchquerten, und mein Blick verharrte an ihrem dünnen und knallroten Mantel. Anna hatte ein Faible für Rot und überhaupt für auffällige und knallige Farben, aber genau dafür schätzte ich sie. Ihr war es egal, was die anderen dachten und was gerade in Mode war. Sie trug genau das, wonach ihr der Sinn stand, und brachte damit oftmals die nötige Abwechslung in die eintönige Trendwelt unserer Schule.

Trug ein bekannter Realitystar nämlich zerrissene Leggins, taten es die Mädchen am nächsten Tag auch, waren zwei Wochen später Pastellfarben hip, liefen plötzlich alle nur noch darin herum, und war es plötzlich angesagt, sich die Haare lila zu färben, dann sah die Schule am nächsten Tag wie eine Freakshow aus. Okay, das war vielleicht etwas übertrieben dargestellt, aber die Mädchen von heute waren wirklich unmöglich. Auf der Suche nach Anerkennung hetzten sie von einem Trend zum nächsten und machten sich damit zu Marionetten unserer Zeit, ohne dass sie es wirklich merkten, und weil Anna eben nicht so war, liebte ich sie umso mehr.

Wir hatten den Kontakt zueinander zwar nicht gänzlich abgebrochen, zumal sie diejenige gewesen war, die mir regelmäßig den versäumten Unterrichtsstoff gemailt hat, aber sie hatte mir und meiner Familie Zeit für uns gelassen und damit großes Verständnis gezeigt.

Eilig schoben Anna und ich uns durch die Gänge, auf denen sich hunderte Schüler tummelten, und schafften es gerade noch zum Klingeln in den Raum.

Unser Klassenlehrer war noch nicht da, deshalb konnten wir uns gemütlich zu unseren Plätzen begeben, und weil Anna mir meinen Platz freigehalten hatte, fand ich den Stuhl neben ihr leer vor. Als ich jedoch einen Blick hinter meinen Platz warf, traf mich fast der Schlag. Direkt hinter mir saß ein schwarzhaariger, hochgewachsener Junge, der mit seinen dunklen Augen und der ernsten Miene deutlich älter aussah als der Rest meiner Klassenkameraden.

Das dichte Haar hing ihm wirr ins Gesicht und erinnerte an die ungemachte Frisur eines Künstlers, der nächtelang an seinen Bildern arbeitet und sich einfach nicht darum schert, wie seine Haare liegen. Er hätte seinem Look nach aber auch einen super Rockstar abgegeben, und für das nächste Modemagazin hätte ich ihn auch gleich gebucht. Ich hätte ihn als schön bezeichnet, doch dafür waren seine Gesichtszüge etwas zu hart und seine Augen zu geheimnisvoll.

Fakt war aber, dass ich mich zu diesem lässigen Männertyp schon immer hingezogen gefühlt hatte, wobei seine athletische Statur, die auf einen gesunden Lebensstil hindeutete, ein angenehmes Extra war. Er wirkte aber nicht aufgepumpt, sondern war sogar recht schmal gebaut, doch ich hatte keinen Zweifel, dass sich unter dem schwarzen Pullover der eine oder andere trainierte Muskel befand. In diesem Fall hatte Anna also schamlos untertrieben, denn dieses Prachtexemplar passte nicht nur in mein Beuteschema, er war mein absoluter Traummann!

Vielleicht sollte ich an dieser Stelle aber anmerken, dass ich das genaue Gegenteil eines beliebten High School-Mädchens war. Ich war nicht hässlich, glaubte ich zumindest, doch ich war auch keine jener Frauen, die im Sommer bauchfrei und mit knappen Röcken herumlaufen konnten und damit alle Blicke auf sich zogen. Ich war der ganz normale Durchschnitt.

Mit Ausnahme meiner grünen Augen, die schon beinahe katzenhaft wirkten. Es kam nicht selten vor, dass Menschen mich deswegen fasziniert betrachteten, und da sich nur etwa 2% der Weltbevölkerung mit dieser Augenfarbe schmücken durften, konnte ich anstandslos behaupten, dass sie selten und besonders waren. Ich hatte allerdings keinen blassen Schimmer, wer mir diese Farbe in die Wiege gelegt hatte, denn meine Eltern waren beide braunäugig.

Vielleicht war der Klapperstorch ja wirklich falsch abgebogen, wie mir Anna des Öfteren vorhielt. Leider hörte es da aber auch schon auf mit meinen Besonderheiten. Es sei denn, braune, schulterlange Haare und 170 cm Körpergröße waren außergewöhnlich.

Deshalb war es auch nicht weiter verwunderlich, dass Mr. Traummann mein Eintreten überhaupt nicht bemerkte. Mein Körper musste, ähnlich wie bei einer Fledermaus, geheime Ultraschalllaute von sich geben, welche die Blicke der gutaussehenden Jungs in eine andere Richtung lenkte, nahm ich an. Anders konnte ich mir das mangelnde Interesse manchmal wirklich nicht erklären! Als mir bewusst wurde, dass ich ihn anstarrte, riss ich meinen Blick los und folgte Anna zu unserem Tisch. Dorthin zu gelangen, kam jedoch einem Spießrutenlauf gleich, denn ständig stellten sich mir neue Schüler in den Weg und umarmten mich. Ihre

Beileidsbekundungen waren gut gemeint und das schätzte ich, doch am liebsten hätte ich keine davon entgegengenommen.

Ich fand es in Ordnung, wenn Menschen ihre Anteilnahme aussprachen, die meine Großeltern wirklich gekannt hatten, wie Anna zum Beispiel. Aber wenn es praktisch Fremde taten, die sie das erste Mal in den 12 Uhr-Nachrichten gesehen hatten, dann konnte ich mich nicht wirklich darüber freuen. Denn auch wenn es nur gut gemeint war, so hatte es für mich doch immer den Anschein, als fühlten sie sich dazu verpflichtet.

„Na, habe ich zu viel versprochen?“, fragte Anna, als wir auf unseren Plätzen saßen, und klang dabei so stolz, als hätte sie ihn mir eigenhändig geschnitzt. Ich war mir sicher, dass er mich nicht einmal eines Blickes gewürdigt hatte, dennoch glaubte ich nun, seine Blicke auf meinem Rücken zu spüren.

„Absolut nicht“, raunte ich und grinste sie von der Seite an. Im nächsten Moment entfuhr mir allerdings ein Seufzen. Mit meinen 17 Jahren fühlte ich mich nicht unbedingt überreif, was eine Partnerschaft betraf, aber wenn ich mir den namenlosen Schönling hinter mir so ansah, dann wünschte ich mir sehnlichst einen Freund herbei. Ich hatte schon einen gehabt, oder eigentlich nicht, denn mit unseren damals 15 Jahren waren wir wohl kaum in der Lage gewesen, eine ernsthafte Beziehung zu führen, aber ich hatte zumindest schon mal jemanden geküsst. Wie kindlich wir noch gewesen waren, hatte ich aber erst begriffen, als Marvin mit meiner Klassenkameradin rumgeknutscht hatte.

Nun herrschte ein unangenehmes Schweigen zwischen uns, wobei Vivienne mir nach den zwei Jahren immer noch schuldbewusst aus dem Weg ging und Marvin mich fortlaufend belästigte. Ich hatte ihm seinen Ausrutscher nämlich verziehen, einfach weil es mehr ein Herumexperimentieren als eine ernsthafte Beziehung gewesen war, doch genau diese Gutmütigkeit schien er als Einladung zu sehen, sich kontinuierlich an mich heranzuschmeißen.

Ich wäre in den letzten zwei Jahren reifer und an genau den richtigen Stellen fülliger geworden, hatte er mal gesagt. Danke, aber das hatte ich selbst mitbekommen, und eben *diese* Reife veranlasste mich dazu, ihn eisern abblitzen zu lassen. Wenn er es doch nur endlich begreifen würde, dann müsste ich mich nicht jedes Mal unwohl fühlen, wenn er mich ansprach, und Vivienne würde aufhören, mir dann wie ein geprügelter Hund nachzugucken.

Ich war nur froh, dass ich keine anderen Körperflüssigkeiten außer Speichel mit ihm getauscht hatte, denn dafür war ich mir dann doch zu schade. Nein, ich träumte von einem goldenen Ritter auf einem weißen Schimmel, der mich abholen und ins ewige Land der Liebe tragen würde. Ob mein Hintermann dieser Ritter war?

Bevor ich weiter in die Schwärmerei abdriften konnte, betrat Mr. Henderson das Zimmer und die Gespräche um uns herum erstarben. Mr. Henderson war mein absoluter Lieblingslehrer und das nicht nur, weil er Englisch und Geschichte lehrte, sondern auch wegen seines schrillen

Auftretens. Er war unübersehbarer Fan der amerikanischen Basketballmannschaft *Yellow Angels* und kam jeden Tag mit dem leuchtend gelben Trikot zur Schule. Außerdem hatte er wasserstoffblond gefärbtes Haar, das ihm viel zu strähnig vom Kopf hing.

Zu Beginn eines jeden neuen Schuljahres konnte man sehen, wie ihn die Neuzugänge für sein Aussehen verspotteten, doch sobald sie von ihm unterrichtet wurden, lernten sie einen herausragenden Lehrer kennen. Nicht nur, dass er seine Fächer mit absoluter Hingabe unterrichtete, er gab auch jedem Schüler die gleiche Chance, weigerte sich vehement, schlechte Noten zu verteilen - wenn man sich nur bemühte - und war obendrein auch noch total witzig. Diesen Lehrer, und das hatte bereits ab der ersten Unterrichtsstunde für mich festgestanden, würde ich niemals vergessen.

Er schob die Brille zurecht und spazierte in üblich leicht gebeugter Haltung zum Schreibtisch. Die zerfledderte Aktentasche lehnte er an das Tischbein, dann setzte er sich und ließ seinen Blick über unsere Köpfe wandern. Sein Ausdruck war immer leicht verträumt, schon beinahe wässrig, so als würde er noch zwischen den Seiten eines fesselnden Buches kleben, obwohl er es längst weggelegt hatte, doch wenn er mit jemandem sprach, blitzte eine Intelligenz in seinen Augen auf, so scharf wie der Blick eines Adlers.

Und eben dieser Adlerblick ruhte nun auf meinem Gesicht, kurz nur, dann schenkte er mir ein mitfühlendes Lächeln und begann mit der Anwesenheitskontrolle. Ich war ihm unendlich dankbar, dass er meinen Verlust nicht ansprach und den Unfall erneut aufkochen ließ. Ich war anwesend, und das bedeutete, ich würde das Vergangene hinter mir lassen.

„Ich weiß, du schwärmst ja für den Englischunterricht und so, aber ich kann mit diesem Fach einfach nichts anfangen. Ich meine, nichts ist langweiliger, als aus alten Klassikern zu zitieren, und dann müssen wir einen Aufsatz über das Wort *Glück* schreiben. Ich weiß gar nicht mehr, was ich für eine Note bekommen habe, aber gut war sie sicher nicht. Was gibt es da schließlich groß zu schildern? Glück ist ein Zustand, der nicht dauerhaft ist und den nur die wenigsten jemals erfahren werden!“, murrte Anna, kaum dass es zur Pause geklingelt hatte.

Schmunzelnd packte ich meinen eben erhaltenen Aufsatz und die restlichen Schulsachen in die Tasche, denn ich war eine der wenigen gewesen, die die volle Punktzahl dafür bekommen hatten. Die Prüfungsarbeit lag bereits ein halbes Jahr zurück und hätte ich sie heute geschrieben, wären meine Definition von Glück wohl etwas anders ausgefallen, denn im Grunde genommen war ich froh, den Schmerz zu spüren – bedeutete er doch, dass ich noch am Leben war.

„Dafür bist du das Physikgenie“, sagte ich grinsend, denn mit diesem Fach konnte ich wiederum nichts anfangen.

„Lichtbrechungen und Relativitätstheorie sind auch wesentlich spannender als Mark Twain zu lesen“, sagte sie.

Ich gab ein empörtes Schnauben von mir und murmelte: „Wenn man ein Zahlenfreak ist vielleicht.“

„Hey, nichts gegen die Kunst des Lernens! In der Mathematik ist wenigstens kein Spielraum für ellenlange Interpretationen, denn um Émile Lemoine zu zitieren: ‚Eine mathematische Wahrheit ist an sich weder einfach noch kompliziert, sie ist!‘“ Den letzten Satz sprach ich, ganz zu ihrem Ärger, gelangweilt mit, denn da es ihr Lieblingszitat war, hörte ich ihn so ziemlich in jedem Matheunterricht.

Wir lachten beide, als ich unwillkürlich zu meinem dunkelhaarigen Hintermann hinüber sah. Er war ebenfalls aufgestanden und schulterte gerade seine Tasche, als er meinen Blick bemerkte und erwiderte. Aus nächster Nähe betrachtet schienen seine Augen noch dunkler zu sein und erinnerten an die lauernde Tiefe des Meeres bei Nacht.

Ich wollte sofort wegsehen, konnte es aber aus irgendeinem Grund nicht. Seine Mundwinkel hoben sich zu einem angedeuteten Lächeln, und ich erwiderte es zaghaft, dann stieß Anna mir ungeduldig in die Seite und der Zauber war vorbei. Wow, er hatte noch nicht einmal gelacht, und ich war jetzt schon hin und weg!

„Hast du Lucan gerade ernsthaft angesabbert?“, fragte meine Freundin belustigt, als wir aus dem Klassenzimmer traten.

„Quatsch!“, leugnete ich, ohne verhindern zu können, dass mir ganz warm im Gesicht wurde.
Sie schenkte mir einen wissenden Blick. „Quatsch? Mädchen, du bist ihm total verfallen“, behauptete sie, was mich lächelnd den Kopf schütteln ließ.

„Du spinnst doch, ich kenne ihn nicht mal. Wie soll ich da in ihn verschossen sein?“

„Na, weil es alle anderen Mädchen in unserer Klasse auch vom ersten Tag an waren – außer ich natürlich. Ich finde ihn ganz süß, aber irgendwie strahlt er etwas Dunkles aus“, sagte sie, wobei ihre letzten Worte gar nicht mehr so spöttisch klangen.

„Findest du?“, fragte ich und warf ihr einen neugierigen Seitenblick zu. „Ich finde eher, dass er etwas Beruhigendes hat.“ Mit Ausnahme seiner Augen, denn die waren tatsächlich dunkel wie die Nacht.
Anna hob gleichgültig die Schultern und warf ihre Haare zurück. „Jedenfalls solltest du dich beeilen, wenn du ihn haben willst, denn da stehen noch jede Menge Schülerinnen Schlange.“

„Ich habe ihn um ein halbes Jahr verpasst, und wenn er so begehrt ist, wird er sicher schon vergeben sein“, meinte ich. Nicht, dass ich über meine Schwärmerei hinaus überhaupt daran denken würde, aber er spielte in einer ganz anderen Liga als ich und war mit Sicherheit eher an Mädchen wie Anna interessiert. Mit ihrem blonden, ja, fast goldenen Haar und den perfekten Gesichtszügen war sie der Traum aller Männer – sie wusste es nur nicht. Dass ich mir nicht allzu große Chancen bei ihm ausrechnete, bedeutete aber nicht, dass ich mich nicht für ihn interessierte. Deshalb fragte ich nach kurzem Schweigen: „Wie war noch mal sein Name?"

„Eigentlich heißt er Lucjan *(Luzian ausgesprochen)*, aber er sagt, dass wir ihn ruhig Lucan nennen können", erklärte sie.

Lucjan also. Was für ein außergewöhnlicher Name.

„Wie gesagt, lebt er jetzt seit einem halben Jahr in der Stadt und hat hier ziemlich schnell Freunde gefunden. Meistens hängt er mit Jonson und Eric ab, aber woher er kommt, wollte er bisher niemandem verraten", sprach sie unaufgefordert weiter.

„Dafür ist er zu den Mädchen aber immer sehr höflich, ein richtiger Gentleman", fügte sie neckisch hinzu, wie um ihn mir schmackhafter zu machen. Dabei brauchte sie das gar nicht. Lucan bestand bereits aus den perfekten Zutaten – zumindest rein äußerlich.

Während wir zum nächsten Raum liefen, wobei dieser praktischerweise am anderen Ende der Schule lag!, sah ich mich sorgfältig um. Wie hatte ich die dunklen Backsteinwände, die unzähligen Gänge und den leise quietschenden Linoleumboden doch vermisst. Der leicht gummiartige Geruch, der vom Boden verströmt wurde, erinnerte mich immer an meine ersten Schuljahre, in denen ich mit Anna noch unbeschwert durch die Gänge gerannt war.

Unsere High School war wirklich alt, doch jeder abgeplatzte Stein an den Wänden, jede Schuhspur der Schüler und jeder Kratzer machten sie für mich erst so richtig heimisch. In diesem Gebäude war kein Boden übermäßig poliert, keine Mängel künstlich nachgebessert oder durch Steuergelder verschönert. Nein, die Schule war genauso wie sie war, so wie die Generationen von Schülern sie formte und genauso war es gut.

Es gab sogar einige Gänge, die wegen defekter Leitungen im Dunkeln lagen, doch als man diese hatte reparieren wollen, hatten die Schüler eine Unterschriftenaktion gestartet und es verhindert. Das war zwar vor meiner Zeit gewesen, sodass ich die Schule nicht anders kennengelernt hatte, aber noch heute bewährte es sich wunderbar, wenn man jemanden erschrecken wollte.

*Dark Hallways*, so nannten wir die unheimlichen Gänge, wobei man hin und wieder Paare darin knutschen hören konnte. Ganz so unheimlich schienen sie demnach wohl nicht alle zu finden! In einem dagegen ziemlich hellen Gang, denn die großflächigen Fenster luden die Sonne geradezu zum Hereinscheinen ein, schlossen sich uns Chloe und Liz an.

„Seit wann bist du wieder in der Stadt?“, wollte Liz wissen und lief neben mir her. Wenn ich je eine Person als lebende Puppe bezeichnen würde, dann war sie es, denn mit ihren 1,55 m und ihrem zierlichen Körperbau war sie wirklich winzig. Hinzu kamen ihre samtweiche Stimme, die nicht nur in Männern den Beschützerinstinkt weckte, und ihr goldblondes Haar, das bei jeder Bewegung hin und her wippte.

Chloe war dagegen etwas korpulenter, wobei ich sie nicht wirklich als dick bezeichnen würde, doch neben Liz sah irgendwie jeder wie ein Dickhäuter aus, weswegen Chloe schon beinahe massig neben der kleinen Elfe wirkte. Elfenhaft war sie jedoch nur vom Äußerlichen her, denn wenn sie wollte, konnte sie ein ziemlicher Giftzwerg sein.

„Ich bin letzte Woche wiedergekommen und habe die letzten Tage mit dem Auspacken von Kisten verbracht", antwortete ich, denn ich war erst seit einer Woche wieder in der Stadt. Früher hatte ich hier mit meinen Eltern und meinen Großeltern als Nachbarn gelebt, doch nachdem mein Vater einen gutbezahlten Job in der fünf Stunden entfernten Nachbarstadt angenommen hatte, waren er und meine Mutter dorthin gezogen.

Weil ich hier aber meine Freunde hatte und nicht hatte wegziehen wollen, war ich bei meinen Großeltern eingezogen, um hier bleiben zu können. Nun, da sie nicht mehr waren, lebte eine neue Familie im Haus meiner Großeltern und ich hatte mir eine WG suchen müssen. Die Alternative wäre nämlich gewesen, zu meinen Eltern zu ziehen, aber das wollte ich nicht. Mit diesem Ort verband ich meine Kindheitserinnerungen, und auch wenn schreckliche Ereignisse dazugekommen waren, so überwogen die positiven Dinge doch eindeutig. Zwar würde ich mich noch an mein 12 $m^2$ kleines Zimmer gewöhnen müssen - bei Grams hatte ich eine ganze Etage für mich gehabt - aber damit kam ich schon zurecht.

„Dann hoffe ich, dass du dich schnell einlebst. Schön, dich wieder hier zu haben", sagte Liz mit einem ansteckenden Lächeln und drückte mir einen Kuss auf die Wange. Nachdem sie und Chloe zu den Toiletten abgebogen waren, tauschten Anna und ich einen entzückten Blick, denn Liz konnte wirklich ein Engel sein.

Als ich am Nachmittag nach Hause kam, fand ich meine Mitbewohnerin und Vermieterin Sarah mit ihrem Freund Peter knutschend vor dem Fernseher vor. Anna kannte sie noch aus dem Kindergarten und hatte mich vermittelt, wenn ich allerdings gewusst hätte, dass mich jedes Mal dieses Gesabber erwartete, kaum dass ich die Wohnung betrat, hätte ich mich vielleicht nach einer anderen Wohnmöglichkeit umgesehen.

Während wir uns über den Mietpreis und die Hausregeln unterhalten hatten, hatte Sarah mich nämlich lediglich gefragt, ob es in Ordnung wäre, wenn sie hin und wieder ihren Freund mitbrachte. Davon, dass er praktisch hier wohnte, war allerdings nicht die Rede gewesen! Und es wäre ja nicht einmal so schlimm, wären die Wände nur etwas dicker und die beiden abends nicht immer so … nun ja, musste ich das noch ausführen?!

„Hey, Sarah“, rief ich vom Eingang her, um mich bemerkbar zu machen. Ich sah, wie ihre Köpfe überrascht auseinanderflogen, und konnte mir ein Schnauben nicht verkneifen. Als ob es das erste Mal wäre!

„Ich mache Auflauf, soll ich euch was mitmachen?“, fragte ich, während ich meine Jacke an die Garderobe hängte und ins Wohnzimmer kam. Peter schenkte mir ein duseliges Lächeln und kämmte seine Haare mit den

Fingern zurecht, dabei hätte er sich lieber um die Lippenstiftspuren an seinem Mund kümmern sollen.

„Danke, aber wir gehen nachher essen", antwortete Sarah mit geröteten Wangen und folgte mir in die Küche. Ob die Färbung nun von Peters Kusskünsten oder meinem plötzlichen Auftauchen kam, konnte ich nicht sagen und eigentlich wollte ich es auch gar nicht wissen.

„Ich hoffe, dass war dir jetzt nicht unangenehm ...", begann sie und strich ihre Bluse glatt.

Ach, Quatsch, wie kam sie denn darauf!? Laut sagte ich: „Hey, du musst dich nicht rechtfertigen. Das ist deine Wohnung und im Grunde genommen bin ich hier nur ein Gast." Ich machte eine wegwerfende Handbewegung und nahm eine Wasserflasche aus dem Kühlschrank.

„Aber du beteiligst dich an der Miete, und ich möchte nicht, dass du dich unwohl fühlst", sagte sie verlegen.

Der Zug war längst abgefahren.

„Mach dir keine Sorgen, das stört mich nicht", behauptete ich und genehmigte mir einen großzügigen Schluck. Das war absolut gelogen, aber ich wollte vermeiden, dass *sie* sich unwohl fühlte. Denn sollte das geschehen, würde ich den Kürzeren ziehen und mich nach einer anderen Bleibe umsehen müssen und ehrlich gesagt war Sarah die Einzige gewesen, die so eine niedrige Miete verlangt hatte. Und da ich im Moment knapp bei Kasse war, musste ich ihr das Gefühl vermitteln, damit umgehen zu können.

„Wirklich?", fragte sie zweifelnd. Ich nickte und ließ noch vier weitere Schlucke in meinen Hals wandern, bevor ich die Flasche zurückstellte und ins Bad ging, um mir die Hände zu waschen.

Als ich wiederkam, stand Peter ebenfalls in der Küche, und gemeinsam halfen sie mir, das Mittagessen zuzubereiten – offenbar aus schlechtem Gewissen. Eine halbe Stunde später verließen sie die Wohnung, und ich ließ mich mit meiner Gemüselasagne vor dem Fernseher nieder. Es war eine schlechte Angewohnheit, vor dem Bildschirm zu essen, ich weiß, und früher hatte ich das auch nie getan, aber nun, da ich niemanden mehr hatte, mit dem ich zusammen am Tisch sitzen konnte, war es mir egal.

Was das Essen anging, so waren Grams und Grandpa sehr streng gewesen. Man hatte währenddessen weder sprechen, trinken noch aufstehen dürfen, dafür waren die langen Gespräche danach aber sehr lustig und bereichernd gewesen. Ich ließ mir Zeit beim Essen, zappte ziellos durch die Kanäle und räumte den leeren Teller schließlich in die Spülmaschine. Danach lief ich in mein Zimmer, setzte mich auf das Bett und rief meine Mutter an, die nach dem zweiten Klingeln abnahm.

„Was gibt es, mein Schatz?“, fragte sie beschäftigt. Wir hatten bereits vor drei Tagen stundenlang telefoniert.

„Du wolltest mich doch wegen Großtante Mary anrufen“, erinnerte ich sie und hörte, wie sie sich gegen die Stirn schlug.

„Entschuldige, Schatz, das hatte ich ganz vergessen. Aber ich habe gute Neuigkeiten, sie wurde aus dem Krankenhaus entlassen.“

Ich atmete erleichtert aus.

„Also geht es ihr jetzt wieder gut?“

Vor einem halben Jahr hatte die Schwester meiner Grams nämlich einen Herzinfarkt erlitten, nur einen Tag, nachdem wir den Unfall gehabt hatten, und nun hatte sie deswegen fast ein halbes Jahr im Krankenhaus gelegen. Dass es ihr wieder gut ging, war großartig, denn ich hätte meiner Mutter nicht gewünscht, dass sie kurz nach dem Tod ihrer Eltern auch noch ihre Tante verlor. Ich selbst hatte nicht viel mit Großtante Mary zu tun, aber von Grandma wusste ich, dass sie von fünf Geschwistern ihre seelenverwandteste gewesen war.

„Ja, sie ist jetzt wieder zuhause", bestätigte meine Mom und klang sehr erleichtert.

„Schön zu hören, und wenn ich in den Ferien vorbeikomme, werde ich sie besuchen gehen", versprach ich.

„Mach das, sie wird sich freuen. Gut, ich muss dich jetzt leider abwimmeln, hab viel zu tun", sagte sie entschuldigend, und ich war mir sicher, dass sie den Kuchenbasar meinte, den sie jährlich zum Sommeranfang organisierte. Mom war eine sehr soziale und wohltätige Frau und nichts machte sie glücklicher, als andere Menschen glücklich zu machen - das hatte sie eindeutig von Grams geerbt.

Grandpa war eher der stille Typ gewesen, weswegen er sich auch wunderbar mit meinem Dad verstanden hatte. Während Mom und Grams ganze Feste veranstaltet hatten, hatten die Männer ihre Befriedigung darin gefunden, stundenlang ihre Sportsendungen zu schauen, und nachdem Mom und Dad umgezogen waren, hatte *ich* meinem Grandpa vor dem Fernseher Gesellschaft geleistet.

Ich würde es meinem Lehrer Mr. Henderson nie anvertrauen, aber Grandpa und ich waren stets Anhänger der *Black Wings* gewesen, der rivalisierenden Basketballmannschaft der *Yellow Angels*.

„Kein Problem, ich muss ohnehin noch lernen“, sagte ich, und nachdem wir aufgelegt hatten, setzte ich meine Worte in die Tat um.

# Mein Beschützer
## *** 2 ***

Der nächste Morgen begann mit einem penetranten Sonnenstrahl, der mir erst auf die Wange schien und irgendwann zu meinem Auge wanderte. Genervt drehte ich mich zur Seite, nur um in der nächsten Sekunde mit schreckensweiten Augen hochzufahren. Verdammt, ich hatte verschlafen!

Mit einem lauten Aufschrei sprang ich aus dem Bett und eilte ins Bad, um mir die Zähne zu putzen. Dabei warf ich einen neidischen Blick auf Sarahs geschlossene Tür. Als Studentin hatte sie nämlich keine regelmäßige Anwesenheitspflicht und konnte zur Uni gehen, wann sie wollte. Die Glückliche. Eine ausgiebige Dusche verschob ich auf den Abend und auch meine Haare band ich nur provisorisch zusammen. Ein Blick auf die Uhr verriet mir dann, dass ich noch zehn Minuten Zeit hatte und wenigstens noch einen Bissen essen konnte.

Während ich mich eilig anzog und in die Küche lief, um mir eine Schüssel Cornflakes zu machen, verfluchte ich die lästige Angewohnheit des Ausschlafens, denn ein halbes Jahr ohne Schulpflicht hatte mir natürlich den

Luxus verschafft, aufzustehen, wann immer ich wollte, und offenbar war meine innere Uhr noch auf *Langschlafen* eingestellt. Sechs Happen aus der Schüssel genommen, ließ ich sie im Spülbecken stehen und zog meine Schuhe an.

Der Sommer stand vor der Tür, dementsprechend angenehm waren auch die Temperaturen, als ich in aller Frühe an die frische Luft trat. Ein dünnes Jäckchen musste man morgens aber noch überziehen, wenn man so eine hoffnungslose Frostbeule war wie ich. Während ich zur Bushaltestelle lief, ärgerte ich mich, keine Zeit für einen Kaffee gehabt zu haben, denn gerade bei einem straffen Stundenplan wie heute brauchte ich ein waches Gemüt.

Wir würden bis 16:30 Uhr durchbuckeln müssen und das in den grauenvollsten Unterrichtsfächern, die es gab. Ich freute mich schon darauf ... nicht!

Wie üblich traf ich Anna vor dem Schulgebäude, und wir liefen schwatzend hinein, als es allerdings zum Unterricht klingelte und ich meine Tasche auspackte, wurde mir etwas bewusst: Ich hatte noch die Schulbücher vom Vortag eingepackt und meine Federtasche und mein Block lagen noch zuhause auf meinem Schreibtisch – für mich als Streberschülerin ein absoluter Albtraum. Mit einem lauten Stöhnen ließ ich meinen Kopf vornüber auf die Tischplatte knallen, woraufhin Anna mich erschrocken ansah.

„Was ist denn mit dir los?“, fragte sie halb belustig, halb besorgt.

„Meine Schulsachen, ich habe gestern Abend natürlich

vergessen, meine Tasche zu packen, und meine Stifte glänzen auch durch Abwesenheit!“, nuschelte ich.

Anna lachte.

„Und deswegen das Theater? Guck doch einfach in meine Unterlagen“, schlug sie vor. Das tat ich dann auch, aber es war mir dennoch unangenehm, meine eigenen Schulsachen nicht dabei zu haben. Man fühlte sich immer so nackt dabei, vergleichsweise so, als würde man in Unterwäsche zur Schule kommen, und jedes Mal, wenn unsere Lehrerin in meine Richtung schaute, dachte ich, dass es ihr auffallen und sie mich vor der ganzen Klasse darauf ansprechen würde. Dementsprechend beschleunigte sich auch jedes Mal mein Herzschlag, doch glücklicherweise sah sie darüber hinweg. Als sie uns allerdings vollkommen unerwartet zu einem Test aufforderte, rutschte mir das Herz in die Hose.

Für einen Test brauchte man Stift und Papier und beides hatte Anna für gewöhnlich nicht auf Vorrat. Und wozu auch? War ich doch diejenige, die sie meistens mit Stiften und Blättern versorgte! Ich hatte mich schon oft darüber aufgeregt, denn wer nahm denn bitte nur *einen* Stift und anstelle eines ganzen Blocks nur einzelne Blätter mit zur Schule? Mit zusammengekniffenen Augen sah ich sie an. „Lass mich raten: Du hast *keinen* zweiten Stift für mich, oder?“

Entschuldigend erwiderte sie meinen Blick.

„Tut mir leid, ich sollte mir das wirklich mal angewöhnen, hm?“

„Allerdings!“, sagte ich und sah mich dann befangen um. Die Schüler, mit denen ich mich am besten verstand, saßen natürlich am anderen Ende des Klassenzimmers, und Marvin würde ich ganz sicher nicht fragen, denn der würde mich für diesen Gefallen prompt zum Essen oder ins Kino einladen wollen. Und da ich keine große Lust hatte, ihn ein weiteres Jahr lang abwimmeln zu müssen, sah ich mich weiter um. Vivienne kam auch nicht infrage und Liz und Chloe sahen gerade nicht in meine Richtung. Ach, verdammt, aber ich konnte doch nicht durch die ganze Klasse brüllen! Was würde nur Mrs. Hogard denken?

Anna schien da weniger Hemmungen zu haben, und als ich mitbekam, wie sie sich zu meinem Hintermann umdrehte, wusste ich, dass sie ihn nicht zufällig ausgewählt hatte.

„Hi, Elena braucht einen Kugelschreiber. Hast du zufällig einen über?", hörte ich sie fragen. Ohne dass ich sagen konnte warum, beschleunigte sich mein Herzschlag und das deutlich schneller, als wenn sie unserer Lehrerin gefragt hätte.

„Wer ist Elena?", hörte ich ihn fragen, und beim Klang seiner samtig weichen Stimme drohte ich, noch vor Ort dahin zu schmelzen. Wie konnte man in seinem Alter schon so eine beruhigend tiefe Stimme haben? Wie flüssiger dunkler Honig. Er sollte Hörbuchsprecher werden. Doch bevor Anna darauf antworten konnte, stieß ich ihr in die Seite und drehte mich selbst um.

Lucan trug wieder einen schwarzen Pullover, der sich wie eine zweite Haut an seinen wohlgeformten Körper schmiegte. Seine dunklen Augen sahen mich direkt an, als ich sagte: „*Ich* bin Elena, und wenn Anna nicht so ungeduldig wäre, hätte ich dich selbst gefragt. Dazu bin ich nämlich durchaus in der Lage!", fügte ich mit einem strengen Blick auf meine Freundin hinzu.

Ohne zuerst darauf zu antworten, beugte Lucan sich plötzlich vor, sodass ich erst dachte, ich hätte etwas im Gesicht. Dann sah ich, dass er meine Augen betrachtete, und zu sehen, wie fasziniert er von ihnen war, gab meinem Puls einen weiteren Schub.

„Faszinierende Augen, da kann ich wohl kaum *nein* sagen", meinte er aufrichtig und holte seine Tasche hervor, um darin herumzukramen. Aus dem Augenwinkel sah ich, wie Anna mir ein begeistertes Lächeln zuwarf, das er wegen seines gesenkten Kopfes zum Glück nicht sah. Er fand meine Augen beeindruckend!

Als er den Blick wieder hob, hielt er einen Kugelschreiber in der Hand, den er mir reichte, und vielleicht rührte meine Vorsicht von Marvins ständigen Annäherungen her, aber ich achtete penibel darauf, dass ich seine Hand nicht berührte. Ich konnte mich kaum von seinem Anblick lösen, denn in seinen Augen wohnte etwas inne, das in mir das Bedürfnis schürte, ihm all meine Geheimnisse preiszugeben und diesen Drang hatte ich definitiv noch nie zuvor verspürt – schon gar nicht bei einem fremden Jungen.

„Danke", sagte ich und fügte dann mit einem entschuldigen Lächeln hinzu: „Und hast du vielleicht auch ein paar Blätter für mich?" Als er die Brauen hob, plapperte ich wie von selbst: „Ich weiß, noch unvorbereiteter kann man nicht in einen Unterricht gehen, aber ich habe gestern so lange gelernt, dass ich vor lauter Müdigkeit meine Schreibsachen auf dem Tisch liegen gelassen habe, und als ich heute Morgen auch noch verschlafen habe …“ Mir wurde bewusst, dass ich Lucan gerade vollquasselte, und klappte augenblicklich den Mund zu.

Anstatt zu antworten, schenkte er mir ein höfliches Lächeln, so als hielte er mich für geistig zurückgeblieben, doch das war mir egal, denn ich kämpfte gerade mit dem letzten bisschen Selbstachtung, um ihn nicht mit offenem Mund anzustarren. Sein Lächeln, so kitschig das auch klang, war nämlich einfach nur betörend. Als wäre er ein gefallener Engel, der sich auf die Erde verirrt hatte.

Er gab mir die Blätter, und nachdem ich mich wieder umgedreht hatte, warf Anna mir einen spöttischen Seitenblick zu, den ich schmunzelnd erwiderte. Leider konnte ich mich nun überhaupt nicht mehr auf den Test konzentrieren, denn alles, was ich auf dem Aufgabenblatt sah, war das hinreißende Lächeln meines geheimnisvollen Hintermanns.

„Ich glaube, ich habe den Test total verhauen“, stöhnte ich in der großen Pause. Unsere Gruppe, bestehend aus Liz, Chloe, Rebecca und Mason, hatte sich an ihrem üblichen Platz auf dem Schulhof versammelt, um die bescheidenen Sonnenstrahlen zu genießen. Sie waren angenehm warm auf der Haut, strahlten aber noch lange nicht die Hitze aus, die sie in einigen Wochen abgeben würden.

Dann würde man auf dem Schulgelände auch wesentlich mehr Haut sehen, wovor es mir jetzt schon graute. Nicht, dass ich mich für dick hielt, aber ich fühlte mich im Sommer einfach nicht wohl. So aufgewühlt wie die Jungs Wochen zuvor von nackten Beinen schwärmten, fühlte ich mich als Frau ja fast dazu genötigt, in einen Minirock und ein bauchfreies Oberteil zu schlüpfen! Als gäbe es nichts Wichtigeres auf der Welt, als halbnackten Schulmädchen hinterher zu gaffen. Natürlich beugte ich mich jenem Kleidungsstil nicht und Anna ebenso wenig, wir trugen lieber luftige Kleider und Röcke in angebrachter Länge. Das sah mindestens genauso anziehend aus, mit dem großen Vorteil jedoch, dass es nicht billig wirkte.

„Das sagt sie immer und am Ende bekommt sie die Bestnote", bemerkte Chloe spöttisch, woraufhin die anderen lachten.

Um halb fünf hatte der Schultag dann ein Ende, und ich war froh, meine verhassten Fächer erst wieder am Ende der Woche ertragen zu müssen. Wie üblich lief unsere halbe Klasse zusammen zur Bushaltestelle, denn nur die wenigstens konnten sich in unserem Alter schon ein Auto leisten und waren deshalb mit den öffentlichen Verkehrsmitteln unterwegs.

Das Wort *Verkehrsmittel* beschränkte sich in unserem Fall jedoch lediglich auf Busse, denn so etwas wie U-Bahnen, Straßenbahnen oder Ähnliches gab es in unserer Kleinstadt nicht. Früher war ich oft zur Schule gelaufen, doch nun hatte ich jeden Tag eine zwanzigminütige Busfahrt vor mir, was nicht unbedingt schlecht war, weil ich nun während der Fahrt lernen konnte.

Während wir auf unsere Busse warteten – von hier aus fuhren sie in jede Himmelsrichtung - fragte Liz in die

Runde: „Wer kommt heute Abend mit in die Bar? Die Jungs haben schon zugestimmt, aber eine größere Runde macht natürlich mehr Spaß."

Anna und ich sahen uns an. Ob sie mit *Jungs* auch Lucan meinte? Nicht, dass ich nur seinetwegen mitkommen würde, aber … verdammt, ich würde sogar *nur* seinetwegen mitgehen. Etwas anderes zog mich nämlich nicht wirklich dorthin. Die einzige annehmbare Bar lag in der Nähe der Einkaufsmeile, aber der immerwährende Zigarettenqualm in der Luft und die gelegentlichen Ausschreitungen waren bisher nicht gerade verlockend gewesen. Hin und wieder ließ ich mich von den anderen dazu überreden, schon weil die gemeinsamen Billardabende ja auch wirklich lustig sein konnten, aber das Rauchverbot in Gaststätten und das Mindestalter für die Alkoholausgabe wurden dort nicht sonderlich ernst genommen.

Alkohol durften wir in Amerika nämlich erst mit 21 Jahren trinken, und die älteste Schülerin in unserer Klasse war gerade mal 19. Jetzt möchte ich natürlich nicht so scheinheilig sein und behaupten, dass ich noch nie Alkohol getrunken hätte, aber so angenehm hatte ich den darauffolgenden Zustand nicht gefunden, weswegen ich meine Begeisterung für Spirituosen schnell verloren hatte.

„Klar, warum nicht?", sagte Marvin sofort und sah mich dann neugierig an. „Bist du auch dabei, Elena?"

Ich warf ihm einen genervten Blick zu und sah dann zu Anna.

„Wenn du auch gehst, komme ich mit."

„Na, dann wäre das ja geklärt", sagte Anna und

verabschiedete sich von uns, als ihr Bus angerollt kam. Zu meinem Leidwesen waren Marvin und ich am Ende die einzigen aus unserer Klasse an der Haltestelle, und so musste ich mich gezwungenermaßen mit ihm unterhalten. Das behagte mir nicht besonders, denn Marvin konnte ziemlich aufdringlich sein, und ich war einfach zu nett, um ihn nachhaltig abblitzen zu lassen, aber glücklicherweise kam mein Bus schon nach wenigen Sekunden.

„Wann wirst du dort sein?“, fragte Marvin eilig, als er den Bus herannahen sah. Es wirkte fast, als wollte er das noch schnell klären, bevor ich einstieg.

„Ich weiß noch nicht, ich denke, ich werde mich Anna anpassen“, wich ich einer direkten Antwort aus. Mir war sofort klar, worauf er hinaus wollte, deshalb freute ich mich auch, als der Bus seine Türen öffnete und ich einsteigen konnte.

„Wenn du willst, kann ich dich abholen und …“

„Waaas?“, rief ich mit einer Hand am Ohr und tat, als würde ich ihn nicht verstehen. Dazu musste ich nicht einmal großartig schauspielern, denn etliche Schüler drängten in den Bus, um einen guten Platz zu ergattern, und veranstalteten dabei so einen Lärm, dass es tatsächlich schwer war, ihn zu verstehen.

„Wir sehen uns nachher“, rief ich, ohne ihm Zeit für eine Wiederholung zu lassen, dann wurde ich auch schon von der Schar mitgezogen und hineingedrängt. Fast hätte Marvin mir leidgetan, wie er da so verloren stand, hätte er mich damals nicht „betrogen“ und mir gezeigt, dass er beziehungstechnisch absolut untalentiert war.

So hatte ich nur ein Schmunzeln für seinen verzweifelten Versuch übrig, rutschte auf einen freien Platz und überflog die Notizen der heutigen Unterrichtsfächer. Notizen, die auf jenen Blättern standen, die Lucan mir gegeben hatte, wie mir im nächsten Moment bewusst wurde.

Ob er sie mir aus reiner Höflichkeit gegeben hatte? Von meinen Augen war er zumindest fasziniert gewesen, und wenn ich daran zurückdachte, wie er sich vorgebeugt hatte - als würde ihn mein Blick gefangen nehmen - spürte ich eine Gänsehaut auf den Armen. Gott, ich bin wirklich unmöglich, dachte ich, verärgert über mich selbst, und packte die Blätter weg.

Als ob er Interesse an mir hätte. Meine Augen waren selten, okay, und da schaute man eben mal genauer hin. Kein Grund, sofort in kindische Schwärmereien zu verfallen, und seit wann war ich so hormongesteuert? Ich hatte weiß Gott schon genügend süße Jungs kennengelernt und da hatte ich auch nicht so überreagiert. Also Schluss damit!

Pünktlich um 18 Uhr klingelte ich an Annas Haustür, die mir ihr Vater aufmachte. Die Stevensons besaßen ein kleines, aber liebevoll eingerichtetes Reihenhaus in der Stadtmitte, womit sie ziemlich zentral wohnten - von hier aus waren es nur 10 Minuten bis zur Bar – und ich hatte in diesem Haus beinahe genauso viel Zeit verbracht wie in dem meiner Großeltern.

„Komm rein, Elena, wie geht's dir?", fragte er und trat zur Seite, damit ich herein konnte. Annas Vater war etwas korpulenter um die Mitte herum und hatte einen altmodischen Zwirbelbart, der ihn etwas schräg aussehen ließ. Ansonsten war er ein sympathischer Herr. Annas Eltern hatten sich erst relativ spät für Nachwuchs entschieden, deshalb waren sie beinahe 15 Jahre älter als meine Eltern. Dementsprechend waren sie auch in vielerlei Hinsicht altmodisch. Anna durfte zum Beispiel nur einen Freund haben, wenn sich dieser ihren Eltern vorstellte und um Erlaubnis bat – zumindest war das noch vor zwei Jahren so gewesen.

Nun, mit 18 Jahren spielte sie da nicht mehr mit, wobei sich ihre Eltern da aber keine Gedanken machen mussten, denn auch wenn Anna manchmal vorlaut war, ein leichtes Mädchen war sie nicht und genau wie ich hatte sie noch nie einen Freund gehabt. Nichtsdestotrotz waren ihre Eltern sehr nett und hatten immer ein Stück Kuchen für mich parat, wenn ich sie besuchen kam. Als Eduard mich heute einlud, lehnte ich allerdings ab, denn ich hatte gerade einen großen Hähnchensalat verdrückt und war pappsatt. Nach kurzem und höflichem Wortgeplänkel ließ Eduard mich im Wohnzimmer stehen und mit der Hauskatze Maya spielen.

Sie war steinalt, ich glaube, um die 16 Jahre, aber zu stören schien es sie nicht, denn sie fegte durch das Haus, als wäre sie immer noch in ihren Blütejahren. Und dass sie nicht mehr sonderlich gut hören und sehen konnte, machte ihr auch nicht wirklich etwas aus. Ich mochte Maya jedenfalls und hoffte, dass sie noch viele Jahre herumwirbeln würde. Fünf Minuten später kam Anna die Treppe hinunter gepoltert und verabschiedete sich von ihrem Vater, der sich inzwischen wieder an seinen steinalten Computer gesetzt hatte. Vor knapp einem Jahr hatte Anna ihm das erste Mal Internet eingerichtet, und seitdem durchforstete er ganz begeistert die Wikipedia-Seiten.

„Wo ist deine Mom?“, fragte ich Anna, als wir die Wohnung verlassen hatten und die Tür zugezogen war.

„Sie macht doch neuerdings Sport und hat *Zumba* ganz neu für sich entdeckt“, antwortete sie.

Ich prustete los. „Rita und Zumba?“ Ich mochte Rita wirklich, aber sie war in etwa so gelenkig wie ein tagelang liegengelassenes Baguette, wobei der Vergleich gut passte, denn sie war spindeldürr und lang wie Brot. Anstatt beleidigt zu sein, stimmte Anna aber in das Lachen ein, und während wir zur Bar liefen, stellten wir uns ihre Mutter beim Tanzen vor.

Wie immer erwarteten uns dicke Rauchschwaden in der Bar, doch glücklicherweise war ich schon so oft hier gewesen, dass ich den Weg auswendig kannte und ohne Hals- und Beinbruch - denn die Tische und Stühle standen hier wahllos verteilt – in unserer Ecke angelangte. Mein Magen machte Luftsprünge, als ich die Jungs am Billardtisch stehen sah, und diese verursachte nicht etwa Marvin, der mir begeistert zuwinkte, sondern sein

Nebenmann Lucan.

Er war tatsächlich gekommen. Mit seinem dunklen Kleidungsstil passte er gut zum Ambiente der Bar, und wenn man ihn nicht kannte, konnte man ihn von der Statur und dem Auftreten her durchaus für einen Erwachsenen halten. Als hätte er unsere Anwesenheit gespürt, sah er auf und lächelte mir und Anna zu. Wobei … lächeln war vielleicht übertrieben dargestellt, denn er ließ lediglich die Mundwinkel zucken. Entwaffnend war sein Anblick trotzdem, und das musste auch Anna mir angemerkt haben, denn sie maß mich mit einem spöttischen Blick.

„Was denn? Er sieht eben gut aus“, verteidigte ich mich, als wir bei den Mädels angekommen waren. Sie saßen an der Bar und schauten den Jungs beim Spielen zu, denen wir kurz zuwinkten, dann lenkte Liz auch schon unsere Aufmerksamkeit auf sich, indem sie fragte:

„Wer sieht gut aus?“

„Lucan, ich glaube, Elena steht auf ihn“, raunte Anna ihr wissend zu.

„Stimmt doch gar nicht. Man muss nicht gleich verliebt sein, nur weil man jemanden interessant findet“, verteidigte ich mich und streifte meine Jacke von den Schultern. Unwillkürlich sah ich in Lucans Richtung und erschrak fast, denn sein Blick war ebenfalls auf mich gerichtet.

Bevor die Mädels es bemerken konnten, wandte ich die Augen ab und hängte meine Jacke bedächtig über die Stuhllehne. Schaute er wirklich zu mir oder bildete ich mir das nur ein? Konnte ja auch gut möglich sein, dass er

Chloe oder Liz beobachtete. Ich kletterte auf den Hocker und war versucht, noch einmal zu ihm zu sehen, konnte mich aber glücklicherweise zurückhalten. Nichts wäre schlimmer gewesen, wenn sich unsere Blicke erneut gekreuzt hätten. Das hier war schließlich kein schlechter High School-Film!

„Oh, interessant ist er auf jeden Fall“, meinte Chloe und drückte mir unaufgefordert ein Mixbier in die Hand. Ich reichte es an Anna weiter, die aber genauso wenig Verlangen nach Alkohol hatte und es Chloe zurückgab. Diese hob die Schultern und genehmigte sich einen großen Schluck.

„Ich betrinke mich lieber mit harmloser Fanta“, sagte ich und gab dem Barkeeper ein Zeichen, zu mir zu kommen.

„Ich ebenfalls“, meinte Anna, und gemeinsam bestellten wir unsere Getränke.

In der nächsten halben Stunde gesellten sich Rebecca, Vivienne und Beth dazu, und wir begnügten uns damit, die Jungs zu beobachten und Schiedsrichter zu spielen. Dass niemand von uns auch nur einen blassen Schimmer von den Regeln hatte, störte uns dabei wenig, und den Jungs entlockte es nur amüsiertes Gelächter. Irgendwann, es mussten mindestens schon zwei Stunden vergangen sein und nicht alle waren mehr nüchtern – was den Barkeeper natürlich reichlich wenig interessierte –, kamen Liz und Rebecca auf die Schnapsidee, beim Billard mitzumischen, und so gesellten wir uns zu den Jungs.

„Habt ihr überhaupt schon mal gespielt?“, fragte Eric belustigt, als Rebecca unser Vorhaben verkündete. Ich hatte ja vorgeschlagen, lieber an der Bar sitzen zu bleiben, doch man hatte mich beflissentlich ignoriert.

„Das nicht, aber womöglich könnt ihr Jungs uns hilflose Mädchen aufklären", sagte sie mit einem schiefen Grinsen, das definitiv vom Alkohol kam. Oh Gott. Ihr anzüglicher Ton war nicht zu überhören und trieb mir sofort die Schamesröte ins Gesicht. Zum Glück wusste sie selbst nicht, was sie da redete, sonst hätte sie sich bestimmt geschämt. Wobei ... eigentlich war Rebecca immer so, wenn sie getrunken hatte.

„Klar", sagte Eric schulterzuckend, der die Andeutung entweder nicht herausgehört hatte oder einfach ignorierte. Er winkte Rebecca zu sich, stellte sich hinter sie und zeigte ihr, wie man den Queue ansetzte, wobei sich beide über den Tisch beugten. Als er allerdings merkte, dass wir sie beobachteten, richtete er sich wieder auf.

„Was haltet ihr davon, die Mädchen ebenfalls einzuweisen, anstatt uns zuzusehen?", fragte er mit hochgezogenen Brauen an die Jungs gewandt.

Es entstand ein peinlicher Moment, in dem sich alle unschlüssig ansahen, dann machte Johnson den Anfang und schnappte sich Chloe, um sie anzuleiten. Mit einem Mal wurde mir ganz heiß zumute, denn ich konnte Lucan schräg hinter mir an der Wand lehnen sehen. Er hatte sich auf seinen Queue gestützt und setzte sich soeben in Bewegung, doch ob er zu mir kommen wollte, würde ich wohl nie erfahren, denn plötzlich stand Marvin vor mir und zog mich unaufgefordert mit sich.

„Hast du schon mal Billard gespielt?", fragte er und

drückte mir den Queue in die Hand. Irgendwie wirkte er aufgeregt.

„Ähh …“ Ich hätte mich nur allzu gern zu Lucan umgedreht, hätte ihm damit aber möglicherweise gezeigt, dass ich ihn hatte haben wollen, also ließ ich es bleiben. „Ein paar Mal, aber …“

„Du musst dich vornüberbeugen“, fuhr er ohne Umschweife fort. „… und den Queue so hier anlegen.“

Als er mich bei den Hüften packte und vor sich stellte, quollen mir vor Empörung die Augen raus. Betont langsam drehte ich mich zu ihm um, woraufhin er mich mit einem entschuldigenden Lächeln losließ. Ohne dass ich etwas dagegen tun konnte, wanderte mein Blick automatisch zu Lucan, der immer noch in der Ecke stand und irgendwie erheitert aussah.

Machte er sich etwa gerade über mich lustig? Und warum sah er mich überhaupt an? Er war offenbar nicht schnell genug gewesen – oder es hatte sich niemand getraut, ihn anzusprechen - denn alle Frauen waren bereits vergeben und ließen sich unterrichten, wobei ich von mindestens zweien wusste, dass sie die Unterweisung gar nicht brauchten.

Ich sagte jedoch nichts, sondern achtete darauf, dass Marvin mir in seinem Übermut nicht zu nahe kam. Er hatte schon wieder ordentlich getrunken, fiel mir auf, und so wie er immer wieder nach seiner Flasche langte, hatte er nicht vor, in nächster Zeit damit aufzuhören. Ich begegnete Annas Blick, die am Tisch lehnte und Mason beim Ausrichten der Kugeln zusah, und glaubte, in ihrem Blick eine Spur Mitleid zu sehen. Tja, sie war eben meine beste Freundin und der konnte ich nichts vormachen, was meine Enttäuschung wegen Lucan betraf. Nachdem alle Regeln erklärt waren, begannen wir zu spielen, wobei wir Mädels uns zusammenschlossen und gegen die Jungs spielten. Wir verloren natürlich haushoch, aber Spaß machte es trotzdem.

Im Laufe des Abends verteilten wir uns, wobei Lucan, Johnson und Eric zum Dartbrett wechselten und wir anderen uns an den umstehenden Tischen und der Bar verteilten.

„Puh, es ist schon 23 Uhr durch und so langsam werde ich müde. Willst du noch lange bleiben?“, fragte ich Anna und gähnte hinter vorgehaltener Hand.

„Ehrlich? Ich bin überhaupt nicht müde. Noch eine halbe Stunde, in Ordnung?“, bat sie. Nickend lief ich zur Bar, um mir eine Cola zu bestellen, denn wenn ich nicht einschlafen wollte, musste ich mich irgendwie beschäftigen. Die Cola entgegengenommen machte ich mich wieder auf den Rückweg und sah dabei Marvin auf mich zukommen.

„Na, Ella, wie wäre es mit einem Tänzchen?“, rief er von Weitem. Oh Mann, er tat es schon wieder! Immer, wenn er betrunken war, und ich hatte absolut keinen Schimmer warum das so war, nannte er mich Ella statt Elena. Für mich ein Zeichen, dass er mehr als angeheitert war und ich ihm lieber aus dem Weg gehen sollte.

„Klasse, das habe ich jetzt davon, länger zu bleiben!“, murmelte ich zu mir selbst, denn mir war klar, dass ich ihn mit Worten nur noch schwer zur Vernunft bringen konnte.

Ehrlich, ich hasste es, wenn Marvin sich betrank, denn dann war er noch aufdringlicher als er es ohnehin schon war. Er vertrug einfach keinen Alkohol und Menschen, die das nicht taten, waren unberechenbar. Leider konnte ich von meinen Freunden keine allzu große Unterstützung erwarten, denn die fanden sein Benehmen höchstens lustig.

Klar, wenn man nicht selbst betroffen war, dann konnten seine lahmen Annäherungsversuche sicherlich unterhaltsam sein, aber es machte weniger Spaß, wenn man das Opfer seiner umstrittenen Verse war. Leider konnte ich ihm das Trinken nicht verbieten, denn ich war weder seine Freundin noch seine Mutter, also blieb mir nichts anderes übrig, als mit seinen gelegentlichen Ausschweifungen zu leben. Ich hätte ja die Fliege gemacht und mich so lange auf der Toilette verdrückt, bis er mich vergaß, doch leider hatte ich bereits seine Aufmerksamkeit.

Mit einem breiten Grinsen kam er auf mich zu getänzelt, als wollte er mich mit seinen bescheidenen Tanzkünsten beeindrucken. Dabei sollte er lieber darauf achten, dass er sich nicht der Länge nach auf den Boden legte.

Weil Lucan direkt in meinem Blickfeld stand, konnte ich sehen, wie er dem wankenden Marvin stirnrunzelnd beobachtete. Ich hätte zu gern gewusst, was er in diesem Moment dachte, doch da stand Marvin auch schon vor mir und streckte seine Hand nach mir aus. Seine Fahne konnte ich deutlich wahrnehmen, auch wenn er noch nicht einmal in meine intime Distanzzone eingedrungen war.

Da er aber auf dem besten Wege dazu war, machte ich einen Schritt zurück. Vielleicht nicht das Klügste, denn diese Bewegung rief in vielen Männern den Jagdinstinkt hervor, aber ich konnte Marvin nicht ausstehen, wenn er betrunken war, und wollte deshalb nur noch weg von ihm.

„Heute nicht, Marvin, such dir jemand anderen", antwortete ich verspätet auf seine Frage und stellte mein Glas vorsichtshalber ab. Ich wollte nicht, dass er es mir in seinem Rausch aus der Hand schlug und die klebrige Cola auf meinen Sachen verteilte.

„Ach, komm schon, Ella. Nur ein Tanz", bat er mit einer Schnute.

„Elena!", verbesserte ich ihn genervt und schaute mich Hilfe suchend nach meiner Freundin um. Doch Anna stand mit dem Rücken zu mir und unterhielt sich mit Chloe. In diesem Augenblick sah ich Lucan auf uns zukommen und mein Herz machte einen verräterischen Hüpfer. Wollte er nur zur Bar und etwas bestellen oder kam er, um mich vor Marvin zu beschützen? Der letzte Gedanke ließ mein Herz entzückt flattern, doch dann sah ich Lucans finsteren Gesichtsausdruck, und mir wurde klar, was hier gleich geschehen würde.

„Wir unterhalten uns nur, alles in Ordnung", sagte ich deshalb, kaum dass er hinter Marvin aufragte.

„Tatsächlich?", fragte Lucan wenig überzeugt. Seinen dunklen Augen schien nichts zu entgehen, auch nicht die abwehrende Haltung, die ich in Marvins Nähe eingenommen hatte. Verwirrt drehte Marvin sich zu seinem Hintermann um, und als Lucan seine alkoholbelastete Fahne abbekam, lehnte er naserümpfend den Kopf zurück.

„Alter, mach keinen Stress, ich unterhalte mich nur“, lallte Marvin und drehte seinen gesamten Körper zu ihm. Er war nur wenige Zentimeter kleiner als Lucan und nicht weniger kräftig.

„Tu ich nicht, ich will nur sicher gehen, dass es ihr gut geht“, sagte Lucan, und obwohl er durchaus gefährlich in den dunklen Sachen aussah, nahm er keine aggressive Haltung ein. Ich konnte nicht verhindern, dass ich bei seinen Worten heiße Wangen bekam. Ich meine, imponierte es nicht jeder Frau, wenn ein gut aussehender Mann sie vor einem anderen beschützte?

Ich kam mir vor wie in einem Hollywoodstreifen, nur dass das hier die Realität war. Lucan war tatsächlich zu mir gekommen, um mich vor Marvin zu beschützen, und wäre ich eine Mangafigur, hätte ich jetzt mit Sicherheit rosa pochende Herzen in den Augen.

„Es geht ihr gut, und es würde ihr noch viel besser gehen, wenn du einen Abflug machen würdest“, zischte Marvin und richtete sich wie ein stolzer Hahn auf. Mir war nur schleierhaft, worauf er da eigentlich stolz war. Auf das siebte Bier, das er bereits getrunken hatte? Glücklicherweise schien Lucan nicht der Schlägertyp zu sein, denn er ging kein bisschen auf Marvins herausfordernden Ton ein. Dafür hefteten sich seine Augen auf mich, als wollte er lieber meine Sicht der Dinge hören.

„Lassen wir doch einfach Elena entscheiden. Willst du

dich hier weiter … unterhalten oder willst du mit mir kommen? Wir wollten gerade Dart spielen und haben noch einen Platz frei." Mit ihm kommen? Er wollte mich tatsächlich zum Dartspielen einladen? Aus dem Augenwinkel sah ich, dass Anna ihr Gespräch mit Chloe abgebrochen hatte und uns beobachtete.

„Ich komme mit", sagte ich und ließ vor unterdrückter Begeisterung doch glatt meine Cola stehen, als ich Lucan folgte. Dabei wollte ich mich an Marvin vorbeischieben, doch dieser, ganz und gar nicht begeistert von meiner Antwort, umfasste plötzlich meinen Arm und hielt mich zurück. Es war sicher keine Absicht und seinem Alkoholpegel zuzuschreiben, doch sein Griff war ziemlich fst.

„Du tust mir weh!", informierte ich ihn und versuchte, mich loszumachen, doch er verstärkte seinen Schraubstockgriff nur noch. Da bemerkte Lucan erst, dass ich aufgehalten wurde, und kam wieder zu uns zurück.

„Wieso willst du mit diesem Typen mitgehen? Du kennst ihn doch nicht mal", fragte Marvin beleidigt und ohne auf mein Zappeln einzugehen. Seine Wangen glühten vom süßen Rausch des Alkohols und in seinen Augen tanzte ein fiebriger Glanz.

„Natürlich kenne ich ihn, er geht zufällig in unsere Klasse und offensichtlich hat er bessere Manieren als du. Jetzt lass mich los", forderte ich nachdrücklicher. Hinter ihm sah ich, wie Anna sich mit schockierter Miene einen Weg zu uns bahnte, um mir zu helfen, doch Lucan war schneller.

„Anscheinend hast du zu tief ins Glas geschaut, Marvin, aber wenn du sie nicht sofort loslässt, helfe ich nach!“, sagte Lucan, und obwohl seine Stimme beherrscht, ja, schon fast freundlich klang, verursachte sie mir eine Gänsehaut. Nur einem Betrunkenen wäre der selbstsichere Ton entgangen, mit dem er seine Drohung aussprach, und da ich Lucan nicht für einen Angeber hielt, musste er einiges auf dem Kasten haben.

Vielleicht beherrschte er ja eine tödliche Kampfkunst. Doch leider war Marvin eben genau das, betrunken, weswegen er Lucans Hand provozierend wegschlug. Jetzt reichte es aber! Entschlossen zog ich meinen Arm zurück und schaffte es, mich von ihm loszureißen, doch in dem Moment eskalierte die Situation.

Obwohl Lucan nicht auf ihn losgegangen war, packte Marvin ihn am Kragen und riss ihn herum.

Dabei stieß Lucan so fest gegen mich, dass ich aus dem Gleichgewicht geriet und zu Boden zu stürzen drohte. Glücklicherweise schalteten seine Reflexe aber schneller als meine, und so streckte er seine Hand nach mir aus, um mich festzuhalten. Was dann geschah, war allerdings so verstörend, dass ich mich später fragte, ob es wirklich so geschehen war und ich es mir nicht nur eingebildet hatte. Kaum hatte er meine Haut berührt, riss er nämlich erschrocken die Augen auf.

Ein dunkler Schatten schien darüber zu huschen, ließen seine Augen eine Sekunde lang ganz schwarz wirken, dann zuckte er zurück, als wäre ein elektrischer Schlag durch seinen Körper gejagt … und ließ mich einfach los. Wie ein nasser Sack fiel ich nach hinten und kam hart auf den Boden auf, doch den Aufprall spürte ich kaum, denn meine Aufmerksamkeit galt ganz allein Lucan. Er starrte mich mit einem Ausdruck abgrundtiefen Entsetzens an, der mir unerklärlicherweise eine Gänsehaut verursachte. Selbst Marvins wütendes Geschwafel ignorierte er, und während die Zeit stehen zu bleiben schien und wir uns anstarrten, fragte ich mich, was ihn so sehr schockierte.

„Lucan?", fragte ich deshalb beunruhigt und rappelte mich auf. Da erwachte er aus seiner Starre und machte Anstalten, mir aufzuhelfen, doch auf halber Strecke zog er seine Hand wieder zurück und rauschte dann ohne ein weiteres Wort davon.

„Pff, was ist denn mit dem nicht richtig?", fragte Marvin schnaubend und half mir auf, und perplex wie ich war, ließ ich ihn mich hochziehen.

„Ist mir etwa die Cola zu Kopf gestiegen oder hat er dich gerade aufgefangen und dann wieder fallen lassen?", fragte Anna, die plötzlich an meiner Seite war. Wir sahen Lucan hinterher, dann schüttelte ich ungläubig den Kopf und murmelte: „Nein, das ist wirklich passiert."

„Vielleicht hat er einen Schlag bekommen?", überlegte sie laut, klang aber selbst nicht überzeugt.

„Aber so heftig, dass er mich nicht festgehalten kann?", fragte ich zweifelnd. „Nein, da … war etwas anderes. Er hat mich angeguckt, als hätte er ein Gespenst gesehen", murmelte ich und das so leise, dass ich mir nicht sicher war, ob sie es überhaupt hörte. Tat sie offenbar nicht, denn anstatt darauf zu antworten, wandte sie sich mit ernster Miene an Marvin.

„Das ist allein deine Schuld!“, sagte sie verärgert und tippte ihm auf die Brust.

„Meine? Was hab ich denn …“

„Dass du sie angegraben hast, ist ja noch in Ordnung, schließlich hast du damit Lucans Aufmerksamkeit erregt, aber musstest du ihn danach so anpöbeln? Du hast alles versaut“, meckerte sie.

Marvin und ich blickten sie gleichermaßen verwirrt an.

„Ähm, entschuldige bitte? Das hört sich ja an, als sollte das hier eine Verkupplungsaktion werden“, sagte ich argwöhnisch.

Annas Mundwinkel hoben sich minimal. „Hat doch gut geklappt, oder? Du wurdest belästigt und der geheimnisvolle Lucan ist dich retten gekommen.“ Dann drehte sie sich wieder zu Marvin und funkelte ihn böse an.

„Nur du hast alles ruiniert.“

Marvin zog die Stirn kraus. „Kann mir mal jemand sagen, was hier überhaupt läuft?“

„Das würdest du in deinem Rausch sowieso nicht kapieren“, sagte Anna knapp und zog mich von ihm fort. Vor der Tür machte ich mich von ihr los.

„Ich würde auch gerne wissen, was du damit meinst“, sagte ich, doch sie verdrehte nur die Augen.

„Gar nichts, nur dass es bis zu einem gewissen Punkt recht gut gelaufen ist, oder? Was meinst du, warum ich nicht dazwischen gegangen bin? Ich dachte, Lucan nimmt dich zu seinem Tisch mit und ihr kommt euch ein bisschen näher …“

Ich lachte ungläubig.

„Bitte was? Näherkommen? Soll das heißen, dass du Marvin dazu angestiftet hast …"

Mit einem ungeduldigen Handwedeln schnitt sie mir das Wort ab. „Angestiftet würde ich jetzt nicht sagen. Ich habe Marvin lediglich gesagt, dass er dich zum Tanzen auffordern soll und dass du dich bestimmt darüber freuen würdest", antwortete sie. Was meine Frage im Grunde genommen bejahte.

„Und das in dem Wissen, dass ich ihn abblitzen lassen würde!", hielt ich ihr mit verschränkten Armen vor.

„Richtig, aber ich habe es nur getan, weil ich wusste, dass es funktionieren würde", verteidigte sie sich.

„Lucan hat dich nämlich den ganzen Abend über angeschaut. Ich weiß es, denn ich habe ihn beobachtet", sagte sie und betrachtete mich mit unterdrückter Genugtuung. Vielleicht dachte sie, dass diese Information meine Entrüstung augenblicklich verfliegen lassen würde, doch das tat sie nicht – dazu war ich einfach zu durcheinander.

„Aha", sagte ich deshalb nur und schnalzte mit der Zunge.

„Aha? Bekomme ich vielleicht ein Dankeschön dafür, dass ich euch beinahe verkuppelt hätte?", empörte sie sich.

„Wohl kaum, immerhin hat dein Plan nicht funktioniert, oder hast du vergessen, dass er mich fallen gelassen hat?! Mit diesem Idioten will ich nichts mehr zu tun haben", sagte ich.

„Vielleicht hatte er einen Schwächeanfall oder so etwas", überlegte Anna wenig ernst. Als ich nur die

Brauen hob, seufzte sie laut.

„Na gut, du hast recht. Meine Aktion war vollkommen daneben, tut mir leid."

„Ich bin nicht sauer, Anna, auch wenn dein Plan ausgeklügelter hätte sein können, mich interessiert vielmehr, was Lucan für ein Problem hat."

„Fragen wir ihn morgen doch einfach", schlug sie vor.

„Worauf du dich verlassen kannst."

Mein Enthusiasmus hielt genau solange, bis ich mich von Anna verabschiedet hatte und allein in meinem Bett lag. Ihn fragen? Und wenn er mich einfach abblitzen ließ? Vielleicht hatte ich es mir ja nur eingebildet und er hatte meinen Arm nie berührt. *So ein Blödsinn!*, dachte ich im nächsten Moment.

Ich hatte seine Berührung doch genau gespürt, und wenn ich tatsächlich noch irgendeinen Beweise dafür brauchte, dann gab ihn mir das prickelnde Gefühl auf der Haut. Mein Handgelenk kribbelte nämlich immer noch dort, wo er mich angefasst hatte. Nein, es war also definitiv keine Einbildung gewesen.

Nur warum hatte er mich dann losgelassen? Gedankenverloren wälzte ich mich im Bett herum, bis ich mir schließlich Einhalt gebot. Es half ja alles nichts. Ich würde Lucan morgen einfach fragen. Vielleicht war es bloß ein Versehen gewesen, und er würde sich bei mir entschuldigen.

Mit diesem tröstenden Gedanken versuchte ich, einzuschlafen, doch im nächsten Moment betraten Sarah und ihr Freund das angrenzende Zimmer und hielten mich die halbe Nacht wach!

„Wenn du dich nicht traust, kann ich das auch erledigen“, schlug Anna vor, als wir auf dem Weg zum Klassenzimmer waren. Ich war gestern erst spät eingeschlafen und fühlte mich demnach auch alles andere als wach, aber ich würde Anna nicht erlauben, für mich zu sprechen – so viel Reife besaß ich dann doch!

„Nein, das mache ich schon selbst. Du sorge nur dafür …“ Ich hörte mitten im Satz auf, denn als wir das Klassenzimmer betraten, war Lucans Stuhl leer.

„Vielleicht verspätet er sich ja bloß“, überlegte ich, doch instinktiv wusste ich, dass es nicht so war. Lucan würde heute nicht in die Schule kommen und seinem Gesichtsausdruck von gestern zu urteilen, war es allein meinetwegen. Ich bekam sofort eine Gänsehaut, als ich daran zurückdachte, denn sein Blick … So hätte ich vielleicht jemanden angesehen, wenn er vor meinen Augen überfahren worden wäre oder wenn er blutüberströmt vor mir gelegen hätte, aber bei mir? Ich war doch bloß gestürzt, was hatte ihn nur so sehr schockiert? Während diese Frage wie eine Endlosschleife in meinem Kopf lief, ging Anna zu unserer Lehrerin und erkundigte sich nach Lucan.

„Nein, er ist für diese Woche krankgeschrieben“, antwortete Mrs. Peterson auf ihre Frage, woraufhin Anna nickte und wieder zu mir kam.

„Unglaublich“, murmelte sie, als wir auf unseren Plätzen saßen.

„Das kannst du laut sagen“, bestätigte ich, immer noch fassungslos.

„Hat er denn noch irgendetwas gesagt, bevor er gegangen ist?“, wollte Anna wissen, während wir unsere Unterlagen hervorholten und auf dem Tisch auszubreiten.

„Nein, daran hätte ich mich erinnert. Er ist einfach gegangen“, sagte ich und ließ den Abend im Geiste Revue passieren, als könnte ich dadurch das Puzzle zusammensetzen. Konnte ich natürlich nicht, und als es zum Unterricht klingelte, verlegten wir unsere Grübelei auf die Pause.

„Weißt du, was richtig gruselig ist? Dass das Ganze stark an die Anfangsszene in *Twilight* erinnert“, meinte Anna nach dem Unterricht, womit sie mir ein Schmunzeln entlockte. „War Edward zu Beginn nicht auch freundlich, nur um dieser Bella dann aus dem Weg zu gehen?“

„Nein, Edward war schon bei ihrem ersten Treffen abgeneigt. Er konnte sie nämlich nicht riechen und ist deshalb eine Zeit lang nicht in die Schule gekommen“, korrigierte ich sie.

„Siehst du, und Lucan kann dich offenbar nicht berühren, so wie er zurückgezuckt ist. Vielleicht ist er ja ein übernatürliches Wesen“, überlegte sie mit geheimnisvoller Stimme. Ich wusste, dass Anna es nicht ernst meinte, denn niemand von uns glaubte an übernatürliche Kräfte, auch wenn wir uns gern gut

aussehende Fabelwesen ausdachten.
Deshalb lachte ich auch über ihre Worte.

„Und was für ein übernatürliches Wesen soll das sein, das keine Menschen anfassen kann?“, fragte ich immer noch grinsend.

Sie hob die Schultern. „Keine Ahnung, aber mit dem Typen scheint wirklich etwas nicht zu stimmen“, sagte sie.

„Na, vielen Dank, und mit *so* jemandem wolltest du mich verkuppeln!“, warf ich ihr vor.

„Na, hör mal, konnte ich etwa wissen, dass er Frauen lieber fallen lässt, anstatt ihnen aufzuhelfen?“, verteidigte sie sich und band sich die Haare halbherzig zu einem Pferdeschwanz. Das tat sie immer, wenn draußen peitschender Wind herrschte, denn sie mochte es nicht, wenn ihre Haare umherflogen. Naja, welche Frau tat das schon?

„Außerdem hat es keinen Sinn, sich über ihn zu ärgern. Wenn er sich, weswegen auch immer, beruhigt hat und wieder kommt, werden wir ihn einfach ausquetschen“, plante sie, und damit war das Thema erledigt. Zumindest offiziell, denn im Gegensatz zu meinem Mund ließen sich meine Gedanken nicht so einfach abstellen und so drifteten sie wieder zum gestrigen Abend ab. Doch so oft ich auch darüber nachdachte, ich kam immer wieder zur gleichen Erkenntnis: Er war vor *mir* zurückgeschreckt und nicht wegen einen elektrischen Schlags.

Die Woche verging wie im Flug, und ich war überrascht, wie leicht ich mich wieder im Unterricht und Schultag einfand. Wobei, überrascht war vielleicht nicht das richtige Wort, schließlich lernte ich Tag und Nacht dafür, aber ich war sehr zufrieden mit meinen schulischen Leistungen. Ich telefonierte noch einige Male in der Woche mit Mom, um mich nach Großtante Mary zu erkundigen und bekam sie sogar einmal höchst persönlich ans Telefon. Sie beteuerte mir noch einmal, wie froh sie war, dass ich am Leben wäre und dass sie es nicht überstanden hätte, wenn ich ebenfalls umgekommen wäre.

Das rührte mich so sehr, dass ich den Besuch meiner Eltern um einige Wochen vorverlegte. Ich musste Großtante Mary unbedingt sehen, schon allein, weil ich ihr persönlich mein Beileid aussprechen wollte. Schon eigenartig, wie ein plötzlicher Todesfall die Familie zusammenschweißt. Ich hatte in meiner Jugend nie viel mit Mary zu tun gehabt, doch von meinen Eltern wusste ich, dass ich als Kleinkind oft bei ihr übernachtet hatte und mit ihr reiten gegangen war. Daran konnte ich mich heute natürlich nicht mehr erinnern, aber zu wissen, dass wir so viel zusammen unternommen hatten, bestärkte mich in meinem Entschluss noch.

Mit Sarah und Peter wurde es dagegen immer schlimmer, und ich war schon so weit, dass ich ernsthaft mit dem Gedanken spielte, auszuziehen. Nicht nur, dass ich mich überhaupt nicht frei in der Wohnung bewegen konnte, denn Peter war mittlerweile einfach überall, nein, in der Nacht raubten sie mir auch noch meinen Schlaf, den ich so dringend brauchte, um schulische

Topleistungen erbringen zu können. Vielleicht fand ich ja auf dem Campus noch ein Zimmer, wobei ich eigentlich keine große Lust hatte, auf dem Schulgelände zu wohnen.

Anna, die wohl ein schlechtes Gewissen wegen der misslungenen Vermittlung hatte, unterstützte mich bei der Suche, doch diese ging wegen des mangelnden Angebots und der hohen Nachfrage nur schleppend voran. Ich würde jedenfalls keine 400 Dollar im Monat für ein Zimmer zahlen. Da schlief ich lieber unter der Brücke!

# Was ist nur mit Lucan los?

# *** 3 ***

Am Montag betrat ich das Schulgebäude mit gemischten Gefühlen. Einerseits fragte ich mich aufgekratzt, ob er da sein und wenn ja, ob er sich bei mir entschuldigen würde. Auf der anderen Seite war ich stinksauer, denn nachdem er mich losgelassen hatte, war ich nicht gerade sanft auf dem Boden gelandet und hätte doch zumindest eine Entschuldigung erwartet.

Mein Ellenbogen hatte nämlich noch tagelang unangenehm gepocht. Diese widersprüchlichen Gefühle beunruhigten und verunsicherten mich in der Frage, wie ich ihm begegnen sollte. Sollte ich ihm verzeihen oder ihn ignorieren? Aber ich wollte ja Antworten, also würde ich zumindest so tun müssen, als wäre ich nicht nachtragend. Mal sehen.

Leider konnte ich heute aber nicht auf die Unterstützung meiner Freundin bauen, denn die hatte verschlafen und würde sich, um die anstehende Klausur nicht schlecht benotet zu bekommen, für den heutigen Tag krank melden. Passenderweise gab es dafür einen Arzt, der uns, ohne viele Fragen zu stellen, vom Unterricht befreite.

Sonderbarerweise schien es jeder zu wissen, selbst die Lehrer, und doch wurde es nie bei der Ärztekammer gemeldet. Vielleicht lag das aber auch nur daran, weil die Lehrer selbst zu ihm gingen, wenn sie eine Auszeit von den Schülern brauchten – wer wusste das schon? Jedenfalls musste ich mich ausgerechnet heute allein zum Unterricht begeben, weshalb mein Herz aufgeregt flatterte. Noch mehr flatterte es allerdings, als ich einen dunkelhaarigen Jungen hinter meinem Platz sitzen sah.

Er war also wirklich wieder da!

Mit einem Kribbeln im Bauch bahnte ich mir einen Weg zu meinem Tisch und versuchte, ihn dabei möglichst zu ignorieren – ich wollte, dass er auf *mich* zukam und sich entschuldigte - doch er schien dasselbe zu tun, denn als ich an meinem Platz war und flüchtig zu ihm herüber schielte, starrte er verbissen auf seinen Ordner.

Okay, offenbar hatte er nicht vor, mich um Verzeihung zu bitten. Beleidigt ließ ich mich auf meinen Stuhl sinken und holte meine Schulsachen hervor. Wenn doch nur Anna hier wäre, dann könnte ich herumkichern und so tun, als würde mir sein sonderbares Verhalten nichts ausmachen.

So konnte ich jedoch nur mit angehaltenem Atem darauf warten, dass er etwas sagte – worauf ich jedoch lange wartete. Als ich meine Federtasche hervorholte, fiel mir ein, dass ich noch seinen Kugelschreiber hatte, und holte ihn hervor. Okay, Elena, du bist ein mutiges Mädchen, redete ich mir zu. Dreh dich einfach um und gib ihm den Stift, dann hat er gar keine andere Wahl, als sich bei dir zu entschuldigen. Also nahm ich all meinen

Mut zusammen und wandte mich ihm zu. Etwas fester als beabsichtigt legte ich ihm den Stift dann auf den Tisch.

„Den wollte ich dir noch zurückgeben“, sagte ich und musterte ihn abwartend, doch dieser unverschämte Kerl hob nicht einmal den Blick. Alles, was er tat, war, den Stift zu betrachteten, ihn mit einer raschen Bewegung an sich zu reißen und ein unehrliches

„Danke“ hervorzupressen.

Seine Augenbrauen waren so dicht zusammengezogen, als wäre es eine Qual, in meiner Nähe zu sein, sodass ich Annas Vergleich zu dem Vampir Edward wohl noch einmal überdenken musste. Bevor ich jedoch etwas sagen konnte, klingelte es zum Unterricht und der Lehrer verteilte die Aufgabenblätter. Na, das hat ja super geklappt, Elena, spottete ich und drehte mich wieder um. Aber wo lag nur sein Problem? In der Bar war er doch so höflich gewesen. Er hatte mich sogar zu sich und den anderen eingeladen, und das doch nicht nur, um mich von Marvin wegzukriegen, oder? Gott, das war ja so was von nervig!

Und noch nerviger war es, dass all diese Gedanken während der Klausur durch meinen Kopf kreisten, sodass ich mich nicht gewundert hätte, wenn anstatt der Antworten meine wirren Gedankengänge auf dem Blatt gestanden hätten. Leider hatte ich nach dem Unterricht aber keine Gelegenheit, Lucan anzusprechen, denn kaum hatte es zur Pause geklingelt, rauschte er aus dem Raum. Kein Problem, dachte ich mir, weil wir in jedem Fach dieselbe Sitzordnung hatten, doch als ich ihn ein zweites Mal ansprach, wies er mich kühl, aber freundlich daraufhin, dass er sich auf den Unterricht konzentrieren müsste.

War denn das zu fassen? Wutentbrannt drehte ich mich um und nahm mir vor, den Rest meines Lebens nie wieder ein Wort mit ihm zu wechseln. Von wegen, er war Frauen gegenüber ein Gentleman. Pah!

„Jetzt beruhige dich erst einmal", sagte Anna, als ich sie in der Pause anrief.

„Beruhigen? Dieser Kerl hat mich angesehen, als sei ich eine Kakerlake!" Als mir bewusst wurde, dass ich beinahe ins Telefon schrie, atmete ich tief durch und fuhr dann mit beherrschter Stimme fort: „Ich will verdammt noch mal wissen, wo sein Problem liegt, denn ganz offensichtlich hat sein idiotisches Verhalten mit mir zu tun."

„Wenn er nicht mit dir reden will, kannst du ihn aber schlecht dazu zwingen, oder?", entgegnete sie. Da hatte sie natürlich recht, aber irgendeinen Weg musste es doch geben, um seine Zunge zu lockern.

„Hör zu, ich bin ja morgen wieder da. Dann werde ich ihn einfach fragen. Irgendeinen Grund muss es für sein Verhalten ja geben", bot sie mir an.

„Okay", sagte ich lahm. „Dann bis morgen."

„Bis morgen", wiederholte sie und legte auf. Als ich mein Handy weggepackt hatte und auf den Schulhof gehen wollte, blieb ich wie angewurzelt stehen. Lucan stand nicht weit von mir an der Wand gelehnt und sah in meine Richtung. Zuerst hielt ich es für einen Zufall, vielleicht wartete er ja auf jemanden, aber dann sah ich, dass seine Augen direkt auf mich gerichtet waren. Ohne sich ertappt zu fühlen, stieß er sich seelenruhig von der Wand ab und lief davon, und ich konnte nichts anderes tun, als ihm mit angehaltenem Atem hinterherzuschauen.

Hatte er mich gerade wirklich aus einer dunklen Ecke heraus beobachtet, als wäre er ein Psychopath und ich sein nächstes Opfer? Gott, was stimmte bloß mit diesem Typen nicht?

Den restlichen Tag versuchte ich, Lucan nicht eines Blickes zu würdigen, was sich als schwierig erwies, denn jedes Mal, wenn ich das Klassezimmer betrat, saß er schon an seinem Platz und befand sich somit in meinem Sichtfeld. So war ich jedes Mal versucht, meinen Blick zu heben, doch ich schaffte es mit eiserner Disziplin, ihn auf meiner Tischplatte zu lassen. Ich wollte gar nicht wissen, ob er mich ansah, für den Fall, dass ich einen irren Glanz in seinen Augen sehen würde, der mir deutlich machte, dass er mich um die Ecke bringen wollte. Kaum zu glauben, wie schnell sich das Blatt wenden konnte, aber in den vier Unterrichtsstunden, wie wir heute zusammen gehabt hatten, hatte sich meine anfängliche Neugierde in pure Panik verwandelt. Was, wenn er an einer gespaltenen Persönlichkeit litt?

Was, wenn er ein gesuchter Serienmörder war? Das würde zumindest erklären, warum er niemandem von seiner Herkunft erzählen wollte. Im Grunde genommen glaubte ich an nichts dergleichen, aber wenn man zu lange nach einer plausiblen Erklärung suchte, kam nun mal so ein Mist dabei heraus – zumindest bei mir.

Auch Marvin hatte es sich zur Aufgabe gemacht, Lucan zu ignorieren, wenn auch aus einem anderen

Grund als ich. Bei mir hatte er sich entschuldigt und versprochen, dass so etwas nie wieder geschehen würde, dabei wussten wir beiden, dass *nie wieder* nur bis zum nächsten Alkoholexzess halten würde. Er war eben unverbesserlich.

Als der Unterricht vorbei war und wir auf dem Weg zur Bushaltestelle waren, fühlte ich mich mehr als unwohl in meiner Haut. Lucan lief mit den Jungs nämlich direkt hinter mir, und ich glaubte, finstere Blicke auf meinem Rücken zu spüren. Was Chloe neben mir erzählte, bekam ich nur am Rande mit, denn all meine Sinne waren auf die Person hinter mir gerichtet. Ob er sich gerade ausmalte, wie er mich loswerden konnte, oder starrte er mir womöglich sogar auf den Hintern?

Einmal drehte ich mich zu ihm um und tat, als würde ich jemanden suchen, doch da lachte Lucan gerade über etwas, das Eric gesagt hatte. Unsere Blicke begegneten sich flüchtig, und obwohl Lucans Mundwinkel immer noch zu einem Lächeln verzogen waren, verdunkelte sich sein Blick. Schnell drehte ich mich wieder um und lachte dümmlich über etwas, das Chloe gerade gesagt hatte. Ich hatte nicht einmal verstanden, worum es ging, sie hätte sogar meine Mutter beleidigen können, ich hätte dennoch gelacht. Hauptsache, Lucan merkte nicht, wie sehr mich sein Verhalten verunsicherte.

Als wir im Kreis standen und auf unsere Busse warteten, kam ich mir vor wie auf dem Präsentierteller. Chloe und Liz kicherten über die Witze der Jungs - die mir heute überhaupt nicht lustig vorkamen - und ich stand daneben und wäre am liebsten im Erdboden versunken. Lucan stand mir nämlich direkt gegenüber und benahm sich, als wäre alles in Ordnung.

Er ließ sogar den einen oder anderen Spruch hören, doch irgendwie kaufte ich ihm seine falsche Gelassenheit nicht ab. Je häufiger ich nämlich zu ihm sah, desto mehr hatte ich den Eindruck, dass er hinter seiner Maskerade angespannt war. Immer wieder glitt sein Blick hinter mich auf die Straße, als wartete er sehnlichst auf den Bus. Offenbar konnte er es kaum erwarten, von mir wegzukommen.

Gott, ich fühlte mich so unbehaglich in meiner Haut und genau das ärgerte mich. Immerhin gab es nichts, weswegen ich mich schlecht fühlen musste, oder? Schließlich hatte nicht ich ihn angepöbelt, und dass Lucan gegen mich gestoßen war, war ja noch viel weniger meine Schuld. Wie schaffte er es dann, mich fühlen zu lassen, als hätte ich etwas falsch gemacht und dass sich meine Gedanken fast ausschließlich nur noch um ihn drehten? Ich weiß nicht einmal, was mich die Tage zuvor noch beschäftigt hatte, denn mein ganzes Universum schien nur noch um diesen geheimnisvollen, gut aussehenden, aber unverschämten Kerl zu kreisen. Leider banden Liz und Chloe mich immer wieder in das Gespräch ein, sodass es mir unmöglich war, mich davonzustehlen. Ich hatte nämlich ein Auge auf den Sitz der Haltestelle geworfen, auf den ich mich nur zu gern gesetzt hätte. Dann wäre ich von seinen lastenden Blicken befreit und könnte etwas freier atmen.

„Wann wollt ihr denn zum See fahren?“, fragte Chloe

in die Runde.

„Noch sind die Temperaturen ja recht frisch."

„Sobald es warm genug ist. In zwei Wochen wird das Wetter wirklich gut, dann fahren wir auf jeden Fall hin. Wir werden wieder mit den Autos unterwegs sein und dementsprechend planen müssen", antwortete Tobi, ein hochgewachsener Blondschopf, der durch und durch ein netter Kerl war. Mit seinen kleinen Locken und dem aufgeschlossenen Gesicht erinnerte er mich an den blonden Ermittler der Fernsehserie Navy CIS: L.A. Wie hieß der gleich noch mal?

„Bist du dabei, Lucan?", fragte Tobi seinen Nebenmann, und auch wenn ich mir das Gegenteil vorgenommen hatte, wanderte mein Blick automatisch zu seinem Gesicht. Was ich jedoch nicht erwartete hatte, war, dass seine Blicke nachdenklich auf meinem Gesicht ruhten.

Verstimmt wie ich war, rümpfte ich aber nur die Nase und schaute zu Chloe.

„Klar, warum nicht?", antwortete Lucan unbeschwert, während Liz sagte: „Anna wird auf jeden Fall mitkommen, was ist mit dir?" Alle Augen waren nun auf mich gerichtet.

„Ich weiß noch nicht, vielleicht", druckste ich herum.

Von wegen, ich wäre sogar liebend gern mitgegangen, aber nicht unbedingt, wenn Lucan dabei war.

„Ach, sei nicht so eine Langweilerin. Die anderen Male bist du doch auch mitgekommen, und außerdem brauche ich unbedingt jemanden, der schlechter im Beach

Volleyball ist als ich. Ich will nämlich nicht die Sportniete sein", sagte Eric charmant grinsend und klopfte mir auf den Rücken.

Kurz danach meinte Liz: „Was heißt denn hier vielleicht? Sonst bist du doch die Erste, die sich meldet."

Wieder wanderte mein Blick unbeabsichtigt zu Lucan – ich sollte das wirklich sein lassen–, der ihn mit kühler Gleichgültigkeit erwiderte.

„Warten wir erst einmal ab, wie sich das Wetter entwickelt", wich ich aus, denn im letzten Jahr hatte der Sommer ganze zwei Wochen auf sich warten lassen und das trotz lobpreisender Wettervorhersage. In Wirklichkeit wollte ich aber die Entwicklung einer ganz anderen Person abwarten, denn ich hatte keine Lust, mir die Laune verderben zu lassen, wenn Lucan bis dahin nicht wieder normal war. Wobei, was bedeutete *normal* in seinem Fall überhaupt? Ich kannte ihn ja gar nicht.

Vielleicht war er ja immer so ungenießbar und hatte die erste Woche nur überragend gute Laune gehabt. War doch möglich. In den nächsten Minuten kamen zwei Busse und zogen den Großteil unserer Gruppe ab, sodass am Ende nur noch Chloe, Tobi, Johnson und ich übrig waren. Ach ja, und Lucan natürlich.

Mir fiel auf, dass ich ihn zum ersten Mal an der Bushaltestelle sah und fragte ich mich, wo er überhaupt wohnte. Ich hatte angenommen, dass er ein Auto besaß, denn bisher war er nie zur Haltestelle mitgekommen, doch jetzt überlegte ich, ob er die ersten Tage nur bei einem Kumpel mitgefahren war und nun jeden Tag hier mit uns stehen würde. Hoffentlich nicht, denn ich wollte die ersten Minuten meiner täglichen Freizeit nicht mit jemandem teilen müssen, den ich nicht leiden konnte. Wobei das ja gar nicht stimmte. Leiden konnte ich ihn schon, oder zumindest hatte ich das am Anfang getan - jetzt war ich vielmehr verwirrt wegen seines Verhaltens, und diese Verwirrung war in Ärgernis umgeschlagen. Denn es ärgerte mich, dass er sein Problem nicht einfach aufklärte und mich stattdessen ignorierte.

Ich konzentrierte mich wieder auf Chloes Worte, die von einem neuen Film und dessen super attraktiven Hauptdarsteller handelten, als mehrere Dinge gleichzeitig geschahen. Ich sah das Auto im Fensterglas der Haltestelle heranbrausen und gleichzeitig Chloes Lächeln in pures Entsetzen verwandeln. Wie in Zeitlupe öffnete sie den Mund zu einem fürchterlichen Schrei, der beinahe mein Trommelfell zum Platzen brachte, dann spürte ich einen Ruck und lag plötzlich in Lucans Armen. Ich war so benommen, dass ich nur auf seine Brust starren konnte, während die umstehenden Leute zu uns kamen und auf uns einredeten.

Nein, Moment, sie sprachen mit mir, doch ich konnte sie nicht verstehen, denn Chloes Schrei klingelte mir immer noch in den Ohren. Dann kam ich langsam wieder zu mir, und das Erste, was ich wahrnahm, war Lucans betörender Duft. Da seine Jacke offen stand, lag ich praktisch an seinem Hals und kam zu dem Entschluss, dass der Duft nicht nur aus seinem Parfüm bestand, denn das kannte ich, sondern dass sein Eigengeruch dem Ganzen eine berauschende Note verpasste.

Am liebsten hätte ich mich nie wieder von der Stelle

bewegt, denn neben seinem faszinierenden Geruch strahlte er auch eine unglaublich wohltuende Wärme aus. Doch leider drückte er mich viel zu schnell von sich weg und reichte mich an die tränenüberströmte Chloe weiter, die mich sofort in die Arme nahm.

„Oh Gott, Elena, ich hatte solche Angst“, schluchzte sie an meine Schulter. Ich sah über ihren Kopf hinweg zu Lucan, der mich mit einem unergründlichen Ausdruck musterte. War es Bedauern oder gar Wut? Jedenfalls schien er nicht glücklich zu sein.

„Da war plötzlich das Auto, und ich konnte nichts anderes tun, als zur Seite zu springen“, stammelte sie weiter. Auto? Da wurde mir erst bewusst, was geschehen war, und ich drehte mich um.

„Oh mein Gott“, flüsterte ich, als ich die demolierte Haltestelle ins Auge fasste. Entsetzt glitt mein Blick von der zerbeulten Autohaube zu der zersprungenen Glasscheibe und dem verbogenen Gehäuse der Haltestelle. Dort, wo das Auto hineingefahren war, hatte vor wenigen Sekunden noch *ich* gestanden, und dem Schaden nach zu urteilen, wäre ich jetzt nur noch Matsch. Ich hörte eine aufgeregte Stimme hinter meinem Rücken und drehte mich zu der Person um, die sich einen Weg durch die Menge bahnte, die sich um die Unfallstelle versammelt hatte.

„Ist jemand verletzt?“, fragte der ältere Herr atemlos, als er neben mir stand. „Ich war mir sicher, dass ich die Handbremse gezogen habe, aber dann hat sich der Wagen wie von selbst bewegt und rollte den Abhang hinunter“, sprach er in die Runde.

„Also, ist jemandem etwas passiert?“, fragte er erneut.

„Nein, uns geht’s gut“, antwortete Chloe für mich, denn ich fühlte mich immer noch nicht imstande zu reden. Während der aufgelöste Herr die Polizei verständigte, führte Chloe mich zu einer nahestehenden Bank und fragte mich immer wieder, ob es mir gut ginge. Ich glaube, sie stand mehr unter Schock als ich, denn ihre Hände zitterten und ihre Tränen schienen einfach nicht versiegen zu wollen.

„Mir geht‘s gut, Chloe, alles in Ordnung“, sagte ich wie betäubt, als Nicken sie nicht mehr zufriedenstellen konnte, und tätschelte ihre Schulter. Wenigstens hatte ihre ganze Fragerei bewirkt, dass ich wieder sprechen konnte.

Sie sah mich abschätzend an und ließ sich dann mit bebender Unterlippe neben mich plumpsen.

„Ich hatte gerade wirklich deinen Tod vor Augen, weißt du das?“, flüsterte sie mir zu.

Ich strich gedankenverloren über ihren Rücken, und obwohl ich mir lieber Sorgen um mich selbst hätte machen sollen, fragte ich mich nur, wo Lucan abgeblieben war, denn er war nirgends zu sehen. Vielleicht stand ich aber auch einfach nur unter Schock, denn das Einzige, was ich mich fragte, war, ob ich mir seine helfende Hand nur eingebildet hatte. Er war es doch gewesen, der mich zur Seite gezogen hatte, oder?

Nachdem die Polizei mit ihrer Befragung fertig war, wurde der demolierte Wagen abgeschleppt und die Haltestelle vorübergehend gesperrt. Eine Stunde später, Chloe hatte ihren Vater angerufen, damit er uns abholte, war ich zuhause und informierte unverzüglich Anna. Sie hätte mich nämlich erwürgt, wenn sie von meinem Beinahe-Unfall als Letzte erfahren hätte, und da sich solche Ereignisse schneller als ein Buschfeuer verbreiteten, nahm ich mir nicht einmal Zeit, etwas zu trinken.

„Ich kann es immer noch nicht glauben", sagte sie später.

„Ich meine, du wärst jetzt tot, wenn Lucan dich nicht zur Seite gezogen hätte", fasste sie meine Worte zusammen.

„Und das Schlimme ist, dass er nicht wie jemand ausgesehen hat, der sich über diesen Umstand freut", sagte ich zitternd. Erst, als ich Anna angerufen hatte, war mir bewusst geworden, was mir da eben geschehen war. Ich hatte zwar keine Panikattacke erlitten, aber bei dem Gedanken, beinahe von dem Auto zerquetscht worden zu sein, war mein Körper von einem heftigen Beben gepackt worden.

„So ein Unsinn, das hast du dir in deinem Schock wahrscheinlich bloß eingebildet“, widersprach sie.

„Er hätte dich sonst wohl kaum gerettet, oder?“

Zur Antwort hob ich nur die Schultern, erinnerte mich dann, dass sie es ja nicht sehen konnte und sagte: „Es sei denn, er hat mich aus reinem Reflex zur Seite gezogen, obwohl er es gar nicht wollte.“ Ich konnte hören, wie Anna genervt ausatmete.

„Elena Roberts! Du hörst sofort mit dem Unsinn auf!“, meckerte sie am anderen Ende der Leitung. „Lucan hat dir das Leben gerettet, und du hast nichts Besseres zu tun, als ihm böse Absichten zu unterstellen? Anstatt so einen Unsinn von dir zu geben, solltest du dich morgen lieber bei ihm bedanken!“

Ich ließ ein tiefes Seufzen hören, denn natürlich hatte sie recht. Lucan hatte mich gerettet, und nur das spielte eine Rolle. Andererseits hatte sie den Ausdruck nicht gesehen, mit dem er mich danach bedacht hatte, und hätte sie es getan, dann würde sie sicher genauso denken wie ich. Aber sei es drum. Ich würde mich morgen bei ihm bedanken, so viel Anstand musste sein.

Als Sarah nach Hause kam, stand ich in der Küche und wusch ab. Ich hätte das Geschirr auch in die Spülmaschine stellen können, doch ich brauchte eine Beschäftigung und alles andere war schon gemacht.

„Mein Gott, Elena, ich habe eben davon erfahren“, sagte sie, kaum dass sie hereingekommen war und fiel mir in die Arme. Überrascht erwiderte ich die Liebkosung, wobei ich meine nassen Hände von ihrem Körper weghielt.

„Wie geht's dir?", fragte sie, löste sich von mir und betrachtete mich besorgt.

„Alles bestens, ich wurde ja nicht verletzt", sagte ich beruhigend und wischte meine Hände an dem Handtuch ab.

Ich beobachtete, wie sie ihre Tasche abstellte und sich den Schal vom Hals strich – sie sah aus, als wollte sie dringend etwas loswerden. Als sie meinen Blick bemerkte, hielt sie in der Bewegung inne und sah mich nervös an.
Ich hob die Brauen.
„Alles in Ordnung oder ist noch etwas?", fragte ich.

„Äh, nein, ich … muss noch lernen", sagte sie und wirkte mit einem Mal ziemlich gehetzt. Ich hatte den Eindruck, dass sie nicht schnell genug von mir wegkommen konnte. Okay? Musste ich das verstehen? Schulterzuckend setzte ich meinen Abwasch fort und ging in mein Zimmer, und nachdem ich frisch geduscht aus dem Bad kam, ließ ich mich mit einem lauten Seufzer ins Bett fallen und dachte an den morgigen Tag.

Wenn ich mich bei Lucan bedankte, konnte ich hoffentlich auch gleich in Erfahrung bringen, wo sein Problem lag. Vielleicht würde sich morgen alles aufklären, und ich konnte mich dann wieder voll und ganz auf die Schule konzentrieren. Hofften wir's.

Noch bevor ich das Schulgebäude betrat, wusste ich, dass etwas anders war. Ich spürte es an den Blicken, mit denen ich bedacht wurde, und als ich dann auch noch angesprochen wurde, hatte ich die Gewissheit: Ich war die neue Schulattraktion, so wie Melissa Phillips es vor zwei Jahren gewesen war.

Damals war das Basketballgerüst in der Turnhalle auf sie gestürzt und hätte sie beinahe zerquetscht. Danach hatten sich ihr Schulalltag und ihr Beliebtheitsgrad radikal geändert. Plötzlich wollten alle etwas mit ihr zu tun haben und sie wurde von den begehrtesten Jungen umworben. Hinzu kam, dass ihr neu erlangtes Image durch die wildesten Geschichten aufgewertet wurde.

So hieß es mit einem Mal, dass es gar kein Unfall gewesen war und sie stattdessen Streit mit ihrem Freund gehabt hatte, der angeblich gegen das Gerüst geschlagen und es damit zu Fall gebracht haben sollte. Die Story wurde immer weiter ausgeschmückt und als angeblich noch ein Lehrer involviert gewesen sein sollte, war das Maximum des Unrealistischen definitiv erreicht.

Aber so war das in einer High School eben: Jemand erzählte etwas und einhundert Münder später kam eine ganz andere Geschichte dabei heraus. Seitdem erfreute sich Melissa jedenfalls großer Beliebtheit und war monatelang das Gesprächsthema gewesen, und als ich nun das Gelände betrat, schwante mir Böses.

„Hey, Elena, richtig?“, sprach mich ein schwarzer Junge an. Ich kannte ihn aus dem Basketballteam. Er war einer der besten Spieler unserer Schule und bei vielen Mädchen beliebt. Sogar Anna hatte einmal für ihn geschwärmt. Dass er ein unscheinbares Mädchen wie mich plötzlich ansprach, bestätigte meinen Verdacht also nur.

„Wie geht’s dir? Das muss gestern ein ziemlicher Schock für dich gewesen sein“, redete er weiter. War das sein Ernst? Sein Blick war aufrichtig und freundlich, doch weil ich wusste, dass er für gewöhnlich nichts anbrennen ließ, konnte ich nicht viel darauf geben. Es war doch immer dasselbe mit den Schulsportlern!

„Äh, ja, war es, ich muss jetzt aber leider rein. Der Unterricht fängt gleich an“, sagte ich höflich und lief weiter.

„Alles klar, vielleicht sieht man sich ja mal“, rief er mir hinterher. Wohl kaum! War denn das zu fassen? Doch leider blieb der junge Mann nicht der Einzige, der sich nach meinem Wohlbefinden erkundigte. Auf meinem Weg zum Klassenzimmer stellten sich mir dutzende Schüler in den Weg. Darunter auch die berühmte Cheerleader-Gang, die mich unter normalen Umständen niemals angesprochen hätte – es sei denn, sie hätten eine Trägerin für ihre Puschel gebraucht. Aber auch Lehrer bekundeten mir ihre Erleichterung.

Gut, den Lehrern nahm ich es noch ab, denn sie hatten nichts davon, sich an die Fersen des Mädchens zu heften, das die nächsten Monate das Gesprächsthema

Nummer Eins sein würde, aber allen anderen unterstellte ich einfach mal Aufmerksamkeitsversessenheit. Einzig und allein den mir bekannten Gesichtern nahm ich die Mitleidsbekundungen ab und natürlich Anna, die mich unerwartet im Gang abfing. Sie hatte ihre Krankschreibung im Sekretariat abgeben müssen, deshalb hatten wir uns im Klassenzimmer treffen wollen, doch nun hakte sie sich unverhofft bei mir ein.

„Oh. Mein. Gott. Die ganze Schule spricht über dich“, raunte sie mir zu, sodass nur ich sie verstehen konnte.

„Unglaublich, oder? Ich überlege gerade, ob ich Lucan dafür danken oder doch lieber verprügeln soll. Immerhin bin ich jetzt die Schulattraktion, und ich weiß nicht, ob ich nicht lieber doch gestorben wäre“, scherzte ich, was Anna jedoch nicht lustig fand. Okay, das war es auch nicht, aber mir graute jetzt schon davor, die nächsten Wochen von wildfremden Menschen angesprochen zu werden. Dabei war die Schule, neben dem Apfelgarten meiner Grandma, immer mein Lieblingsort gewesen. Noch viel unglaublicher war es jedoch, als wir das Klassenzimmer betraten und den Platz hinter uns leer vorfanden.

„Das ist doch nicht sein Ernst!“, schnaubte ich, während wir uns zu unserem Tisch begaben. Anna schüttelte ebenfalls ungläubig den Kopf.

„Und erzähl mir jetzt nicht, dass das Zufall sein soll. Ich sage dir, er hat es bereut, mich gerettet zu haben, und hier haben wir den Beweis“, sagte ich und deutete auf seinen leeren Platz.

„Was soll denn das für ein Beweis sein? Was, wenn er krank ist?", fragte Anna mit hochgezogenen Brauen.

„Oh, er ist definitiv krank … und zwar im Kopf", erwiderte ich säuerlich, denn was war denn das bitte für ein Benehmen? Letzte Woche hatte ich ihn noch für charmant und reif gehalten, aber dass er schon wieder durch Abwesenheit glänzte, nur weil er ein Problem mit mir hatte, war nicht nur Kindergartenniveau, es war unterste Schublade! Dann sollte er mich eben ignorieren, aber sich von mir fernzuhalten, als wäre meine Nähe eine Qual, war einfach nur … beleidigend! Verärgert atmete ich durch, und als es zum Unterricht klingelte, bekamen wir die Ergebnisse der Klausur wieder. Ich hatte ein A plus bekommen, aber freuen konnte ich mich darüber nicht - dazu war ich zu aufgewühlt.

„Schon wieder ein A plus, wie kann man nur so ein schleimiger Streber sein?", holte Anna mich aus meine trüben Gedanken. Ich musste über das Wort *schleimig* lachen, und sofort lockerte ich mich ein bisschen. Warum sollte ich mich auch wegen dieses Kerls verrückt machen?, redete ich mir zu. Sobald er wieder auftauchte, würde ich mich bei ihm bedanken und dann den Rest des Jahres aus dem Weg gehen – diesmal aber wirklich.

In der großen Pause gingen wir in die Mensa, was ein Fehler war, denn das war der Ort, an dem Klatsch und Tratsch erst zum Leben erweckt wurde.

„Ach, verdammt, das habe ich schon wieder ganz vergessen", stöhnte ich, als auch schon die ersten Schüler auf mich zukamen. Ich würde die beliebten Orte der Schule künftig meiden müssen, wenn ich solchen

Situationen entgehen wollte – zumindest so lange, bis sich der Trubel um mich gelegt hatte. Glücklicherweise stand Anna mir ritterlich zur Seite, und zu wissen, dass sie es nicht meiner Beliebtheit willen tat, gab mir genügend Kraft, um die vielen Schulterklopfer und Händeschüttler zu überstehen. Irgendwann hatten wir genügend Luft, um uns hinsetzen und etwas trinken zu können, doch da kam auch schon die nächste unangenehme Überraschung.

Gerade einen Schluck aus meiner Wasserflasche genommen, wurde ich nämlich von einem grellen Licht geblendet, das mir noch Sekunden später in den Augen brannte.

„Einmal lächeln bitte, für das Titelblatt", hörte ich Brandon sagen, und ganz allmählich materialisierte sich sein Gesicht vor mir.

„Was soll der Blödsinn?!", fuhr Anna ihren ehemaligen Kollegen an. Ich kannte Anna seit der Oberschule und sie war schon immer versessen darauf gewesen, die Schülerzeitung schreiben zu dürfen. In der siebten Klasse war ihr Traum dann wahrgeworden und sie hatte, neben Brandon, drei Jahre lang die ‚Chefredakteurin' gespielt.

Irgendwann hatte sie aber keine Lust mehr gehabt, über Klassenfahrten, anstehende Museumsbesuche und Weihnachtsbasare zu schreiben, und hatte ihre Nebenbeschäftigung aufgegeben, und seitdem übernahm Brandon und stürzte sich wie ein ausgehungerter Paparazzi auf alles, was nicht bei Drei auf den Bäumen war. So auch auf meine Wenigkeit, die immer noch mit weißen Pünktchen am Gesichtsrand zu kämpfen hatte.

Ohne auf ihre Worte einzugehen, sagte er an mich gewandt: „Du magst doch Harry Potter, oder? Was hältst du von der Überschrift: *Das Mädchen, das überlebt hat*?"

„Ich warne dich, Brandon …", fing ich an, doch da war er schon halb aus der Mensa spaziert. Er sah aus, als hätte er die perfekte Story gefunden und wollte diese sofort zu Papier bringen.

„Brandon!", rief ich ihm mit Nachdruck hinterher, doch er war in dem Meer aus Schülern nicht mehr zu sehen.

„Ich schwöre dir, wenn ich mein Gesicht auf der Schülerzeitung sehe, dann wird er der Junge sein, der *nicht* überlebt hat!", knurrte ich Anna an, wobei sie natürlich am wenigsten dafür konnte.
Trotzdem umfasste sie beruhigend meine Hände.

„Keine Sorge, ich kümmere mich darum", versprach sie und reichte mir einen Schokoriegel. Nervennahrung. Genau das, was ich jetzt brauchte.

Mein Vorsatz, nicht mehr an Lucan zu denken, hielt leider nicht lange an, denn kaum war ich dem Schulalltag entkommen und wieder zuhause, konnte ich über nichts anderes grübeln als über den Unfall. War seine Abwesenheit wirklich darauf zurückzuführen, dass er mich nicht hatte retten wollen, oder bildete ich mir das alles nur ein? Seine unglaublich wohltuende Wärme und diesen berauschenden Duft hatte ich mir jedenfalls nicht eingebildet, genauso wenig wie das aufgeregte Pumpen seines Herzens an meiner Wange und seine schützenden Arme, die er um mich gelegt hatte.

Doch dann hatte er mich so schnell an Chloe

weitergereicht, als wäre ich ein ekliges Insekt, und war verschwunden. Nein, ich würde mich nicht nur bei ihm bedanken, ich würde herausfinden, wo sein Problem lag!

Dass er am nächsten Tag weiterhin fehlte, überraschte mich nicht, doch ich hatte einen Plan. Ich würde ihn mit dem Vorwand besuchen, seine Schulunterlagen vorbeibringen zu wollen, und dann hätte er gar keine andere Wahl, als mich anzuhören. Oh ja, das war ein guter Plan, den ich auch prompt meiner Freundin verklickerte.

„Und du bist sicher, dass du das alleine machen willst?“, fragte Anna mich, sichtlich enttäuscht, dass ich sie nicht dabeihaben wollte. Sie war von Natur aus neugierig, ganz anders als ich, und nichts hätte sie mehr gefreut, als Lucans Erklärung aus seinem eigenen Mund zu hören, doch ich war da bescheidener.

Wenn sich neben mir zwei Menschen unterhielten, dann versuchte ich, nicht automatisch mitzuhören. Warum auch? Wenn es mich etwas anging, dann würde man mich schon einweihen, und wenn nicht, konnte es ja nicht so wichtig sein.

Das war zumindest früher mein Motto gewesen. Seitdem ich Lucan kannte, war diese Gleichgültigkeit allerdings in Neugierde umgeschlagen, und ich hatte mich dabei erwischt, wie ich eben *doch* mit einem Ohr hingehört hatte. Das war an der Bushaltestelle gewesen, kurz vor dem Unfall. Ich weiß auch nicht, aber dieser Junge, benahm er sich noch so merkwürdig, hatte etwas unglaublich Faszinierendes und Anziehendes an sich. Deshalb konnte ich es auch kaum erwarten, ihn unter vier

Augen zu sprechen.

„Das ist eine Sache zwischen mir und ihm. Außerdem will ich nicht, dass er denkt, es wird ein Interview. Nachdem ich überall als bedauernswertes Opfer behandelt werde, werden sie ihn wohl demnächst als großen Helden feiern, und ich will nicht, dass ihn deine Anwesenheit abschreckt. Wer einmal bei der Schülerzeitung war, bekommt den Ruf schließlich nie wieder weg“, erinnerte ich sie.

„Na und, das weiß er doch nicht! Er ist gerade mal seit einem halben Jahr auf unserer Schule!“, erwiderte sie gekränkt, dabei war es von mir nicht einmal böse gemeint gewesen. Viele behandelten die ehemaligen Redakteure nämlich so, als wären sie die Lehrerspitzel höchstpersönlich. Wenn eine coole Party stieg oder etwas Unerlaubtes in der Schule geplant wurde, hatte Anna zu den Letzten gehört, die eingeweiht worden waren. Wohl aus Furcht, sie würde es an die große Glocke hängen - dabei hatte sie nie jemanden verraten. Und nun, zwei Jahre später, wurde ihr immer noch mit zurückhaltender Vorsicht begegnet - zumindest von denjenigen, die sie nicht gut kannten.

Anstatt zu antworten, maß ich sie mit einem entschlossenen Blick, woraufhin sie sich seufzend ergab.

„Na schön, aber heute Abend wirst du mir alles wiedergeben, Wort für Wort“, verlangte sie mit erhobenem Zeigefinger.

„Ja, ma‘am“, salutierend ich und trank mein Wasser.

Ich ließ mir in jeder Stunde die Unterrichtsbögen geben, sodass ich am Ende des Tages mit einem dicken

Blätterstapel ins Sekretariat gelaufen kam.

„Was kann ich für dich tun, Elena?“, fragte Mrs. Woods, eine hochgewachsene und zugeknöpfte Frau. Als ehemalige Schulbeste – leider war ich vor zwei Jahren von diesem schleimigen Ekelpaket Hendrik Lenson abgelöst worden und hatte seitdem auch nicht mehr aufholen können –, war ich den Lehrern natürlich nicht unbekannt, auch nicht der Schulsekretärin.

„Ich soll einem Schüler diese Unterrichtsbögen vorbeibringen und brauche seine Adresse“, sagte ich so aufrichtig wie möglich. Lucans Nachnamen in Erfahrung zu bringen, war natürlich nicht schwer gewesen, immerhin ging er in meine Klasse, aber mit seiner Adresse war es da schon schwieriger gewesen, denn diese war nur in der Schuldatenbank hinterlegt.

Der gute Ruf, den Streberschüler genossen, zahlte sich hier aber wieder einmal aus, denn ohne mein Anliegen zu hinterfragen, ging sie zu ihrem Schreibtisch und fragte: „Wie lautet sein Name?“

„Lucan Balfort.“

Sie nickte, tippte seinen Namen in den Computer und nannte mir Augenblicke später seine Adresse. Na, das klappt doch wie am Schnürchen, dachte ich zufrieden. Wir plauderten noch einige Minuten, und auch sie berichtete mir bestürzt, wie sie heute Morgen von meinem Unfall erfahren hatte.

Ich hoffte, dass diese Mitleidsbekundungen nicht die Regel wurden, denn erst letzte Woche hatte sie mir ihr Beileid zum Verlust meiner Großeltern ausgesprochen, und das genügte mir fürs Erste. Schließlich verließ ich das

Schulgelände, und als ich Lucans Adresse in das Navi meines Handys eingab, war ich überrascht, dass er so nahe an den Wäldern wohnte. Ich hatte angenommen, dass er in einer Studentenwohnung nahe der Schule hausen würde, doch anscheinend lebte er mit seinen Eltern in einem schicken Häuschen.

Das nahm ich zumindest an, denn das Waldgebiet war überwiegend von den wohlhabenden Familien besiedelt.

Das Wetter war mild, weder zu warm noch zu kalt, und der Wind blies meine Haare sanft umher. Ich mochte es, wenn die Strähnen meine Ohren oder Gesicht kitzelten, was ich dagegen überhaupt nicht ausstehen konnte, waren windstille Tage im Sommer. Nicht nur, dass einem die Sonne dann noch drückender vorkam, es war auch so still und leblos. Als wäre man in einem Zeitloch gefangen, in dem alles stillstand.

Eine halbe Stunde später stand ich vor Lucans Haus, und ich musste zugeben, dass ich etwas beeindruckt war.

Sein Grundstück war riesig und ging praktisch nahtlos in den Wald über, sodass ich schwer erkennen konnte, wo es aufhörte. Das allein war schon staunenswert, denn ich liebte große Grundstücke, auf denen man alle erdenklichen Pflanzen anbauen konnte. Aber auch das Haus war ein Hingucker.

Mit den weiß lackierten Holzwänden, dem verwinkelten Schnitt und der Terrasse, die fast einmal um das Haus herum reichte, sah es wie ein typisches Farmhaus aus, und wenn man sich das Grundstück so ansah, war es das früher wahrscheinlich auch gewesen. Ohne es überhaupt betreten zu haben, hatte ich mich also schon in das Haus verliebt.

Ich bezweifelte aber, dass es ein Neubau war, dafür war der Lack an manchen Stellen schon zu sehr abgeblättert, doch genau diese Makel gaben dem Haus eine liebevolle Ausstrahlung.

Ob seine Eltern zuhause waren? Wenn sie mir aufmachten, könnte ich mich vielleicht mit der Ausrede in sein Zimmer schleichen, eine gute Freundin zu sein, überlegte ich schmunzelnd und lief über das Grundstück. Als ob ich so mutig wäre! Doch es würde mich ungemein interessieren, wie er lebte. Was war sein Lieblingslied? Las er Bücher und war er eher der gemütliche oder der ordentliche Typ? Mit klopfendem Herzen klingelte ich an der Tür, nur um dann zurückzutreten und gespannt auf die Schritte zu lauschen. Es dauerte nicht lange, dann wurde die Tür geöffnet, doch anders als erwartet nicht von seiner Mutter, sondern von Mr. Rätselhaft persönlich.

Mit seiner unordentlichen Malerfrisur und den dunkeln Augen sah er verdammt verführerisch aus und sein düsterer Kleidungsstil verstärkte diese Wirkung noch. Trotz seines betörenden Erscheinungsbildes kam ich aber auch nicht umhin, die Schatten unter seinen Augen zu bemerken.

Sie ließen ihn ruhelos und erschöpft wirken.

„Elena", sagte er, und vielleicht bildete ich es mir nur ein, aber mir war es, als spreche er meinen Namen mit einem resignierten Seufzen aus. Dabei hatte er doch gar nicht wissen können, dass ich heute herkommen würde. Trotzdem schien er nicht sonderlich überrascht über mein Erscheinen zu sein, und das irritierte mich.

„Hi“, sagte ich und umklammerte die Unterlagen in meiner Hand, als wäre ich eine Ertrinkende auf hoher See. Reiner Reflex, denn sein einnehmender Blick löste in mir den starken Drang aus, mich irgendwo festhalten zu müssen. Einnehmend, aber vor allem nicht erfreut sahen sie aus, sodass ich nur allzu gern wieder auf dem Absatz kehrt gemacht hätte. Aber was hatte ich auch erwartet? Dass er mich freudestrahlend empfangen würde?

„Ich wollte dir die Arbeitsbögen dieser Woche vorbeibringen. Wir schreiben nächste Woche zwei Klausuren und die willst du bestimmt nicht verhauen“, erklärte ich und versuchte, so selbstsicher wie möglich zu klingen. Mit angespannten Kiefern nahm er mir die Unterlagen aus der Hand, achtete darauf, mich nicht zu berühren, und legte sie auf eine Kommode neben der Tür.

Ich nutzte die wenigen Sekunden seiner Unachtsamkeit, um einen Blick ins Haus zu werfen. Gegenüber dem Eingang führte eine dunkle und massive Treppe hinauf und mit Ausnahme des hellen Bodens war die Einrichtung ebenfalls aus dunklem Holz. Oh, wie ich den rustikalen Stil liebte! Ich hätte mich nur zu gern in seinem Haus umgesehen, doch leider wandte Lucan mir viel zu schnell wieder den Kopf zu.

„Und deshalb hast du dir den Weg gemacht?“, fragte er ungläubig und alles andere als dankbar. Seine beschatteten Augen musterten jede meiner Bewegungen und gaben mir das Gefühl, auf dem Grund meiner Seele herumwühlen zu können.

„Nicht ganz, denn vor allem möchte ich mich bei dir bedanken. Du hast mir gestern das Leben gerettet, und da war es das Mindeste, dir die Unterlagen vorbeizubringen und es dir persönlich zu sagen“, erklärte ich.

„Wie man es nimmt“, murmelte er kaum hörbar, während er sich mit der Hand durchs Haar fuhr. Doch meine Ohren funktionierten einwandfrei, und etwas an seinem Ton gefiel mir ganz und gar nicht.

„Was sagst du?“, fragte ich deshalb, doch er hob nur die Schultern und sagte: „Gar nichts, nichts von Bedeutung.“

„Nein, Moment. Ich habe gesagt, dass du mir das Leben gerettet hast, und du sagtest *wie man es nimmt*. Was soll das bedeuten?“, hakte ich nach.

Seine rechte Braue wanderte nach oben. „Legst du immer alles auf die Goldwaage, was man zu dir sagt?“, fragte er provozierend.

„Ich bin eine Streberin, ich kann nicht anders“, schoss es aus meinem Mund.

Das entlockte ihm ein kurzes Schmunzeln, doch ich sah, dass er eigentlich nicht zum Scherzen aufgelegt war.

„Also, was meinst du damit?“, wollte ich noch einmal wissen.

Er sah mich lange an, schien mich allein mit seinen Blicken zum Rückzug bewegen zu wollen, aber wenn man einmal von seinem unfreundlichen Ausdruck absah, war seine Erscheinung viel zu eindrucksvoll, um ihr den Rücken zuzukehren.

„Du wirst nicht locker lassen, oder?“, fragte er genervt.

Ich schüttelte den Kopf.

Da atmete er tief durch und warf einen Blick über die Schulter, wie um sich zu vergewissern, dass seine Eltern nicht zuhörten.

„Also schön. Was ich damit meinte, ist, dass ich dir im Grunde genommen nicht geholfen habe, aber das wirst du noch früh genug begreifen“, sagte er kryptisch.

Okay? Ging es vielleicht noch schwammiger? Ein, zwei Sekunden lang starrte ich ihn nur an, und normalerweise war ich alles andere als begriffsstutzig, doch diesmal fragte ich: „Was meinst du damit? Du hast mich doch aus der Gefahrenzone gezogen, ergo hast du mir auch das Leben gerettet, oder?“

Er sah aus, als wollte er das dementieren, doch dann erklangen Schritte hinter ihm, und sein Blick wurde verschlossen.

„Danke, dass du mir die Unterlagen vorbeigebracht hast, aber wir sind hier fertig“, meinte er kurz angebunden und wollte doch tatsächlich die Tür schließen. Keine Ahnung, woher ich plötzlich den Mut nahm, aber ich stemmte meine Hand dagegen und verhinderte, dass sie sich schloss. Taten das sonst nicht immer die gut aussehenden Bösewichte in den Filmen? Nur, dass ich mit meinen 1,70 m glatt einen Kopf kleiner war als Lucan und ich mich deshalb auch nicht über ein müdes Lächeln seinerseits gewundert hätte.

Doch er sah mich nur erstaunt an, als hätte er nie im Leben mit dieser Reaktion gerechnet. Tja, mir ging es da genauso, aber dieser Typ rief Reaktionen in mir hervor, die mir selbst neu waren.

„Ich werde mich nicht eher vom Fleck bewegen, bis

du mir gesagt hast, was los ist! Ich weiß, wir kennen uns im Grunde gar nicht, aber trotzdem ist dein Verhalten mehr als unhöflich, findest du nicht? Warum bist du so zurückgezuckt, als du mich in der Bar berührt hast, und warum benimmst du dich, als würdest du jede Sekunde bereuen, mich gerettet zu haben? Ich meine, was habe ich dir getan, dass ich deiner Meinung nach den Tod verdient habe?!“ Ich konnte nicht verhindern, dass ich aufgewühlt klang, ja, schon fast hysterisch, aber sein Benehmen war einfach zu verletzend.

Die Schritte im Haus waren mittlerweile verklungen, und sicher bildete ich es mir nur ein, aber kurz glaubte ich, so etwas wie Mitgefühl in seinen Augen aufflackern zu sehen, bevor er sagte: „Die Sache in der Bar … da habe ich einen elektrischen Schlag abgekommen. Tut mir leid, dass ich dich losgelassen habe“, erklärte er wenig überzeugend.

Wow, gab es so etwas wie die *Goldene Himbeere* für den schlechtesten Lügner? Denn wenn ja, hatte er sich soeben die höchste Auszeichnung verdient. In seiner Stimme lag nicht *ein* Funken Überzeugung, sodass er unmöglich allen Ernstes meine Kapitulation erwarten konnte.

„Und das soll ich dir glauben?“, fragte ich deshalb wütend.

Ungeduldig atmete er durch.

„Ich habe dir alles dazu gesagt, Elena, dieses Gespräch wird zu nichts führen. Also geh jetzt, bitte!“

Das klang endgültig, und seinem entschlossenen Gesichtsausdruck nach zu urteilen, würden keine Widerworte der Welt helfen können, um ihn umzustimmen.

Wütend und enttäuscht nahm ich meine Hand von der Tür und trat zurück.

„Ich hätte nicht gedacht, dass du so ein Arsch bist, aber bitte. Ich weiß nicht mal, warum ich überhaupt hergekommen bin …“, fauchte ich und machte auf dem Absatz kehrt.

„Ich schon“, antwortete er leise.

Eigentlich hatte ich keine Antwort erwartet, doch nun drehte ich mich noch einmal zu ihm um.

„Und was soll das wieder bedeuten?“

Ehrlich, wenn ich mich mit jemandem unterhalten wollte, der in Rätseln sprach, dann hätte ich auch die Raupe *Absolem* aus dem Wunderland aufsuchen können!

„Es bedeutet, dass es einen Grund gibt, warum du hergekommen bist. Du fühlst dich zu mir hingezogen“, sagte er und klang beinahe traurig.

Ich blinzelte und starrte in sein ernstes und vollkommen überzeugtes Gesicht. Wollte er mich auf den Arm nehmen? Ich lachte höhnisch auf.

„Bitte was?“

Wie eingebildet konnte man eigentlich sein? Ich hatte vermutet, dass etwas nicht mit ihm stimmte, zumal er sich ja höchst widersprüchlich verhielt, aber nun hatte ich absolute Gewissheit. Der Kerl tickte nicht mehr richtig!

„Bald wirst du begreifen, was hier vor sich geht, und dann wirst du denken, dass ich dir helfen kann, doch das kann ich nicht - niemand kann das. Was also auch geschieht, such mich nicht mehr auf.“

Damit schlug er mir die Tür vor der Nase zu oder

zumindest fühlte es sich so an, denn im Grunde genommen schloss er sie nur. Doch die Wirkung war für mich dieselbe. Ich fühlte mich ausgeschlossen, beleidigt und ganz und gar verwirrt.

Was war gerade geschehen und wie kam er auf den ungehobelten Gedanken, dass ich mich zu ihm hingezogen fühlen könnte?! Ich überlegte, ob ich noch einmal klingeln und ihm die Meinung sagen sollte, ließ es dann aber bleiben und entfernte mich von seinem Haus.

Am besten ich verbannte dieses Gespräch aus meinem Kopf und ihn gleich mit.

# Kirschbäume

## *** 4 ***

Als ich am nächsten Tag aufwachte, tat ich es nicht freiwillig. Es war Samstag und somit Wochenende, doch das hielt Anna nicht davon ab, um 8 Uhr morgens auf meinem Handy Sturm zu klingeln. Es war ja schön für sie, dass sie ein Morgenmensch war und direkt nach dem Aufstehen herumturnen konnte … ich war das leider nicht, und das sollte sie doch so langsam eingesehen haben. Da an Schlaf aber nicht mehr zu denken war, ging ich ran, nicht jedoch, ohne noch einmal ausgelassen über die Störung zu fluchen.

„Musst du mir sogar am Wochenende meinen kostbaren Schlaf rauben?“, meckerte ich ins Telefon.

„Tut mir leid, aber nachdem du mich gestern mit dieser lahmen SMS abgefertigt hast, konnte ich nicht länger warten“, entschuldigte sie sich. Hut ab, ihr Bedauern darüber, mir meinen Schlaf geraubt zu haben, klang fast aufrichtig. Aber sie hatte recht. Nach dem Gespräch mit Lucan hatte ich keine große Lust gehabt, dieses noch auszuwerten, also hatte ich Anna versprochen, es gleich morgen früh nachzuholen. Mit *früh* hatte ich allerdings 11 oder 12 Uhr gemeint!

„Naja, eigentlich gibt es da nicht viel zu erzählen, außer dass ich nie wieder auch nur ein Wort mit ihm wechseln werde“, gähnte ich. Heute würde ein milder Tag werden, wie mir ein Blick aus dem Fenster verriet. Die leichten Wolken verdunkelten zwar nicht den Himmel, doch sie milderten die Sonnenstrahlen erheblich ab und das würde sich auch in den Temperaturen widerspiegeln. Ich mochte milde Tage, denn sie waren weder zu kalt noch zu heiß, sondern angenehm lauwarm. Und ich mochte lauwarm, besonders meinen Zitronentee.

„Oh, oh, so schlimm?“, fragte sie, und ich konnte förmlich sehen, wie sie sich erwartungsvoll aufsetzte. Anna war ein zutiefst neugieriger Mensch.

„Ich weiß nicht mal, ob ich seine Worte überhaupt ernst nehmen kann. Er hat irgendetwas davon gefaselt, dass er mich im Grunde genommen gar nicht gerettet hätte und dass ich das bald einsehen würde“, erläuterte ich und hängte am Ende ein abwertendes Schnauben dran, um ihr zu zeigen, wie viel ich davon hielt.

„Uhhh, klingt irgendwie unheimlich“, bemerkte sie.

„Allerdings, vielleicht ist er ja in einer satanischen Sekte. Das würde zumindest das ganze Schwarz erklären“, überlegte ich.

„Oder er ist wirklich ein Vampir“, scherzte sie.

„Nein, das glaube ich nicht. Dafür war sein Körper viel zu warm“, antwortete ich seufzend.

„Stimmt, ihr seid ja bereits auf Tuchfühlung gegangen“, warf sie kichernd ein.

Augenrollend rappelte ich mich vom Bett auf und lief ins Bad.

„Tuchfühlung würde ich das nicht nennen. Er hat mich schließlich nur an sich gezogen, und außerdem war der Moment viel zu kurz“, federte ich ihre Anschuldigung ab.

„Und doch hast du noch genug Zeit gefunden, um dich an seinem Duft zu laben. Ich wette, du versuchst, seinen Duft seitdem in deinem geheimen Alchemie-Keller nachzubilden“, blödelte sie herum.

„Sehe ich aus wie Jean-Baptiste Grenouille?“, fragte ich lachend.

Sie schloss sich mir an, und mehr herumalbernd als verärgert gab ich ihr das Gespräch mit Lucan wieder. Daraufhin beschlossen wir, es nicht ernst zu nehmen und uns auch nicht länger damit zu befassen. Aber hatte ich mir dieses Versprechen in den letzten Tagen nicht schon oft gegeben und es immer wieder gebrochen? Egal.

Von nun an würde es keinen geheimnisvollen und gut aussehenden Jungen hinter mir mehr geben. Ab sofort war Lucan Luft!

Das Wochenende kam mir, wie immer eigentlich, viel zu kurz vor. Nachdem ich mich geduscht und angezogen hatte, war ich zu Anna gefahren und hatte mit ihr und ihren Eltern zusammen gefrühstückt. Auf dem Weg zur Arbeit hatte ihr Vater uns dann an der Einkaufsmeile abgesetzt, und wir hatten den Tag shoppend und Kuchen schlemmend verbracht. Den Sonntag hatte ich dann überwiegend vor dem Fernseher verbracht, um abzuschalten. Oder wie konnte man seine Seele besser als mit geistlosen Talkshows baumeln lassen?

Am Abend hatte ich dann mit Dad geskypt, der anders als Mom nicht die Zeit hatte, drei Mal die Woche mit mir zu telefonieren. Wenn er sich aber Zeit nahm, dann wollte er mich auch *sehen,* und so tauschten wir Neuigkeiten aus und unterhielten uns über seine neue Kurzhaarfrisur, die er mir stolz präsentierte. Schließlich stieg ich in mein Bett und sagte dem Wochenende auf Wiedersehen.

Quietschfidel schwang ich mich am nächsten Tag aus dem Bett, und auch wenn wir es Montag früh hatten, freute ich mich auf die Schule. Nichts war angenehmer, als den Unterricht mit Mr. Henderson zu beginnen, denn mit seiner lockeren Art und den lustigen Sprüchen war er auch für den morgenmuffligsten Schüler gut verträglich. Heute würde es wärmer werden, deshalb entschied ich mich für ein luftiges Kurzarm-Shirt und eine dünne Strickjacke. Zu meiner Jeans zog ich bequeme Sneakers an, und nachdem ich mir die Schultasche über die Schulter geworfen hatte, verließ ich die Wohnung.

Vor der Tür stolperte ich über Peters Schuhe, die wieder einmal achtlos auf der Matte standen, und kickte sie genervt zur Seite. Es wurmte mich, dass ich ihm nicht die Meinung sagen konnte, denn ich hatte Angst, dass er dann schlecht über mich reden würde und Sarah eine schlechte Meinung von mir bekam. Sie benahm sich in letzter Zeit sowieso etwas sonderbar. Im unteren Hausflur angekommen öffnete ich den Briefkasten und entfernte die Werbung von der wichtigen Post, dann verließ ich das Gebäude und machte mich auf den Weg.

Wie üblich traf ich Anna vor der Schule, und zusammen begaben wir uns, nichts Böses ahnend, zum Unterricht. Als Mr. Henderson uns allerdings den Ablauf der heutigen Stunde erklärte, schlug meine Laune augenblicklich um.

Nicht nur, dass Lucan beschlossen hatte, wieder in die Schule zu kommen, nein, da forderte uns Mr. Henderson auch noch zur Partnerarbeit auf und würfelte uns Schüler dafür bunt zusammen.

Warum am Ende ausgerechnet Lucan und ich als Partner aufgerufen wurden, wusste wohl nur Gott allein, und als mir Anna ein schadenfrohes Grinsen schenkte, war ich nicht sicher, ob ich lachen oder heulen sollte. Für was wollte mich der Allmächtige eigentlich bestrafen? Ich war immer nett zu meinen Mitmenschen, hegte kaum gehässige Gedanken und spendete sogar für das örtliche Tierheim. War das denn nicht rechtschaffen genug?

Aber ich würde den Teufel tun und mich bei unserem Lehrer beschweren. Lucan sollte spüren, dass er mir vollkommen egal war und dass ich mich alles andere als zu ihm hingezogen fühlte!

Mit einem mulmigen Gefühl im Bauch setzte ich mich also zu ihm und fragte mich voller Selbstmitleid, warum er nicht einfach hätte krank bleiben können. Sekunden später rutschte Eric auf meinen Platz und sprach auf Anna ein. Gott, in diesem Moment hätte ich sogar

Marvins Gesellschaft vorgezogen, doch der musste sich neben Vivienne setzen und sah auch nicht glücklich darüber aus. Sie war immer noch in ihn verknallt, obwohl er sie, nachdem er mich mit ihr betrogen hatte, – sofern man Fremdknutschen überhaupt als betrügen bezeichnen konnte -, hatte abblitzen lassen, und dafür bemitleidete ich sie.

Weder Lucan noch ich sprachen ein Wort, was ich als sehr unangenehm und kindisch empfand. Ich wünschte, ich hätte die Coolness besessen, um so etwas wie *Scheint so, als müssten wir uns noch länger ertragen* rauszuhauen und dabei zu zwinkern, doch zu meiner Schande brachte ich keinen einzigen Ton heraus. Lucan sagte zwar selbst auch kein Wort, aber dafür schien er es viel lockerer zu nehmen. Einen Arm auf der Stuhllehne abgestützt lehnte er sich zurück und trommelte mit seinem Kugelschreiber auf der Tischplatte herum, während er den Worten des Lehrers lauschte.

„… dann möchte ich, dass ihr euch ein stilles Fleckchen Natur sucht und mit den Worten *Ich sehe* aufschreibt, was ihr wahrnehmt. Beschreibt das Wetter, die Bäume oder meinetwegen auch das Schulgebäude, aber schreibt mir ja ein ganzes DIN A4-Blatt voll und lasst eure Worte so lebendig und anschaulich wie möglich klingen. Anschließend werdet ihr eure Darstellung gegenseitig vorlesen und sie interpretieren. Ihr habt zwanzig Minuten Zeit", sagte er und das so leidenschaftlich, als würden seine Worte mir keine Bauchschmerzen bereiten – was sie aber taten.

Schweigend erhoben wir uns von unseren Plätzen

und während die anderen schwatzend und lachend den Raum verließen, herrschte zwischen Lucan und mir geradezu Totenfeierstimmung. Mann, warum konnte ich nicht entspannter sein? Ich wollte zwar nie wieder ein Wort mit ihm reden, aber um diesem drückenden Schweigen zu entgehen, würde ich ausnahmsweise davon absehen. Das war mir nämlich unangenehmer, als würden wir uns angiften – darin war ich wenigstens gut. Weil er aber keinen Versuch unternahm, auch nur Interesse an einem Gespräch vorzutäuschen, ergriff ich das Wort und fragte: „Schwebt dir irgendein bestimmter Ort vor?“

Als ich ihm einen Seitenblick zuwarf, glaubte ich, seine Kiefer mahlen zu sehen. Als wäre es eine Qual, überhaupt meine Stimme zu hören!

„Ich weiß schon, wo wir hingehen“, presste er hervor und übernahm die Führung.

Also folgte ich ihm, je schneller wir die Aufgabe hinter uns gebracht hatten, desto besser.

Ich war überrascht, als Lucan mich zielsicher durch diverse Geheimgänge führte, denn unsere Schule war so groß, dass ich den hinteren Teil selbst nach vier Schuljahren noch nicht gänzlich erkundet hatte. Deshalb kam es immer mal wieder vor, dass sich auch ältere Schüler verirrten. Dass Lucan mich zielbewusst navigierte, obwohl er erst seit Kurzem auf diese Schule ging, machte ihn noch rätselhafter als er ohnehin schon war. Und noch eigenartiger war, dass er mir trotz seiner offensichtlichen Abneigung jedes Mal die Türen aufhielt. Seine Kiefer waren dabei zwar angespannt, aber seinlassen konnte er es offenbar nicht. Vielleicht hatte ich mich ja geirrt und er besaß doch noch so etwas wie Anstand.

Als wir schließlich ins Freie traten, sah ich mich erstaunt um, denn ich hätte nicht gedacht, dass es hier hinten so ein gemütliches Fleckchen gab. Unsere Gruppe hielt sich meistens auf dem vorderen Hof auf oder eben in der Cafeteria, aber hier war ich noch nie gewesen. Das Schulgebäude war an dieser Stelle nicht hoch genug, deshalb fielen die Sonnenstrahlen unbarmherzig auf die Erde herab und tauchten den Ort in wunderbar gelbes Licht. Weiße Kirschblütenbäume und Birken reihten sich nebeneinander, so wie um das restliche Schulgebäude auch, doch hier schienen sie noch bunter zu blühen. Vielleicht sorgte aber nur das einfallende Sonnenlicht für das märchenhafte Schimmern, jedenfalls kam ich mir vor wie an einem verwunschenen Ort. Es war atemberaubend.

Ich merkte nicht sofort, dass Lucan mich beobachtete, und erst, als er fragte, ob ich noch nie hier gewesen wäre, wurde mir klar, dass ich dreinschauen musste, als würde ich das erste Mal in meinem Leben Kirschblüten sehen.

Eigenartigerweise klang er alles andere als abwertend.

„Zu meiner Schande, nein, aber hätte ich gewusst, dass sich hier hinten ein kleines Paradies versteckt, wäre ich schon öfter hergekommen. Wie hast du es entdeckt?“, fragte ich und drehte mich zu ihm um. Als er mich wachsam musterte, fügte ich hinzu:

„Keine Sorge, hierherzukommen und mit dir rumzuhängen, steht ganz unten auf meiner

Prioritätenliste!“

Das entlockte ihm ein schwaches Lächeln. Er sah mich noch kurz an, als überlegte er, überhaupt darauf zu antworten, dann vergrub er die Hände in den Hosentaschen und bewegte sich auf die Bäume zu. „Als Neuling sucht man sich am ersten Tag für gewöhnlich ein stilles Fleckchen, um sich einen Überblick zu verschaffen, und dabei bin ich auf diese Ecke gestoßen“, erklärte er.

„Es ist wunderschön hier“, hauchte ich und reckte meinen Kopf in die Luft, um zwischen den Ästen der Kirschblüten hindurch in den wolkenlosen Himmel zu schauen.

„Ja, ist es.“ Die Art, wie er das sagte, ließ mich abrupt zu ihm sehen. Sein Blick war auf mich gerichtet, und er schien über etwas nachzudenken. Wir sahen uns etliche Sekunden lang an, dann räusperte er sich und fragte: „Wollen wir anfangen?“

Ich nickte, ließ mich mit Blatt und Stift bewaffnet auf der Bank nieder und begann zu schreiben. Es war nicht schwer, Worte für einen so schönen Ort zu finden, und ein kurzes Schielen in seine Richtung verriet mir, dass auch Lucan bereits schrieb. Fünf Minuten später sah ich aus dem Augenwinkel, wie er das Blatt senkte.

„Schon fertig?“, fragte ich und sah erstaunt auf.

Bescheiden zuckte er die Schultern und fragte: „Wie lange brauchst du noch?“

Ich schaute auf mein Blatt.

„Eigentlich bin ich fertig, aber ich muss es noch überarbeiten.“

Da hob er die linke Augenbraue. „Wozu? Das ist doch

kein Aufsatz." Damit kam er zu mir und nahm mir das Blatt einfach so aus der Hand.

„Hey!", rief ich und wollte es mir wiederholen, doch er machte zwei Schritte zurück und brachte es somit außer Reichweite.

„Ich bin noch nicht fertig", fügte ich hinzu.

Ob ich aufstehen und mit ihm rangeln sollte? Nein, so mutig war ich nicht und außerdem wollte ich ihm nie wieder so nahe kommen, denn sein betörender Eigenduft lag mir immer noch in der Nase.

„Wenn man etwas aufschreibt, dann sind die ersten Worte immer die ehrlichsten", klärte er mich mit einem Blick auf mein Geschriebenes auf und klang beinahe belehrend. „Und was die Lehrer in einem Aufsatz von uns verlangen, ist fast schon eine Verleugnung unserer Gefühle. Unsere wahren Emotionen stehen nämlich nur in einem unbearbeiteten Text."

Ich starrte ihn verdattert an.

„Stammt das … aus einem Gedicht?"

Oder welcher junge Mann drückte sich so poetisch aus?

Er sah überrascht auf. „Nein, aber ich lese gerne Weltliteratur."

„Aha", sagte ich. „Kann ich mein Blatt trotzdem wiederhaben?"

Doch anstatt zu antworten, las er laut daraus vor: „Ich sehe pinke Tupfen, die aus einem Meer weißer Blüten hervorstechen und an glanzlose Diamanten erinnern. Die dunkle Rinde schimmert, als wäre sie mit Schokolade übergossen, nur um in einen saftig grünen Rasen überzugehen, der von den einfallenden Sonnenstrahlen beleuchtet wird. Die Schönheit und die Ruhe dieses Ortes ist zum Niederknien und doch lassen ihm wohl nur die wenigsten Menschen die Beachtung zukommen, die er verdient."

Überrascht sah er von dem Blatt auf und betrachtete mich so, als sähe er mich heute zum ersten Mal, und ich konnte seinen Blick nur verunsichert erwidern. Im weiteren Verlauf des Textes war ich nämlich ins Emotionale abgedriftet, und das sollte er nicht unbedingt lesen. Deshalb überlegte ich, ihm das Blatt einfach aus der Hand zu reißen, doch zu spät, denn er las bereits weiter.

„Ich sehe ein Vermächtnis. Etwas, das womöglich schon vor meiner Geburt existierte und das mich höchstwahrscheinlich auch überdauern wird. Doch die Schönheit und Friedfertigkeit sind trügerisch und zeigen uns am Ende nur, wie unbedeutend und machtlos wir gegenüber der Natur sind.

Denn wie kann etwas nur so schön und gleichzeitig so tödlich sein?" Wieder sah er von dem Blatt auf, doch diesmal konnte ich seinen Ausdruck nicht sehen, denn meine Augen waren starr auf den Boden gerichtet. Ich brauchte all meine Konzentration, um nicht in Tränen auszubrechen, und verfluchte mich gleichzeitig dafür, die Worte überhaupt aufgeschrieben zu haben.

Doch das waren nun einmal die Dinge gewesen, die mir beim Anblick der Bäume durch den Kopf gegangen waren, denn es war ein Baum gewesen, der meinen Großeltern das Leben genommen hatte. Ein Baum, der nicht weniger schön gewesen war als diese Kirschbäume hier. Außerdem hatte ich aufgrund seines Verhaltens nicht angenommen, dass er sich überhaupt für mein Geschreibe interessieren würde. Ich hatte gedacht, dass jeder sein Blatt ausfüllen und wir schweigend die Zeit absitzen würden. Tja, das hatte ich nun davon!

„Du hast jemanden verloren“, stellte er fest und faltete das Blatt zusammen.

Verletzt und wütend über mich selbst riss ich es ihm aus der Hand. „Das ist nicht schwer zu erraten, da ich doch ein halbes Jahr deswegen gefehlt habe, oder?“ Ich wusste selbst nicht, warum ich so schnippisch war, aber mit jemandem, den ich nicht leiden konnte, wollte ich ganz sicher nicht über meinen Verlust sprechen.

„Tut mir leid, es ist nur … wenn es so schmerzhaft ist, warum hast du es dann aufgeschrieben?“, fragte er mit einem unergründlichen Blick.

Ich faltete das Blatt noch etwas kleiner, als könnte diese Geste ändern, dass er einen Blick in meine Gefühlswelt geworfen hatte, und ließ es in meiner Hosentasche verschwinden. „So abweisend wie du bist, hatte ich nicht erwartet, dass es dich überhaupt interessieren würde“, blaffte ich und sah ihn aus zusammengekniffenen Augen an.

Doch anstatt wütend oder betroffen zu sein, nickte er nur und sagte dann: „Bitte verstehe mich nicht falsch, aber du scheinst gut darüber hinweggekommen zu sein. Die meisten Menschen, die ich kenne, brauchen Jahre dafür.“

„Das habe ich auch nur mit einem hervorragenden Psychiater geschafft. Er ist ein enger Freund der Familie und hat mich durch die Trauerzeit begleitet. Ein bisschen ist es aber auch meinen schauspielerischen Fähigkeiten zu verdanken, denke ich.“ Ich hob die Schultern, um dem Gesagten etwas von der Last zu nehmen, denn ich hatte das Gefühl, ihm damit wieder viel zu viel über mich verraten zu haben.

„Und schauspielerst du jetzt auch?“, fragte er vollkommen unerwartet. Ich fand die Frage sonderbar, noch viel sonderbarer war allerdings die plötzliche Sanftmut und Neugierde in seiner Stimme. Das war ich gar nicht von ihm gewohnt, da er doch sonst eher höflich distanziert war. Sein Vorhaben, mir mit Gleichgültigkeit zu begegnen, schien er wohl in dem Moment vergessen zu haben, als wir diesen Ort betreten hatten, denn nun wirkte er alles andere als abweisend. Im Gegenteil, er strahlte nun wieder etwas Beruhigendes aus, und ich fühlte mich, als könnte ich ihm alles erzählen, weil er den Schmerz auffangen und kanalisieren würde.

„Immer“, sagte ich mit ausweichendem Blick und ließ mich wieder auf die Bank fallen. Als er darauf nichts erwiderte, fragte ich: „Du sagtest, die meisten Menschen die dir begegnen, würden Jahre brauchen, um in den Alltag zurückzufinden. Kennst du denn viele Menschen, die jemanden verloren haben?“

„Richtig, du und deine Goldwaage“, sagte er schmunzelnd, bevor er antwortete: „In meinem Umfeld gab es leider schon den einen oder anderen Todesfall, deshalb kann man sagen, dass ich etwas Erfahrung im Umgang mit Hinterbliebenen habe.“ Hinterbliebene. Er klang wie mein Psychiater.

„Das tut mir leid“, sagte ich aufrichtig und erwiderte seinen Blick.

„Mir auch, aber es gehört nun mal zum Leben dazu“, sagte er, und etwas an seiner Stimme ließ mehr als reines Bedauern hinter seinen Worten vermuten. Es klang fast, als wollte er mir etwas Wichtiges mitteilen, nur *was* konnte ich beim besten Willen nicht durchschauen.

Weil ich seinem Blick nicht lange standhalten konnte, richtete ich ihn auf die Kirschbäume vor mir. Ich weiß auch nicht, aber da war eine Last in seinen Augen, die mich absolut hilflos machte.

„Darf ich dich etwas fragen, Elena?“, erkundigte er sich nach kurzem Schweigen.

„Klar“, sagte ich und wünschte mir, dass die zwanzig Minuten nur endlich um sein würden. Das Gespräch war nämlich in eine vollkommen falsche Richtung gegangen.

„Wie stehst du zum Tod? Hast du Angst davor? Was bedeutet er dir?“

Das entlockte mir ein freudloses Lachen, und ich sah wieder zu ihm.

„Fragst du mich das, weil du mir bereits mein Grab geschaufelt hast?“

Seine Gesichtszüge entgleisten und machten mir deutlich, dass ich gerade eine unsichtbare Grenze überschritten hatte. Dabei konnte er doch gar nicht wissen, dass ich das nur deshalb gesagt hatte, weil ich ihn spaßeshalber als Verrückten betitelte. Mein Lachen erstarb, und ich betrachtete seine beinahe schon gequälte Miene.

„Was ist? Das war ein Scherz!“, erklärte ich, doch

seine Kiefer mahlten bereits.

„Ich dachte, gerade *du* nimmst das Thema Tod etwas ernster!“

Damit rauschte er davon und ließ mich unter den Kirschbäumen zurück. Wie bitte? Mich interessierte nicht einmal, dass ich seine Beschreibung gar nicht gelesen hatte, denn sein Gesagtes setzte mir ordentlich zu.

Wie konnte er es wagen, über mich zu urteilen? Ja, ich hatte zwei wichtige Menschen verloren, aber bedeutete das, dass ich nie wieder lachen und Witze machen durfte?! Es war doch nur ein blöder Scherz gewesen! Und was blieb mir denn noch anderes, außer der tiefen Trauer über meinen Verlust? Nein, er hatte kein Recht, über mich zu urteilen und mir den Mund zu verbieten. Nicht so ein verwöhntes Muttersöhnchen, das sich wahrscheinlich noch nie Sorgen um etwas hatte machen müssen und das sich für bewandert hielt, nur weil es Literatur las!

„Arschloch!“, spuckte ich aus und folgte ihm ins Gebäude.

„Mann, ihr beide habt echt Probleme“, sagte Anna, als wir in der Cafeteria saßen und uns die pappige Lasagne munden ließen. Warum schmeckte Schulessen immer, als hätten die Köche vorher damit den Boden gewischt? Ehrlich, das war widerlich, und ich aß es auch nur, weil ich zu faul war, mir morgens ein Lunchpaket zu machen – Langschläfer eben. Vielleicht schmeckte es mir heute aber auch nur nicht, weil noch der bitterer Nachgeschmack von Lucans Worten auf meiner Zunge lag. So oder so, mit einem Mal hatte ich überhaupt kein Hunger mehr.

„Als ob ihr eine Hassbeziehung führt, nur dass ihr gar nicht zusammen seid", fügte sie nachdenklich hinzu und stopfte sich einen großen Löffel in den Mund. Mein Magen war fürs Erste mit Empörung und Zorn gefüllt, eine weniger schmackhafte Mischung, deshalb schob ich den kaum berührten Teller zur Seite und warf einen Blick an ihr vorbei.

Quer hinter Anna saß er nämlich, der blöde Typ. Er lungerte mit Eric, Mason und den anderen am Fenster herum, und obwohl ich direkt in seinem Blickfeld saß, schaute er nicht ein einziges Mal zu mir herüber. Mistkerl. Warum machten ihm unsere Auseinandersetzungen nur so viel weniger zu schaffen als mir?

Wahrscheinlich, weil ihm absolut nichts an mir lag. Während ich ihm, zu meiner Schande, auch noch heimlich hinterhersabberte. Kannte ich denn keine Scham?! Oder war er nur ein guter Schauspieler? Ich gebe zu, ich hatte nicht viel Erfahrung mit Männern, aber so launisch wie Lucan verhielt sich normalerweise nur ein Mädchen an ganz bestimmten Tagen! Oder was hatte es zu bedeuten, wenn er zuerst unfreundlich war, sich dann eigenartigerweise für mein Privatleben interessierte und mich dann wieder abfertigte? Ich meine, hatte er eine gespaltene Persönlichkeit oder wie konnte man in einem Moment nett und im nächsten so unausstehlich sein?

„Ich kann mir gut vorstellen, dass er jemanden verloren hat und deshalb so empfindlich reagiert hat. Vielleicht ist es noch nicht lange her, und er will deshalb nicht sagen, woher er kommt“, überlegte Anna.

Ich sah weiterhin zu Lucan. Da konnte natürlich was dran sein, und es könnte auch erklären, warum er mich zum Thema Tod befragt hatte. Nichtsdestotrotz begründete das aber noch lange nicht, warum er mich fallen gelassen und dieses unheimliche Zeug von sich gegeben hatte. Vielleicht bedeutet das alles aber auch gar nichts und er hatte einfach bloß einen Schaden! Tief im Inneren wusste ich jedoch, dass es nicht so war, denn er war nicht nur ein herausragender Schüler, er gab auch sonst nicht gerade Unsinn von sich, auch wenn er oft in Rätseln sprach. Aber so oder so, es gab nur einen Weg, etwas Licht ins Dunkel zu bringen.

„Ich werde mal schauen, was Google ausspuckt, vielleicht erfahre ich ja etwas über ihn“, verkündete ich und nahm noch einen Schluck aus meiner Wasserflasche. Anna nickte einverstanden und scheffelte sich weiter Lasagne in den Mund, und kaum war ich zuhause angekommen, setzte ich meinen Plan in die Tat um. Stand heutzutage nicht über jeden etwas im Internet? Und wenn ein Todesfall oder anderes mit seinem Namen in Verbindung stand, dann würde das World Wide Web es doch sicher wissen, oder? In welcher Kombination ich seinen Vor- und Nachnamen aber auch eingab, das Internet spuckte nichts Brauchbares aus.

Er hatte nicht einmal ein Facebook-Profil, was im Grunde genommen ja für ihn sprach, denn nichts war abstoßender als Klassenkameraden, die auf Facebook ihre Sixpacks zur Schau stellten.

Weiterhelfen tat mir seine nicht vorhandene Internetpräsenz aber nicht. Außer dass ich nun Gewissheit hatte, es nicht mit einem gesuchten Psychopathen zu tun zu haben. Also beendete ich meine Suche enttäuscht und setzte mich stattdessen an meine Hausaufgaben. Diese führten mich, im Gegensatz zu der nutzlosen Suche nach Lucans Vergangenheit, wenigstens im Leben weiter!

# Dunkles Wasser

## *** 5 ***

Die Tage verstrichen und mein Ärger wegen Lucan verflüchtigte sich mit der Zeit. Zwar sprachen wir immer noch nicht miteinander, aber wir zickten uns auch nicht unnötig an. Stattdessen hatten wir ein stilles Übereinkommen getroffen, in dem wir uns duldeten, aber nicht weiter beachten, und damit ließ es sich ganz gut leben. Natürlich waren meine Neugierde und Unruhe nicht verflogen.

Sie schlummerten nur tief in mir drin und warteten auf eine Gelegenheit, auszubrechen und ihn erneut zur Rede zu stellen. Ich hatte meinen Vorsatz, seine Beweggründe aufzuklären, nämlich nicht vergessen. Ich wartete nur auf den richtigen Zeitpunkt, um sie ihm zu entlocken, und beschäftigte mich inzwischen damit, ihn zu beobachten.

Er war hervorragend in der Schule, verstand sich mit jedem Lehrer und half den langsamen Schülern aufopferungsvoll bei den Hausaufgaben. Er war auch überaus höflich zu den Schülerinnen und hielt, ganz zu meinem Verdruss, nicht nur mir die Tür auf – was ihm nur noch mehr schmachtende Blicke einbrachte.

Im Klartext war er also ein Traum von einem Mann,

der mit seinen achtzehn Jahren schon eine Ernsthaftigkeit und Reife an den Tag legte, die die meisten erst viel später und teilweise auch gar nicht bekamen und das hob ihn deutlich von seinen Kameraden ab.

Nur mir versagte er seine charmante Seite, und das verärgerte und verunsicherte mich gleichermaßen. War ich denn so hässlich, dass er mich lieber ignorierte, als mich anzusehen, oder hatte ich vielleicht Mundgeruch? Könnte doch sein, immerhin gab es in unserer Klasse einen Jungen, dessen Name lieber ungenannt blieb, den die Mädchen genau deswegen mieden. Sollte dem so sein, hätten mich Anna oder Liz doch aber schon längst darauf hingewiesen, oder?

Nein, an meiner Körperhygiene lag es sicher nicht. Es hatte mit dem Autounfall zu tun, da war ich mir mittlerweile sicher, nur hörte es da schon mit meinem Wissen auf. Und wo wir gerade dabei waren: Der Tag des Autounfalls blieb der einzige Tag, an dem Lucan mit zur Haltestelle kam.

Danach sah ich ihn unsere Gruppe nie wieder begleiten und das war doch merkwürdig, oder? Ich wollte mich ja nicht beschweren, denn wäre er nicht gewesen, könnte ich mir die Radieschen nun von unten ansehen, aber eigenartig war dieser Zufall schon. Zuerst hatte ich gedacht, sein Wagen wäre an diesem Tag in der Reparatur oder sonst wo gewesen, doch nachdem ich Anna auf ihn angesetzt hatte, kam heraus, dass er an diesem Tag mit dem Auto zur Schule gekommen war. War das nicht vollkommen verrückt?

Er war also zur Bushaltestelle gekommen, hatte mich

gerettet und war dann zu seinem Wagen zurückgekehrt, um nach Hause zu fahren. Das klang so unheimlich, dass ich mich selbst kaum traute, es zu glauben, aber genauso war es gewesen – Anna hatte gründlich recherchiert.

Also studierte ich Lucan aus sicherem Abstand und beobachtete Tag für Tag, wie er nach der Schule in seinen dunkelblauen Wagen stieg, der im Übrigen eine gute Stange Geld gekostet haben musste, und nach Hause fuhr. Eigenartigerweise sah ich ihn aber nie Schülerinnen darin mitnehmen, was schon beinahe verstörend war. Ich meine, jeder Schüler, der so einen Schlitten besaß, hatte die Rückbank voll kichernder Mädchen, nur Lucan nicht. Das war irgendwie beruhigend, andererseits aber auch ganz und gar nicht seinem Alter entsprechend.

An einem Samstagnachmittag war uns das Wetter dann wohlgesonnen und wir fuhren an den See, und weil weder Anna noch ich ein Auto besaßen, nahmen Liz und Chloe uns in ihrem mit. Es war vierzehn Uhr und die Sonne strahlte angenehm warm auf uns herab, als die Mädels in Liz' Wagen vorfuhren.

Der Boden war trocken, der Wind angenehm mild und die Luft sauber und von Blumenduft erfüllt. Anna und ich warteten bereits mit gepackten Taschen vor der Tür, wobei ich nicht glaubte, dass wir heute schwimmen gehen würden. Es waren zwar wunderbare 26 Grad, aber das Wasser dürfte noch nicht ausreichend aufgewärmt sein.

Zum Sonnen reichte es aber allemal, und sollte ich mich doch irren, trug ich meinen Bikini bereits drunter.

Voller Vorfreude sah ich dem Auto beim Parken zu,

denn ich liebte das Wasser und den Sand und nichts war wundervoller, als mit seinen Freunden Beachvolleyball zu spielen, sich im Wasser zu jagen oder einfach nur in der Runde zu sitzen und sich zu unterhalten.

Nur eine Sache dämpfte meine Stimmung etwas, und das war der Umstand, dass Lucan ebenfalls dort sein würde. Ich konnte nur hoffen, dass er sich genauso ruhig verhielt wie die restliche Woche, dann würde ich seine Anwesenheit vielleicht kaum bemerken.

„Na, Ladys, seid ihr bereit, den Jungs so richtig einzuheizen?“, fragte Liz aus dem heruntergekurbelten Fenster, nachdem sie vor Annas Haus gehalten hatte.

Anna hielt ihren Volleyball in die Höhe und versprach: „Diesmal machen wir sie fertig.“ Wir lachten alle, denn in den vier Jahren, die wir uns jetzt am See trafen, hatten wir kein einziges Mal gegen die Jungs gewonnen. Ich weiß nicht, woran es lag, aber Männer waren einfach viel besser im Volleyball. Sie schlugen härter, sprangen höher und bewegten sich schneller – zumindest traf das auf unsere Jungs zu, sodass wir auch dieses Mal mit Sicherheit unterliegen würden.

Spaß machte es trotzdem, auch mir, die nicht unbedingt ein Volleyballtalent war. Ich muss an dieser Stelle erwähnen, dass Eric etwas übertrieben hatte, denn es war nicht so, dass ich nicht spielen konnte, aber wenn man unsere Clique ehrlich bewerten wollte, dann war ich definitiv die Schlechteste von uns. Schlimm fand ich es jedoch nicht, denn während die anderen einen guten Schlag drauf hatten, konnte ich recht passabel mit Zahlen und Fakten um mich hauen und das war mir ein fairer Ausgleich.

Nachdem wir unsere Taschen im Kofferraum verstaut hatten, sprangen wir auf die Rückbank und Liz trat aufs Gas.

Die Fahrt machte unheimlich Spaß, und auch wenn der Ausflug in die Wälder gemischte Gefühle in mir wach rief, so genoss ich den Anblick der vorbeiziehenden und dichten Bäume doch. Wälder hatten einfach so etwas Beruhigendes und Friedliches an sich – wenn sie nicht gerade aus heiterem Himmel umfielen und vorbeifahrende Autos erschlugen!

Wir fuhren mit heruntergekurbelten Fenstern und lauter Musik durch die Straßen und sangen mehr schlecht als recht die Radiohits mit, was uns das eine oder andere Lächeln von Fußgängern einhandelte.

Kaum waren wir auf der Landstraße unterwegs, konnte uns dann aber keine Macht mehr halten und wir brüllten wie die Verrückten. Wow, das hatte ich so sehr vermisst. Es kam mir vor, als hätte ich in den letzten sechs Monaten überhaupt nicht gelebt, als wäre ich eine leblose Hülle gewesen, die lediglich existierte, der aber kein Leben innewohnte. Ich hatte weder gelacht, noch in irgendeiner Weise Spaß gehabt und mich stattdessen in Selbstmitleid und Trauer gesuhlt. Doch das Leben an der Schule war weitergegangen, und nun war ich froh, wieder ein Teil davon zu sein - wieder zu den Lebenden zu gehören.

„Sag mal, du und Lucan“, begann Liz irgendwann und drehte das Radio leiser. Meine gute Laune bekam sofort einen Dämpfer, und ich wappnete mich für die folgende Frage, die nur in eine Richtung gehen konnte.

„Läuft da etwas zwischen euch?“

Ich schüttelte missfällig den Kopf. „Nein. Wie kommst du darauf?“

Sie versuchte, ihr Schulterzucken gleichgültig aussehen zu lassen, doch dummerweise konnte ich ihr Gesicht im Rückspiegel sehen und das drückte großes Interesse an diesem Thema aus.

„Naja, normalerweise versteht er sich mit den Mädchen blendend, aber über euren Köpfen kann man förmlich die Gewitterwolken schweben sehen. Das macht auf mich den Eindruck, als hättet ihr eine gescheiterte Affäre hinter euch oder Ähnliches, über die ihr nicht hinwegkommt“, sprach sie.

Jetzt lachte ich, und Anna schloss sich mir an.

„Glaub mir, da läuft absolut gar nichts zwischen uns. Wir können uns einfach nicht riechen“, versicherte ich ihr und glaubte, sie im Rückspiegel minimal aufatmen zu sehen.

„Dann hast du also nichts dagegen, wenn ich mich an ihn ranschmeiße?“, fragte sie und grinste nun verschmitzt.

„Nein, überhaupt nicht“, versicherte ich ihr, während Chloe ihr gleichzeitig auf die Schultern schlug und sagte: „Hey, du hast doch gesagt, du überlässt ihn mir!“

Daraufhin schenkte ihr Liz ein breites Grinsen.

„Ja, aber da dachte ich noch, dass du sowieso keine Chance hast, weil er sich Elena rausgepickt hat.“

Chloe warf ihr einen schockierten Blick zu, und wäre Liz nicht gefahren, hätte sie ihr mit Sicherheit noch etwas fester auf die Schulter gehauen.

„Na, du bist ja eine tolle Freundin! Überlässt mir nur die Jungs, bei denen du mir sowieso keine Chancen einräumst, ja?!"

„Tut mir leid, aber ich muss schließlich sehen, wo ich bleibe. Ich habe meinen Traummann auch noch nicht gefunden und Lucan scheint mir genau aus dem Holz gemacht zu sein. Außerdem weißt du doch, dass bei Liebe die Freundschaft aufhört", sagte sie frech. Wir wussten alle, dass sie es nicht ernst meinte, deshalb war ihr Chloe auch nicht wirklich böse. Die restliche Fahrt verbrachten die beiden damit, um Lucan zu feilschen, und Anna und ich amüsierten uns darüber.

Doch auch wenn ich überwiegend ein Schmunzeln im Gesicht hatte, konnte ich nicht verhindern, dass ich mir insgeheim wünschte, sie würden beide scheitern. War das charakterlos? Es war ja nicht so, dass sie mir im Falle ihres Erfolges Lucan ausspannen würden, aber es würde mich trotzdem stören, sie knutschend vor mir zu sehen. Keine Ahnung, vielleicht fühlte ich ja nur so, weil ich wütend auf ihn war und ihm dieses Vergnügen nicht gönnte.

Eine halbe Stunde später rollten wir auf den Parkplatz am See und stiegen aus. Es war ein öffentlicher Platz, deshalb trafen wir auch auf andere Menschen und Schüler, und damit unser Stammplatz nicht belegt war, wenn wir kamen, waren Marvin und Tobi schon vor geraumer Zeit vorgefahren.

Mit Decken und schweren Taschen beladen, bahnten wir uns einen Weg zum See, wobei Liz leise vor sich hin summte. Unser Stammplatz lag direkt am Wasser, seitlich am Rand, und als wir Mädels über den warmen Sand gelaufen kamen, erwarteten uns schon viele bekannte Gesichter.

Eric hockte auf seiner ausgebreiteten Decke und spielte mit dem Handy herum, Mason und Vivienne legten große Handtücher auf den Boden, Rebecca cremte sich mit Sonnenmilch ein und Lucan und Johnson, dessen rabenschwarze Haut in der Sonne glänzte, spielten bereits Volleyball.

Es war schon eine Weile her, seitdem ich das letzte Mal hier gewesen war, und so ließ ich den märchenhaften Anblick einen Moment auf mich wirken. Der See war gewaltig und von so klarem Wasser, dass man kleine Fische darin schwimmen sah und selbst dann noch seine Füße erkennen konnte, wenn es einem schon bis zu den Schultern reichte. Saftig grüne Bäume umschlossen das Wasser, selbst am anderen Ende und spiegelten sich in der Ferne auf der Oberfläche wider.

Der Strand, bestehend aus Sand und Gras, zog sich einmal halb um das Wasserbecken herum, sodass es aus der Luft betrachtet wie eine Mondsichel aussehen musste, und wenn dieser Anblick noch nicht perfekt sein sollte, dann vollendeten ihn die einfallenden Sonnenstrahlen, die Millionen kleine Diamanten auf die Oberfläche projizierten.

Das glitzernde Wasser und die Sonne im Hintergrund ließen die Volleyball spielenden Jungs schon fast übernatürlich schön wirken – wobei, einer brauchte definitiv keine märchenhafte Kulisse, um engelhaft auszusehen.

Als mein Blick an Lucan hängenblieb, schaute ich wahrscheinlich genauso verzaubert drein wie meine Freundinnen, denn anders als Tobi und Johnson war sein Oberkörper zwar noch bedeckt, aber das ärmellose Shirt überließ trotzdem nichts der Fantasie und zeigte seinen trainierten Oberkörper genauso gut, als hätte er es zuhause gelassen.

Diese Arme … ich musste ja zugeben, dass ich Armmuskeln bei einem Mann am attraktivsten fand. Sie durften jedoch nicht zu aufgepumpt sein und mussten vor allem zum restlichen Körper passen, und genau das taten sie bei ihm. Er war einfach perfekt - leider. Als sie uns herannahen sahen, pausierten die Jungs das Spiel und auch die anderen brachen ihre Beschäftigung ab. Ich hatte soeben Eric umarmt, als Lucan auf einmal zu mir kam und mir unerwartet die Hand hinhielt. Ich betrachtete erst sie und dann ihn, als wüsste ich nichts damit anzufangen.

„Auch wenn wir nicht die besten Freunde werden, für heute sollten wir einfach nur … den Tag genießen“, sagte er reserviert. Es war unmöglich, in seinem regungslosen Gesicht zu lesen, und sollte er mir gegenüber immer noch unschöne Gedanken hegen, so ließ er es nicht durchblicken. Er lächelte aber auch nicht, sondern maß mich mit einem ganz und gar neutralen Blick.

„Einverstanden“, sagte ich und wollte seine Hand schütteln, doch dann erinnerte ich mich daran, was beim letzten Mal geschehen war, und zog sie fast erschrocken zurück.

„Das … sollten wir lieber sein lassen. Nicht, dass du wieder einen Schlag bekommst“, sagte ich und ging zu den anderen. Es war im Grunde nicht einmal spöttisch oder böse gemeint, ich wollte ihm nur mit der gleichen kühlen Höflichkeit begegnen wie er mir, und trotzdem glaubte ich, ihn minimal lächeln zu sehen, als ich mich wegdrehte.

„Oh, es ist so schön, endlich wieder hier zu sein. Ich liebe diesen Ort“, schwärmte Liz, als sie sich Minuten später neben mich auf die Decke legte. In dem roten Bikini machte sie eine ausgezeichnete Figur, und ich konnte beobachten, wie Tobi ihr immer wieder verstohlene Blicke zuwarf.

Er bewunderte Liz schon seit Jahren, die mit ihrem zierlichen Körper auf mich eher wie eine Barbiepuppe wirkte, doch bisher hatte er sich nie getraut, es ihr zu gestehen. Dabei war er als gefeierter Basketballspieler der Schulmannschaft und mit seinen breiten Kiefern nicht unbedingt die schlechteste Wahl. Zudem war er freundlich und überhaupt nicht überheblich, er würde also gut zu ihr passen.

Kurz wünschte ich mir, er würde die Initiative ergreifen und sie ansprechen, am besten heute noch, bevor sie die Gelegenheit bekam, sich mit ihrem anbetungswürdigen Körper an Lucan ranzuschmeißen, doch dann tadelte ich mich für meine Gedanken. Lucan war in etwa so erreichbar wie die Stelle als Chefredakteurin der *Vogue*.

Nicht, dass ich mich für Mode interessierte, aber Liz

und Chloe taten es, und weil *Anna Wintour* seit dem Film *Der Teufel trägt Prada* ihr großes Modevorbild war, kannte ich mich unfreiwillig damit aus. Darüber hinaus hatte Lucan ja deutlich gemacht, dass er nichts mit mir zu tun haben wollte, und das machte jedwede Träumereien sinnlos.

Während Chloe in ihrer Tasche nach Sonnencreme suchte, spazierte Anna ans Wasser, um die Temperatur zu prüfen.

„Also, hineingehen könnte man schon", rief sie und ließ ihre Zehen im Wasser kreisen. „... wenn man denn eine hohe Schmerzgrenze hat." Damit benetzte sie ihre Arme vorsichtig mit Wasser und kam wieder zu uns zurück.

„Dann bleibe ich lieber in der Sonne liegen, ich könnte ohnehin wieder etwas Farbe gebrauchen", antwortete Liz mit geschlossenen Augen.

„Also, wir gehen nachher auf jeden Fall ins Wasser, oder?", meinte Eric und sah Zustimmung suchend in die Runde. Tobi und Johnson nickten und auch Rebecca und Vivienne stimmten zu, wobei mein Blick kurz an letzterer hängen blieb, bevor ich wieder zum Wasser sah. Ich fühlte mich nicht wohl dabei, dass Marvin und Vivienne ebenfalls anwesend waren, denn irgendwie kam mir das wie der Anfang eines Dramas vor, doch ich konnte auch nichts dagegen tun, also versuchte ich, die beiden einfach auszublenden, und hoffte, dass sie dasselbe mit mir taten.

Der Tag gestaltete sich genauso, wie ich ihn mir gewünscht hatte. Die meiste Zeit verbrachten wir schwatzend und Melone essend in der Sonne. Während die Jungs nämlich nur an Spirituosen, Cola und Chips gedacht hatten, hatten wir Mädchen Säfte und Früchte mitgenommen und diese stopften wir in Massen in uns hinein. Irgendwann wurde es den Jungs zu langweilig und sie kündigten das Volleyballspiel an, aus dem wir Mädels uns jedoch raushielten.

Es war zwar geplant gewesen, mitzuspielen, aber wir amüsierten uns so prächtig mit Chloes Kartenspiel, dass wir lieber auf unseren Decken blieben. Mir persönlich reichte es ohnehin aus, die Jungs dabei zu beobachten - vor allem eine bestimmte Person …

Ich weiß auch nicht. Lag es wirklich daran, dass er genau in mein Beuteschema passte oder warum hatte Lucan diese Wirkung auf mich? Obwohl ich mit ihm abgeschlossen hatte, fühlte ich mich nämlich auf eine Art und Weise zu ihm hingezogen, die rational überhaupt nicht erklärbar war.

Ich meine, nachdem was er mir auf seinem Grundstück an den Kopf geworfen hatte, müsste er mir eigentlich gestohlen bleiben, oder? Schon allein wegen seiner anmaßenden Worte, ich würde mich zu ihm hingezogen fühlen und nichts dagegen unternehmen können. Doch genau das schien sich zu bewahrheiten. So unverschämt es auch von ihm war, aber da war tatsächlich eine Anziehungskraft, der ich mich nicht erwehren konnte, und das ärgerte mich gewaltig.

„Du bist dran, Elena“, holte Vivienne mich ungeduldig aus meine Gedanken. Schon beinahe erschrocken wandte ich den Blick von Lucan ab und legte meine letzte Karte auf den Stapel.

„Ein Ass, gewonnen“, sagte ich, was Chloe mit der Zunge schnalzen ließ. Ich hatte jetzt fünf Mal hintereinander gesiegt, doch hatte es anfangs noch Spaß gemacht, wanderte mein Blick immer häufiger zu den Jungs hinüber, und weil ich nicht wollte, dass es auffiel, stieg ich aus dem Spiel aus und legte mich auf den Rücken.

Mit geschlossenen Augen würde ich wenigstens nicht mehr in Versuchung kommen, Lucan zu beobachten, sagte ich mir. Andere aus unsere Runde hatten da allerdings weniger Bedenken und hielten sich auch nicht mit lautstarken Schwärmereien zurück.

„Gott, dieser Typ ist so heiß“, hörte ich Vivienne seufzen.

„Schade nur, dass er dich nicht wahrnimmt“, bemerkte Rebecca spöttisch.

„Im Gegensatz zu mir, denn ich hatte bereits das Vergnügen einer Nachhilfestunde.“

„Und? Hat es dir etwas gebracht? Nein“, erwiderte Vivienne selbstgefällig.

Ich öffnete die Augen und sah, wie sie Lucan einen verstohlenen Blick zuwarf.

„Vielleicht ja heute, ich muss mich nur irgendwie bemerkbar machen“, sprach sie, woraufhin Rebecca laut schnaubte.

„Mach dich nicht lächerlich. Er geht seit einem halben Jahr auf unsere Schule und noch nie hat er auch nur mit einem Mädchen geflirtet. Warum sollte er sich plötzlich für jemanden von uns interessieren?“, fragte sie.

Vivienne hob schon beinahe trotzig die Schultern.

„Keine Ahnung, manchmal braucht es eben seine Zeit. Ich werde mir schon etwas einfallen lassen. Schließlich kann es doch nicht angehen, dass ihm kein einziges Mädchen aus der Schule gefällt.“

Chloe und ich tauschten belustigte Blicke, denn offenbar hatte Vivienne Marvins Desinteresse endlich überwunden und ein neues Ziel ausgemacht.

„Viel Glück. Ich werde mich indessen an Johnson ranschmeißen. Seht euch nur seinen Bauch an. Er sieht aus, als hätte man ein Waschbrett mit dunkler Schokolade übergossen“, sagte Chloe keck.

Lächelnd schüttelte ich den Kopf, musste aber zugeben, dass er wirklich einen guten Körperbau hatte. Aber warum sahen die Muskeln bei dunklen Menschen immer so stahlhart und die Haut so aalglatt aus? Ich konnte jedenfalls verstehen, was sie an ihm fand, auch wenn ich nicht unbedingt auf muskelbepackte Körper stand.

„Vielleicht ist er ja vom anderen Ufer“, warf Liz belustigt ein, klang aber selbst nicht überzeugt.

„Das glaube ich nicht, seht euch doch nur mal an, wie er sich bewegt – so männlich“, meinte Vivienne verträumt.

Ich räusperte mich und sagte: „Schwule bewegen sich auch männlich.“ Doch sie ignorierte meine Worte beflissentlich.

„Ich denke, wenn du jemanden wie Lucan erobern willst, dann musst du aggressiver vorgehen“, riet Liz ihr nach kurzem Schweigen. Zuerst wunderte ich mich, warum sie Vivienne ermutigte, da sie Lucan doch selbst nicht ganz abgeneigt war, doch mit ihren nächsten Worten offenbarte sie ihre wahren Absichten – zumindest mir.

„Schmeiß dich an ihn heran und zeig ihm, was du zu bieten hast."

„Ernsthaft?", fragte Vivienne skeptisch.

„Du hast jedenfalls nichts zu verlieren, denn wenn er dich abblitzen lässt, schiebst du es einfach auf einen Hitzschlag oder tust so, als wärst du betrunken."

„Das ist genial. So kann ich sein Interesse abwägen, ohne mir selbst dabei die Blöße zu geben", sagte Vivienne begeistert. Ernsthaft? Das hatte sie doch schon allein mit diesem Satz getan!

Mahnend schaute ich zu Liz, weil sie Vivienne solche Flausen in den Kopf setzte, doch ich redete sie ihr auch nicht aus, sondern nippte stattdessen an meiner Wasserflasche. Ich sah es als ausgleichende Gerechtigkeit dafür an, dass sie Marvin damals geküsst hatte, obwohl er mit mir zusammen gewesen war. Gemein, oder?

Irgendwann gingen Liz und Rebecca in den Wald, und weil Chloe vor sich hinschlummerte und ich peinliches Schweigen zwischen Vivienne und mir vermeiden wollte, holte ich mein Buch hervor.

Es handelte von einer Archäologin, die nach Ägypten reist, um dort einen wertvollen Fund zu machen, und stattdessen ihre große Liebe findet. Abenteuerlich, leidenschaftlich und witzig. Hach, wie ich diesen Roman liebte, deshalb hatte ich ihn auch schon gefühlte einhundert Mal gelesen. Ich war gerade bei der dritten Seite, als ich Lucan aus dem Spiel aussteigen und auf uns zukommen sah. Seine Stirn glänzte nass und seine Atmung war minimal beschleunigt.

Er hätte jetzt gut für eine neue Bademode werben und sich das verschwitzte Shirt über den Kopf ziehen können – ich hätte jedenfalls nichts dagegen gehabt. Stattdessen lief er an mir vorbei, warf mir einen flüchtigen Blick zu, und kramte dann in seinem Rucksack herum, um eine Wasserflasche zutage zu fördern. Ich begegnete Viviennes Blick, die erst erschrocken und dann ziemlich entschlossen aussah, als sie Lucan allein vorfand. *Jetzt oder nie*, glaubte ich in ihren Augen zu lesen.

Er hatte gerade zwei Schlucke genommen, als sie sagte: „Gut, dass du da bist, Lucan. Würdest du so nett sein und mir den Rücken eincremen?"

Ich verschluckte mich an meiner eigenen Spucke. Ernsthaft? Lucan hielt überrascht inne, und sicher war es unbeabsichtigt, denn sein Blick ging automatisch zu mir, so als wollte er sich versichern, dass sie es wirklich so meinte. Tat sie offenbar! Mit gerunzelter Stirn heftete ich meinen Blick wieder auf die Buchseite und tat, als würde ich lesen - was natürlich nicht der Fall war, denn ich war viel zu neugierig auf seine Antwort.

„Klar, warum nicht?", sagte er, und ich konnte aus dem Augenwinkel sehen, wie er in die Hocke ging.

Warum nicht?! Vielleicht, weil ihr Versuch auffällig wie plump war? Weil Vivienne direkt vor mir lag, hatte ich ihn unvermittelt in meinem Blickfeld. Meine Augen immer noch auf die Seite gerichtet, sah ich, wie sie ihm die Creme reichte und er den Deckel aufschraubte. Und auch wenn ich am liebsten weggerückt wäre, tat ich es nicht, denn damit hätte ich ihm nur gezeigt, dass es mich störte. Verdammt, warum tat es das überhaupt?

War mir doch egal, wen er mit seinen Griffeln anfasste! Ich heftete meinen Blick auf das erste Wort der Seite, um so einen besseren Winkel zu haben und beobachtete, wie er seine Handfläche mit Creme füllte und den Blick dann über ihren Rücken wandern ließ - wobei ihr Hinterteil wenigstens noch von einem Handtuch verdeckt war. *Nun schmiere es ihr schon auf den Rücken und begaffe sie nicht auch noch!*, dachte ich angekratzt.

Das konnte man sich ja nicht antun! Als hätte er meine Gedanken gehört, begann er mit dem Einmassieren, und Viviennes leisem Seufzen nach zu urteilen tat er es verdammt geschickt. Ich hätte mich am liebsten übergeben und noch mehr, weil ich etwas fühlte, das gar nicht da sein durfte. *Eifersucht*, wurde mir siedend heiß bewusst. Ich war eifersüchtig auf Vivienne und das wegen eines Kerls, den ich eigentlich nicht leiden können sollte. Ohne dass ich es gemerkt hatte, war mein Blick von der Buchseite zu Lucan gewandert, und erst, als er aufschaute und sich unsere Blicke begegneten, wurde ich mir dessen bewusst.

Zum Weggucken war es allerdings zu spät, also starrten wir uns eine endlose Sekunde an, in der niemand wegschauen konnte. Ich weiß nicht, was es war, das mich an seinem Blick gefangen hielt, aber es war, als würde ein Strudel darin kreisen, der mich Stück für Stück zu sich heranzog. Seine Augen drückten eine Mischung aus Neugierde und Kummer aus, doch die Gründe dahinter konnte ich beim besten Willen nicht erraten.

„Kommst du heute noch wieder oder bist du aus dem Spiel raus?", hörte ich Johnson ungeduldig rufen. Damit war der Blickkontakt beendet, und Lucan schaute auf sein Werk hinunter. Die Creme war gleichmäßig in Viviennes Haut eingezogen und hatte keinen Fleck trocken gelassen.

„Bin schon da", rief Lucan und sprang auf. So schnell, dass ich gar nicht richtig gucken konnte, war er schon wieder bei den anderen und setzte das Spiel fort, sodass Vivienne und ich nur einen ratlosen Blick tauschen konnten.

Bald wurde der Himmel dunkel und die gewöhnlichen Getränke wurden gegen Mixbier eingetauscht. Tobis Cousin arbeitete praktischerweise in einem Supermarkt und hatte den Alkohol herangeschafft, und aufmerksam wie Tobi war, hatte er uns Mädels zwei Sektflaschen mitgebracht, deren Inhalt wir in unsere Pappbecher füllten.

Ich hatte zwar nicht vorgehabt, etwas zu trinken, aber an einen halben Becher Sekt war nichts auszusetzten, denke ich. Liz beteiligte sich nicht daran, denn sie musste fahren, genauso wenig wie Vivienne und Johnson. Wie Lucan hergekommen war, wusste ich zwar nicht, aber auch er beließ es bei einer Cola. Wir hatten ein kleines Lagerfeuer entfacht, dünne Stöcke gesammelt und – den

Klassiker – Marshmallows aufgespießt, die wir uns nun schmecken ließen.

Eric war so lustig, mir einen Wurm aufzuspießen und in die Hand zu drücken, und beinahe wäre ich darauf hereingefallen. Im letzten Moment hatte ich es dann aber gemerkt und ihn aus dem Feuer rausgezogen. Lebendig war der Wurm trotzdem nicht mehr, weshalb ich ihn zur Strafe in Erics Becher warf. Ich weiß auch nicht warum, aber mich ärgerte er immer besonders gern.

Wir erzählten uns Gruselgeschichten, wobei Mason beteuerte, dass es ganz in der Nähe ein Dorf gäbe, in dem früher Menschen bei lebendigem Leib gehäutet worden wären. Angeblich hätte dort eine Hexe gehaust, die ihre Opfer mit Kräutern betäubte, häutete und sie dann wieder aufwachen ließ, um ihre qualvollen Schreie zu genießen. Und ob Wahrheit oder Lüge, schauerlich war es allemal. Wesentlich appetitlicher ging es da zu, als wir über die unausstehlichen Lehrer der Schule lästerten, wobei unser Hausmeister – mit Spitznamen *Mr. Filch* – am schlechtesten wegkam.

Aber er hatte einfach zu große Ähnlichkeit mit dem Hausmeister der Zauberschule, ehrlich. Er konnte Schüler auf den Tod nicht ausstehen, führte Selbstgespräche und liebte es, den Unterklässlern Strafarbeiten zu erteilen, etwa, wenn sie den Müll nicht richtig getrennt hatten. Bei den älteren Schülern funktionierte das nicht, denn diese lernten mit der Zeit, dass er ziemlich vergesslich war und wenn er jemanden zur Strafarbeit verurteilte, erschien man einfach nicht, und die Sache war vergessen. Eine Katze hatte er nicht, soweit man wusste, aber die brauchte er auch gar nicht, um der Romanfigur ähnlich zu sein.

Irgendwann kamen wir auf das Thema Zukunftspläne, wobei der Großteil es erst einmal nur aufs College schaffen wollte. Natürlich gab es da auch jene wie Liz, die schon präzise Vorstellungen von ihrem Leben hatten.

So hatte sie sich vorgenommen, Modedesign zu studieren und in die Fußstapfen ihres Vorbildes zu treten und in die Modebranche einzusteigen. Ich hatte da bescheidenere Pläne, denn ich wollte zuallererst Literatur studieren und was danach folgte, stand noch in den Sternen. Meine Eltern hatten zwar nicht versucht, es mir aus dem Kopf zu schlagen, doch allzu begeistert waren sie auch nicht gewesen, als es hieß, ihre einzige Tochter würde eine Geisteswissenschaft studieren, die nicht einmal für einen konkreten Beruf ausbildete.

Auf die Frage hin, was man mit Archäologie, Theologie, Germanistik oder Philosophie denn überhaupt anstellen könnte, antwortete ich mittlerweile nur noch mit *Taxifahren.* Das hielt mir weitere Fragen dieser Art vom Leib, und außerdem waren die Gesichter immer wieder zum Totlachen. Aber mal ehrlich, wenn man nicht selbst lehren wollte, konnte man zum Beispiel in den Medienbereich, ins Verlagswesen, in die Kulturwirtschaft, Politik und etliche andere Bereiche gehen. Der Aberglaube, man würde als mittelloser Philosoph enden, war total veraltet.

„Was sind deine Ziele?“, fragte Vivienne irgendwann an Lucan gewandt.

Er sah überrascht von seiner Cola auf, zögerte kurz

und sagte dann: „Ähnlich wie Elena interessiere ich mich für Literatur …“ Ich sah ihn überrascht an.

„Und würde gerne in den Kunsthandel einsteigen“, sagte er, ohne zu mir zu sehen. Das brachte ihm nicht nur erstaunte Blicke meinerseits ein, denn die angestrebten Berufsbilder seiner Kumpels waren mit Marketing und Immobilien da eher gewöhnlich.

So saßen wir noch eine Ewigkeit in der Runde, Marshmallows essend und quatschend, während die Stimmung immer ausgelassener wurde. Chloe und Rebecca waren bereits gut angeheitert und schienen sich seit geraumer Zeit über mich lustig zu machen. Zuerst ignorierte ich sie, zumal sie sich so ziemlich über jeden lustig machten, der ihnen unter die Augen kam, doch irgendwann folgte ich ihren Blicken auf meinen Becher und verstand ihr Kichern.

„Ihr hinterhältigen Kühe!“, rief ich fassungslos und stellte den Becher ab. Ich hatte mich schon die ganze Zeit über gewundert, warum mir der Becher Sekt so zusetzte, doch nun begriff ich, dass er nie wirklich leer geworden war. In den Momenten, in denen ich ihn abgestellt hatte, mussten sie ihn immer wieder heimlich aufgefüllt haben - nur hatte ich es nicht gemerkt. Fassungslos betrachtete ich die leere Sektflasche zu meinen Füßen, deren kompletter Inhalt offenbar in meinem Magen schwappte.

„Wir haben uns schon gefragt, wann du es endlich merkst“, sagte Johnson grinsend, während Chloe und Rebecca sich gar nicht mehr einkriegten vor Lachen. Ich wollte sauer sein, denn sie wussten ganz genau, dass ich nur selten trank, doch stattdessen stimmte ich mit ein –

was einiges über meinen Zustand verriet. Merkwürdigerweise schienen das aber alle lustig zu finden, außer Lucan. Seine Mundwinkel hoben sich zwar ebenfalls zu einem Lächeln, doch es sah eher gezwungen und alles andere als aufrichtig aus.

„Na, Elena, wie wäre es mit einem Schluck aus meiner Wunderflasche?“, fragte Eric augenzwinkernd und schwenkte seine Flasche vor meinem Gesicht herum. Sie war schwarz, deshalb konnte ich den Inhalt nicht bestimmen, doch ich war mir ziemlich sicher, dass sie kein Wasser enthielt.

Ich lachte und versuchte gleichzeitig, dem Schwindel in meinem Kopf Herr zu werden. „Willst du, dass ich nach Hause *krieche*?“, fragte ich empört und belustigt zugleich.

„Und ihr braucht gar nicht kichern. Mit euch werde ich morgen ein ernstes Wörtchen reden!“, drohte ich den Mädchen zu meiner Linken an.

„Klar doch, Elena“, sagten sie unbeeindruckt und wie aus einem Mund.

Unglaublich, aber sie nahmen mich überhaupt nicht ernst! Ich wollte sie deswegen böse anstarren, doch im Grunde war es meine eigene Schuld, denn ich ließ ihnen einfach zu viel durchgehen.

„Komm schon, schlimmer kann es sowieso nicht mehr werden“, feixte er, doch ich schüttelte beharrlich den Kopf. Ich hatte schon so viel Sekt im Magen, da würde Hochprozentiges zu einer Explosion mit unvorhersehbaren Auswirkungen führen!

„Ich denke, ihr habt Elena genug abgefüllt“, meldete

sich unerwartet Lucan zu Wort, und das erste Mal, seitdem wir in der Runde saßen, sah er mich direkt an. Ich erwiderte seinen Blick genauso überrascht wie Eric, denn ich hätte nicht erwartet, dass ihn mein Zustand auch nur im Geringsten interessierte, doch sein Gesicht nahm ich schon nicht mehr allzu deutlich wahr. Bevor ich etwas sagen konnte – wobei mir ohnehin nichts Geistreiches eingefallen wäre – reichte Eric die Flasche an ihn weiter.

„Dann willst *du* vielleicht einen Schluck?", fragte er Lucan.

„Lieber nicht, ich muss euch schließlich nach Hause fahren", lehnte er ab und nippte stattdessen an seiner Cola. Schulterzuckend setzte Eric die Flasche an und genehmigte sich selbst einen Schluck, ehe er sie an Marvin weiterrichte. Mein Blick war indessen weiterhin auf Lucan gerichtet, der ihn noch einmal flüchtig erwiderte und dann wegsah.

Was ging nur in diesem Kerl vor? Warum lag ihm plötzlich mein Wohlergehen am Herzen, benahm er sich doch sonst so abweisend? Ich verstand es einfach nicht und schüttelte, genervt von seinen Stimmungsschwankungen, den Kopf.

„Wie spät ist es?", warf Anna ein.

Mason schaute auf seine Armbanduhr.

„21 Uhr. Wir sollten uns langsam auf den Rückweg machen", meinte er und sah zum pechschwarzen Himmel auf.

„Aber vorher will ich noch mal ins Wasser", verkündete Marvin und sprang auf. „Will jemand mit?"

„Ja, ich", sagte ich kurz entschlossen und erhob

mich ebenfalls. Da blieb Marvin erstaunt stehen. Offenbar hatte er mit mir am allerwenigsten gerechnet, dabei wollte ich gar nicht schwimmen gehen, sondern mir lediglich Wasser ins Gesicht spritzen, um etwas wacher zu werden.

Doch er blieb nicht der Einzige, der mich überrascht ansah, denn Lucan tat es ebenfalls. Wobei ...sein Ausdruck war vielmehr schockiert als überrascht. Er stand von seinem Platz auf und wollte etwas sagen – ich war mir sicher, denn sein Blick war schon beinahe flehend auf mich gerichtet -, doch bevor er den Mund öffnen konnte, stellte sich ihm Vivienne in den Weg und bat ihn, ihr nächste Woche bei der Klausurvorbereitung zu helfen.

Während Vivienne auf ihn einredete, sah Lucan mich weiter an, und vielleicht lag es an meinem beschwipsten Zustand, aber ich glaubte, ihn minimal den Kopf schütteln zu sehen.

„Kommst du?“, lenkte Marvin seine Aufmerksamkeit wieder auf mich.

Ich schaute in seine Richtung und sah, dass er nur noch in Badeshorts dastand. „Äh ... ja“, sagte ich, versuchte, diesen verwirrenden Moment mit einem Kopfschütteln abzutun, und setzte mich in Bewegung.

Hatte ich mir Lucans warnenden Blick eben nur eingebildet? Wahrscheinlich, denn andernfalls hätte das bedeutet, dass er sich um mich sorgte, und das konnte unmöglich sein, oder? Wiederum hatte er Eric aber auch davon abgehalten, mich weiter abzufüllen. Was wollte er also? Warum benahm er sich den einen Tag so und am anderen wieder anders?

Während ich Marvin zum See folgte, wanderte mein Blick nachdenklich über die dunkle Oberfläche des Wassers. Still und lauernd lag es vor mir, wie ein Raubtier, das auf den finalen Sprung wartete. Zumindest kam es mir so vor, denn der Gedanke, in dieses dunkle Wasser abzutauchen, verursachte mir ein Ziehen in der Brust, das mit gesunder Angst nichts mehr zu tun hatte.

Es war beinahe so, als *wüsste* ich, tief in meinem Inneren, dass etwas geschehen würde, wenn ich zu tief hineingehen würde, und genau das bestärkte mich darin, es nicht zu tun. Marvin schien dagegen nichts von alldem zu spüren, denn er watete unbeschwert und ohne dass ihm die Kälte etwas ausmachen würde ins Wasser.

„Willst du wirklich schwimmen gehen?“, fragte ich, als wir uns so weit von den anderen entfernt hatten, dass sie uns nicht mehr hören konnten.

Er befeuchtete sich vorsichtig den Oberkörper und sagte: „Warum nicht? Ist doch nichts dabei.“

Ich kam so weit ins Wasser, dass es meine Knie berührte und schaute dann in die Ferne. Weiter wäre ich sowieso nicht hineingegangen, denn dann hätte ich mein Kleid noch mehr raffen müssen und am Ende meinen Bikini präsentiert.

Die dunklen Bäume, die sich im tiefschwarzen Wasser spiegelten, waren faszinierend und beängstigend zugleich, als würden sie mich einladen, gleichzeitig aber auch warnen wollen, dieser Verlockung nicht nachzukommen. Marvin folgte meinem Blick, dann hörte ich, wie er näher kam und schließlich neben mir stehen blieb.

„Eine wunderschöne Nacht, nicht wahr?", fragte er und stieß wie zufällig mit seinem Arm gegen meinen. *Berührungen* und *zufällig* passten jedoch nicht in einen Satz, wenn man es mit Marvin zu tun hatte, und nun fragte ich mich, ob es eine gute Idee gewesen war, ihn allein zu begleiten.

Der Ton, in dem er sprach, ließ mich zumindest alarmiert zu ihm aufschauen. Er leckte sich unbewusst die Lippen, richtete seinen Blick auf mich und kam noch etwas näher. Oh Gott, er musste denken, dass ich ihn begleitet hatte, damit wir ungestört sein konnten!

„Ich muss dir etwas sagen, Elena", begann er.

Ich kannte Marvin lange genug, um zu wissen, wann es besser war, ihn zu unterbrechen, und dies war so ein Moment. Vielleicht sollte ich die Gelegenheit gleich nutzen, um ihm ein für alle Mal Einhalt zu gebieten, denn er konnte mir nicht ewig hinterherrennen und anders würde er es wohl nie begreifen.

„Marvin …", sagte ich deshalb bedeutsam, doch offenbar kannte er mich genauso gut, denn bevor ich ihm eine Absage erteilen konnte, nahm er meine Hand und zog mich blitzartig zu sich heran. Mit einem überraschenden Keuchen wollte ich mich befreien, doch er ließ es nicht zu. In seinen Augen tanzte der schwache Schein des fernen Lagerfeuers - das die einzige Lichtquelle im Umkreis darstellte – und neben dem Flackern offenbarte sein Blick auch wilde Entschlossenheit. Gar nicht gut!

„Nein, bitte, höre mir zu. Ich habe mich damals wie ein Idiot benommen, das bereue ich jetzt, aber gib mir noch eine Chance, Elena. Ich will dich …“

Entschieden trat ich einen Schritt zurück, denn auch wenn ich schon etwas duselig im Kopf war, wollte ich nicht, dass er mir so nahe kam, und ansehen sollte er mich auch nicht so. Plötzlich beunruhigt, denn ich hatte noch gut in Erinnerung, was beim letzten Mal geschehen war, sah ich zum Strand.

Ich wollte nicht, dass die anderen davon Wind bekamen, denn es hätte nur Ärger untereinander gegeben, und den konnte ich vermeiden, indem ich diese Konversation beendete. Doch ich hätte mir keine Sorgen machen brauchen, dass uns jemand so dicht beieinander sah, denn meine Freunde waren viel zu sehr damit beschäftigt, lauthals über etwas zu lachen, das Johnson von sich gab. Nur Lucan entdeckte ich auf die Schnelle nicht.

„Ich habe es dir schon einmal gesagt, Marvin, und ich wiederhole mich gerne“, sagte ich und schaute ihn wieder an. Dabei legte ich so viel Autorität in meine Stimme wie möglich. Wenn er getrunken hatte, war das die einzige Art, um ihn in seine Schranken weisen zu können – meistens jedenfalls.

„Ist mir egal“, entgegnete er, und das so unerwartet, dass ich sogar vergaß, mich aus seinem Griff zu befreien.

Stirnrunzelnd sah ich zu ihm auf. „Was soll das heißen, es ist dir egal? Ich meine es ernst, Marvin! Ich habe keine Lust, dich ständig abweisen zu müssen, nur weil du zu betrunken bist, um …“

„Ich bin nicht betrunken, diesmal nicht. Ich sage dir das in vollem Bewusstsein“, unterbrach er mich mit

einem viel zu entschlossenen Ausdruck in den Augen.
Ich hielt den Atem an.

„Wa… was denn sagen?“, stotterte ich, wobei mir bereits Böses schwante.

„Elena, ich … habe mich in dich verliebt“, platzte es aus ihm heraus, und es klang so gequält und resigniert, dass ich sofort ein schlechtes Gewissen bekam – dabei konnte ich doch am allerwenigsten dafür.

„Oh Gott!“, stöhnte ich und mir wurde mulmig zumute. Mit einem Mal wollte ich nur noch meinen Magen entleeren und diesen Schwindel in meinem Kopf loswerden.

„Und ich möchte eine zweite Chance. Ich möchte dir zeigen, dass ich … mich geändert habe“, fuhr er fort, ohne meine Worte zu kommentieren.

Hilflos schüttelte ich den Kopf, doch er packte mich bei den Schultern und sah mir eindringlich in die Augen. „Nur eine Chance, Elena.“

Ich machte einen weiteren Schritt zurück und registrierte, dass ich dadurch tiefer ins Wasser ging, und auch wenn sein Griff nicht einmal grob war, störte es mich doch, dass er mir keine andere Wahl ließ, als ihn anzuhören. Wie konnte er denn glauben, dass er hier und jetzt meinen Willen ändern konnte? Früher hätten mich seine Berührungen und der Anblick seines nackten Oberkörpers vielleicht noch zum Erröten gebracht, doch nun war es mir einfach nur unangenehm.

Und weil er das offenbar nicht begreifen konnte, musste ich es ihm auf die unschöne Art beibringen. Zum Teufel mit meiner Freundlichkeit und meinem Mitgefühl.

Ich würde jetzt ein Machtwort sprechen, egal, wie herzlos das auch war!

„Meine Antwort lautet *nein*", sagte ich kalt und zog das letzte Wort in die Länge, damit er es verinnerlichen konnte. Wie erwartet machte er ein Gesicht wie ein geprügelter Hund, denn er war diese Grobheit nicht von mir gewöhnt. Überhaupt war ich selten grob oder unfreundlich zu meinen Mitmenschen, hatte eine hohe Toleranzgrenze und ließ vieles mit mir machen – zumindest war das so gewesen, bevor ich Lucan kennengelernt hatte -, doch dieses eine Mal musste ich an mich selbst denken, auch wenn es strikt gegen meine Grundsätze verstieß.

„Elena …", flehte er, und diesmal konnte ich nicht mehr zurückweichen, ohne mein Kleid nass zu machen.

„Das war das letzte Mal, dass wir darüber gesprochen haben, und jetzt lass mich los!", verlangte ich, und gerade, als er den Mund öffnen wollte, tauchte ein Schatten hinter ihm auf.

„Du hast sie gehört, sie will dich nicht", erklang Lucans Stimme. Er war etwa drei Meter entfernt, seine Hose bis zu den Waden hochgekrempelt, und gerade, als das Wasser den Saum berühren wollte, blieb er stehen.

Betont langsam drehte Marvin sich zu ihm um, und kaum hatte er mich losgelassen, brachte ich etwas Abstand zwischen uns.

„Hast du nichts Besseres zu tun, als hier herumzuschleichen und uns zu belauschen?", fragte er, wobei seine sanfte Stimme in Verärgerung umgeschlagen war.

„Ich bin nicht herumgeschlichen. Ich war im Wald, und als ich zurückkam, habe ich gesehen, wie sie vor dir zurückgewichen ist. Normalerweise würde man diese Geste als ablehnend deuten, doch du scheinst es einfach nicht zu begreifen. Elena will dich nicht, Marvin, nur hat das offenbar jeder andere begriffen, außer dir."

Ich war ehrlich schockiert, denn das war das erste Mal, dass ich Lucan etwas Unfreundliches zu jemandem sagen hörte. Zugegeben, es war im Grunde genommen nur die Wahrheit, aber die Art und Weise, wie er sie aussprach … Er wählte seine Worte gezielt grob, damit sie sich direkt in Marvins Herz brannten. Kurzum, er tat das, wozu ich nicht in der Lage war.

„Ach, und *dich* will sie?", blaffte Marvin wütend und drehte sich nun vollends zu ihm um. Die Wut konnte den Schmerz in seiner Stimme jedoch nicht verdrängen, sodass ich schon wieder Mitleid mit ihm empfinden wollte.

„Das habe ich nicht behauptet, aber dich will sie offenbar nicht, und wenn ich mich recht erinnere, hat sie dir das auch schon beim letzten Mal gesagt."

Ich sah, wie sich Marvins ganzer Körper unter der Wut anspannte, und auch wenn er nicht betrunken war - behauptete er zumindest -, war er doch sehr impulsiv, und ich wollte nicht, dass die beiden aufeinander losgingen. Ich hätte sie nämlich nicht aufhalten können, und bis die Ernsthaftigkeit der Lage zu den anderen durchgedrungen war, würde bereits jemand verletzt sein. Lucans selbstbewusstem Auftreten nach zu urteilen, würde das dann Marvin sein.

„Eigentlich habe ich nichts gegen dich, Lucan, aber so langsam geht es mir auf den Zeiger, dass du ständig zum falschen Zeitpunkt auftauchst!“

„Ich denke, das liegt im Auge des Betrachters. Für mich macht es nämlich den Anschein, als tauche ich immer genau im richtigen Moment auf“, erwiderte Lucan und sah nun zu mir. Ich wusste nicht, welche Reaktion er von mir erwartete, doch dankbar lächeln tat ich nicht - ich war nämlich genauso wütend wie Marvin, wenn auch aus einem anderen Grund.

„Hör zu. Ich will keinen Ärger mit dir, ehrlich, aber tu dir selbst einen Gefallen und lass Elena künftig in Ruhe. So ist es leichter für dich, glaub mir.“

Leichter? Was sollte das denn bedeuten? Anstatt ihm zu antworten, drehte Marvin seinen Kopf zu mir, doch von dem Schmerz seiner Stimme war in seinen Augen nichts zu lesen. Er war sauer und wahrscheinlich noch mehr, weil er gekränkt war, doch diese Empfindungen konnte ich ihm nicht nehmen, immerhin war ich der Auslöser dafür.

„Ist das so? Hat er recht?“, fragte er mich, wobei ich Hoffnung sowie Zorn in seiner Stimme heraushörte.

„Ja“, sagte ich und schluckte das *tut mir leid* hinunter, das ich nur allzu gern hinten angehängt hätte.

Er presste die Lippen zusammen, nickte und watete dann aus dem Wasser, was mich schon beinahe schockierte. Normalerweise ließ er nicht so schnell locker, doch vielleicht sagten ihm seine Instinkte, wie mir, dass etwas an Lucan anders war und dass man sich ihm besser nicht entgegenstellte. Wir sahen ihm nach, bis er das Ufer erreicht hatte, dann heftete sich Lucans Blick wieder auf mich.

„Du solltest aus dem Wasser kommen, bevor du dich noch erkältest", sagte er, wobei er sich anhörte, als kostete es ihn große Selbstbeherrschung, freundlich zu bleiben.

Das schürte meinen Ärger nur noch.

„Und warum sollte dich das interessieren? Warum hilfst du mir überhaupt?"

Die Frage schien ihn so zu überraschen, dass ihm im ersten Moment keine Antwort einfiel.

„Na … weil er dich belästigt hat natürlich. Kommst du jetzt aus dem Wasser?"

Doch ich bewegte mich nicht vom Fleck. „Wow, das ist verdammt ritterlich von dir. Ich habe eine Frage, Lucan: Leidest du zufällig an einer gespaltenen Persönlichkeit? Denn anders kann ich mir dein widersprüchliches Verhalten nicht erklären." Wow, ich konnte ja ziemlich bissig sein, fiel mir überrascht auf. Eigenartigerweise rief aber nur Lucan diese Stimmung in mir hervor – bei seinem Benehmen aber auch kein Wunder.

Er betrachtete mich, als hielte er mich für geistig verwirrt – sicher erwog er, wie viel Sekt da gerade aus mir sprach -, dann kam er kurzerhand auf mich zu.

„Nicht, dass ich wüsste, und jetzt komm …"

„Nein, verdammt! Ich werde nicht aus dem Wasser kommen. Nicht, bevor du mir gesagt hast, was mit dir los ist!", rief ich und wich seiner Hand aus. Er stand nun direkt vor mir, ragte wie ein bedrohlicher Fels über mir auf und versperrte mir die Sicht auf den Strand.

„Gar nichts ist mit mir los. Du hingegen wirst dich in deinem Rausch noch ertränken", prophezeite er streng. Er log, denn wir wussten beide, dass ich nicht annähernd so betrunken war, wie er es darlegte. Ich war vielleicht beschwipst, doch ich war immer noch bei klarem Verstand und Herr meiner Sinne.

„Ach, wirklich", sagte ich und verschränkte die Arme vor der Brust. „Das ist eigenartig, wo du doch nichts mit mir zu tun haben willst und dich mein Wohlbefinden gar nicht interessieren dürfte."

Er richtete seinen Blick über meinen Kopf hinweg auf das dunkle Wasser und fuhr sich dann genervt durch die Haare. Oder war es Nervosität? Was beunruhigte ihn denn so? Dachte er vielleicht, wir würden von Haien angegriffen werden? In einem See? Oder hatte er einfach nur Angst vor dem Wasser? Vielleicht hat er ja ein Kindheitstrauma oder kann nicht schwimmen, überlegte ich. Er sah streng auf mich herab, doch ich ließ mich von seinem finsteren Gesichtsausdruck nicht einschüchtern.

„Tut es auch nicht, aber ich will ungern für deinen Tod verantwortlich sein", presste er zwischen den Zähnen hervor. Da war etwas in seiner Stimme … etwas, das mir sagte, dass er es absolut ernst meinte und dass er entgegen seiner Worte sogar mehr als besorgt war.

„Weißt du was? Das glaube ich dir nicht", sagte ich deshalb.

Er stockte verblüfft und sah mich dann provozierend an.

„Was glaubst du nicht?"

„Dass es dir egal ist, denn eigenartigerweise bist du jedes Mal zur Stelle, wenn ich in Gefahr schwebe oder belästigt werde."

Er schnaubte abfällig. „Reiner Zufall und in Gefahr warst du bisher nur einmal, wenn ich mich erinnere."

„Und was ist jetzt? Du willst mich doch unbedingt aus dem Wasser haben. Darf ich daraus also schließen, dass ich in Gefahr bin?"

Meine unverblümte Frage ließ seine Kiefer mahlen, während sein Blick noch einmal zum Wasser huschte. Einerseits schien er ungeduldig zu sein, gleichzeitig machte es aber auch den Anschein, als wollte er sich selbst daran hindern, es auszusprechen. Er biss sich gedankenverloren auf die Unterlippe, etwas, das viel zu verlockend aussah, um in diese Diskussion zu passen, und schien mit sich zu hadern. Wieder huschte sein Blick zum Wasser, dann wieder zu mir.

„Möglicherweise, komm jetzt", sagte er schließlich und voller Ungeduld. Möglicherweise? Aber was sollte mir denn hier passieren? „Erst, wenn du mit der Sprache rausrückst. Ehrlich, Lucan, dein Benehmen macht mich langsam wahnsinnig. Du gehst mir entweder aus dem Weg, ignorierst mich oder sprichst in Rätseln, aber wenn ich in vermeintlicher Gefahr schwebe, bist du plötzlich in der Nähe und sorgst dich um mich? Was ist das für ein krankes Spiel?", fragte ich aufgebracht. Vom Strand erklang lautstarkes Gelächter, das meine erhobene Stimme übertönte.

„Das ist kein Spiel, Elena. Ich wünschte, es wäre eins, aber es ist bitterer Ernst", presste er zwischen den

Zähnen hervor.

Ich warf die Hände in die Luft. „Siehst du, schon wieder so ein schwammiger Satz. Was bedeutete das, Lucan? Sag es mir doch einfach!"

Sein Blick flackerte, und ich konnte sehen, wie er heftig schluckte. Er focht einen inneren Kampf aus, den ich nicht sehen konnte, den ich nicht verstand. Instinktiv wusste ich aber, dass seine Antwort eine essentielle Bedeutung für meine Zukunft hatte – in welcher Form auch immer.

„Ich will nur nicht …", er stockte, schüttelte den Kopf und klappte den Mund wieder zu.

Das machte mich so wütend, dass ich am liebsten auf ihn eingeprügelt hätte. Stattdessen stieß ich ein resigniertes Schnauben aus.

„Weißt du was? Du kannst mich mal. Das war das letzte Mal, dass ich mit dir geredet habe. Mir reicht's!", fauchte ich und wollte davon spazieren, doch da kam er mir nach, packte mein Handgelenk und zog mich dann einfach zum Strand. Vielleicht dachte er, dass ich weiter ins Wasser laufen wollte, dabei hatte ich lediglich Abstand zwischen uns bringen wollen. Ungläubig riss ich die Augen auf und wollte mich befreien, doch er zog mich unerbittlich weiter und schien meinen Protest überhaupt nicht zu wahrzunehmen.

„Lass mich los! Ich kann alleine laufen", forderte ich ihn auf, doch je fester ich zog, desto stählerner wurde sein Griff. Es war wie eine Wolfsfalle, die sich immer weiter um den Körper des Tieres schnürte, je mehr es zappelte. Lustig. Hatte er mich nicht eben erst aus Marvins Fängen befreit? Und nun hielt er mich selbst fest.

„Da kannst du noch so laut schreien, erst wirst du aus dem Wasser kommen", sagte er bestimmend. Das war doch wohl unfassbar. Was bildete sich dieser Kerl eigentlich ein? Und da hatte ich ihn immer für charmant gehalten!

„Gut, das reicht, wir sind fast da", sagte ich, als wir nur noch bis zu den Knöcheln im Wasser waren. Ganz bestimmt würde ich mich nicht wie ein ungezogenes Kind vor meine Freunde zerren lassen. Doch Lucan hielt nicht an.

„Lucan!", zischte ich und stemmte mich kurzerhand dagegen. So war er gezwungen, ebenfalls anzuhalten, doch dann wankte er und ließ mich urplötzlich los. Vielleicht war es ein Stein, der ihn stolpern und nach hinten fallen ließ, doch in letzter Sekunde schaffte ich es, sein Handgelenk zu packen und ihn festzuhalten. Was ich allerdings nicht bedachte, war, dass Lucan deutlich schwerer war als ich, und so riss er mich einfach mit sich. Ich gab einen überraschten Laut von mir, dann erklang auch schon ein Platschen, und ich fand mich rittlings auf seinem Bauch wieder. *Das* schienen unsere Freunde dann endlich zu bemerken und es hallten laute Lacher vom Ufer herüber.

„Hey, könnt ihr das nicht woanders machen?", hörte ich Eric rufen, doch ich achtete nicht auf ihn, denn meine Aufmerksamkeit galt allein der Person unter mir. Meine Hände und meine Knie waren im Wasser, mein unteres Kleid hatte sich ebenfalls damit vollgesaugt, doch Lucan erging es da weitaus schlechter, denn seine komplette

Unterseite lag im Wasser. Einen Moment sah er mich genauso schockiert an wie ich ihn, und vielleicht lag es an meinem Zustand, aber ich fand seinen Gesichtsausdruck so lustig, dass ich unwillkürlich losprustete.

Mir war klar, dass er mich jeden Moment runterschubsen oder anmaulen würde, doch ich konnte nicht mit dem Lachen aufhören. Sein erschrockenes Gesicht war einfach zu komisch.

Anstatt wie erwartet zu reagieren, stimmte er aber plötzlich mit ein, und ihn so unbeschwert und aus vollem Hals lachen zu hören, verursachte mir eine Gänsehaut, die nichts mit dem kalten Wasser zu tun hatte, das meine Beine umspielte.

Fast schon schmerzhaft spürte ich, wie sein strahlendweißes Lächeln und der unbeschwerte Klang seiner Stimme mir direkt ins Herz fuhren und dort etwas berührten, das ich weder gespürt hatte, als ich in Marvin verknallt gewesen war, noch etwas mit gewöhnlicher Schwärmerei zu tun hatte. Da war ein Leuchten hinter seiner Fassade, das mich magisch anzog und das mein Herz bis ins Innerste erwärmte. Mir stockte der Atem, denn ich wurde mir etwas bewusst.

„Tut mir wirklich leid", sagte er, immer noch mit einem Grinsen im Gesicht.

„Ich hatte dich extra losgelassen, aber …" Er verstummte, als er meinen erschrockenen Gesichtsausdruck sah.

„Alles in Ordnung? Hast du dich verletzt?", fragte er besorgt und richtete sich ein Stück auf, um sich auf die Ellenbogen zu stützen. Als ich die Bewegung seiner

Muskeln unter mir spürte, wurde mir siedend heiß bewusst, dass ich rittlings auf seinem Bauch saß und nur die Dunkelheit verhinderte, dass er die Röte bemerkte, die mir ins Gesicht schoss.

„Äh, ja, ich …“ Ich wusste selbst nicht, was ich sagen wollte. Ich wusste nur, dass ich unmöglich Gefühle für Lucan empfinden konnte. Er sah vielleicht hinreißend aus und war ganz nett, aber … das traf auf viele Jungs zu, oder nicht? Gleichzeitig wusste ich, dass ich mir hier etwas vormachte.

Noch nie hatte ich stärker auf einen Jungen reagiert und noch nie hatte ich mich so zu jemandem hingezogen gefühlt, obwohl ich es eigentlich gar nicht wollte. War es vielleicht die Selbstsicherheit, mit der er sich bewegte ohne überheblich zu erscheinen oder sein durchdringender Blick? Und wann hatte mein Herz angefangen, für ihn zu schlagen?

Als ich ihn das erste Mal gesehen hatte? Als er mich vor dem Auto gerettet und an sich gepresst hatte?

Er sah mir forschend ins Gesicht, versuchte, herauszufinden, was in mir vorging, und die Zeit schien stillzustehen, während wir uns ansahen.

„Ich will euch ja nicht stören, aber wenn ihr noch länger im Wasser liegt, holt ihr euch noch den Tod. Außerdem wollen wir los, die Sachen sind bereits gepackt“, erklang Chloes Stimme neben uns.

Wie von der Tarantel gestochen fuhr ich hoch und strich mir mit glühenden Wangen die Strähnen aus dem Gesicht. Lucan schien da weniger verlegen zu sein, denn er stand gemächlich auf und wirkte äußerst nachdenklich.

Worüber dachte er nach? Was hatte er in meinem Gesicht gelesen?

„Das braucht eine Weile, bis es trocknet", sagte er und deutete so lässig auf seine Kehrseite, als wäre nichts geschehen. Und eigentlich war es das ja auch nicht, oder? Wir waren hingefallen und hatten flüchtig darüber gelacht und das war's – kein Grund, die Schmetterlinge im Bauch loszulassen!

Ohne seine Worte zu kommentieren, lief ich zu den anderen und trocknete mir die nassen Beine an meinem Handtuch ab. Dann packte ich meinen Kram ein und warf mir die Tasche über die Schulter – alles, ohne den Blick anzuheben. Natürlich entgingen mir die verschwörerischen Blicke von Anna und Liz nicht, doch ich ignorierte sie beflissentlich.

Auf dem Weg zu den Parkplätzen alberten die Jungs herum, hauptsächlich auf Lucans und meine Kosten. Es wurde ihm auf den Rücken geklopft, mir schelmische Blicke geschenkt oder anzügliche Bemerkungen gemacht, doch ritterlich wie Lucan war, kommentierte er nicht eine Anschuldigung.

Ich dagegen musste die neckischen Blicke meiner Freundinnen ertragen sowie den Vorwurf, dass ich sie geschickt an der Nase herumgeführt hatte, um mich an Lucan ranzuschmeißen. Vivienne – die mittlerweile glauben musste, dass ich ihr jeden Mann ausspannen wollte - lief auffallend weit hinter mir, und auch Marvin hatte sich stumm zurückgezogen. Tja, ich hatte doch gleich gesagt, dass wir drei keine gute Kombination waren.

„Ehrlich, Elena, ich bin schwer beeindruckt von dir. Erst tust du so, als hättest du kein Interesse an ihm und dann überfällst du ihn einfach im Wasser. Genial!", bemerkte Liz.

„Sehr witzig!", sagte ich kopfschüttelnd und versuchte, mich tiefer in meiner Jacke zu vergraben, um damit der kühlen Luft zu entkommen, doch vergebens. Als wäre es gar nicht da, drang sie durch das dünne Textil und legte sich wie ein kalter Schleier über meine Haut. Ich fröstelte noch mehr.

„Na, ist doch wahr", stimmte Chloe ihr künstlich beleidigt zu.

Ich verdrehte die Augen. „Glaubt mir, nichts wollte ich weniger, als im eiskalten Wasser zu baden", versicherte ich ihnen und warf dabei einen verstohlenen Blick zu Lucan. Er hatte sich lediglich seine Jacke übergeworfen und ließ seine Kehrseite an der Luft trocknen, wobei mir allein beim Zusehen die Zähne klapperten.

„Ach, wen interessiert das blöde Wasser. Viel interessanter ist doch die Polsterung, auf der du gelandet bist!", sagte Liz grinsend und stieß mir mit dem Ellenbogen in die Rippen.

Ich warf ihr einen belustigten Seitenblick zu.
„Sie war ziemlich hart, wenn du es wissen willst … es war nämlich sein Bauch!"

„Oh, was ich nicht dafür gegeben hätte, an deiner Stelle zu sein", warf Chloe seufzend ein und stolperte prompt über einen Ast. Wir lachten, und ich half ihr auf, dann fuhren sie mit ihren weniger ernst gemeinten

Beschuldigungen fort.

Bei den Autos angekommen, verabschiedeten wir uns voneinander und wünschten uns ein schönes Restwochenende. Tobi und Marvin fuhren bei Johnson mit, Rebecca bei Vivienne und Mason bei Lucan. Als er zu mir kam und mir seine Hand reichte, zwang ich mich, seinem Blick standzuhalten, und schüttelte sie. Seine Hand war warm und fest, der totale Gegensatz zu meinen eisigen Händen, die, seitdem sie im Wasser gesteckt hatten, einfach nicht mehr wärmer werden wollten.

„Ich wollte mich noch für heute entschuldigen. Ich war sehr unhöflich und grob", sagte er, während sein Blick wie Zement auf mir lastete.

„Vielleicht können wir das … einfach vergessen", schlug er vor.

„Wenn du dich wieder normal verhältst, gerne", erwiderte ich, und obwohl es absolut ernst gemeint war, entlockte es ihm ein unwiderstehliches Lächeln.

Sein Blick ruhte etwas länger auf mir, als dass man es noch als gewöhnlich hätte bezeichnen können, dann sagte er: „Ich werde es versuchen" und spazierte davon.

Er würde versuchen, sich normal zu verhalten? Warum kostete ihn das überhaupt Mühe?

Als ich geraume Zeit später die Wohnungstür aufschloss, erwartete Sarah mich im Wohnzimmer. Sie musste vor einer Weile geduscht haben, denn ihre Haare waren strähnig und hatten sich an manchen Stellen zu dickeren Locken zusammengeknotet. Als sie mich in die Wohnung kommen sah, schaltete sie den Fernseher aus und sah mich aus verschlafenen Augen an. „Hey, da bist du ja", sagte sie und signalisierte mir damit, dass sie auf mich gewartet hatte.

Verwundert hängte ich meine Jacke an die Garderobe und kam in den Raum. „Hast du auf mich gewartet?“, fragte ich.

Sie strich sich die Haare aus dem Gesicht, gähnte hinter vorgehaltener Hand und stand nickend auf.

„Ja, ich wollte mit dir reden, es ist wichtig.“

„Können wir das vielleicht auf morgen verschieben? Mir dreht sich nämlich alles und ich bin hundemüde. Wieso besprechen wir das nicht einfach morgen früh, bei einem Kaffee?“, schlug ich vor und steuerte mein Zimmer an, ohne ihre Antwort abzuwarten.

Sarah sah nicht glücklich aus. Sie hatte genau den gleichen unbehaglichen Gesichtsausdruck wie am Tag meines Beinahe-Unfalls, fiel mir auf. Nervös kratzte sie sich am Hinterkopf und machte den Mund auf, doch dann schien sie einzusehen, dass ich viel zu fertig war, um irgendwelche Informationen aufzunehmen, also klappte sie den Mund wieder zu und nickte.

„Okay, dann morgen“, murmelte sie und lief in die entgegengesetzte Richtung.

Ich verschwendete nicht einmal einen weiteren Gedanken an ihr eigenartiges Verhalten, sondern ließ mich ins Bett fallen und schlief ein.

# Neues Zuhause
## *** 6 ***

Den nächsten Tag verfluchte ich schon, bevor er überhaupt begonnen hatte, denn kaum war ich in die Aufwachphase gerutscht, meldeten sich unbeschreibliche Kopfschmerzen. Ich hatte einen Kater, und daran waren nur Chloe und Rebecca schuld! Nichts hätte ich lieber getan, als wieder in den schmerzfreien Zustand des Schlafes zu sinken, doch einmal aufgewacht hielten mich meine Kopfschmerzen erbittert davon ab.

„Vielen Dank auch, ich bin ja so froh, dass ich gestern eine ganze Flasche Sekt trinken durfte. Nichts hätte mein Leben mehr bereichern können!“, knurrte ich, und das so laut, als wären sie gerade im Zimmer. Tabletten, ich brauchte unbedingt Tabletten, und trinken musste ich auch viel.

Mit diesen Vorsätzen schwang ich mich aus dem Bett, riss das Fenster auf, um für frische Luft zu sorgen, und schlurfte ins Bad. Dort fertig gemacht, zog ich mich um und lief dann etwas wacher in die Küche. Da gab es eine

Schublade, eigens für Arzneimittel, in der ich hoffentlich meine Erlösung finden würde - das hieß, falls Peter nicht wieder alle Kopfschmerztabletten aufgebraucht hatte, denn er aß sie wie Cornflakes.

Zum Glück war mir das Schicksal aber hold und ich fand eine ganze Packung darin. Vorher musste ich allerdings etwas Bissfestes zu mir nehmen, und so schmierte ich mir lustlos ein Brot und versuchte, mich dabei so wenig wie möglich zu bücken oder anderweitige Bewegungen zu machen, die meinen Kopf brennen ließen.

Ich hasste Kopfschmerzen, denn dann fühlte es sich stets so an, als hätte man eine hochempfindliche und hochentzündbare Flüssigkeit im Kopf, die möglichst nicht geschwenkt werden sollte, und tat man es doch, kamen die Schmerzen einer Explosion gleich. Hach, wie ich Chloe und Rebecca doch dafür liebte!

Als ich mit der Hälfte des Brötchens fertig war – es schmeckte fad und pappig – kam Sarah in die Küche, zweifelsohne angelockt vom Aroma des Kaffees, den ich gekocht hatte. Ich trank die braune Brühe so gut wie nie, vielleicht, weil ich mit meinen 17 Jahren auch einfach noch zu jung dafür war, aber Sarah verzehrte sich geradezu danach.

Weder kam sie ohne eine morgendliche Tasse in Schwung, noch konnte sie Stresssituationen ohne Kaffee meistern, und das war es, was mich so daran störte. Wie konnte ein Getränk, das ohne Milch und Zucker nicht einmal schmeckte, so unglaublich abhängig machen? Sollten sie doch lieber Sport treiben und mehr Gemüse essen, dann bräuchten sie so ein Aufputschzeug überhaupt nicht. Apropos Sport. Ich könnte auch mal wieder etwas Bewegung vertragen, stellte ich mit einem Blick auf meine Hüften fest, denn seit dem Unfall hatte ich drei Kilo zugenommen.

Zwar sah man sie mir nicht wirklich an, aber für mein Gewissen wäre es trotzdem besser.

Vor einem halben Jahr war ich nämlich noch regelmäßig mit dem Fahrrad zur Schule gefahren oder gelaufen - für einen Bus war die Strecke einfach zu kurz gewesen - und meistens hatte ich die Fahrt nach der Schule um eine halbe Stunde verlängert, indem ich in den Wald oder einfach durch die Stadt geradelt war.

Vor allem im Sommer war das Gefühl des warmen Windes auf dem Gesicht nämlich unbezahlbar. Heute stand mein Fahrrad unberührt in der Abstellkammer herum – mit Ausnahme weniger Male - aber ich nahm mir vor, es wieder regelmäßig zu benutzen. Ich nahm zwei große Schlucke frisch gepressten Orangensafts, glaubte, meinen Körper die Vitamine förmlich aufsaugen zu spüren, und sah dabei zu, wie Sarah sich verschlafen den Kaffee einschenkte.

„Guten Morgen“, sagte ich, goss mir ein Glas Wasser ein und schmiss mir zwei Tabletten in den Mund.

„Morgen“, murmelte sie und setzte sich mir gegenüber. Geduldig wartete ich, bis sie einige Schlucke genommen hatte, dann bekam ihr Gesicht allmählich Farbe in und ihre Augen füllten sich mit Leben.

„Also, worüber wolltest du gestern mit mir reden?“, erkundigte ich mich. Ich wusste nur noch, dass mir ihre

Stimme im Kopf gedröhnt und sie leicht beunruhigt ausgesehen hatte.

Sofort kehrte der sorgenvolle Ausdruck in ihre Augen zurück, und sie strich sich unbehaglich die Haare zurück.

„Also … vorab muss ich sagen, dass ich dich wirklich mag und nie Probleme mit dir als Mitbewohnerin hatte, aber … ich muss dich leider bitten, auszuziehen“, sagte sie kleinlaut, und ich sah ihr an, wie schwer es ihr fiel, mir dabei in die Augen zu schauen.

Puh, damit hatte ich jetzt nicht gerechnet. „Okay … wenn du das willst“, sagte ich nickend, was mir einen irritierten Blick einbrachte.

„Willst … du denn gar nicht den Grund wissen?“, fragte sie verwundert und stellte den Kaffeebecher ab. Mit einem Mal schien sie hellwach zu sein.

„Naja, ich schätze, es hängt mit Peter zusammen. Will er einziehen?“

Sarah nickte begeistert. „Ja, das ist es. Wow, klasse, dass du es so locker nimmst“, sagte sie, und ich glaubte, den Stein förmlich auf den Boden schlagen zu hören, der ihr vom Herzen fiel.

Nun ja, locker sah ich das Ganze nicht wirklich, denn nun musste ich mich nach einer Bleibe umsehen, die ich mir leisten konnte, aber es schockierte mich auch nicht allzu sehr, so oft wie ich nachts gestört wurde. Ich hob lächelnd die Schultern, um ihr zu signalisieren, dass es okay war, und fragte: „Wie lange habe ich Zeit?“

„Tja, da wären wir beim nächsten Problem. Es wäre schön, wenn du innerhalb der nächsten zwei Wochen etwas finden würdest.“

Ich machte große Augen. Zwei Wochen nur?

„Tut mir wirklich leid, dass das so kurzfristig kommt, aber … es würde sonst ziemlich eng werden, weil Peter nächste Woche die ersten Möbel rüber holt", erläuterte sie entschuldigend.

„Na gut, dann werde ich mich gleich mal auf die Suche machen", verkündete ich und schenkte mir noch mehr Orangensaft ein. Als ich Sarahs wachsamen Blick bemerkte, setzte ich ein Lächeln auf. „Es ist in Ordnung, Sarah, ehrlich. Ich werde schon jemanden finden, der mich aufnimmt, und zur Not kann ich mir auch ein Zimmer auf dem Campus mieten", beschwichtigte ich sie. Am meisten Sorgen machte ich mir um meine Möbel, denn die könnte ich kaum in ein Hotel mitnehmen, aber auch da würde sich schon etwas finden.

Sarah nickte kaum merklich, sichtlich befangen von der Situation, aber ich machte ihr keine Vorwürfe. Wir waren nicht befreundet und hatten uns nur durch Anna kennengelernt. Sie war mir also nichts schuldig, und wenn sie beschlossen hatte, mit Peter eine gemeinsame Zukunft aufzubauen, dann war ich die Letzte, die ihr Steine in den Weg legen wollte. Es war wie es war, und ich musste das Beste daraus machen.

„Okay, ich werde mich mal bei meinen Kommilitonen umhören, vielleicht sucht ja noch jemand einen Mitbewohner", versprach sie.

Damit verbrachten wir den Sonntag mit der Wohnungssuche, und Sarah engagierte sich wirklich verbissen, mir zu helfen. Ob das nun daran lag, dass sie mich so schnell wie möglich raushaben wollte oder weil sie Mitleid mit mir empfand, sei einmal dahingestellt, aber immerhin hatten wir am Ende des Tages drei vielversprechende Angebote, die ich morgen umgehend überprüfen würde.

Als ich am nächsten Tag im Schulbus saß, war ich mir unsicher, wie ich Lucan begegnen sollte. Würde er sich wieder normal verhalten, so wie er es versprochen hatte, oder würde er immer noch seltsam sein? Vor zwei Tagen hätte ich noch gesagt, dass es mir egal sein würde – was wahrscheinlich gelogen gewesen wäre -, aber jetzt wollte ich nichts sehnlicher, als dass er wieder freundlich war.

Am See hatte ich nämlich – wenn auch nur flüchtig – einen Blick auf seine andere Seite werfen können. Eine Seite, auf der er unbeschwert lachte und freundlich zu mir war, und die gefiel mir weitaus besser als der unausstehliche Lucan, mit dem ich die letzten Wochen zu tun gehabt hatte. Wie es wohl wäre, wenn er auch zu mir charmant sein würde, fragte ich mich, während die Straßen an mir vorbeiflogen.

Ich hatte den Kopf an die Scheibe gelehnt und dachte verträumt an das Lachen, das er mir im Wasser geschenkt hatte. Es war so entwaffnend gewesen, dass ich alles um mich herum vergessen hatte und nichts sehnlicher wollte, als dass er nie wieder damit aufhörte. Sollte mich das beunruhigen? Immerhin kannte ich ihn ja noch gar nicht lange. Als der Bus quietschend zum Stehen kam, drängelten die Schüler so ungestüm durch die schmale Tür, als würde es im Bus plötzlich keinen Sauerstoff mehr geben, was mir nicht einmal mehr ein müdes Kopfschütteln entlockte. Es war jedes Mal dasselbe.

Da aber noch eine Viertelstunde Zeit war, bis es zum Unterricht klingeln würde, wartete ich geduldig, bis sich der Andrang verflüchtigt hatte, ehe ich ausstieg. Milde Luft empfing mich, als ich auf dem Gehweg stand, und ich warf einen Blick zum Himmel. Er war wolkenlos und gab der Sonne somit genügend Fläche, um uns mit ihren Strahlen zu wärmen. Trotzdem hätte ich auf mein graues Jäckchen nicht verzichten wollen, denn die Temperaturen waren zwar angenehm, aber noch nicht sommerlich genug, um sich unbekümmert freizügig kleiden zu können.

Die Sonne konnte nämlich trügerisch sein, und ich wusste es am besten, denn ich hatte mich schon des Öfteren irrtümlich gekleidet und mir dafür eine Erkältung eingehandelt. Nein, das würde mir kein weiteres Mal passieren, schon weil ich fit für den Ball sein wollte.

Damit nahm ich den Blick wieder runter und lief über die Straße und noch bevor ich das Auto wirklich wahrnahm, zuckte mein Körper zurück. Leider war ich aber mitten auf der Straße und während ich aus den Augenwinkeln etwas Dunkelblaues auf mich zukommen sah, ertönte auch schon ein lautes Quietschen, und ich spürte einen starken Druck am linken Bein. Vom Aufprall, der mich mehr erschreckte als dass er mir wirklich schadete, wurde ich zur Seite geschleudert und auf die Motorhaube geworfen, dann kam der Wagen zum Stehen, und ich starrte durch die Windschutzscheibe in dunkle und erschrockene Augen. Lucan. Er riss die Wagentür auf und kam zu mir geeilt, und noch bevor ich mich richtig aufrichten konnte, war er schon bei mir.

„Elena, bist du verletzt?", fragte er schockiert und packte mich bei den Schultern, um mich wieder in die Senkrechte zu bringen. Dabei wanderte sein Blick prüfend über meinen Körper, was mir genauso unangenehm war, als würde er mich abtasten.

„Äh, nein, tut mir leid, ich … habe nicht aufgepasst", stammelte ich mit rasendem Puls. Innerhalb eines Monats von zwei Autos angefahren zu werden, war wirklich nicht gut für die Nerven!

„Schon gut, komm, ich fahre dich das letzte Stück", sagte er und schob mich vor sich her. Das letzte Stück? Aber die Schule war doch gleich da vorn.

„Ähh, das geht schon …", widersprach ich, doch seine Berührung weckte schon wieder Schmetterlinge in mir, was meinen Protest erlahmen ließ.

„Ich würde mich wirklich besser fühlen, wenn ich dich begleite, du bist nämlich weiß wie eine Wand", sagte er ungewohnt fürsorglich und verfrachtete mich auf den Beifahrersitz. Ich konnte gar nicht so schnell gucken, da saß er auch schon wieder am Steuer und war losgefahren. Während der Wagen quälend langsam durch die Straße rollte - offenbar hatte er Angst, weitere Schüler anzufahren –, betrachtete ich ihn unauffällig von der Seite. Irgendwie wirkte er heute freundlicher und tatenfreudiger und das war so ungewohnt, dass ich ihn nur dämlich anschauen konnte. Ich meine, was war geschehen, dass er heute so anders war? Als er mich damals an der Haltestelle gerettet hat, war er doch auch nicht freundlich gewesen. Im Gegenteil, von da an hatte sich sein Gemütszustand eigentlich nur noch verschlechtert, erinnerte ich mich zurück.

„Gibt es einen Grund, warum du mich anstarrst?", fragte er neugierig, ohne den Blick von der Straße zu nehmen.

„Tut mir leid, ich … stehe wohl noch etwas neben mir", murmelte ich kopfschüttelnd und verschränkte meine zitternden Hände im Schoß, um sie zu beruhigen. Vielleicht war ich doch noch nicht ganz wieder hergestellt.

Er nickte verständnisvoll, bog auf den Parkplatz ab und brachte das Auto zum Stehen.

„Geht es dir wirklich gut?", erkundigte er sich noch einmal, nachdem wir ausgestiegen waren. Ich schulterte meine Tasche, sah in seine wahrhaft besorgten Augen und nickte dann etwas befangen. Ehrlich gesagt, konnte ich überhaupt nichts mit seinem neuen Ich anfangen. Es verunsicherte mich noch mehr, als es dieser Junge sowieso schon tat.

„Ja, danke, alles bestens", versicherte ich und sah gleichzeitig dankbar und forschend zu ihm auf.

Damit liefen wir ins Schulgebäude, und den ganzen Weg zum Klassenzimmer über versuchte ich, Lucans

Freundlichkeit zu begreifen – erfolglos. Ich meine, er hatte es zwar angekündigt, aber dass er sich so um mich kümmern würde, hatte ich trotzdem nicht erwartet. Als wir zusammen den Raum betraten, fuhren Rebeccas, Chloes und Liz' zusammengesteckte Köpfe überrascht hoch und auch Anna, die bereits an unserem Tisch saß, betrachtete uns stirnrunzelnd. Vielleicht hätten sie sich gar nichts weiter dabei gedacht, dass wir zusammen auftauchten – man traf sich ja häufiger vor der Tür -, doch leider ruhte Lucans Hand auf meinem Rücken, während er mich zu meinem Platz führte, als fürchtete er, ich würde jeden Moment zusammenklappen. Mir war das natürlich unangenehm, doch offenbar brauchte er das, um sein schlechtes Gewissen zu beruhigen, mich angefahren zu haben, also ließ ich ihn gewähren – naja, und weil es sich viel zu gut anfühlte, von ihm berührt zu werden.

„Danke", sagte ich befangen, als wir an meinem Platz waren, und fing unter den neugierigen Blicken meiner Freundinnen an, die Unterlagen auszupacken. Nicht nur, dass sie mir immer noch die Sache am Strand vorhielten, jetzt dürfte die Gerüchteküche über Lucan und mich offiziell eröffnet sein.

„Frag nicht, ich erkläre es dir später", raunte ich Anna zu. Ich hatte nämlich wenig Lust, sie im Flüsterton aufzuklären, und außerdem wollte ich nicht, dass Lucan zuhörte. Enttäuscht, aber einsichtig nickte sie, und wir widmeten uns Mr. Hendersons Unterricht. Kaum hatte es zur Pause geklingelt und wir den Raum verlassen, fiel sie allerdings über mich her.

„Gott, ich platze vor Neugierde. Erzähl schon, wie kommt es, dass er dich jetzt schon zur Schule bringt?“, fragte sie, hakte sich bei mir unter und lief mit mir durch die Gänge. Sie hatte so schnell das Klassenzimmer verlassen, dass es den Anschein machte, als wollte sie unbedingt von den anderen Mädels weg, um meine Schilderung ungestört aufnehmen zu können.

Doch leider musste ich sie enttäuschen, denn weder führten wir eine leidenschaftliche und verbotene Beziehung – davon träumte ich höchstens nachts -, noch waren wir uns in sonst einer Hinsicht romantisch zugetan, zumindest was ihn betraf.

„Tut er nicht“, sagte ich deshalb. „Er hat mich nur beinahe überfahren und wollte sichergehen, dass ich nicht vor Schreck zusammenbreche, denke ich.“

„Ach so“, machte sie fast schon enttäuscht, was mir ein Lachen entlockte. Dann, als hätte sie erst jetzt begriffen, was ich überhaupt gesagt hatte, sah sie mich erschrocken an.

„Geht’s dir gut? Du hast dir doch nichts getan, oder?“

„Nein, nein, alles bestens“, beruhigte ich sie.

„Oh Mann, du scheinst nicht besonders viel Glück mit Autos zu haben, hm?“, fügte sie mitfühlend hinzu. Exakt dasselbe hatte ich mir auch schon gedacht.

„Ja, es scheint fast, als bestehe das Schicksal darauf, dass ich durch ein verdammtes Auto umkomme“, stimmte ich ihr unwohl zu, denn auch wenn ich nicht abergläubisch war, aber nach einem knapp überlebten Autounfall ständig von Fahrzeugen angefahren zu werden, musste doch irgendetwas bedeuten, oder?

„Es gibt aber noch andere Neuigkeiten. Peter zieht bei Sarah ein, deshalb muss ich innerhalb von zwei Wochen eine Wohnung finden. Am besten eine WG“, fügte ich hinzu, was ihre Miene nicht gerade glücklicher formte.

„Oh, wirklich? Brauchst du vielleicht Hilfe bei der Suche? Ich kenne bestimmt noch ein paar Studenten, die Mitbewohner suchen, und als neue Berühmtheit der Schule sollte es für dich nicht allzu schwer sein, jemanden zu finden.“

„Damit du mich wieder an so ein hemmungsloses Pärchen wie Sarah und Peter vermittelst?“, fragte ich lachend.

„Ich möchte endlich wieder die Nacht durchschlafen können, Anna, und setze deshalb auf … sagen wir beherrschte Menschen – vorzugsweise Singles. Außerdem kennen mich die Studenten doch überhaupt nicht. Dieser blöde Hype um meine Person kursiert doch nur auf der High School.“

„Das College steht aber auf demselben Gelände, glaub mir, so etwas spricht sich auch dort herum. Lass mir zwei Tage Zeit, dann finde ich schon etwas für dich.“

„Okay, in der Zwischenzeit werde ich mich um die Anzeigen kümmern, die Sarah und ich gestern rausgesucht haben“, sagte ich, und kaum hatten wir den halben Weg zum nächsten Raum hinter uns, holten uns Chloe, Liz und Rebecca ein, und meine Erklärung ging von Neuem los.

In der großen Pause saßen wir wieder in der Cafeteria und ließen uns das Schulessen schmecken, das ausnahmsweise einmal gar nicht so schlecht war. Aber bei gebackenen Kartoffeln, Bohnen und Salat konnte man ja auch nicht viel falsch machen. Ich fand es toll, dass sich unsere Schule für gesunde Ernährung einsetzte, auch wenn wir noch Meilen weit von einem gesunden Speiseplan entfernt waren. Bisher konnte eine gesunde Mahlzeit nämlich nur an zwei Tagen durchgesetzt werden und dann gab es nebenbei immer noch fettige Pizzen und Pommes Frites zur Auswahl.

Ich gehörte zu den wenigen Schülern, die sich überwiegend gesund ernährten, und das war allein meinen Großeltern zu verdanken, die jeden Tag frisch gekocht und ihr eigenes Gemüse angebaut hatten.

So hatte ich schon von klein auf gelernt, was auf meinem Teller lag und dass Gemüse und Vollkornprodukte nicht nur länger satt machten, sondern dem Körper auch noch etwas Gutes taten. Wenn ich mir nämlich ansah, dass manche Menschen nicht einmal Petersilie von Oregano unterscheiden konnten, sah ich wirklich schwarz für ihre gesundheitliche Zukunft.

Ich trennte mich von meiner Gruppe, um auf die Toilette zu gehen, und blieb auf dem Rückweg am schwarzen Brett stehen, an dem das diesjährige Sommerfest ankündigt wurde. Nächsten Monat würde es soweit sein, und weil ich schon beim Winterfest nicht dabei gewesen war, freute ich mich umso mehr darauf.

Vor allem aber auf den Abendball, denn dort schlüpfte man, wie bei Halloween, in beliebige Kostüme und tanzte die ganze Nacht durch. Ich erinnerte mich noch genau daran, wie Grams und ich im letzten Jahr mein Engelskostüm genäht und die ganze Nacht daran herumgebastelt und geklebt hatten.

Drei Tage vor dem Ball war ich dann aber an einer schweren Grippe erkrankt und hatte Wochen lang im Bett bleiben müssen. Seitdem baumelte das Kostüm in meinem Schrank, und ich hatte mir geschworen - egal, was auch geschah -, es dieses Jahr in jedem Fall zu tragen. Für Grams und die vielen Stunden, die sie daran genäht hatte, um es perfekt zu machen.

Ich blinzelte die Tränen in meinen Augen weg und wandte mich zum Gehen, ehe stärkere Emotionen hochkommen konnten, als ich gegen etwas Festes stieß und zurück stolperte. „Huch“, machte ich und fand an der Wand hinter mir Halt, dann sah ich zu der Person auf und stellte überrascht fest, dass es sich um niemand Geringeren als Lucan handelte.

„Hey“, sagte er und lächelte übertrieben freundlich auf mich herab. Es hatte fast den Anschein, als wollte er mich damit überzeugen, ungefährlich zu sein.

„Hey“, sagte ich zurück und wollte weitergehen, doch da ergriff er das Wort.

„Ich habe gehört, dass du eine Wohnung suchst.“ Überrascht hielt ich inne.

„Aha, und von wem?“

Mein wachsamer Gesichtsausdruck schien ihn zu amüsieren, denn seine Mundwinkel zuckten minimal, als er sagte: „Es wurde mir … zugeflüstert.“

Zugeflüstert? Sarah hatte es mir doch erst gestern erzählt, und wenn sie oder Peter nicht gerade Plakate in der Schule aufgehängt hatten, dann konnte er das unmöglich wissen. Doch da stand er, hinreißend wie immer, und einen Ausdruck bescheidener Überlegenheit in den Augen.

Ich wusste nicht, warum ich log, aber aus unerfindlichen Gründen wollte ich es vor ihm nicht zugeben. Er hatte schon genug in meinem Leben herumgewühlt, wenn ich an den Tag zurückdachte, an dem er meine innersten Gedanken gelesen hatte, da wollte ich nicht auch noch über meinen Rausschmiss plaudern.

„Das hat sich erledigt, ich habe bereits Ersatz gefunden, aber danke", log ich deshalb.

Seine Mundwinkel wanderten wieder ein Stück nach oben, und ich musste mich zurückhalten, um sie nicht mit den Fingern noch etwas höher zu schieben. Sein Lachen war nämlich viel zu einnehmend und faszinierend, um es so selten zu zeigen, und vor allem jetzt, wo ich es gesehen hatte, wollte ich unbedingt mehr davon. Grams hätte sein Lachen als engelsgleich bezeichnet, und wenn ich so darüber nachdachte, sah er wirklich wie ein Engel aus, wenn er lachte. Es müsste es ihm sogar gesetzlich verboten sein, es *nicht* zu tun, denn damit hielt er der Menschheit ein wahres Phänomen vor.

„Wir wissen beide, dass das gelogen ist", sagte er und lehnte sich mit verschränkten Armen an die Wand. Das sah nicht nur verdammt cool aus, sondern war auch einschüchternd.

„Warum interessiert dich das überhaupt? Vor drei Wochen hast du mir noch die Tür vor der Nase zugeknallt und jetzt willst du dich mit mir über meine Wohnungssuche unterhalten?"

„Also stimmt es doch, dass du eine Wohnung suchst?“, hakte er nach, ohne meine Frage zu beantworten.

„Jaaa, ich suche eine“, sagte ich gedehnt, um ihm zu zeigen, wie wenig ich von diesem Gespräch hielt. „Aber das beantwortet immer noch nicht meine Frage.“

„Ich dachte, wir hätten uns darauf geeinigt, Frieden zu schließen?“, fragte er mit hochgezogenen Brauen.

„Frieden? Ich weiß ja nicht mal, weshalb wir uns überhaupt gestritten haben!“, hielt ich ihm vor und verschränkte nun ebenfalls die Arme vor der Brust.

„Ach, lass uns doch nicht länger in der Vergangenheit herumstochern“, sagte er versöhnlich und breitete die Hände zu einer beschwichtigenden Geste aus.

„Viel wichtiger ist doch, dass wir noch einmal von vorne anfangen können, und um dir zu beweisen, dass ich es ernst meine, biete ich dir ein günstiges Zimmer an.“

„Wo?“, fragte ich, ohne auf seine anfänglichen Worte einzugehen.

„Bei mir zuhause.“

Ein, zwei Sekunden lang starrte ich ihn an, dann schnaubte ich verächtlich.

„Das soll ein Scherz sein, oder?“

„Sehe ich aus, als würde ich scherzen?“, fragte er mit gerunzelter Stirn. Ich starrte ihn an, suchte in seinen Augen nach einem Anzeichen von Spott, doch da war nur reines und unverfälschtes Interesse. Dennoch, das konnte er unmöglich ernst meinen!

„Das ist mir zu blöd, ich habe keine Zeit für Späße. Außerdem fängt der Unterricht gleich an“, sagte ich und spazierte an ihm vorbei.

„Das ist kein Spaß, ich meine es vollkommen ernst, Elena. Erst kürzlich ist bei uns ein Zimmer frei geworden, und mein Mitbewohner hat nichts dagegen, wenn wir wieder Zuwachs bekommen. Genau genommen würden wir uns über das zusätzliche Geld in der Haushaltskasse freuen, immerhin ist es ein großes Haus, und wir hätten morgen ohnehin eine Ausschreibung ans schwarze Brett gehängt."

Erstaunt blieb ich stehen und drehte mich noch einmal zu ihm um.

„Mitbewohner? Aber ich dachte, du wohnst bei deinen Eltern."

Verwundert sah er mich an. „Wie kommst du denn darauf? Meine Eltern leben in einem ganz anderen Bundesstaat", klärte er mich auf.

Aber wem gehörte dann dieses gewaltige Haus mitsamt Grundstück?

„Also … willst du das Zimmer haben?", fragte er erneut.

Und mit ihm und einem Mitbewohner zusammenwohnen, der womöglich genauso launenhaft und unberechenbar war wie er?

„Nein, danke, aber nett, dass du fragst", sagte ich und setzte meinen Weg beinahe fluchtartig fort.

Während des Unterrichts glaubte ich, seine Blicke fortlaufend auf meinem Rücken zu spüren, und das kratzte erheblich an meinen Nerven. Mir war nämlich, als würde sich sein Blick geradewegs in meine Haut brennen, und egal, wie sehr ich mich auch auf den Unterricht konzentrieren wollte, es gelang mir einfach nicht. Meine Gedanken kreisten unablässig um zwei Fragen: Meinte Lucan sein Angebot wirklich ernst und wenn ja, warum wollte er, dass ausgerechnet *ich* bei ihm einzog?

„Mrs. Roberts, würden Sie Ihre Klassenkameraden bitte erleuchten? Scheinbar hat sich außer Mrs. Stevenson niemand mit dem Thema befasst, aber Sie wissen die Antwort doch bestimmt …“, sprach unsere Lehrerin mich an und kippte mir damit eine eiskalte Ladung Realität ins Gesicht.

„Ähhh …“

Verdammt, ich hatte überhaupt keine Ahnung, worum es überhaupt ging, und das passierte mir sonst nie! Abwartend sahen mich Frau Hogard und der Rest der Klasse an, einschließlich Anna, doch ich konnte nur hilflos den Kopf schütteln, was viele sichtlich verwunderte. Sie waren Sprachlosigkeit einfach nicht von mir gewohnt und schon gar nicht, wenn es dabei um eine Wissensfrage ging.

Doch Lucan musste sich hinter mir gemeldet haben, denn wenige Sekunden später nickte Mrs. Hogard ihm zu, und er erklärte: „Die Brechung bezeichnet die Veränderung der Ausbreitungsrichtung einer Welle infolge einer räumlichen Änderung …“

Oh Gott, jetzt musste schon jemand die Fragen für mich beantworten! Der größte Albtraum einer Streberin! In diesem Moment wäre ich nur zu gern im Boden versunken, doch glücklicherweise zog nun Lucan die Aufmerksamkeit der Klasse auf sich, sodass sich nach und nach die Blicke von mir lösten und nach hinten wanderten. Ich war ihm unendlich dankbar dafür.

„Vortrefflich, Mr. Balfort, und nun zeige ich Ihnen, wie genau die Brechung vonstattengeht …“, lobte sie und setzte die Kreide an der Tafel an. Ich war versucht, mich zu ihm umzudrehen, denn ich hatte das leise Gefühl, dass er das gerade für mich getan hatte, doch stattdessen heftete ich meinen Blick auf die Tafel und versuchte, Lucan für den restlichen Unterricht aus meinen Gedanken zu verbannen.

„Was war das denn vorhin?“, hakte Anna nach, kaum dass es zur Pause geklingelt hatte. Es war im Klassenzimmer so leise gewesen – wie immer, wenn Mrs. Hogard unterrichtete - dass man sich nicht hatte unterhalten können, und so hatte Anna geduldig das Ende des Unterrichts herbeigesehnt, was selten war, denn Physik war ihr Lieblingsfach.

„Keine Ahnung, ich war … abgelenkt“, sagte ich schulterzuckend und rückte den Träger meiner Tasche zurecht, weil er mir in die Schulter schnitt.

„Abgelenkt weswegen? Du hast noch nie eine Frage *nicht* beantwortet. Hast du Mrs. Hogards Gesicht gesehen? Sie sah aus, als bekäme sie einen Anfall“, sagte Anna belustigt.

„Ich war abgelenkt wegen eines verwirrten Lucans, der offenbar nicht weiß, wohin mit seiner gespaltenen Persönlichkeit!“

Verständnislos sah meine Freundin mich an.

„Und jetzt bitte noch einmal so, dass ich es auch verstehe“, forderte sie, während wir durch die Gänge liefen. Das Schöne war, dass sie immer so vollgestopft mit Schülern waren, dass der hohe Geräuschpegel einen ungestört reden ließ.

„Lucan hat mich gefragt, ob ich bei ihm einziehen will.“ Erstaunt blieb sie stehen.

„Er hat was?“, rief sie.

„Lächerlich, oder? Dabei ist doch klar, dass er mich nur auf den Arm nehmen will“, meinte ich säuerlich.

„Wann hat er dich denn gefragt?“, wollte sie begeistert wissen, weshalb ich mich fragte, ob sie mir eben nicht zugehört hatte. Er hatte sich nur einen Spaß mit mir gemacht, da war nichts Begeisterndes dran!

„Als ich von der Toilette wiederkam. Ehrlich, Anna, ich finde sein Benehmen nicht mehr lustig. Erst faselt er etwas davon, sich mit mir zu versöhnen, und dann nimmt er mich so sehr auf den Arm. Was habe ich ihm eigentlich getan?“

„Also, für mich hört es sich nicht so an, als würde er dich veräppeln. Ich meine, bist du dir wirklich sicher, dass er sich nur einen Spaß erlaubt? Immerhin reden wir hier von Lucan und der ist sonst nicht dafür bekannt, ein Spaßvogel zu sein, oder?", sagte sie.

„Natürlich bin ich mir sicher, und ich bin mir durchaus bewusst, von wem wir hier reden: Nämlich von einem Jungen, der mich nicht nur fallen gelassen hat, sondern mir die Tür vor die Nase geworfen und mich daraufhin tagelang ignoriert hat!"

„Vielleicht will er dich ja auf diese Weise um Entschuldigung bitten", überlegte sie.

„Indem er mich bei ihm einziehen lässt? Unwahrscheinlich. Wenn du mich fragst, hat dieser Kerl eine ernste Persönlichkeitsstörung, mit einer Laune, die sich schneller dreht als ein Wetterhahn!"

Daraufhin hatte sie nichts mehr zu sagen, oder sie wollte einfach nicht weiter mit mir diskutieren. Jedenfalls hakten wir das Thema ab und sprachen stattdessen über das bevorstehende Sommerfest.

Als ich nach Hause kam, schnappte ich mir das Haustelefon und begann umgehend, die Wohnungsangebote abzuklappern. Erfahrungsgemäß blieben die Anzeigen nämlich nicht lange unbeantwortet, vor allem in unserer Kleinstadt, in der es mehr Menschen als Wohnungen gab, doch mein Vorhaben stellte sich als absolute Katastrophe heraus. Beim ersten Angebot handelte es sich um eine Vier-Zimmer-Wohnung, die sehr zentral lag, zwei junge Studentinnen beherbergte und mit 90 m² mehr als geräumig war.

Das Gespräch war kurz und nett, doch als wir zum Wesentlichen kamen und mir der Mietpreis offenbart wurde, kräuselte sich mein Portemonnaie, und ich beendete das Gespräch schnell wieder. Beim zweiten Objekt bekam ich noch am selben Tag eine Wohnungsbesichtigung, doch als ich zwei Stunden später dort auftauchte, empfing mich schon an der Haustür eine süßliche und aussagekräftige Wolke. Der junge Mann, der, dicht gefolgt von Nebelschwaden, auf der Türschwelle erschien, hatte so gerötete Augen, dass sie beinahe blutunterlaufen wirkten, und machte auch keinen wirklich klaren Eindruck.

Es war also offensichtlich, was er konsumierte, deshalb machte ich kehrt, ohne die WG betreten zu haben, und rief die letzte Nummer an, unter der sich jedoch niemand meldete. Perfekt, wenn das so weiterging, würde ich in einer Woche unter der Brücke landen, denn diese zog ich einer Kiffer-WG in jedem Fall vor! Jetzt würde die Suche von vorn beginnen, und ich musste das Internet nach neuen Angeboten durchforsten, die sich hoffentlich als geeigneter erwiesen.

Doch leider hatte auch Anna am nächsten Tag keine guten Neuigkeiten für mich. „Also, freie Zimmer hätte ich schon“, sagte sie, als wir das Schulgebäude betraten.

„Aber die werden dir mit Sicherheit zu teuer sein“, erklärte sie mitfühlend.

„Dann sollte ich mir wohl langsam Gedanken über einen Nebenjob machen“, sagte ich ernüchtert und ging im Geiste meine Qualifikationen durch. Verkaufen war eher nicht so meine Stärke, denn ich war in der Hinsicht keine gute Schauspielerin, die ihren Kunden etwas aufschwatzen konnte, und mit Mode kannte ich mich auch nicht aus. Als Gelegenheitstrinkerin sollte ich mich wohl auch nicht als Barkeeperin versuchen, außerdem war ich noch nicht alt genug, um in irgendwelchen Clubs ausschenken zu dürfen. Vielleicht sollte ich es als Kellnerin versuchen. Oder wie schwer konnte es sein, ein Tablett von A nach B zu tragen?

Ich konnte Daten und Fakten lange Zeit im Gedächtnis behalten, würde also auch mehrere Tische gleichzeitig bedienen können, nur das lange Stehen und viele Herumlaufen würde anstrengend werden, doch auch das sollte kein Problem sein, denn mit Grams hatte ich regelmäßig viele Stunden Gartenarbeit ausgeführt.

„Nun, es gibt da natürlich noch eine andere Möglichkeit, aber die wirst du wahrscheinlich nicht in Betracht ziehen“, bemerkte Anna mit einem Seitenblick.

An ihrem Ton konnte ich sofort erraten, was sie meinte.

„Vergiss es. Lucan meint das doch gar nicht ernst“, federte ich sofort ab.

„Woher willst du das wissen?“, fragte sie und klang schon fast trotzig. Ich fragte mich, warum sie unbedingt dafür war, dass ich sein Angebot annahm. Es war ja fast so, als wollte sie uns immer noch verkuppeln, dabei hatte ich gedacht, sie hätte das nach den jüngsten Ereignissen längst aufgegeben.

„Wollen wir das jetzt ernsthaft wieder diskutieren?“, fragte ich mit angehobener Braue.

Beschwichtigend hob sie die Hände.

„Gut, dann nicht. Aber angenommen, er würde es ernst meinen. Würdest du dann bei ihm einziehen?“

Nachdenklich musterte ich ihr Gesicht. Abgesehen

von seiner Persönlichkeitsstörung war Lucan im Grunde genommen ein netter und anständiger Kerl – glaubte ich zumindest, und bei dem Gedanken, mit ihm in einem so alten und großen Haus zu wohnen, flatterte mir gewaltig das Herz. Wenn ich also ehrlich war, würde ich sogar nichts sehnlicher wollen.

„Schon, ja", gab ich deshalb zu, woraufhin sie eine grüblerische Miene aufsetzte.

In der zweiten Pause saßen Anna und ich wieder in der Cafeteria und warteten darauf, dass Chloe und Liz uns Schokoriegel aus der Kantine mitbrachten. Gegenüber am Fenster saßen wie üblich Lucan und die anderen Jungs und lachten lauthals über etwas. Irgendwie kam er mir in letzter Zeit munterer vor. Woran das wohl liegen mochte?

„Ich weiß wirklich nicht, was ich machen soll, und es ist nicht mehr viel Zeit bis zum Ball", seufzte Anna und schlürfte dabei ihren Apfelsaft.

Ich wandte den Blick von Lucan ab und sah ihr wieder ins Gesicht.

„Wie gesagt, wir können immer noch eines kaufen gehen", wiederholte ich meine Worte von vorhin.

„Wovon denn? Ich habe zwar ein tolles Kleid gefunden, aber das kann ich mir nicht leisten, und wenn ich meine Eltern diesen Monat wieder anpumpe, bringen sie mich um. Und in mein altes Kleid passe ich ja nicht mehr, wie du weißt."

„Hm", machte ich ratlos.

„Vielleicht sollte ich ein paar Kilo abnehmen und

versuchen, mich hineinzuzwängen“, überlegte sie laut.

Ich schüttelte empört den Kopf.

„Spinnst du? Wenn du noch mehr abnimmst, siehst du aus wie eine Bohnenstange. Du wandelst ohnehin schon auf dem schmalen Grad zur Magersüchtigen“, hielt ich ihr vor. Das war vielleicht etwas übertrieben, aber Anna hatte wirklich eine wunderbare und schlanke Figur. Schon vier Kilo weniger würden sie in meinen Augen ungesund aussehen lassen.

„Ha, du musst dich gerade melden! Wolltest du nicht selbst in dein altes Kleid passen?“, erwiderte sie.

Ich machte eine wegwerfende Handbewegung.

„Das ist etwas anderes, ich bin ja nicht so gertenschlank wie du und zwei, drei Kilo weniger würden bei mir kaum auffallen.“

„Hm, und was mache ich jetzt?“, wollte sie mutlos wissen. Wenn Grams noch leben würde, hätte sie ihr Kleid einfach umgenäht, wohingegen die Schneiderei in der Stadt so teuer war, dass sie sich für das Geld genauso gut ein neues kaufen könnte. Ich hätte es ihr ja selbst umgenäht, aber meine Fertigkeiten umfassten lediglich die Grundregeln des Strickens und ein bisschen Bastelei - genäht hatte immer nur Grams.

„Lass uns doch morgen ins Einkaufscenter gehen. Hat dort nicht letzte Woche erst ein Second Hand-Geschäft aufgemacht? Vielleicht finden wir ja ein günstiges Kleid oder eins zum Ausleihen“, schlug ich vor. Damit war sie einverstanden, und während wir weiter dem Ball entgegenfieberten – wobei eigentlich nur Anna sprach und ich gelegentlich nickte –, driftete mein Blick wieder zu Lucan ab. Ich wusste, dass ich die Gefühle nicht zulassen sollte, dass es gefährlich war, in ihm mehr als einen Klassenkameraden zu sehen, aber abstellen konnte ich sie auch nicht. Seit dem Tag am

See beschäftigte mich nämlich die Frage: Was wäre wenn? Was, wenn Lucan mehr sein könnte als ein Mitschüler, was, wenn er sich für mich interessierte? Er war nämlich der Einzige, für den *ich* mich interessierte, und das seit sehr langer Zeit. Aber wahrscheinlich war ich nur eine von hunderten Mädchen auf dieser Schule, die ähnliche Gedanken hegten, und wenn er bisher kein Interesse an ihnen gezeigt hatte, dann würde er das auch garantiert nicht bei mir tun – bei unserer Vorgeschichte schon gar nicht.

Ich war so tief in Gedanken versunken, dass ich zuerst gar nicht wahrnahm, wie er meinen Blick erwiderte, doch dann sah ich ihn fragend den Kopf neigen und sich in meine Richtung bewegen – er kam direkt auf mich zu!

Oh Gott.

„Dreh dich jetzt nicht um, aber ich glaube, Lucan kommt her“, sagte ich an Anna gewandt und stoppte damit ihren Redefluss.

Automatisch wollte sie es tun, doch ich hielt sie schon fast panisch am Arm zurück.

„Bist du sicher?“, fragte sie, erschrocken über meinen festen Griff.

„Ja, er sieht mich direkt an“, murmelte ich, aus Angst, er könnte es hören.

„Dann ist das wohl mein Zeichen zum Rückzug“, sagte sie und erhob sich mit einem Mal.

Ich sah ihr vollkommen verdattert dabei zu.

„Was? Du kannst mich doch jetzt nicht alleine lassen!“, sagte ich, wobei es mehr nach einer Frage klang.

„Entspann dich. Wahrscheinlich will er dich bloß noch einmal wegen der Wohnung fragen, und bevor du noch auf der Straße landest, würde ich sein Angebot annehmen“, riet sie mir und schulterte ihre Tasche.

„Anna!“, wollte ich rufen, doch da war Lucan schon an unserem Tisch.

„Ich gehe für kleine Mädchen, wir sehen uns im Klassenzimmer“, verkündete sie gut vernehmlich und wandte sich ab - nicht jedoch, ohne mir aufmunternd zuzuzwinkern. Ich konnte nicht anders, als ihr bestürzt nachzusehen. Was sollte das? Warum ließ sie mich hier einfach hängen?!

„Hi, Elena“, sagte Lucan und lenkte meine Aufmerksamkeit auf sich. Unaufgefordert setzte er sich mir gegenüber und schob Annas Apfelsaft beiseite, um seine Arme auf der Tischplatte zu verschränken.

„Hi“, erwiderte ich und war selbst ein wenig von dem misstrauischen Ton in meiner Stimme überrascht.

„Kann ich annehmen, dass du es dir überlegt hast?“, fragte er und schaute mich geradeheraus an. Ich fand es verstörend, ihm so nahe zu sein, denn dadurch hatte ich gar keine andere Möglichkeit, außer ihn anzusehen, wollte ich nicht unhöflich sein.

Leider war sein Blick aber so durchdringend, dass ich augenblicklich Herzflattern bekam.

„Äh, nein, wie … kommst du darauf?“, fragte ich nervös.

„Naja, du hast mich so lange angestarrt, da dachte ich, du willst mir etwas Wichtiges mitteilen." Das amüsierte Funkeln in seinen Augen machte deutlich, dass er alles andere als das gedacht hatte.

Automatisch sah ich zum Ausgang der Cafeteria, in der Hoffnung, Anna würde zurückkommen und mich aus diesem Gespräch retten, doch sie blieb abwesend. „Will ich nicht, ich … habe nur geträumt", erklärte ich und nestelte unter dem Tisch nervös an meinem Shirt herum.

„Von mir?", fragte er mit einem unwiderstehlichen Lächeln. Da war er wieder. Jener Ausdruck, für den manche Schülerinnen morden würden, wenn er dadurch nur für sie bestimmt wäre.

Ich lachte und sah beschämt zu Boden, aber als mir bewusst wurde, dass ich seine Frage damit im Grunde bejahte, riss ich meinen Kopf wieder hoch.

„Ich habe weniger geträumt, sondern vielmehr … nachgedacht", versuchte ich, mich zu retten, doch Lucans Blick drückte heitere Überlegenheit aus. Er wusste, was für eine Wirkung er auf mich ausübte und mein Gestotter schien ihn zu amüsieren.

„Ich hoffe doch über mein Wohnungsangebot, Elena?", fragte er.

Die Art und Weise, wie er meinen Namen aussprach, bereitete mir am ganzen Körper eine Gänsehaut, was mir Mühe machte, mich überhaupt auf seine Worte zu konzentrieren und nicht auf der Stelle dahin zu schmelzen. Es war fast, als betonte er ihn bewusst, um mich damit zu bezirzen und in meiner Entscheidung zu beeinflussen. Doch so leicht ließ ich mich nicht um den

Finger wickeln.

„Ich weiß nicht, Lucan, wir hatten nicht gerade einen guten Start, deshalb fällt es mir schwer, dein Angebot überhaupt ernst zu nehmen", gab ich zu.

Der heitere Ausdruck wich aus seinen Augen, und er lehnte sich nach vorn. „Hör zu. Ich weiß, dass ich dir in den letzten Wochen wenig Grund gegeben habe, mir zu vertrauen, und mein Benehmen war … reden wir am besten nicht mehr darüber, und dafür möchte ich mich aufrichtig entschuldigen. Ich war ein Idiot, das gebe ich zu, aber so etwas wird nie wieder vorkommen, und wenn du eine Unterkunft brauchst, dann würde ich sie dir gerne geben.

Ich *möchte*, dass du bei mir einziehst, Elena."

Träumte ich gerade oder bettelte mich Lucan geradezu an, bei ihm zu wohnen? Ich betrachtete sein Gesicht und suchte krampfhaft nach einem Anzeichen von Spott, etwas, das mir sagte, dass er sich nur über mich lustig machte, doch da war nur uneingeschränkte Aufrichtigkeit. Aber war das wieder nur eine Phase von ihm? Andererseits machte er nicht den Eindruck auf mich, als stünde er in irgendeiner Form neben sich. Und ich würde in diesem Wahnsinnshaus wohnen! Das allein war das Risiko eigentlich schon wert. Und mal ehrlich, dass er ein Verrückter war, das glaubte ich schon lange nicht mehr, und sollten wir uns wirklich nicht verstehen oder wieder in alte Streitereien verfallen, konnte ich ja immer noch ausziehen.

„Und wir würden dort alleine wohnen? Nur du, ich und dein Freund?", hakte ich nach stiller Überlegung nach. Konnte ja sein, dass sein Mitbewohner eine Freundin hatte, die ebenfalls dort wohnte, das würde mir die Entscheidung definitiv leichter machen.

Mein unsicherer Ton schien ihn zu amüsieren, denn nun verzog sich sein Mund zu einem verbotenen Lächeln. „Beunruhigt dich der Gedanke etwa? Das braucht er nicht, Ben ist ein durch und durch netter Kerl, und du wirst fast eine ganze Etage für dich haben, mit deinem eigenen Bad."

Hm, das klang wirklich verlockend.

„Wie wäre es, wenn ich dich heute Nachmittag herumführe? Ben ist bis nächste Woche in der Nachbarstadt bei seinen Eltern. Du könntest dich also ungestört umsehen", bot er an.

„Okay", schoss es aus meinem Mund, und das noch bevor ich überhaupt die Vor- und Nachteile richtig erwogen hatte. Es war, als hätte mein Bauchgefühl entschieden, ohne es mit meinem Verstand abgesprochen zu haben.

Es klingelte zum Pausenende, und er erhob sich.

„Prima, am besten kommst du um 16 Uhr, vorher bin ich nicht zuhause", sagte er und ging zu den anderen zurück, um seine Tasche zu holen.

Ich sah ihm gedankenverloren hinterher und nahm nur am Rande wahr, wie ich an meinen Nägeln kaute. Ich hatte zugesagt, ich hatte wirklich zugesagt! Irgendwie beunruhigte und beschwingte mich die Erkenntnis gleichermaßen.

„Hey, Träumerchen, kommst du?", holte mich Chloes Stimme ins Hier und Jetzt zurück. Sie und Liz hatte ich ganz vergessen.

„Habt ihr bis eben angestanden?“, fragte ich erstaunt und nahm den Schokoriegel entgegen, den sie mir reichte.

„Das nicht, aber als wir gesehen haben, dass du mit Lucan sprichst, wollten wir dich nicht stören“, antwortete sie neckend.

„Aber jetzt erzähl mal, was wollte er?“, fügte sie neugierig hinzu und hakte sich bei mir unter, und während wir zum Klassenzimmer liefen, erzählte ich es ihnen.

„Okay, sei nicht so ein Weichei, du schaust es dir ja nur an“, redete ich mir zum gefühlt hundertsten Mal zu und stieg vom Fahrrad ab. Es war so schönes Wetter, dass ich auf den Bus verzichtet hatte und mit dem Rad zu Lucan gefahren war. Neben der frischen Luft hatte mir eine halbe Stunde Bewegung gutgetan und die warmen Sonnenstrahlen waren wirklich angenehm auf der Haut. Ich sollte vor dem Abend aber definitiv wieder zurück sein, denn für den späteren Tag war Unwetter vorausgesagt und bis dahin wollte ich eingekuschelt in meinem Bett liegen.

Nachdem ich das Fahrrad abgestellt hatte, nahm ich meinen Helm ab und hängte ihn über den Lenker, dann öffnete ich das Tor und schob das Rad hindurch. Den Helm trug ich seit dem Autounfall und war auf dem Weg hierher das ein ums andere Mal dafür belächelt worden. Mir war bewusst, dass in meinem Alter nur noch selten bis niemand einen Kopfschutz trug, aber ich ging nicht davon aus, dass diejenigen in letzter Zeit einen schweren Verkehrsunfall überlebt hatten, deshalb sah ich es ihnen nach.

Während ich über das große Grundstück schritt, betrachtete ich den Wald, der dem Farmhaus mit seinen prächtigen und in den Himmel ragenden Kiefern eine wunderschöne Kulisse bot. Nachts würde ich ihn vielleicht nicht unbedingt betreten, aber am Morgen oder Nachmittag einen Spaziergang darin zu machen und die Blätter rascheln und Äste knacken zu hören, musste ein Wahnsinnsgefühl sein.

Ich stellte das Fahrrad direkt vor der Tür ab, klingelte und wartete auf die Schritte im Haus. Ich war zwar zehn Minuten zu früh, hoffte aber, dass er schon zuhause sein würde. Und tatsächlich, nach wenigen Sekunden konnte ich Schritte im Inneren vernehmen.

„Elena, schön, dass du da bist", sagte er, nachdem er die Tür geöffnet hatte. Er war barfuß, trug eine dunkle Hose und einen dünnen, schwarzen Rollkragenpullover, dessen Ärmel bis zu den Ellenbogen hochgekrempelt waren. Man könnte meinen, dass man irgendwann müde wurde, es zu erwähnen, aber jedes Mal, wenn ich Lucan sah, traf mich sein gutes Aussehen wie ein Schlag, und ich war wieder von Neuem entzückt.

„Hey", sagte ich mit einem kurzen Wink.

Sein Blick fiel auf mein Fahrrad und den Helm, und als er etwas länger an letzterem hängen blieb, wappnete ich mich für eine spöttische Bemerkung.

„Ja, ich trage mit 17 Jahren noch einen Helm, du darfst ruhig lachen“, sagte ich, weil ich seinen Gesichtsausdruck nicht deuten konnte.

Da wanderte sein alles anderer als belustigter Blick wieder zu mir.

„Glaub mir, das hatte ich nicht vor“, sagte er ernst und trat beiseite, damit ich hindurchgehen konnte.

„Es ist nur ungewöhnlich, dass sich heute überhaupt noch jemand so um seine Sicherheit sorgt. Vor allem die jungen Leute gehen zu leichtfertig damit um.“

Ich wusste nicht, was ich darauf antworten sollte, also tat ich es auch nicht, und ließ mir von ihm die Jacke abnehmen. Ein Achtzehnjähriger, der sich mit der Sicherheit der Jugend beschäftigte, zu der er zweifellos selbst noch gehörte?

„Aber lass uns nicht davon reden“, sagte er mit einer wegwerfenden Handbewegung, hängte die Jacke an die Garderobe und blieb neben mir stehen.

„Das ist es. Eine 210 m² große Wohnfläche mit einem Grundstück von 245 m². Wir haben zwei Etagen, einen Keller, acht Zimmer und zwei Bäder“, sagte er und deutete in einer einladenden Geste um sich.

„Wow, du solltest Immobilienmakler werden“, bemerkte ich, was ihm ein Lächeln entlockte.

„Irgendwie muss ich es dir ja schmackhaft machen. Komm, ich zeige dir das Wohnzimmer“, sagte er und legte mir eine Hand auf den Rücken, um mich dorthin zu führen. Kurz glaubte ich, ihn zusammenzucken zu spüren, war mir aber nicht sicher, ob nicht ich es war, denn die Hitze seiner Berührung breitete sich auf meinem gesamten Rücken aus. Das Wohnzimmer war sehr geräumig und wie der Rest des Innenlebens in dunklen Farben gehalten.

Zwei gewaltige Sofas standen in einer Eckformation vor dem Fernseher - der locker die Hälfte meines jetzigen Zimmers einnehmen würde - und harmonierten wunderbar mit dem beige glänzenden Boden. Aber auch der wuchtige Kamin, die dunklen Pflanzenkübel und die alten Bilder an den Wänden passten hierher. Mir war, als wäre ich fünfzig Jahre in die Vergangenheit katapultiert worden und nur die moderne Küche und die elektrischen Geräte deuteten darauf hin, dass wir uns im 21. Jahrhundert befanden.

In der offenen Küche entdeckte ich viele frische Kräuter, Obst, Gemüse und Rezeptbücher auf dem Tresen. Hier wurde offenbar viel gekocht und sich gesund ernährt. Vom Wohnzimmer konnte man auf das hintere Grundstück und von dort aus direkt in den Wald gelangen, und eben weil das Anwesen auf dieser Seite nicht so penibel gepflegt wurde, gefiel es mir umso besser. Hier sorgte man nämlich scheinbar dafür, dass die Sträucher gestutzt waren, aber man hatte keine Blumenbeete angelegt, sondern ließ sie frei sprießen. Mit dem Wald im Rücken hatte der Garten damit etwas Verträumtes und Märchenhaftes.

Lucan ließ mir Zeit und wartete geduldig, bis ich den Blick abwandte, ehe er auf die Tür zu seiner Rechten deutete.

„Dort befindet sich mein Zimmer."

Als er darauf zuging, blieb ich zögerlich im Wohnzimmer stehen – ich wollte mich nicht aufdrängen - und als er merkte, dass ich gar nicht hinter ihm war, drehte er sich verwundert zu mir um.

„Kommst du?", fragte er und öffnete die Tür.

„Du musst mir dein Zimmer nicht zeigen, wir … können auch erst den Rest des Hauses ansehen", winkte ich ab, was ihm erst ein nachdenkliches Stirnrunzeln und dann ein Schmunzeln entlockte.

„Das braucht dir nicht unangenehm sein, ich habe nichts zu verbergen, Elena."

Also kam ich zu ihm und betrat sein Zimmer, doch weniger, weil er mich dazu aufgefordert hatte, sondern wegen des amüsierten Blitzens in seinen Augen. Er sollte nicht denken, dass es mich verunsicherte, so tief in seine Privatsphäre einzudringen – was es natürlich tat und was er spätestens jetzt auch wusste.

Im Gegensatz zum restlichen Haus war sein Gemach sehr modern eingerichtet. Graue und schwere Gardinen, die zur Hälfte zugezogen waren und das Tageslicht damit fast vollkommen verbannten, ein bequem aussehendes und große Bett, weiße und schwarze Möbel und ein heller Boden, auf dem ein grauer Teppich lag.

Ziemlich schick und elegant.

Im Erdgeschoss befanden sich noch drei weitere Räume, darunter ein Bad und eine Abstellkammer, die gleichzeitig auch als Wäscheraum genutzt wurde. Die dritte Tür ließ er unerwähnt und führte mich stattdessen die massive Holztreppe hinauf. Das dunkelbraune Holz wirkte schon beinahe schwarz und war aus mahagonifarbener Eiche gefertigt, wie ich von ihm erfuhr.

Das Faszinierendste war allerdings das aufwendig geschnitzte Geländer, das man *so* wohl nur in Märchen vorfand. Ich hatte zwar keine Ahnung von Treppen, aber diese musste enorm hochwertig sein und ein Vermögen gekostet haben. Bevor ich jedoch nur darüber nachdenken konnte, wie sich Lucan so etwas leisten konnte, waren wir schon in der ersten Etage und er deutete auf eine Tür am anderen Ende des Ganges.

„Dort hinten befindet sich Bens Zimmer, hier ist das Bad und das hier ist dein Zimmer“, sagte er und öffnete die Tür neben der Treppe. Bis auf einen gewaltigen Kleiderschrank und einen flauschigen, beigen Teppich war das Zimmer leer. An den großen Fenstern hingen prächtig weiße Gardinen und an der Wand ein Landschaftsgemälde. Es war sehr geräumig und vermutlich sogar noch etwas größer als mein altes Kinderzimmer.

„Wow“, sagte ich beeindruckt, denn nicht nur, dass das Zimmer geradezu lichtdurchflutet wurde, man hatte auch einen wunderbaren Ausblick auf den Wald. Auf Lucans einladende Geste hin betrat ich es und schritt über den weichen Teppich zum Fenster hinüber, um auf ein Meer giftgrüner Kiefern herabzublicken, das sich vor mir erstreckte.

Soweit das Auge reichte, sah ich grün, doch das plötzliche Wegbleiben der Sonne lenkte meinen Blick zum Himmel. Eine gewaltige Wolkendecke legte sich wie ein Schleier über unsere Köpfe und blockierte jegliche Sonnenstrahlen. Das hatte zur Folge, dass es innerhalb weniger Sekunden dunkel wurde, und den wankenden Baumkronen nach zu urteilen, kam auch noch starker Wind auf. Das Unwetter war da und das wieder einmal schneller als vorausgesagt.

„Gefällt es dir?“, fragte Lucan von der Tür her, und am Klang seiner Stimme konnte ich hören, dass die Antwort für ihn alles andere als nebensächlich war.

„Es ist traumhaft. Ich meine, allein der Ausblick …“, bejahte ich und sah noch einmal aus dem Fenster. Als mir allerdings einfiel, dass wir noch gar nicht über den Preis gesprochen hatten, verging mir die gute Laune. Dieses Zimmer konnte ich mir doch im Leben nicht leisten.

Als hätte er einen Sensor dafür, erfasste er meinen Stimmungsumschwung und fragte:

„Stimmt etwas nicht?“

„Nein, es ist alles in Ordnung“, sagte ich und kam wieder zur Tür.

„Das Zimmer und das Haus sind perfekt, nur glaube ich kaum, dass ich mir das leisten kann. Ich meine, wie viel soll mich das hier kosten, Lucan?“

Er zögerte, was den Eindruck erweckte, als hätte er sich noch gar keine Gedanken darüber gemacht, und sagte: „100 Dollar im Monat.“

Ich machte große Augen, denn der Betrag klang nicht nur total unrealistisch, sondern auch vollkommen aus der Luft gegriffen.

„100 Dollar nur?“, hakte ich deshalb nach.

Er nickte.

„Das ist doch nicht ernst gemeint“, sagte ich spöttisch.

„Doch, absolut“, behauptete er und sah mich ernst an.

„Aber … wie wollt ihr damit jemals die monatlichen Fixkosten stemmen? Ich habe schon viel kleinere Zimmer gesehen und die haben das Vierfache gekostet“, meinte ich skeptisch. Bei dem Energieverbrauch, den so ein großes Haus haben musste, konnte er das doch kaum ernst meinen.

„Verstehe mich bitte nicht falsch“, fügte ich hinzu, als er die Brauen hochzog.

„Ich will mich bestimmt nicht über den Preis beschweren, aber gestern sagtest du noch, dass ihr euch über das zusätzliche Geld freuen würdet.“ *Auch wenn ich das nicht mehr so recht glauben kann, nachdem ich das Innenleben gesehen habe*, fügte ich im Geiste hinzu.

Seine Mundwinkel zuckten.

„Wie immer bist du eine aufmerksame Zuhörerin, aber um das Geld brauchst du dir wirklich keine Gedanken machen. Das Grundstück gehört Ben, er hat es geerbt und auch das Haus ist abbezahlt. Es gehört uns zu gleichen Teilen“, erklärte er.

„Also … bedeutet das, dass du gelogen hast und ihr das Geld im Grunde gar nicht braucht?“, schlussfolgerte ich.

Er lehnte sich mit verschränkten Armen an die Wand und sagte: „Eine kleine Notlüge, ja. Aber wenn ich gesagt hätte, dass ich dich hier umsonst wohnen lasse, hättest du mich mit Sicherheit für verrückt erklärt“, sagte er versöhnlich.

„Und was hält mich davon ab, es jetzt zu tun?“, fragte

ich, hin- und hergerissen zwischen einem Lächeln und Argwohn. Dass er gelogen hatte, um mich hierherzulocken, machte mich nämlich nicht annähernd so wütend, wie es eigentlich sollte.

„Ich fürchte gar nichts, aber ich hatte gehofft, dass das Haus überzeugende Argumente hat." Er schenkte mir ein Grinsen, das hinreißend war, und es kostete mich große Mühe, es nicht zu erwidern. Doch ich glaubte so langsam, ein Muster darin zu erkennen, denn immer, wenn ich misstrauisch wurde, zeigte er sein entwaffnendes Lächeln, als wollte er mich damit manipulieren, und nun, da ich mir dessen bewusst wurde, verlor es etwas an Wirkung.

„Oh, das hat es definitiv, nur verstehe ich es immer noch nicht. Warum ich, Lucan? Warum willst du, dass ausgerechnet *ich* bei dir einziehe?"

Sein Lächeln verschwand, und ich glaubte, eine kaum merkliche Anspannung in seinen Schultern zu sehen.

„Weil ich dich besser kennenlernen will, Elena, und ich schätze … du faszinierst mich", sagte er geradeheraus.

„Ich … fas… ziniere dich?", stotterte ich überrascht. Als er nickte, wusste ich nichts darauf zu erwidern. Warum in Gottes Namen sollte ich jemanden wie Lucan faszinieren? Vor ein paar Tagen hatten wir uns noch den Rücken zugekehrt und nun mochte er mich plötzlich? Doch anstatt ihn zu fragen, brachte ich zu meiner Schande keinen einzigen Ton heraus.

Vielleicht lag es am Ausdruck seiner Augen - eine Mischung aus Kummer, Neugierde und noch etwas anderem, Undefinierbarem -, doch ich konnte mich einfach nicht dazu überwinden, danach zu fragen, aus

Angst, was er dann sagen würde. Genau wie ich ihn betrachtete er mich nachdenklich, dann drückte er sich jedoch von der Wand ab und kam auf mich zu. Dabei bewegte er sich so leise und anmutig wie ein Raubtier, und ich stieß überrascht gegen die Wand, als ich zurückwich.

Dicht vor mir blieb er stehen und nahm eine Haarsträhne von mir zwischen die Finger. Und obwohl ich mich bedrängt fühlen sollte, erfüllte mich seine Nähe mit unfassbarer Geborgenheit, als könnte er mich vor allem Schlechten beschützen. Gleichzeitig war der kaum vorhandene Abstand aber auch ungewohnt, denn das war bisher das erste Mal, dass Lucan direkt auf mich zugekommen war - so etwas tat er sonst nie. In den wenigen Wochen, die ich ihn jetzt kannte, war er entweder höflich oder abweisend gewesen, beides stets auf eine distanzierte Weise, aber das hier schien eine ganz andere Seite von ihm zu sein.

Eine Seite, die er außerhalb dieser Wände erfolgreich verbarg. Behutsam strich er mir die Haare hinters Ohr und sah mir dabei unvermittelt in die Augen, und paralysiert wie ich war, konnte ich seinen Blick nur starr erwidern. Ich hätte ihn ja gern gesenkt und mich aus diesem Sog befreit, doch ich konnte einfach nicht. Irgendetwas hielt mich fest, wie ein Häschen, das zitternd in der Falle sitzt und den nächsten Schritt des Jägers abwartet. Was hatte Lucan nur an sich, das mich so wehrlos machte?

„Also, was sagst du?“, fragte er und trat schließlich zurück.

Ich atmete schwer aus und fühlte eine große Last von meiner Brust fallen, kaum dass er aus meiner persönlichen Zone getreten war. Benommen blinzelte ich: „Sagen zu was?“

„Zu meinem Angebot, Elena“, erwiderte er belustigt.

Ach ja.

„Also, wenn dein Mitbewohner nichts dagegen hat …“

„Hat er nicht“, versicherte er mir.

„Okay, dann … kann ich das Angebot wohl kaum ausschlagen. Ich bin immerhin ein Gartenkind und nirgends sonst bekomme ich ein so großes Grundstück für diesen lächerlichen Preis“, sagte ich atemlos und hoffte, dass er das Wackeln meiner Stimme nicht wahrnahm.

„Gut, allerdings muss ich dich auf eine einzige Regel hinweisen: Bens Bibliothek darf ohne sein Einverständnis nicht betreten werden. Das ist alles, ansonsten gehört das Haus …“

„Ihr habt eine eigene Bibliothek?“, unterbrach ich ihn begeistert, und die Erkenntnis schüttelte meine Benommenheit ab.

„Gleich neben der Treppe, ja. Aber sie ist tabu“, betonte er noch einmal, als fürchtete er, ich könnte das überhört haben.

„Warum?“, fragte ich stirnrunzelnd.

„Ben ist ein Sammler und besitzt ein paar sehr alte Werke. Deshalb ist er sehr empfindlich, was seine Bücher betrifft“, erklärte er, und das in einem Ton, der deutlich machte, für wie übervorsichtig er das hielt.

Ich lachte. „Dir ist aber schon bewusst, dass ich

Literatur studieren will und du mir damit gerade Baldrian vor die Nase hältst?", fragte ich.

Schmunzelnd hob er die Schultern.

„Kann ich verstehen, aber das sind nun mal die Regeln."

„Ist das verhandelbar?", fragte ich und stieß mich von der Wand ab.

„Nur mit Ben persönlich, allerdings würde ich mir da keine großen Hoffnungen machen. Wenn es um seine Bibliothek geht, ist er gnadenlos", sagte er.

Ich seufzte resigniert.

„In Ordnung. Ich zahle also 100 Dollar im Monat für das Zimmer. Fallen sonst noch Kosten an? Etwa für Essen, Licht und Internet?"

Doch zu meiner Überraschung schüttelte er den Kopf.

„Um Lebensmittel kümmere ich mich, ich gehe jeden Tag einkaufen, und Stromrechnungen und Internet sind Bens Sache."

„Und ihr wollt nicht, dass ich etwas beisteuere?", hakte ich überrascht nach. Das war doch üblich in einer WG.

„Es ist nicht zwingend notwendig. Wenn du aber unbedingt Geld loswerden willst, kann ich dich wohl kaum aufhalten", sagte er, belustigt über meine Reaktion.

„Okay, wie wäre es, wenn ich euch 50 Dollar extra zahle? So lege ich überall etwas dazu", schlug ich vor, woraufhin er mit den Schultern zuckte.

„Meinetwegen, aber warum willst du unbedingt mehr zahlen als nötig?"

„Weil ich sonst ein schlechtes Gewissen habe und mir wie ein Schmarotzer vorkomme."

„In Ordnung, dann machen wir hiermit 150 Dollar fix

aus. In der Küche hängt ein Putzplan, den ich erweitern werde, sobald du eingezogen bist, und beim Umzug werde ich dir natürlich auch helfen. Haben wir einen Deal?", fragte er und streckte mir seine Hand entgegen. Ohne noch einmal darüber nachzudenken, schlug ich ein, denn wem wollte ich hier etwas vormachen? Bei diesem Deal gab es keinen Nachteil.

Das Haus war so geräumig, dass es schon einer Villa gleichkam, ich wohnte in einer vornehmen Gegend direkt am Wald und das zu einem Preis, der mehr als lächerlich war. Es wäre hirnrissig, wenn ich nicht einschlagen würde – vor allem, da ich schon mit einem Bein auf der Straße stand.

„Darauf sollten wir anstoßen. Komm, ich lade dich zu einem frisch gepressten Orangensaft ein", sagte er feierlich und steuerte die Treppe an. Ich folgte ihm und versuchte, das prickelnde Gefühl, das seine warme Hand auf meiner Haut verursacht hatte, an der Hose abzuwischen – erfolglos.

„Eine Frage noch: Wer hat vorher in dem Zimmer gewohnt?", fragte ich auf den Weg hinunter.

„Es gehörte einem Freund, der zum Studieren nach Südamerika gezogen ist. Er hat vor, irgendwann wieder zurückzukommen, aber bis dahin dürften noch einige Jahre vergehen."

Damit geleitete er mich in die offene Küche, ließ mich am Tresen Platz nehmen und machte sich augenblicklich ans Orangenpressen. Ich fand es erstaunlich, dass sich Lucan so bewusst ernährte, da die Hälfte unserer Mitschüler fast täglich ins Fastfood-

Restaurant ging. Andererseits war vielleicht gerade das das Geheimnis seines guten Aussehens. Er machte Sport, ernährte sich gesund und hatte gute Manieren. Kein Wunder, dass ihn alle Mädchen anhimmelten.

Fünf ausgepresste Orangen später hatte er zwei Gläser gefüllt, wobei er zuerst mir und dann sich den Rest eingoss. Die leeren Schalen ließ er in den Abfalleimer wandern, dann langte er in den Obstkorb zu seiner Rechten und holte eine Zitrone heraus, die er flink in zwei Hälften schnitt und über den Gläsern ausquetschte. Er ließ nur wenige Tropfen hineinfallen, schwenkte die Gläser kurz und fügte eine Prise Zimt hinzu.

„Mein eigenes Rezept. Mir ist mal aus Versehen der halb geöffnete Zimtstreuer aus dem Schrank gefallen und dabei ist etwas in den Orangensaft gekommen und weil ich keine Orangen mehr hatte, aber unbedingt diesen Saft trinken wollte, habe ich einfach Zitrone hineingegeben, um dem Süßen etwas entgegenzuwirken und et voilà", erklärte er grinsend und reichte mir die fertige Mischung.

Lächelnd nahm ich das Glas an. Nachdem wir uns zugeprostet und einen Schluck genommen hatten, konnte ich ihm nur für seine Schusseligkeit danken, denn es schmeckte traumhaft!

„Wow, das ist wirklich gut", lobte ich ihn und nahm noch zwei große Schlucke.

„Du kannst gerne noch einen trinken, ich habe noch etwa ein Dutzend Orangen auf Lager", bot er an, doch da glitt mein Blick automatisch zum Fenster.

„So verlockend das auch klingt, aber ich fürchte, ich werde nicht lange genug bleiben können, um mir damit den Bauch vollzuhauen“, sagte ich und nahm einen weiteren Schluck. Allein schon die Kombination von Zimt und Zitrone – himmlisch!

„Du willst schon gehen?“, fragte er und stellte sein Glas ab.

Ich deutete zum immer dunkler werdenden Himmel hinter dem Küchenfenster.

„Das Unwetter zieht langsam auf, und vorher will ich unbedingt zuhause sein. Ich werde deinen Orangensaft aber definitiv zuhause nachmachen“, versprach ich und beobachtete, wie seine Augen ebenfalls zum Fenster schwenkten. Vielleicht war es nur Einbildung, aber mir war es, als würde sich sein Blick synchron mit dem Himmel verdunkeln. Als er wieder zu mir schaute, war sein Ausdruck wieder normal, sodass ich meine Beobachtung auf das flackernde Küchenlicht schob.

„Du kannst auch bleiben, und ich koche uns was Schönes“, schlug er vor.

„Du kochst?“, fragte ich erstaunt.

„Bei zwei Männern im Haushalt muss das ja einer machen“, scherzte er und fügte dann ernsthafter hinzu: „Mein Vater ist leidenschaftlicher Koch und hat es mir von klein auf beigebracht. Soll ich uns eine Kleinigkeit machen?“

„Nun, Hunger habe ich schon, aber wenn ich nicht bald losfahre, komme ich hier heute nicht mehr weg, fürchte ich.“

Er sah mich mit einem Ausdruck an, den ich absolut nicht deuten konnte. „Ich fahre dich selbstverständlich, Elena, und das Fahrrad kannst du solange hier lassen.“

Seinem ernsten Ton nach zu urteilen, musste er denken, dass ich darauf angespielt hatte, deshalb ruderte ich sofort zurück.

„Nein, nein, so meinte ich das nicht. Ich wollte nicht, dass du dich dazu verpflichtet fühlst …"

„Ich weiß, tue ich auch nicht", unterbrach er mich.

„Ich würde dich sogar gerne nach Hause fahren", sagte er und musterte mich ungeniert. Ach, wirklich? Kam es nur mir so vor oder stieg die Temperatur im Raum rapide an? Und warum musste er mich so direkt anschauen?

„Ähm … okay …", stotterte ich und spürte meinen Puls in die Höhe schnellen.

Routiniert stellte er zwei Pfannen auf den Herd, versah sie mit winzigen Spritzern Olivenöl und machte die Herdplatte an.

„Hast du etwas gegen Zwiebeln und Knoblauch?", fragte er, während er ein großes Messer zutage förderte.

„Im Gegenteil, ich könnte gar nicht ohne kochen", antwortete ich, woraufhin er beides aus einem Korb holte.

„Dann sind wir schon mal zwei", meinte er lächelnd, schälte sie und schnitt die Gewächse in dünne Streifen. Als er fertig war, war die Pfanne bereits heiß und er schüttete sie hinein und sofort stiegen köstliche Dämpfe auf und verteilten sich in der Küche. Gott, wie ich den Geruch von gebratenem Knoblauch liebte! Lucan schien es da ähnlich zu ergehen, denn er zog einmal kräftig die Luft ein und langte dann zu dem Gewürzständer.

Auf die Schnelle konnte ich gar nicht sehen, was er da

alles benutzte, aber was auch immer er in die Pfanne gab, es roch köstlich. Er stellte die Temperatur niedriger, lief zum Kühlschrank, um hauchdünne Steakfilets herauszuholen und legte zwei große Stücke in die Pfanne. Die andere Pfanne füllte er mit fertig geputzten Pilzen, die er direkt über der Form kleinschnitt und hineinfallen ließ.

Ein Schuss Rosmarinöl dazu und auch die Pilze gaben einen unglaublich gutes Aroma ab, und während beide Pfannen vor sich hin brutzelten, wusch er Salat ab und schnitt Tomaten klein. Es wäre nur höflich gewesen, ihm meine Hilfe anzubieten, doch ich war so gefangen von dem Anblick, dass ich gar nicht darauf kam, ihn zu fragen. Ich kam mir wie in einer Kochsendung vor und weil er sich so geschickt und flink durch die Küche bewegte, fürchtete ich, ihm nur im Weg zu stehen.

Ich kannte das von Grams, sie hatte es auch nicht leiden können, wenn sich mehr als eine Person in der Küche befand – was mich aber nicht davon abgehalten hatte, ihr trotzdem zu helfen.

Also stützte ich meine Ellenbogen auf die Theke und sah dabei zu, wie Lucan durch die Küche wirbelte und etwas von diesem und etwas von jenem in die Pfannen und auf den Salat gab. Mittlerweile hatte sich eine wahre Aromawolke in der Küche gebildet, die nicht ganz durch das geöffnete Fenster entschwinden konnte, aber das störte mich nicht. Wenn es die köstlichen Dämpfe nämlich als Parfum gegeben hätte, dann hätte ich es mir als Erste geholt.

„Und fertig“, sagte er wenige Minuten später und

servierte mir einen herrlich angerichteten Teller.

„Wow, danke, das nenne ich mal ein 5-Sterne-Essen“, sagte ich und betrachtete sein Kunstwerk. Das Fleisch hatte er während des Bratens eingeschnitten, sodass es nun geriffelt war, und der Salat war pyramidenartig aufgetürmt und mit Sesamkernen garniert. Darüber noch ein Schuss Olivenöl, Pfeffer und Basilikumblätter und fertig war ein traumhaftes Fünf-Minuten-Essen.

Er lächelte bescheiden und fragte: „Kochst du denn nicht?“

„Doch, ich koche sogar sehr viel, aber ich bin da eher praktisch veranlagt und meistens so hungrig, dass ich mich nicht mit Garnieren aufhalte. Bei mir wird einfach alles auf den Teller geworfen und gegessen“, sagte ich grinsend und führte mir eine Ecke Steak in den Mund. Perfekt gebraten zerging es mir auf der Zunge, und wenn Lucan nicht direkt vor mir gesessen hätte, hätte ich wohl vor Wonne die Augen verdreht. Was konnte dieser Mann eigentlich nicht?

Wir ließen uns Zeit beim Essen, unterhielten uns über das Haus und die Schule, und ich war erstaunt, wie gut wir uns verstanden. Die Komplikationen der letzten Wochen schienen wie weggewischt zu sein und wir alberten sogar herum - soweit das bei Lucan möglich war, denn auch wenn er amüsante Dinge erzählte, wirklich lachen - so wie am See - tat er nicht und er wirkte auch irgendwie angespannt.

„Kann ich dich noch für eine süße Nachspeise begeistern?“, fragte er, nachdem das Essen schon eine ganze Weile zurücklag.

Doch anstatt zu antworten, gähnte ich hinter vorgehaltener Hand und entschuldigte mich sofort dafür.

„Danke, aber ich glaube, ich sollte jetzt gehen, bevor ich dir noch auf dem Küchenstuhl einschlafe“, sagte ich und erhob mich.

„Stören würde es mich nicht“, meinte er schmunzelnd und stand mit mir auf, und obwohl seine Augen amüsiert aufblitzten, schien er es absolut ernst zu meinen.

Flirtete er etwa gerade mit mir?

„Das klingt verlockend, aber ich wohne ja bald hier und werde dann noch ausreichend Gelegenheit haben, die Stühle auf ihre Bequemlichkeit zu testen“, scherzte ich.

„Ich persönlich würde dir ja das Sofa empfehlen, aber wenn du hier wohnt, kannst du natürlich schlafen, wo immer du willst“, äußerte er.

„Das klingt gut, aber zuerst muss ich ein paar Leute für den Umzug zusammentrommeln. Viel ist es zwar nicht, aber meine Kommode und das Bett schaffen Anna und ich bestimmt nicht alleine.“

„Mach dir darüber mal keine Gedanken. Sag mir einfach wann und wo, ich werde dann mit den Jungs vorbeikommen.“

Erstaunt blieb ich stehen. „Das würdest du tun?“

„Natürlich, wir sind doch jetzt Mitbewohner“, sagte er, als wäre es selbstverständlich.

Als er die Tür öffnete, empfing uns schwerer Regen und lautes Donnergrollen, sodass ich sie am liebsten wieder zugemacht und sein Angebot mit dem Sofa angenommen hätte.

„Hast du Angst vor Gewitter?", fragte er, weil ihm mein Blick wieder einmal nicht entgangen war.

Ich schüttelte den Kopf. „Angst würde ich es nicht nennen, eher Respekt", sagte ich und schlüpfte in meine Jacke.

„Besser ist es auch", murmelte er mit einem Blick zum blitzenden Himmel.

„Was sagst du?", fragte ich, weil ich mir nicht sicher war, ob ich ihn richtig verstanden hatte.

Er stand immer noch an der Tür und schüttelte den Kopf, wie um sich daran zu erinnern, dass er mich ja begleiten und sich ebenfalls anziehen musste.

„Dass man immer einen gesunden Respekt vor der Natur haben sollte", erläuterte er, während er sich eine Lederjacke überzog. Seine Worte versetzten mir einen Stich, denn ich wusste nur allzu gut, wie grausam die Natur sein konnte.

Wir eilten zum Auto und obwohl wir nur wenige Sekunden für den Weg benötigten, waren wir pitschenass, als wir dort ankamen.

Mit triefenden Kleidern sprangen wir in den Wagen, wobei mir seine teuren Ledersitze leidtaten, und Lucan startete den Motor … der daraufhin wieder absackte.

„Oh Mann, das glaube ich jetzt nicht", sagte er und drehte den Schlüssel erneut.

Ich starrte ihn entgeistert an. Oh, bitte nicht!

Er versuchte es noch einige Male, gab dann aber auf und zog den Schlüssel wieder heraus.

„Der macht mir schon seit einigen Tagen Probleme.

Warte mal kurz, ich schau mal, was ich machen kann“, sagte er, stieg aus und öffnete die Motorhaube.

Geduldig wartete ich, während Lucan an seinem Auto herumwerkelte, und sah den Regentropfen dabei zu, wie sie sich an der Scheibe ein Wettrennen in Richtung Boden lieferten, dann kam er irgendwann wieder.

„Und?“, fragte ich gespannt.

„Das Überdruckventil scheint zu klemmen und ein Überdreher im Kupplungsgetriebe vorzuliegen. Ich könnte versuchen, den Getriebeschaum in die Mechanikdrüsen fließen zu lassen, aber ...“

Ich hatte keine Ahnung, was das bedeutete, und das schien er nach dem zweiten Satz auch zu begreifen oder mein dämlicher Gesichtsausdruck wies ihn darauf hin, jedenfalls hielt er in einer Erklärung inne.

„Aber um auf deine Frage zu antworten: Der fährt heute nirgendwo mehr hin – tut mir leid.“

„Das ist ungünstig. Ich habe nämlich weder Wechselklamotten noch meine Schulsachen dabei“, sagte ich geknickt. Warum musste so etwas immer mir passieren?

„Vielleicht legt sich das Unwetter ja, dann probiere ich es heute Abend oder morgen früh noch mal“, versprach er, woraufhin wir zum Haus zurückkehrten.

Natürlich legte sich das Wetter nicht, stattdessen wurde es von Minute zu Minute schlimmer. Der Garten stand schon nach wenigen Minuten unter Wasser und der Regen trommelte so fest gegen die Fensterscheiben, als wollte er sie zum Platzen bringen. Wir konnten nicht einmal gemütlich fernsehen, denn egal, wie laut man den

Apparat stellte, das tiefe Donnergrollen, unterbrochen von ohrenbetäubenden Blitzschlägen, war einfach nicht zu übertönen.

Wenn ich nicht schon viele Unwetter in dieser Gegend erlebt hätte, würde ich glauben, der Himmel stürzte über unseren Köpfen ein, doch zum Glück würde das Spektakel irgendwann enden. Wahrscheinlich aber nicht in den nächsten Stunden, sodass ich mich damit abfinden musste, hier übernachten zu müssen.

„Tut mir wirklich leid. Ich hätte dich früher nach Hause gehen lassen sollen", sagte Lucan, nachdem er mir eine Decke und ein Glas Wasser gebracht hatte.

„Ach, schon in Ordnung, du kannst ja nichts dafür. Außerdem habe ich jetzt einen Grund, die Couch auszutesten, ich liebe es nämlich, vor dem Fernseher einzuschlafen", sagte ich beschwichtigend und nahm einen Schluck Wasser.

Während wir fernschauten, schielte ich hin und wieder zu Lucan rüber, der einen angespannten Eindruck machte. Vielleicht hatte er ja Angst vor Gewitter, überlegte ich, denn seine Kiefer waren fest zusammengepresst, was so gar nicht zu der lockeren Haltung passte, die er eingenommen hatte.

Als versuchte er, seine Anspannung mit gespielter Lässigkeit zu überdecken. Ja, sicher hatte er Angst vor dem Gewitter und wollte es nur nicht zugeben. Irgendwann musste ich dann, trotz des Donnergrollens, eingeschlafen sein, denn als ich kurz aufwachte, war es stockdunkel, und ich glaubte, zu sehen, wie sich Lucans Zimmertür gerade schloss. Vielleicht war es aber auch nur ein Traum, in den ich sofort wieder abdriftete.

Am nächsten Morgen wurde ich von aromatischem Kaffeeduft geweckt, der mich allmählich aus meinem Traum herausholte. Verschlafen richtete ich mich auf und schaute in die offene Küche, in der jemand herumwirbelte. Ich blinzelte, bis ich Lucan erkannte und mich daran erinnerte, dass ich ja bei ihm geschlafen hatte.

„Morgen", murmelte ich und schlug die Decke zurück.

„Guten Morgen", sagte er gut gelaunt, jedoch ohne sich zu mir umzudrehen. Als ich zur Küche schlurfte, beförderte er gerade Rührei aus einer Pfanne auf zwei Teller, und noch vollkommen verschlafen lehnte ich meinen Oberkörper an den Tresen und sah ihm dabei zu. Schließlich drehte er sich mit den beladenen Tellern zu mir um und ließ seinen Blick amüsiert über meine Erscheinung wandern. Er stellte einen Teller vor mir ab und biss sich dabei auf die Unterlippe, und als er mir mit einem vergnügten Funkeln in den Augen einen guten Appetit wünschte, wurde mir mit Schrecken bewusst, dass ich noch gar keinen Blick in den Spiegel geworfen hatte, und eilte ins Bad.

„Oh Gott!", rief ich leise und betrachtete meine verstrubbelten Haare, die mir das Aussehen einer Vogelscheuche bescherten. Mit angefeuchteten Händen versuchte ich, meine Mähne zu bändigen und annähernd eine Frisur hinzubekommen. Für optimale Ergebnisse hätte ich aber einen Kamm und einen Föhn gebraucht, und beides fand ich auf die Schnelle nicht. Also gab ich mich damit zufrieden, dass mir die Haare zumindest nicht mehr zu Berge standen, und wusch mein verschlafendes

Gesicht mit eiskaltem Wasser.

Das sorgte für einen frischeren Teint und weil man den Tag auch mit einem frischen Atem beginnen sollte, putzte ich mir kurzerhand mit den Fingern die Zähne. So, nun sah ich wenigstens menschlich aus, befand ich und verließ das Bad. Natürlich konnte ich nicht mit Lucan mithalten, der wohl erst kürzlich aus der Dusche gekommen war, was sein feuchtes Haar bewies, und wieder perfekt gekleidet war, aber ich fühlte mich zumindest nicht mehr ganz so unwohl.

„Warum hast du deine Haare nicht so gelassen? Das sah niedlich aus", bemerkte er schmunzelnd und reichte mir einen Orangensaft.

Als ich ihn daraufhin nur anstarrte, weitete es sich zu einem frechen Grinsen aus.

„Verstehe, du bist kein Morgenmensch."

„Überhaupt nicht", sagte ich, schenkte ihm aber ein Lächeln und machte mich dann über das Frühstück her.

„Du solltest lieber aufhören, mich zu bekochen, sonst gewöhne ich mich noch daran", sagte ich, nachdem ich das Rührei verschlungen hatte. Wie auch sein gestriges Essen schmeckte das Frühstück einfach fantastisch. Vor allem der Toast mit der gesalzenen Butter und den verschiedenen Kräutern.

„Ich fürchte, da wirst du nicht drum rum kommen, ich koche nämlich für mein Leben gerne", sagte er und biss in sein Toast.

Sein heiterer Ton ließ darauf schließen, dass die Anspannung von gestern Abend verschwunden war, sodass ich mir nun sicher war, dass es an dem Unwetter gelegen hatte. Nachdem wir mit dem Essen fertig waren, hatte Lucan gute Neuigkeiten zu vermelden, denn sein Wagen funktionierte wieder. Wie gestern angekündigt, war er heute in der Frühe hinausgegangen und hatte ihn repariert, und nun lief er wieder einwandfrei. Das war großartig, denn so konnten wir noch vor der Schule bei mir vorbeifahren und meine Schulsachen holen. Ich hatte Sarah gestern natürlich über mein Wegbleiben informiert, und so war sie nicht sonderlich überrascht, als ich morgens um 7 Uhr vor ihrer Türschwelle stand. Als sie Lucan hinter mir entdeckte, staunte sie allerdings nicht schlecht.

„Ah, das ist wohl der junge Mann, der dich aufgenommen hat", sagte sie lächelnd und reichte ihm die Hand.

„Lucan, ihr neuer Hausgenosse", stellte er sich händeschüttelnd vor.

Weil ich mich noch umziehen und frisch machen wollte, hielt ich mich nicht mit langem Wortgeplänkel auf und schob mich an Sarah vorbei. Ich hörte sie allerdings noch fragen, ob er hereinkommen wollte und dass er höflich ablehnte. Ich musste zugeben, dass ich gestern Abend Bedenken gehabt hatte, bei ihm zu schlafen – was blöd war, weil ich ja schon bald dort wohnen würde, ich weiß – aber eigenartigerweise hatte ich mich bei ihm sofort wohl gefühlt. In Sarahs Wohnung war das anders gewesen, was nicht einmal am mangelnden Platz gelegen hatte.

Der Funke war nur einfach nicht übergesprungen, irgendetwas hatte hier gefehlt. Bei Lucan war es dagegen so, als würde seine innere Ruhe auch in seinem Haus wohnen.

Ich eilte ins Bad und unterzog mich einer Katzenwäsche, dann putzte ich mir die Zähne – diesmal richtig – und kämmte mein Haar durch, und als ich fünfzehn Minuten später in den Hausflur trat, fühlte ich mich wieder sauber und munter.

„Bin soweit“, verkündete ich und richtete den Träger meines Kleides. Heute würde es warm werden, deshalb hatte ich mich in ein gelbes Sommerkleid geworfen und nur ein dünnes Jäckchen darüber gezogen.

Als Lucan sich zu mir umdrehte, sah ich, dass er ein Telefon am Ohr hatte, und machte eine entschuldigende Geste.

Doch er winkte nachsichtig ab, ließ seinen Blick über meinen Körper wandern und sagte dann: „Du verstehst das einfach nicht!“ Ein tiefes Seufzen.

„Hör zu, wir reden nachher weiter.“ Und damit legte er auf. Das klang nicht gerade nach bester Laune, trotzdem schenkte er mir ein warmes Lächeln, nachdem er das Handy eingesteckt hatte.

„Du siehst hübsch aus, wollen wir?“, fragte er und nahm mir unaufgefordert meine Schultasche ab. Hübsch? Bevor ich mich für das Kompliment bedanken konnte, war er auch schon auf der Treppe und auf dem Weg nach unten, sodass mir nichts anderes übrig blieb, als ihm eilig zu folgen.

„Du brauchst meine Tasche nicht tragen, wirklich“, sagte ich und lief ihm hinterher, doch er machte keine Anstalten, sie mir zurückzugeben.

„Mit fünfzehn habe ich mal ein dreiwöchiges Praktikum als Page gemacht, seitdem kann ich nicht anders, als Frauen ihr Gepäck abzunehmen“, erklärte er. Damit hielt er mir die Haustür auf und verbeugte sich übertrieben freundlich, was mir ein erstauntes Lachen entlockte. Wow, wo hatte er seinen Witz nur die ganze Zeit gelassen?, fragte ich mich, während wir zum Auto liefen. Das war ja geradezu verstörend, ihn so glücklich zu sehen.

Ich musste mir etwas angemerkt haben lassen, denn als wir am Auto waren, fragte er:

„Was ist?“

„Ach, gar nichts“, behauptete ich, konnte mir ein Schmunzeln aber nicht verkneifen.

Daraufhin machte sich ein wissender Ausdruck in seinen Augen breit.

„Verstehe, du wunderst dich, warum ich so gut bin.“

Ich lächelte immer noch, doch es verging mir, als ich sah, dass er es nicht erwiderte.

Er kratzte sich an der Nasenwurzel, schien nach den richtigen Worten zu suchen und sagte dann: „Du musst wirklich glauben, dass ich an Stimmungsschwankungen leide, aber glaube mir bitte, das ist wirklich nicht der Fall. Weißt du, als du wieder zur Schule gekommen bist, hatte ich ein paar Probleme - private Probleme -, deshalb war ich nicht immer besonders bester Laune. Dass du das abbekommen hast, tut mir wahnsinnig leid, aber … das ist jetzt vorbei. Ich habe eine Entscheidung getroffen, mich dazu entschieden, wieder glücklich zu sein.“

Fragend sah ich ihn über das Dach seines Wagens an.

„Sollte ich irgendetwas davon verstehen?“, fragte ich.

Schmunzelnd schüttelte er den Kopf und stieg ein, und während wir zur Schule fuhren, grübelte ich über seine Worte nach. Sicher hatte es mit einem Mädchen zu tun. Vielleicht hatte er sich ja in der Trennungsphase befunden und war deshalb nicht gut auf das weibliche Geschlecht zu sprechen gewesen. Andererseits war er aber nur zu mir so eigenartig gewesen, oder?

„Vielleicht hast du ihn ja zu sehr an seine Exfreundin erinnert“, überlegte Anna, als ich ihr später von unserem Gespräch erzählte. Dass ich bei Lucan geschlafen hatte, hatte ich ihr zwar schon am Vorabend gesimst, aber sie hatte natürlich noch einmal auf alle Einzelheiten bestanden.

Weil das Wetter heute so schön war, hatten wir es uns auf der Wiese des Schulgeländes gemütlich gemacht. Die anderen Mädchen waren auf dem Basketballplatz und sahen den Jungs beim Spielen zu, doch wir beide hatten uns hierher abgesetzt, um ungestört plauschen zu können.

„Und warum redet er dann *jetzt* mit mir?“, fragte ich und trank meinen Smoothie.

„Na, weil er jetzt über sie hinweg ist“, sagte sie, als wäre es das Offensichtlichste der Welt. „Oder besser noch, er hat jetzt Interesse an dir.“

„Na, schönen Dank auch, ich will sicher keine zweite Wahl sein, mit der man sich von der eigentlichen Liebe ablenkt!“, sagte ich schnaubend.

„Vielleicht bist du das ja gar nicht. Vielleicht hat er etwas in dir gesehen, das ihn fasziniert“, überlegte Anna weiter.

Ich verschluckte mich an meinem Erdbeergetränk und

starrte sie an.

„Hast du gerade … fasziniert gesagt?“, hakte ich nach.

Sie nickte, verwundert über meine Reaktion. „Ja, wieso?“

„Nur so“, winkte ich ab und wischte mir die Tränen weg.

Da verhärtete sich ihr Blick und bohrte sich direkt in meine Seele.

„Elena Roberts! Raus mit der Sprache, was verheimlichst du mir?“

Ich atmete resigniert aus. Lag es nur daran, dass sie meine beste Freundin war, oder war ich nur einfach ein offenes Buch, dass sie mir jede Lüge ansah? Vor Lucan konnte ich nämlich auch nichts verheimlichen und so langsam nervte das.

„Nichts von Bedeutung, Lucan hat nur so etwas Ähnliches gesagt“, meinte ich und spielte mit den Grashalmen herum.

„Was genau?“, wollte sie begeistert wissen und setzte sich etwas auf.

„Also, ich weiß nicht genau, wie er es gemeint hat, aber er sagte, ich würde ihn … faszinieren.“

„Oh mein Gott. Was gibt es denn da nicht zu verstehen! Das bestätigt doch genau meine Worte“, sagte sie grinsend und schien sich unheimlich für mich zu freuen. Dabei strahlte sie, als hätte ich ihr soeben unsere Hochzeit verkündet.

„Moment mal. Er konnte auch genauso gut meinen Charakter gemeint haben. Niemand sagt hier, dass er auf mich steht“, holte ich sie wieder herunter.

„Oh, doch, genau das bedeutete es, Elena, und wenn du nur endlich die Augen aufmachen würdest, dann würdest du das selbst sehen. Oder merkst du gar nicht, dass ihr seit dem Vorfall am See viel häufiger zusammenhockt?“, fragte sie.

„Doch, aber …“

„Erst sorgt er sich am See um dich, dann will er, dass du bei ihm einziehst, und am nächsten Tag steht er schon vor deiner Türschwelle. Halloho, mach endlich die Augen auf. Dieser Typ steht auf dich, du bist nur zu blind, um das zu begreifen“, sagte sie und wedelte mir mit der Hand vor dem Gesicht herum.

Ich lehnte mich zurück und drückte ihre Hand entschieden nach unten.

„Nein, tut er nicht, Anna. Lucan ist nämlich jemand, der weder ein Problem damit hat, Komplimente zu verteilen, noch damit, direkt auf jemanden zuzugehen, und würde er in dieser Art Interesse an mir haben, hätte er das schon längst durchblicken lassen“, stellte ich klar.

„Aha, und das hat er nie getan?“, fragte sie wenig überzeugt.

Wenn man über sein Kompliment hinweg sah und darüber, dass er mir eine Strähne hinters Ohr gelegt hatte, dann …

„Nicht, dass ich wüsste, nein“, log ich und wusste nicht einmal, warum ich es tat. Abgesehen davon, dass ich Anna sowieso nichts vormachen konnte, wollte ich aber eigenartigerweise nichts davon hören. Lucan konnte einfach kein Interesse an mir haben, er war viel zu … viel zu begehrt und perfekt.

Er spielte doch in einer ganz anderen Liga, und bevor ich mich da in irgendetwas verrannte, blockte ich lieber jegliche Gefühle in diese Richtung ab. Das war reiner Selbsterhaltungstrieb, denn ich wollte nicht als jemand enden, der einem Mann sein Herz schenkte und hoffnungslos hinterher träumte.

Gut, kribbelig wurde es mir schon in seiner Nähe, aber das hatte weniger mit wahren Gefühlen, als mit seinem guten Aussehen und seiner, neuerdings, charmanten Art zu tun. Bis hierher würde ich die Schwärmereien also zulassen, aber nicht weiter, und was ich am See geglaubt hatte zu fühlen, war wahrscheinlich bloß dem Alkohol zuzuschreiben gewesen.

„Na schön, wie du meinst“, gab Anna nach, als es zum Pausenschluss klingelte. Aber irgendwie hatte ich nicht das Gefühl, dass sie es so einfach auf sich beruhen lassen würde.

Vier Tage später war es dann soweit, und Lucan, Eric, Johnson und Tobi trugen meine Möbel in mein neues Zuhause. Ich hatte Stunden gebraucht, um meine Freundinnen davon zu überzeugen, dass ich nicht bei ihm einzog, weil wir demnächst heirateten oder ich ein Kind von ihm erwartete, denn wie schon Anna fanden sie es höchst merkwürdig, dass er mich nach dem Strandausflug bei sich aufnahm.

Ich konnte sie verstehen, denn ich begriff es ja selbst nicht ganz, aber einem geschenkten Gaul schaute man ja bekanntlich nicht ins Maul, und bevor ich auf der Straße landete, nahm ich sein Angebot lieber an und dachte nicht so angestrengt darüber nach.

„Manno, jetzt ärgere ich mich noch mehr, dass nicht *ich* diejenige war, mit der er im Wasser gelandet ist“, scherzte Chloe mit einem begeisterten Rundblick. Sie, Liz, Anna und ich standen in Lucans Küche und bereiteten Erfrischungsgetränke für die Jungs zu, die sich bei dieser Hitze mit den Möbeln abmühten. Wir hatten ihnen ja helfen und wenigstens kleine Bretter tragen wollen, aber prahlerisch wie sie waren, hatten sie uns Frauen nichts anrühren lassen. Uns sollte das recht sein und wenn sie sich damit männlicher fühlten, begnügten wir uns eben damit, zu plauschen - das machte ohnehin mehr Spaß.

„Ihr müsst unbedingt eine Einweihungsparty schmeißen“, meinte Liz und stibitzte eine Weintraube von der Anrichte. Sie und Chloe hatten Obstplatten mitgebracht, die nun neben Annas und meinen Erfrischungsgetränken auf dem Küchentresen standen.

„Wozu? Das hier ist doch schon fast eine Party“, erwiderte ich und deutete auf die Chipstüten und Flaschen, die die Jungs mitgebracht hatten.

„Nun, wenn das hier eine Party ist, dann fehlt aber auf jeden Fall noch Sekt“, sagte sie grinsend und holte eine Flasche aus ihrer Einkaufstüte. Ich fragte mich, wie sie da herangekommen war, denn selbst wenn Liz 35 Jahre alt wäre, mussten die Leute sie wegen ihrer Zierlichkeit noch für ein Mädchen halten.

„Es ist 17 Uhr!“, empörte ich mich, doch dafür hatte sie lediglich ein Schulterzucken übrig.

„Ach, spiel hier nicht die Partypolizei“, sagte sie und drehte die Flasche auf.

„Und seit wann gibt es eine zeitliche Angabe für

Alkoholkonsum?“ Damit schüttete sie den Sekt in meine Bowle, und mehr belustigt als säuerlich sah ich ihr dabei zu.

„Keine Ahnung, aber eine Altersbeschränkung gibt es definitiv. 21 Jahre, Liz, da bist du noch weit von entfernt.“

„Ach, ich bitte dich“, schnaubte sie mit einer wegwerfenden Handbewegung.

„Ich bin 18 Jahre alt. In anderen Ländern ist man da schon erwachsen, und ich will mich ja auch nicht sinnlos betrinken. Ein Glas Sekt um 17 Uhr sollte erlaubt sein.“

Damit setzten wir uns in Lucans wunderschönen Garten, sonnten uns, schlemmten Obst und Sandwiches, und nachdem die Jungs fertig waren, gesellten sie sich zu uns.

Es war vollbracht, ich wohnte ab sofort und offiziell bei Lucan.

# Offene Karten
## *** 7 ***

Zufrieden betrachtete ich mein fertiges Zimmer. Gleich am Wochenende waren Lucan, Anna und ich zum Einrichtungshaus gefahren und hatten einen Teppich, Deko und neue Bettwäsche gekauft. Ich hatte mich für einen hellen Bodenbelag entschieden, der zu meinen Möbeln passte, und eine beige Tagesdecke über das Bett gespannt. Dazu braune Kissen in unterschiedlichen Größen und fertig war mein Schlafgemach. Es war wirklich erstaunlich, wie viel heimischer ich mich hier als bei Sarah fühlte.

Womöglich hatte ich insgeheim gehofft, nicht lange bei ihr wohnen zu müssen, überlegte ich. Hier fühlte ich mich dagegen richtig wohl und das erste Mal, seitdem ich aus meinem alten Haus ausgezogen war, hatte ich wieder das Gefühl, ein richtiges Zuhause zu haben. Das Landschaftsgemälde hatte ich gegen ein großes Familienfoto mit Grams, Grandpa und meinen Eltern ausgetauscht und am Fenster standen nun verschiedene Kleinpflanzen.

Da ich noch nie viele Klamotten besessen hatte, passten sie alle in den wuchtigen Kleiderschrank, und mein Schreibtisch, auf dem mein alter Laptop und eine neue Nachttischlampe thronten, harmonierte wunderbar mit meinem neuen Bücherregal, das im Gegensatz zum Schrank fast aus allen Nähten platzte.

Oh ja, hier fühlte ich mich mehr als wohl!

Nur, als ich mit dem Telefon auf dem Bett saß und meine Mutter anrufen wollte, wurde dieses Gefühl etwas gedämpft. Ich wusste, sie vertraute mir in jeder Hinsicht, aber wenn ich ihr erzählen würde, dass ich mit zwei Männern zusammenwohnte, von dem einer bereits erwachsen war, dann würden ihr die Augen rausfallen.

Ich war noch nicht volljährig, sie konnten mich auch schnell wieder zu sich nach Hause holen, deshalb wandelte ich die Wahrheit etwas ab und erzählte, dass ich zu einer Freundin gezogen war, in deren WG auch Männer wohnten.

Zu Beginn fühlte ich mich sehr unwohl mit der Lüge, denn bisher hatte ich nicht viel Grund gehabt, meine Eltern zu beschwindeln, aber hier zu bleiben, war mir wichtiger als mein reines Gewissen, und wer war in seiner Jugend seinen Eltern gegenüber nicht auch hin und wieder unehrlich? Das gehörte einfach dazu.

Am Tag von Bens Rückkehr war ich dann verdammt aufgeregt, denn ich war neugierig, ob ich mich mit ihm genauso gut verstehen würde wie mit Lucan. Sollte dem nämlich so sein, hätte ich kein besseres Los ziehen können. Im Gegensatz zu meinen alten Mitbewohnern störte Lucan mich nämlich weder beim Schlafen – wie auch, da er unter mir und am anderen Ende des Hauses schlief – noch bei anderen Dingen. Im Gegenteil, er war ein angenehmer Wohngenosse, der wie ich abends gern Filme schaute oder einfach nur las, und nach allem, was er über Ben erzählte, war es mit ihm nicht anders.

Ben war ein ganzes Stück älter als Lucan, 23 Jahre alt, und Tutor an unserer Nachbaruni. Als Tutor gab er anderen Studenten Nachhilfe, leitete Kurse und trat als Vertrauensperson auf – kurzum, er war die rechte Hand des Dozenten und das obwohl er selbst noch Student war. Lucan erzählte mir, dass sie sich vor drei Jahren in dem Hotel kennengelernt hatten, in dem Lucan als Page gearbeitet hatte.

Dabei hatte Ben seine Brieftasche am Eingang verloren und anstatt sie sich einzuverleiben, wozu er durchaus die Gelegenheit gehabt hätte, war Lucan ihm hinterhergelaufen und hatte sie ihm gegeben. Daraufhin hatte Ben ihn auf einen Kaffee eingeladen, und sie hatten schnell gemerkt, dass sie sich trotz des

Altersunterschiedes gut verstanden. Ben hatte schon immer hier gewohnt, sie waren über E-Mailverkehr in Kontakt geblieben, und Monate später hatte er Lucan dann hierher eingeladen.

Vor einem halben Jahr hatte Lucan dann nach fast dreijähriger Freundschaft beschlossen, hierher zu ziehen, und nun wohnten sie zusammen. War das nicht eine tolle Art, sich kennenzulernen? Meistens schloss man ja über die Schule oder Arbeit Freundschaft, aber wenn es zwei vollkommen Fremde wegen eines kleinen Missgeschickes taten, dann hatte das immer etwas Schicksalhaftes und Besonderes, fand ich.

Ich war gerade in der Küche und wischte einen großen Milchfleck vom Boden auf, den ich verschüttet hatte, als Lucan in die Küche trat. Ich lächelte ihm zu und wrang den vollgesaugten Lappen über dem Spülbecken aus, als er sich mit verschränkten Armen an den Tresen lehnte und mich beobachtete.

„Ben wird gleich hier sein, ich habe gerade mit ihm telefoniert."

Irgendetwas an seinem Ton ließ mich in meiner Tätigkeit innehalten und ihn ansehen.

„Gut, ist alles in Ordnung?", fragte ich, weil er mich mit einem angespannten Ausdruck musterte.

Er biss sich auf die Unterlippe und sagte: „Da gibt es vielleicht noch eine Kleinigkeit, die du wissen solltest."

Ich legte den Lappen weg und drehte mich nun vollends zu ihm um.

„Okay, schieß los", verlangte ich und betrachtete ihn neugierig.

Er rieb sich die Nasenwurzel, etwas, das er nur tat, wenn ihm etwas unangenehm war, wie ich gelernt hatte, dann sagte er: „Ich habe dir ja gesagt, dass Bern ein netter Kerl ist und dass er nichts gegen deinen Einzug hat, aber vor allem in der ersten Zeit könnte es … nun ja, genau den gegenteiligen Anschein machen."

„Und was soll das bedeuten?", fragte ich stirnrunzelnd.

„Dass er in erster Zeit womöglich sehr kühl wirkt und dir vielleicht sogar unhöflich erscheint."

„Okay?", sagte ich mit hochgezogenen Brauen.

„Aber ich möchte, dass du dir das auf keinen Fall zu Herzen nimmst. Er ist meistens für sich und braucht Zeit, um sich mit neuen Menschen vertraut zu machen." Angespannt betrachtete er mich, so, als hoffte er, dass ich mich damit zufriedengeben würde – was ich natürlich nicht tat.

Stattdessen vertiefte sich mein Stirnrunzeln.

„Du willst mir sagen, dass er Tutor ist, aber Probleme hat, mit anderen Menschen warm zu werden?"

„Niemand sagt, dass er deswegen gleich kontaktversessen sein muss", entgegnete er. Als ich darauf nicht antwortete, seufzte er, wobei es mehr ihm selbst als meinem Mistrauen galt.

„Hör zu, ich will nur nicht, dass du dich in seiner Nähe unwohl fühlst oder denkst, dass du hier nicht willkommen bist, in Ordnung?"

„Okay", sagte ich schulterzuckend und trocknete mir die feuchten Hände ab. Warteten wir erst einmal ab, ob sich seine merkwürdige Besorgnis überhaupt bewahrheitete. Eine halbe Stunde später war es dann soweit und die Haustür öffnete sich. Was mich dazu veranlasste, wie auf frischer Tat ertappt aufzuspringen.

Im nächsten Moment kam ich mir ziemlich bescheuert vor, denn es war ja nicht so, als würden wir Staatsbesuch bekommen! Aber nach Lucans Worten war ich nicht nur aufgeregt, sondern auch beunruhigt, und fühlte mich, als wäre ich unerlaubt in Bens Haus eingedrungen – was ja auch irgendwie stimmte, denn ich hatte nie persönlich mit ihm gesprochen.

Aus dem Augenwinkel sah ich, wie Lucan mir einen amüsierten Blick zuwarf, doch zum Hinsetzten war es bereits zu spät, also lief ich kurzerhand zur Tür und hielt sie Ben auf. Ein hochgewachsener Blondschopf mit blauen Augen schob sich mit einer großen Tasche durch die Tür, und als er mich entdeckte, hielt er überrascht inne.

„Hi, ich bin Elena, schön, dich kennenzulernen", sagte ich lächelnd und streckte ihm meine Hand entgegen.

Seine leuchtenden Augen wurden von einem ovalen Gesicht eingerahmt, mit einer langen Nase, die ihn aber keinesfalls unattraktiv machte, und einem sinnlich geschwungenen Mund. Er war durchaus attraktiv, aber trotz seines guten Aussehens entging mir der unschöne Ausdruck keineswegs, mit dem er mich bedachte. Er betrachtete meine Hand, als könnte er nichts damit anfangen, dann sah er wieder auf und schüttelte sie knapp.

„Ben“, sagte er, ohne die Freude zu erwidern und alles andere als begeistert. Okay, offenbar hatte Lucan nicht gelogen, was sein Gemüt betraf.

Ich hatte nicht gemerkt, dass er hinter mich getreten war und zuckte deshalb zusammen, als ich Lucans Stimme hinter mir vernahm.

„Schön, dass du wieder da bist, mein Freund“, sagte er, kam hinter mir hervor und umarmte ihn brüderlich. Weitaus freundlicher als bei mir erwiderte Ben die Begrüßung, doch dann sah er erneut zu mir und sein ohnehin schon dürftiges Lächeln verschwand gänzlich.

„Du hast es also wirklich getan“, sagte er, wobei sein Blick noch immer auf meinem Gesicht ruhte. Getan? Meinte er etwa, mich aufgenommen zu haben?

Mit erhobenen Brauen drehte ich mich zu Lucan um, denn nun drängte sich mir die Frage auf, ob Ben meinem Einzug überhaupt zugestimmt hatte. Was, wenn dem nicht so war? Musste ich dann wieder raus?! Doch Lucan ignorierte meinen Blick und nahm Ben stattdessen die Reisetasche ab.

„Komm erst mal rein, wir reden später.“

Damit trug er seine Tasche zum Fuß der Treppe und lehnte sich dann an die Wand, um seinem Freund beim Ausziehen zu beobachten. Er ignorierte meinen aufdringlichen Blick immer noch, was wohl bedeutete, dass er jetzt nicht darüber sprechen wollte. Na schön, aber er würde mir später Rede und Antwort stehen müssen!

„Ihr habt euch bestimmt viel zu erzählen, ich bin in meinem Zimmer“, verkündete ich und zog mich dorthin zurück. Oh Mann! Mit so einer kühlen Begegnung hatte ich nun wirklich nicht gerecht, auch wenn Lucan mich vorgewarnt hatte. Ben war ja total distanziert, und was hatte sich Lucan bloß dabei gedacht, mich ohne seine Erlaubnis herzuholen?!

War es das etwa schon wieder mit meinem neuen Zuhause? Würde ich jetzt, da ich mich gerade erst eingerichtet hatte, etwa wieder ausziehen müssen? Zum Lernen war ich zu aufgewühlt, deshalb setzte ich mich – um mir die Zeit zu vertreiben - mit einem Buch aufs Bett, war jedoch unfähig, auch nur einen Satz davon wirklich aufzunehmen.

Irgendwann klopfte es an der Tür und Lucan trat ein.

„Hast du einen Moment?", fragte er und verharrte auf der Schwelle.

„Sicher", sagte ich und legte das Buch weg, dessen erste Seite ich nie umgeblättert hatte.

„Ich muss mich noch einmal für Ben entschuldigen …"

„Du hast gelogen, Lucan", unterbrach ich ihn, klang aber nicht annähernd so streng, wie ich es mir vorgenommen hatte.

„Ben wollte überhaupt nicht, dass ich hier einziehe, oder?"

Vor meinem Bett blieb er stehen. „Nicht ganz. Ben hat nicht gesagt, dass er es nicht *will*, er meinte vielmehr … dass es meine Entscheidung wäre."

„Und was bedeutet das?", fragte ich.

Er kaute auf der Innenseite seiner Wange herum, schien zu überlegen und sagte dann:

„Dass ich alleine für dich verantwortlich bin und dass er … damit nichts zu tun haben will."

Ich richtete mich bestürzt auf. „Er will also nichts mit mir zu tun haben? Heißt das, dass ich wieder ausziehen soll?"

„Nicht doch", sagte er beschwichtigend.

„Es bedeutet vielmehr, dass ich für dich … hafte“, erklärte er zögerlich.

„Du meinst, falls ich etwas kaputt mache oder mir etwas passiert“, leitete ich ab. Sein Blick wurde ganz und gar verschlossen.

„Genau, Elena, falls dir etwas passiert.“

Nickend lehnte ich mich zurück. „Verstehe, dann geht er mit seinem Haus also genauso sorgsam um wie mit seiner Bibliothek. Sag das doch gleich. Ich dachte schon, ich müsste mir ein neues Zuhause suchen“, meinte ich schmunzelnd und entspannte mich sofort.

Mit übervorsichtigen Menschen kannte ich mich aus, denn mit Grandpa unter einem Dach zu leben, hatte bedeutet, niemals seine geliebten Kakteen zu gießen, nie seinen vererbten Teppich zu beschmutzen und nie das geliebte Porzellangeschirr seiner Mutter anfassen zu dürfen. Grandma und ich hatten ihn dafür liebevoll belächelt, denn alles war ihm kostbar gewesen und er hatte seine Schätze wie einen Augapfel gehütet - offenbar war Ben genauso.

Anscheinend hatte er Angst, dass ich ihm das Haus zerlegte, aber sobald er gesehen haben würde, wie ordentlich und achtsam ich war, würde er bestimmt auftauen. Damit konnte ich leben.

„Dann wirst du mir also nicht wegrennen?“, fragte Lucan, überrascht über meine Einsicht.

Ich lachte, einerseits wegen seiner Wortwahl und andererseits wegen der Frage selbst.

„Nein, und wo sollte ich auch auf die Schnelle hin?“

Das schien ihm zu beruhigen. Er wünschte mir eine gute Nacht und zog sich aus meinem Zimmer zurück.

Die Woche verging zügig und zu meiner Schande musste ich gestehen, dass ich mich viel zu schnell an den Luxus gewöhnte, den es mit sich brachte, mit Lucan unter einem Dach zu wohnen. Anstatt mit dem Bus zu fahren und mich ärgern zu müssen, wenn ich ihn verpasste, nahm er mich jeden Morgen mit dem Auto mit, und auch zum Einkaufen fuhren wir bequem damit. Des Weiteren machte Lucan seine Drohung wahr und bekochte mich den ganzen Tag lang, was schön war, mir aber irgendwann unangenehm wurde.

Ich verstand ja, dass ihm das Kochen Spaß machte, aber mit der Zeit kam ich mir mehr und mehr wie in einem Hotel vor und weil ich selbst auch gern kochte, handelte ich einen Kompromiss aus. Seine Abendgerichte waren köstlich und unübertreffbar, deshalb überließ ich sie weiterhin ihm, doch um das Mittagessen kümmerte *ich* mich ab sofort, und das Frühstück bereiteten wir gemeinsam vor – wobei es da am wenigsten Diskussionen gab, denn das bestand entweder aus Cornflakes, Haferflocken oder Brot.

Mit Ben kam ich nur schleppend voran, denn der verkroch sich größtenteils in seiner Bibliothek und trat mir mit distanzierter Höflichkeit gegenüber. Er war zwar schon so weit, dass er mehr als nur ein Wort mit mir wechselte, aber die Gespräche blieben weiterhin oberflächlich und reserviert. Nun kam natürlich auch Anna des Öfteren vorbei, und wir veranstalteten Videoabende oder Monopolyspiele, doch nie beteiligte sich Ben daran, worüber sich selbst Anna mit der Zeit wunderte.

„So langsam müsste er doch mit dir warm werden", hatte sie zu mir gesagt.

„Immerhin wohnt ihr schon fast drei Wochen zusammen."

Doch sooft wir auch versuchten, ihn zum Mitmachen zu bewegen, er lehnte jedes Mal höflich ab. Das war zum Verrücktwerden und machte mich mit der Zeit echt fertig, also hörte Anna sich - vernetzt wie sie als ehemalige Redakteurin war - ein wenig bei den Studenten um und fand etwas höchst Interessantes heraus. Es hatte nämlich offenkundig niemand ein Problem mit Ben und Lucans Darstellung, er würde nur sehr schwer Kontakte knüpfen können, konnte uns auch keiner bestätigen. Ganz im Gegenteil. Ben wurde uns als höflich, witzig und sehr aufgeschlossen beschrieben und nichts davon hatte ich jemals erfahren.

Was sollte das? War das nicht das gleiche Verhalten, mit dem auch Lucan mir anfangs begegnet war? An einem Samstagmorgen langte es mir dann und ich stand früher auf als üblich. Ich wusste, dass Ben immer sehr zeitig frühstückte – wahrscheinlich, um nicht mit mir an einem Tisch sitzen zu müssen -, deshalb begab ich mich in die Küche und fand ihn mit einer dampfenden Tasse am Tisch vor.

„Guten Morgen", sagte ich überschwänglich, goss mir ein Glas Wasser ein und setzte mich ihm gegenüber.

Er starrte mich an, als sehe er mich zum ersten Mal, sicher, weil er sich fragte, was ich hier verloren hatte. „Guten Morgen", erwiderte er meine Begrüßung stirnrunzelnd.

„Okay, Ben, was hast du für ein Problem mit mir?“, fragte ich ihn geradeheraus. Ich hatte lange überlegt, ob ich dieses Gespräch anfangen sollte, aber wenn ich mit ihm unter einem Dach leben wollte, mussten wir uns aussprechen, denn das konnte definitiv kein dauerhafter Zustand bleiben.

Bedacht langsam ließ er die Tasse sinken, die er sich gerade an den Mund geführt hatte, und klappte die Zeitung auf dem Tisch zu. Er war ein sehr gebildeter Mensch, interessierte sich für Politik und verfolgte die Geschmissen auf der Welt – welcher Art auch immer - mit äußerstem Interesse.

„Habe ich nicht, Elena“, versicherte er mir und das mit der gleichen ruhigen Stimme, wie Lucan sie häufig verwendete. Ich fragte mich, ob Lucan sich das von ihm abgeguckt hatte oder ob sie sich deshalb auf Anhieb verstanden hatten, weil sie vom Wesen her ähnlich waren.

„Das sieht leider ganz anders aus“, sagte ich schnaubend.

Er warf einen kurzen Blick aus dem Fenster, rollte die Zeitung zusammen und sagte:

„Mein Verhalten muss dir sehr unangenehm sein, aber sei bitte versichert, dass das nichts Persönliches ist. Dass du jetzt hier wohnst, daran kann ich nichts mehr ändern, aber es war Lucans Entscheidung, und da mische ich mich nicht ein“, sprach er und erhob sich.

„Aber warum? Was ist das für eine schwerwiegende Entscheidung, die er getroffen haben soll?“, wollte ich wissen, denn ich erinnerte mich daran, dass auch Lucan von *seiner Entscheidung* gesprochen hatte.

Er blickte auf mich herab, und kurz sah ich so etwas wie Mitgefühl in seinen Augen aufflackern, doch dann sagte er: „Das kann ich dir leider nicht sagen.“ Warf sich seine Jacke über und verließ das Haus.

Ich starrte bestimmt eine geschlagene Minute ins Leere, versuchte, den Sinn seiner Worte zu begreifen, doch es gelang mir nicht. Und wie auch? Er hatte gesagt, dass es nichts Persönliches war und dass es Lucans Entscheidung wäre. Das bedeutete dann doch aber, dass es sehr wohl persönlich war, denn er war mit Lucans Entschluss ja nicht einverstanden, oder? Ich war verwirrt, mehr noch als vorher, und als Lucan die Küche betrat, hatte er nicht einmal Zeit, nach dem Kaffee zu greifen, denn ich fiel sofort über ihn her.

„Sagst du mir, was es mit eurer Meinungsverschiedenheit auf sich hat oder muss ich es aus dir herausprügeln?"

Er schenkte mir einen vergnügten Blick.

„*Du* willst mich verprügeln?"

Doch ich ging nicht auf sein freches Grinsen ein, weshalb es schnell aus seinem Gesicht schwand.

„Es ist nichts Ernstes", versicherte er mir und kippte sich etwas von der braunen Brühe in die Tasse.

„Ach, wirklich? Ich bin nicht dumm, Lucan. Denkst du, ich sehe nicht, wie kühl ihr euch anseht und wie ihr euch anschweigt? Nachdem was du mir erzählt hast, seid ihr sehr gute Freunde, schon beinahe Brüder, aber davon ist in diesem Haushalt überhaupt nichts zu sehen, und es ist nicht schwer zu erraten, wer der Grund dafür ist.

Du hast mir gesagt, dass er sich nur sehr langsam an Menschen gewöhnt, aber das ist gelogen. Laut Annas Informationen lieben ihn seine Schüler, er ist sogar Vertrauensperson. Herrgott noch mal! Wie kommst du also darauf, mir so einen Blödsinn zu erzählen?", fragte ich aufgebracht. Meine Stimme war nicht laut - ich war einfach nicht der Typ, der herumschrie - doch ich atmete so angestrengt, als wäre ich die Treppe rauf und runter gerannt.

Anstatt auf meine Frage zu antworten, hob er aber nur belustigt die Brauen.

„Du und Anna spioniert Ben hinterher?“

„Lenk jetzt ja nicht vom Thema ab“, verlangte ich mit erhobenem Zeigefinger.

„Ich will wissen, was Ben für ein Problem mit mir hat, und diesmal will ich die Wahrheit hören!“ Er sah mich lange an, und ich konnte es hinter seiner Stirn förmlich arbeiten hören. Die Räder in seinem Kopf schienen sich auf Hochtouren zu drehen, bis er schließlich sagte: „Ich kann nicht, tut mir leid.“

Fassungslos betrachtete ich sein angespanntes Gesicht.

„Was soll das heißen, du kannst nicht? Sag mir auf der Stelle, warum er nichts mit mir zu tun haben will!“, verlangte ich, und es war mir egal, wie herrisch das klang.

Doch er schüttelte nur den Kopf und sah plötzlich sehr hilflos aus.

„Elena“, sagte er sanft und fasste sich an den Mund, wie um seine Worte noch einmal zu überdenken.

„Ich muss dich einfach bitten … mir zu vertrauen. Ginge das?“

„Vertrauen muss man sich erst verdienen, Lucan, und im Moment weiß ich nicht, ob ich das kann“, erwiderte ich.

Er schob die Brauen zusammen und nickte einsichtig.

„Das verstehe ich, aber du musst mir einfach glauben, dass dir niemand von uns etwas Schlechtes will – auch Ben nicht.“

Ich schnaubte und wollte den Mund öffnen, doch er kam mir zuvor.

„Ich weiß, ich kann mir vorstellen, wie das auf dich wirken muss, aber bitte, bitte lass es fürs Erste darauf beruhen“, bat er eindringlich.

„Du willst also allen Ernstes, dass ich Bens Verhalten akzeptiere und nicht weiter nachhake?“, fragte ich ungläubig.

Er sah mich lange an und nickte dann langsam, wie um es sich selbst noch einmal zu bestätigen. „Ja, so ist es.“

„Wow“, machte ich und fuhr mir mit der Hand durchs Haar - hin und her gerissen zwischen Wut, Resignieren und einem hysterischen Lachanfall. Das war doch wohl unglaublich, was er da von mir verlangte! Aber es schien ihm äußerst wichtig zu sein, dass ich es tat, ja, geradezu essentiell, und das veranlasste mich zu folgendem Entschluss: „Okay, fürs Erste werde ich nicht weiter nachhaken, aber was auch immer das zwischen euch ist, klärt das bitte“, sagte ich resigniert.

Es hatte ja keinen Sinn, etwas aus den beiden herausquetschen zu wollen, das sie nicht preisgeben wollten, und allmählich war ich es müde, mir darüber Gedanken zu machen. Sollten sie das untereinander klären oder warten, bis sich die Sache legte. Ich musste wohl einfach darauf vertrauen, dass es nichts Persönliches war – so wie es mir beide versichert hatten.

„Danke“, sagte er und klang, als würde eine große Last von ihm fallen.

Ich schenkte ihm ein halbherziges Lächeln, schnappte mir eine Banane und einen Apfel und ging in mein Zimmer. Ich hatte zwar nachgegeben, aber nach einem gemeinsamen Frühstück war mir trotzdem nicht zumute.

Als ich eine Stunde später angezogen die Treppe hinunter kam, saß Lucan auf dem Sofa und schaute fern. Es regnete schon wieder und weil damit mein Plan, mich mit einem Buch in den Garten zu setzen, vereitelt war, hatte ich mich dazu entschlossen, shoppen zu gehen.

„Ich bin in der Mall, falls du mich suchst, und zum

Nachmittag wieder zurück", informierte ich ihn im Vorbeigehen, doch da sprang er wie vom Blitz getroffen auf und kam zur Tür.

„Du willst rausgehen, heute?", fragte er schockiert und sah mich mit einem Ausdruck so tiefen Entsetzens an, dass ich gewillt war, einen Schritt zurückzumachen und diesem Drang nur schwer widerstehen konnte. Warum reagierte er so heftig?

„Ja, warum nicht? Es ist Samstag und regnet", erklärte ich argwöhnisch.

Er warf einen schwer zu deutenden Blick aus dem Fenster und kratzte sich am Hinterkopf, dann fragte er: „Wollen wir nicht lieber … einen DVD-Tag machen?" Er klang nervös, und obwohl ich sein eigenartiges Verhalten allmählich gewöhnt sein müsste, beunruhigte es mich.

Mit einem Kopfschütteln schlüpfte ich in meine Sneakers.

„Im Moment ist mir überhaupt nicht danach, außerdem habe ich keine große Lust, Ben so schnell wieder zu sehen", sagte ich schnippisch. Als er daraufhin ein betroffenes Seufzen hören ließ, bereute ich meine schroffe Antwort.

„Tut mir leid, vielleicht ist es wirklich besser, wenn ich mir ein wenig die Beine vertrete", sagte ich entschuldigend und schulterte meine Handtasche.

Doch anstatt es mir übel zu nehmen, sagte er: „Schon okay. Hey, hast du etwas dagegen, wenn ich dich begleite?"

Ich hob einverstanden die Schultern.

„Nur zu, aber ich muss dich warnen, ich kann Stunden in einem Einkaufscenter verbringen."

„Kein Problem, ich muss mir sowieso noch eine Hose kaufen", sagte er und warf sich eine Jacke über. Also fuhren wir in seinem Auto zur Mall, und auch wenn ich es mir anders vorgenommen hatte, konnte ich ihm doch nicht lange böse sein. Es funktionierte einfach nicht, wenn der andere nett und verständnisvoll war, und niemand verkörperte diese Eigenschaften besser als Lucan, weshalb sich schon nach kurzer Zeit mein Gewissen meldete.

So kam es, dass wir – kaum dass wir am Ziel ankamen – unseren kleinen Streit vergessen hatten und das war wunderbar. Ich fand es immer schrecklich, wenn ich mich mit jemandem stritt, den ich mochte, und trotz seiner Eigenarten war Lucan ein wunderbarer Mensch, mit dem ich einfach nicht im Unreinen sein wollte.

Zuerst gingen wir ins Schuhgeschäft und probierten spaßeshalber verschiedene Modelle an. Wobei … Spaß war es nur von meiner Seite aus, denn während ich mir die teuren Schuhe nicht leisten konnte, entschied Lucan sich gleich mal für ein schwarzes Paar. Im nächsten Geschäft fanden wir dann aber etwas, das wir uns beide leisten konnten – nämlich Bücher. Während Lucan an einer Abteilung für chinesische Literatur hängen blieb, stöberte ich in der Romanabteilung herum.

Ich brauchte dringend wieder eine autobiografische Geschichte, wie etwa *Die weiße Massai*, *Anne Frank* oder *Die wahre Geschichte der Geisha.* Zwanzig Minuten später trafen wir uns an der Kasse, und er lud mich anschließend auf ein Eis ein. Während wir mit der Rolltreppe auf dem Weg nach unten waren, sah Lucan angestrengt zum Glasdach des Shoppingcenters auf, und auch wenn es vielleicht nicht so gewaltig war wie manche Malls einer Großstadt, so war das verglaste Dach in Form einer Kuppel dennoch ein Hingucker.

Doch nicht nur die Form machte es so besonders, sondern die großen Platten, die in kaum sichtbare Halterungen steckten und damit den Anschein vermittelten, man hätte gar kein Dach über sich.

„Beeindruckend, oder?“, fragte ich, weil Lucan einfach nicht seinen Blick von der Kuppel lösen konnte. Die Konstruktion schien ihn sehr zu faszinieren. So sehr sogar, dass er erschrocken den Blick senkte, als ich ihn ansprach.

„Äh … ja, ist es“, bestätigte er, klang aber nicht, als wäre er ganz bei mir. Der Eindruck bestärkte sich noch, als wir beim Eisstand waren und ich unsere Kugeln bestellte.

„Einmal Erdbeere“, sagte ich zur Verkäuferin und wandte mich an Lucan.

„Was möchtest du?“, fragte ich, doch sein Gesicht war misstrauisch zur Decke gerichtet und seine angespannte Haltung drückte reine Nervosität aus.

„Lucan, welche Sorte?“, wiederholte ich und stupste ihn an.

Da erst senkte er den Blick und antwortete scheinbar wahllos: „Schokolade.“

Also reichte uns die Verkäuferin besagte Sorten und verlangte 5 Dollar dafür, doch kaum hatte ich meine Aufmerksamkeit der Verkäuferin geschenkt, wandte er sich wieder ab. Was war denn bloß mit ihm los? Irritiert beobachtete ich, wie seine Augen die Decke, die Eingänge der Mall und dann die Umgebung scannten.

„Fünf Dollar bitte!“, verlangte die rothaarige Frau nachdrücklicher, und weil Lucan sie nicht einmal zu hören schien, griff ich kurzerhand in meinen Geldbeutel und bezahlte selbst.

„Ist alles in Ordnung? Wonach suchst du?“, fragte ich Lucan, als wir uns einige Schritte entfernt hatten und ich ihm sein Eis in die Hand drückte.

Er nahm es entgegen, machte aber keine Anstalten, davon zu probieren, sondern betrachtete es mit zusammengezogenen Brauen, als wollte es ihm etwas Böses.

„Ja, ich … alles in Ordnung", sagte er und schenkte mir, trotz deutlicher Anspannung, ein schwaches Lächeln. Ich nahm es hin, denn irgendetwas sagte mir, dass ich es nicht aus ihm herausbekommen würde, wenn ich ihn noch einmal fragte – was auch immer es war.

„Wie viel schulde ich dir?", wollte er nach kurzem Schweigen wissen. Noch immer hatte er nicht von dem Eis probiert, obwohl es bereits zu tropfen begann, und wenn ich mir sein Gesicht so ansah, schien er auch gar keinen Appetit darauf zu haben.

Ich machte eine wegwerfende Handbewegung und schleckte an meinem eigenen.

„Gar nichts, das geht auf mich. Gehen wir weiter?"

Nickend folgte er mir, und als er schließlich doch von seinem Eis kostete, war ich mir sicher, dass er es nur tat, weil ich es bezahlt hatte. Wenn ich allerdings geglaubt hatte, dass es mit seinem sonderbaren Verhalten vorbei war, dann belehrte mich sein nervöser Rundblick eines Besseren. Ich glaube, er merkte gar nicht, dass ich es mitbekam, aber er sondierte die Umgebung so aufmerksam, als wäre er ein gesuchter Verbrecher. Glaubte er etwa, dass er verfolgt würde oder war es ihm peinlich, mit mir gesehen zu werden?

Nein, das war Blödsinn, denn wenn es so wäre, würde er mich nicht jeden Morgen zur Schule fahren. Nur, wo lag dann sein Problem?

Wir schlenderten eine Weile herum, arbeiteten uns vom Erdgeschoss in die dritte Etage hoch und blieben schließlich vor einem Unterwäschegeschäft stehen.

„Gut, ich würde sagen, wir treffen uns in einer halben Stunde wieder, sagen wir … am Eiscafé? Dann kannst du in Ruhe nach deiner Hose schauen, und ich gehe … da hinein", sagte ich und deutete auf die Boutique hinter mir.

„Du willst, dass wir uns trennen?", fragte er bestürzt.

„Naja, das ist ein Unterwäschegeschäft und da möchte ich dich nur ungern dabeihaben", sagte ich, amüsiert über seinen betroffenen Gesichtsausdruck.

Leider ging er aber überhaupt nicht auf meinen neckenden Ton ein und schaute stattdessen nachdenklich und mit zusammengeschobenen Brauen zum Geschäftslogo auf. Ich beobachtete ihn dabei und konnte sehen, wie sich sein Ausdruck einer Wandlung unterzog, und als er den Blick wieder senkte, maß er mich mit einem Blick, den man nur als anzüglich bezeichnen konnte.

„Ich habe eine bessere Idee. Was hältst du davon, wenn ich dich begleite?", schlug er vor.

„Haha!", machte ich augenrollend und wollte mich abwenden, doch da hielt er mich zurück.

„Nein, ernsthaft, ich muss dir ja nicht auf Schritt und Tritt folgen. Und solltest du Entscheidungsprobleme haben …"

Sag mal, flirtete er etwa mit mir?

„Wenn du einen Vorwand brauchst, um dich in ein Unterwäschegeschäft zu schleichen, dann sag es einfach und versuche nicht, mich mit deinen Blicken zu bezirzen", sagte ich belustigt. Also ehrlich, noch plumper ging es ja wohl nicht!

„Glaub mir, ich brauche keinen Vorwand, aber ich hatte bisher auch noch keinen Anreiz …"

„Auf Wiedersehen, Lucan!", fiel ich ihm ins Wort, wobei ich nicht wusste, ob ich ihn ernst nehmen oder belächeln sollte. Er benahm sich höchst eigenartig und nun versuchte er auch noch, mich zu umgarnen, damit er mit mir kommen konnte? Warum? Oder machte er sich etwa über mich lustig? Natürlich gab es da noch eine andere Möglichkeit, nämlich, dass er mich begleiten wollte, weil er Interesse an mir hatte, aber der Gedanke war töricht.

„Letzte Chance", sagte er, und die Art und Weise, mit der er mich betrachtete, reichte beinahe aus, um mich kapitulieren zu lassen. Aber eben nur beinahe, denn ich begriff, dass er wieder versuchte, mich zu manipulieren.

„Du sagst es. Das ist deine letzte Chance, zu verschwinden … bevor ich die Security rufe!", drohte ich ihm in gespielter Strenge an.

Lachend gab er nach und drehte sich mit erhobenen Händen um, doch kaum war sein Gesicht halb abgewandt, verwandelte es sich in eine bitterernste Miene, die mir eine
Gänsehaut verursachte.

Gott, was hatte er nur?

Mit einem beklommenen Gefühl betrat ich das Geschäft und stöberte nach neuer Unterwäsche, war dabei aber mehr als abgelenkt. Einerseits kribbelte mein ganzer Körper von seinen anzüglichen Blicken, andererseits brachte mich sein Verhalten zum Nachdenken.

Ich hatte es auf der Hinfahrt unserer jüngsten Auseinandersetzung zugeschrieben, denn im Auto war er zwar freundlich, aber auch nachdenklich gewesen, doch nun, da er diesen beängstigenden Ausdruck in den Augen hatte, fürchtete ich, dass er wieder in alte Muster verfiel. Wenn ich mich nämlich recht erinnerte, hatte er sich am Tag an der Haltestelle identisch verhalten. Und war es am See nicht ähnlich gewesen?

Als würde er sich ständig Sorgen um mich machen, als würde er spüren … nein, der Gedanke war vollkommen aberwitzig, entschied ich und stellte mich an die Kasse, um zu bezahlen. Als Nächstes schaute ich im neuen

Second Hand-Geschäft vorbei, in dem Anna und ich vorletzte Woche ihr Kleid gekauft hatten.

Passenderweise gab es eine Kostümabteilung, in der sie ein elfenhaftes, himmelblaues Kleid gefunden hatte. In einem Discounter hatten wir dann Stoffflügel ergattert, die wir für den Ball noch aufwerten würden, doch heute war ich auf der Suche nach einfachen Shirts und peilte deshalb den hinteren Bereich an, der mit Basic-Sachen zugehangen war. Dass ich hier keine günstigen Artikel finden würde, hätte mir allerdings gleich klar sein sollen, deshalb verließ ich das Geschäft nach wenigen Minuten wieder und begab mich stattdessen in eines, in dem mit erschwinglicheren Preisen gehandelt wurde.

Für den Wert eines Shirts im Second Hand-Geschäft bekam ich hier nämlich eine ganze Hand voll, und weil ich so ein gutes Geschäft gemacht hatte, deckte ich mich auch gleich mit neuen Socken ein, an denen es mir im Moment mangelte. Geduldig stellte ich mich schließlich an die Kasse, wobei noch drei weitere Kunden vor mir warteten, und begutachtete gerade ein Schminkset, als ich ein leichtes Beben verspürte.

Es war nur eine minimale Erschütterung, die von der Decke zu kommen schien und kleine Staubkörner auf mich herab rieseln ließ, doch so schnell, wie es gekommen war, war es auch schon wieder vorbei, und ich schaute ratlos nach oben. War das gerade wirklich geschehen oder hatte ich mir das Zittern nur eingebildet? Die Menschen um mich herum machten jedenfalls nicht den Eindruck, als hätten sie etwas bemerkt.

Als mir jemand auf die Schulter tippte, fuhr ich erschrocken herum und blickte in das Gesicht einer älteren Frau.

„Wollen Sie zahlen oder noch länger Löcher in die Luft starren?“, fragte sie barsch. Ungerührt von ihrem kalten

Blick, denn dazu war ich viel zu erschrocken, schaute ich noch einmal zur Decke auf, die jedoch keine Anzeichen von Rissen oder anderen Mängeln aufwies. Vielleicht hatte ich heute zu wenig getrunken, überlegte ich und drehte mich wieder um, als Lucan plötzlich vor mir stand. Wie aus heiterem Himmel schien er aufgetaucht zu sein, weshalb ich erschrocken aufjapste und mir neugierige Blicke einhandelte.

„Gott, Lucan!", sagte ich, doch er hielt sich nicht mit einer Entschuldigung auf.

Mit einem hektischen *Wir müssen gehen* nahm er mir die Sachen aus der Hand und legte sie auf den Verkaufstresen, und bevor ich überhaupt den Mund aufmachen konnte, hatte er schon seine Brieftasche gezückt und zahlte für mich.

„Was machst du denn da?", wollte ich entgeistert wissen und kam zu ihm, doch da ließ er sich die Sachen auch schon einpacken und nahm die Tüte entgegen.

„Wir müssen gehen – sofort", sagte er und packte mich am Arm.

„Was? Aber …"

Er zog mich zur Rolltreppe, drückte mir die Einkaufstüte in die Hand und schaute finster zum Glasdach auf, während uns das Zugband nach unten beförderte.

„Lucan, kannst du mir bitte verraten, was mit dir los ist? Du benimmst dich ja schon den ganzen Tag über merkwürdig, aber …

„Wir hätten niemals herkommen sollen", murmelte er, ohne mir überhaupt zugehört zu haben, und mit unruhig umherwandernden Blicken.

„Sag mal, hörst du mir überhaupt zu?", fragte ich fassungslos und zwang ihn, mich anzusehen. Wir liefen mittlerweile wieder auf festem Boden, doch als ich mich mit verschränkten Armen vor ihn stellte und zum

Stehenbleiben zwang, wich er meinem Blick aus.

„Das kann ich dir nicht sagen, aber du musst unbedingt in meiner Nähe bleiben und …"

„Nein! Du sagst mir auf der Stelle, was hier los ist!", verlangte ich aufgebracht, denn allmählich langte es mir.

„Elena", seufzte er, doch ich schüttelte entschieden den Kopf. Irgendwann stieß jeder an seine Grenzen und meine war soeben erreicht. Dass er sich schon seit unserem Kennenlernen widersprüchlich und seltsam verhielt, damit hatte ich leben können. Damit dass er und Ben offenbar ein Geheimnis teilten, das irgendwie mit mir zu tun hatte, auch, aber sein jetziges Benehmen war zu viel des Guten! Auffordernd betrachtete ich sein Gesicht, doch er machte keine Anstalten, meine Drohung ernst zu nehmen. Wie er wollte!

„Weißt du was? Ich werde einfach alleine nach Hause fahren. Mir reicht es endgültig", verkündete ich und wollte mich abwenden, doch da hielt er mich schon beinahe grob am Arm zurück.

„Das geht nicht, El…" Doch bevor er weitersprechen konnte, ergriffen ihn plötzlich zwei Sicherheitsmänner und drängten ihn von mir fort.

„Hat er Sie belästigt?", fragte der größere der beiden mich. Er war mittleren Alters, hatte einen altmodischen Schnauzbart und einen Bauch, der ihm leicht über den Gürtel hing.

„Äh, nein, er … gehört zu mir", sagte ich irritiert.

„Lassen Sie mich los!", verlangte Lucan, machte aber keine Anstalten, sich zu wehren. Das war besonnen, denn erfahrungsgemäß machte man es nur noch schlimmer, wenn man sich wehrte.

„Stellen Sie sich breitbeinig hin und verschränken Sie die Hände hinter dem Kopf", verlangte der Kleine und stieß mit den Schuhspitzen an die seinen, damit er der

Aufforderung nachkam.

„Ist das Ihr Ernst?", fragte Lucan ungläubig. Er wurde mit dem Rücken zu mir gedreht und abgetastet, was den umstehenden Menschen neugierige Blicke entlockte und sie zum Stehenbleiben bewegte.

„Was soll das? Was hat er denn verbrochen?", wollte ich wissen, hin und her gerissen zwischen Wut und Besorgnis. Einerseits würde ich ihn nur allzu gern sich selbst überlassen und einfach verschwinden, andererseits war ich die Einzige, die ihm jetzt helfen konnte, sollte er in Schwierigkeiten stecken.

„Wir haben ihn schon seit einer Weile im Auge. Er steht im Verdacht, etwas entwendet zu haben", antwortete man mir.

Während Lucan ein abfälliges Schnauben hören ließ, fragte ich: „Wie kommen Sie darauf?"

„Er verhält sich schon auffällig, seitdem er das Center betreten hat, reine Sicherheitsmaßnahme."

„Verstehe, dann kommt er ja alleine zurecht. Wir sehen uns zuhause und hoffentlich hast du dann eine Erklärung für mich", sagte ich an Lucan gewandt.

So schnell, dass die Wachmänner zusammenzuckten, drehte er sich zu mir um und nahm die Arme herunter.

„Tu das nicht. Du musst in meiner Nähe bleiben …", begann er, doch die Männer schienen seine hektische Bewegung als Bedrohung anzusehen, denn prompt versuchten sie, ihn in den Schwitzkasten zu nehmen, was in einem Gerangel endete.

„Hören Sie verdammt noch mal mit diesem Blödsinn auf, ich habe nichts gestohlen!", sagte er aufgebracht, als mehrere Dinge gleichzeitig geschahen. Er schubste den kleineren der beiden von sich, etwas, das ich nie von ihm erwartet hätte, und rief meinen Namen, gleichzeitig vernahm ich ein beunruhigendes Knirschen über mir und nur Lucans Warnung bewahrte mich davor, getroffen zu werden. Ich sprang automatisch zurück, und als eine große Scheibe direkt vor meinen Füßen zerplatzte, hatte ich nicht einmal mehr Zeit, mein Gesicht zu schützen. Eine Frau kreischte, und erst als ich einen scharfen Schnitt an der rechten Wange spürte, schaffte ich es, meine Arme schützend vors Gesicht zu heben. Dann stolperte ich zurück und landete auf dem Hosenboden. Wie Ameisen stoben die Passanten Deckung suchend auseinander, und ich schaute benommen zu Lucan, der versuchte, sich aus den Griffen der Männer zu befreien und zu mir zu gelangen.

Dann erklang ein weiterer Schrei, der mir wahrscheinlich das Leben rettete, denn er veranlasste mich dazu, nach oben zu schauen und eine weitere Scheibe auf mich herabfallen zu sehen. Diese war größer als die andere, maß bestimmt drei Mal drei Meter und kam direkt auf mich zu.

„Elena!“, hörte ich Lucan rufen, doch er wurde erneut in den Würgegriff genommen und weitere Worte erstickt. Doch ich brauchte seine Warnung nicht, denn ich hatte mich bereits aufgerappelt und stolperte zur Seite. In letzter Sekunde, denn die Scheibe kam nur Zentimeter neben mir auf und verursachte ein unglaublich lautes Knallen.

Benommen landete ich auf allen vieren und sah Blut von meiner Kopfwunde auf den Boden tröpfeln. Ich wusste, dass ich irgendwo Schutz suchen sollte, so wie die anderen es taten, doch ich musste unter Schock stehen, denn ich konnte mich keinen Millimeter bewegen. Meine Sicht war tränenverschleiert, mein gesamter Körper von einem heftigen Zittern erfasst und in meinem Kopf drehte sich alles.

Ich hörte das Unglück kommen, bildete mir sogar das

hässliche Quietschen ein, mit dem sich die Scheibe aus der Halterung löste, und sah den Schatten über meinem Kopf größer werden, als sie auf mich zukam - trotzdem konnte ich mich nicht bewegen. Irgendetwas schien mich dort festzuhalten, etwas Böses, und mich am glänzenden Boden der Mall zu fixieren – zumindest bildete ich mir das ein.

In Wahrheit war es wahrscheinlich bloß lähmende Angst, aber was es auch war, es würde mein Leben beenden. Mit der letzten Kraft, die ich aufbringen konnte, drehte ich meinen Kopf zu Lucan und sah, wie er dem Wachmann einen Kinnhaken verpasste.

Er stürzte auf mich zu, und ich wollte ihm zurufen, dass er wegbleiben und Deckung suchen sollte, doch kein Ton kam über meine Lippen. *Was machst du denn da? Die Scheibe wird dich genauso zerquetschen wie mich*, dachte ich kraftlos, dann war er bei mir, hockte sich über mich und legte die Arme schützend um meinen Körper. Einen Augenblick nahm ich alles ganz deutlich wahr. Lucans feste Umarmung, die beinahe schon schmerzte, sein Gesicht, das über mir schwebte, und sein warmer Atem, der mir entgegenschlug. Dann wurde ich wieder in die Echtzeit katapultiert und der laute Knall, der folgte, ließ meine Ohren schmerzhaft klingeln.

Doch etwas stimmte nicht, denn ich lebte noch. Ich konnte atmen und denken, und das bedeutete, dass uns die Scheibe nicht getroffen hatte. Aber wie war das möglich? Sie war doch direkt über uns gewesen!

Plötzlich verschwand der Boden unter meinen Füßen und ich fand mich auf Lucans Armen wieder. Was war passiert? Warum lebten wir noch? An einer nahe stehenden Bank ließ er mich herunter und betrachtete mich besorgt, doch mein Blick war auf die Stelle gerichtet, an der wir eben noch gehockt hatten. Um den Fleck herum lagen mehrere zerbrochene Scherben, als wäre die Glasplatte einfach in der Luft auseinandergebrochen und hätte uns dadurch verfehlt. Unmöglich!

„Elena, sieh mich an!“, verlangte Lucan, und das in einem Ton, in dem ein Rettungshelfer mit einer verwirrten Patientin sprechen würde. War ich das? Ich kam seiner Aufforderung nach und ließ mir forschend in die Augen schauen, doch meine eigenen waren immer noch auf die besagte Stelle gerichtet. Lucan musste mich zur Seite gerückt haben oder ich hatte mir den Schatten nur eingebildet, überlegte ich.

„Ich weiß, dass du unter Schock stehst, aber wir müssen hier sofort verschwinden. Wir können nicht auf die Einsatzkräfte warten, aber ich werde mich zuhause um deine Verletzung kümmern, versprochen“, sagte er und zog mich zum Ausgang. Was für eine Verletzung?, fragte ich mich benommen.

Wir verließen die Mall und trafen vor den Toren auf eine gewaltige Menschenmasse, die sich versammelt hatte und hektisch durcheinander sprach. Ich bildete mir ein, dass mir das laute Stimmengewirr Kopfschmerzen bereitete, vielleicht sorgte aber auch nur das Abnehmen des Adrenalins dafür.

„Ich kann es einfach nicht glauben. Ich kann nicht glauben, dass das gerade passiert ist“, sagte ich und sah zur Außenfassade des Centers auf. Dabei presste ich die Tüte fest an meinen Körper.

„Bitte, Elena, wir müssen gehen“, sagte Lucan, der meine Tasche trug und mich am Arm packen wollte, doch ich wich zurück.

„Gehen? Hast du zufällig mitbekommen, was da drinnen abgelaufen ist?“, rief ich und wusste selbst nicht, warum ich plötzlich so wütend war. Vielleicht war es der Schock oder einfach der Umstand, dass ich das alles nicht verstand.

„Allerdings, ich war dabei. Aber jetzt beruhige dich erst mal“, sagte er sanft und maß mich mit einem Blick, so, als befürchtete er, dass ich jeden Moment austicken würde.

„Beruhigen?!“, wiederholte ich, wobei sich meine Stimme vor Empörung überschlug. „Diese verdammten Scheiben sind auf mich herabgestürzt, als wären wir in *Final Destination,* und du sagst, ich soll mich beruhigen?!“, rief ich. Vielleicht war es sein mitfühlender Blick, aber als hätte sich ein Schalter umgelegt, verflog meine Aufgebrachtheit. Schniefend sackte ich zusammen, und Lucan, dessen Hände in meiner Nähe geblieben waren, fing mich so selbstverständlich auf, als hätte er mit nichts anderem gerechnet.

„Komm, bringen wir dich erst mal nach Hause“, sagte er tröstend und brachte mich zum Wagen. Ich konnte zwar noch laufen – zum Glück, denn nichts wäre klischeehafter gewesen, als mich erneut von ihm tragen zu lassen -, aber ohne seine Hilfe hätte ich es wohl nicht geschafft. Bevor er losfuhr, drehte er die Lüftung auf und sorgte für warme Luft, erst dann drückte er aufs Gas.

Die ganze Zeit über starrte ich schweigend aus dem Fenster, aber was sollte ich auch sagen? Dass meine Worte albern waren, wusste ich selbst, denn so etwas wie vom Tod verfolgt zu werden, war rein rational überhaupt nicht möglich. Und doch waren die Glasscheiben auf mich herabgestürzt, als hätten sie es auf mich abgesehen gehabt, oder? Genau wie das Auto damals zielsicher auf mich zugekommen war.

Ein Zufall? Nur am Rande nahm ich wahr, wie Lucan mir immer wieder besorgte Blicke zuwarf. Ich hätte ihn ermahnen sollen, auf den Verkehr zu achten, doch beunruhigenderweise juckte es mich nicht. Was machte ein weiterer Unfall schon aus?, dachte ich gleichgültig, doch im nächsten Moment erschrak ich vor meinen eigenen Gedanken. Seit wann ließ ich mich denn so gehen? Vielleicht gab es ja für all das eine logische Erklärung.

„Wie geht's dir?", fragte Lucan irgendwann.

Ich hatte meinen Kopf an die Fensterscheibe gelehnt und beobachtete die Wassertropfen, die sich ein Wettrennen in Richtung Boden lieferten, doch bei seiner Frage musste ich schnauben.

„Okay, war 'ne blöde Frage", sagte er einsichtig.

„Möchtest du meine Jacke haben? Du scheinst noch zu frieren", fragte er stattdessen.

Ich sah an mir herab. Tatsächlich, ich zitterte noch, doch das lag sicher nicht an der Temperatur, denn in dem Auto war es heiß wie in einer Sauna.

„Nicht nötig", murmelte ich. Ich hätte ihm ja erklären können, dass sich mein Körper ganz taub anfühlte und ich ohnehin nichts spürte, aber irgendwie fehlte mir die Energie dazu. Alles, was ich wollte, war, in mein Bett zu kriechen und diesen albtraumhaften Tag hinter mir zu lassen.

Irgendwann, ich hatte jegliches Zeitgefühl verloren, parkten wir in der Einfahrt und Lucan öffnete mir die Tür. Meine Beine schienen immer noch mit Wackelpudding gefüllt zu sein, und es machte nicht den Anschein, als würde deren Konsistenz in nächster Zeit fester werden, und weil ich nur ungern über das Grundstück kriechen wollte, ließ ich mir von ihm raushelfen und zum Haus bringen. Dabei ergoss sich der Himmel erbarmungslos über der Erde, als wollte er alle Lebewesen unter der schieren Wassermasse begraben.

Das führte dazu, dass der aufgeweichte Boden tückische Rutschfallen bildete, die nur darauf warteten, von mir betreten zu werden, doch Lucans Hand bewahrte mich vor einem möglichen Sturz und führte mich sicher über das Gelände.

Als wir das Haus betraten, lief uns zufällig Ben über den Weg. Er kam wohl gerade aus der Bibliothek und war auf dem Weg ins Wohnzimmer, doch als er meine Verletzung und mein verweintes Gesicht sah, blieb er wie angewurzelt stehen.

„Was ist passiert?“, fragte er und kam zu uns.

„Ein Unfall“, sagte Lucan, und die Art, wie er das Wort aussprach, schien Ben noch etwas steifer werden zu lassen. Einen Augenblick sahen sich die beiden einfach nur an, so, als würden sie sich stumm verständigen, dann schnaubte Ben fassungslos.

„Warum musst du dir das antun, Lucan? Ich begreife es einfach nicht!“, presste er zwischen den Zähnen hervor.

Verwirrt über Bens plötzliche Wut sah ich vom einen zum anderen. Antun? Redete er etwa von mir?

„Ben, nicht jetzt!“, knurrte Lucan und klang genauso gereizt.

Bevor ich fragen konnte, was das zu bedeuten hatte, rauschte Ben in die Bibliothek zurück und ließ die Tür zufallen. Ich sah ratlos zu Lucan auf, der ihm mit angespannten Kiefern nachschaute. Dann glitt sein Blick zu mir, und er brachte mich ins Bad, um mich unter die Deckenlampe zu stellen und meine Wunde zu betrachten.

„Lass mich das schnell verbinden“, sagte er mit nur mäßig beherrschter Stimme und verfrachtete mich auf den Wannenrand.

„Es ist doch nur eine kleine Schramme“, winkte ich ab, denn ich wollte viel lieber wissen, was Bens Worte zu bedeuten hatten, doch Lucans Blick war nun streng.

„Die sich leicht entzünden und ziemlich hässlich werden kann“, sagte er und entledigte sich seiner pitschnassen Jacke. Ich glaube, es war ihm gar nicht bewusst, aber auf die Art und Weise wie er es tat, hätte er locker für Herrenmode werben können. Zum Vorschein kam ein hautenges Shirt, das ihm durch die Feuchtigkeit fest am Körper klebte, und vielleicht lag es daran, dass ich noch etwas benommen war, aber ich ließ meinen Blick ungeniert über seinen Oberkörper wandern. Lucan schien das nicht zu bemerken oder er übersah es, jedenfalls ließ er sich mit einem Erste-Hilfe-Kasten vor mir in die Hocke und betrachtete meine Wange.

Warmer Atem schlug mir entgegen, und als hätten sie nur darauf gewartet, erhoben sich wieder die Schmetterlinge in meinem Bauch, und ich hielt den Atem an. Zum ersten Mal sah ich, dass seine Augen gar nicht so dunkel waren, wie sie immer wirkten. Im Schein des grellen Lichts leuchtete das Braun geradezu auf und zog mich vollkommen in seinen Bann.

Lucan wollte meine Wunde gerade mit einem befeuchteten Wattepad säubern, doch als er meinen unverfrorenen Blick bemerkte, hielt er inne. Wir sahen uns direkt in die Augen, doch ich hatte das Gefühl, dass er noch viel tiefer und direkt in meine Seele blicken konnte.

Ich war unfähig, wegzuschauen, unfähig, auch nur einen Ton von mir zu geben, und hätte er mich in diesem Moment geküsst, so hätte ich keinen Widerstand geleistet. Doch stattdessen wanderte sein Blick zu meiner Wunde zurück, und ich verspürte einen Stich. Vorbei war der magische Moment, den vermutlich wieder nur ich wahrgenommen hatte.

Aber wenigstens hatte mich unser kurzer Blickkontakt wieder zum Leben erweckt, denn jetzt fühlte ich mich definitiv lebendiger als vorher.

Ohne zu nörgeln ließ ich die brennende Desinfektion über mich ergehen, mied aber seinen Blick, und als er fertig war, schmückte er den Schnitt mit einem Pflaster.

„Schon besser“, sagte er zärtlich, und wieder schlug mir sein warmer Atem entgegen und bescherte mir Herzflattern. Ich brachte ein wackeliges *Danke* heraus und sah ihm dabei zu, wie er sich erhob und den Erste-Hilfe-Kasten wegräumte, dann fragte er:

„Soll ich dir eine Suppe oder etwas anderes machen?“

Seine Sorgfalt war rührend, doch ich winkte ab und stand ebenfalls auf.

„Danke, aber ich glaube nicht, dass ich jetzt etwas runter bekomme. Außerdem muss ich noch eine Menge lernen“, sagte ich.

„Jetzt?“, fragte er ungläubig.

Ich zuckte die Schultern. „Nächste Woche schreiben wir eine wichtige Klausur und die wird wohl kaum verschoben, nur weil ich wieder einmal fast gestorben wäre“, antwortete ich zynisch.

„Elena …“, sagte er mitfühlend, doch ich winkte ab und lief die Treppe hinauf. Er brauchte nichts sagen und vor allem brauchte er mir nicht sein Mitleid aussprechen. Er hatte mir heute das Leben gerettet – schon wieder –, und dafür stand ich für immer in seiner Schuld.

Natürlich konnte ich keinen einzigen Satz behalten, den ich las, und irgendwie hatte ich es auch geahnt. Also starrte ich eine halbe Stunde lang auf meine Unterlagen, als wären sie in Hieroglyphen geschrieben, und immer, wenn ich glaubte, ein Wort erfasst zu haben, löste es sich auf, und meine Gedanken sprangen wieder zu Lucan und zum Einkaufscenter zurück. Verbissen versuchte ich, sein heutiges Verhalten zu analysieren, doch kaum war mir wieder der törichte Gedanke gekommen - er wäre vielleicht nur mitgekommen, weil er etwas geahnt hatte -, verwarf ich ihn wieder.

Der Schock saß mir wohl noch fest in den Gliedern, denn allein nur daran zu denken, zeigte doch, wie fertig ich war. Lucan und hellsehen? Sicher doch, Elena!

Nachdem das Lernen gescheitert war, zog ich mich mit einer Modezeitschrift ins Bett zurück und versuchte, mich mit unwichtigen Dingen wie Schönheitsoperationen der Stars abzulenken. Es gelang nur mäßig, denn auch wenn ihre Stimmen gedämpft waren und ich kein Wort verstand, so hörte ich Lucan und Ben doch vernehmlich im Untergeschoss streiten.

Irgendwann klopfte es an der Tür, und ich sah überrascht auf. Ich hatte nicht damit gerechnet, dass er heute noch heraufkommen würde und mir deshalb schon meine Schlafsachen angezogen. So trug ich anstelle eines Shirts nur einen dünnen Spagettiträger und unten herum eine Hotpants – kein Outfit, in dem er mich unbedingt sehen sollte!

„Hast du eine Minute?“, drang seine gedämpfte Stimme durch die Tür.

„Mir geht’s gut, Lucan, ich brauche keinen Seelenklempner“, versuchte ich, ihn abzuwimmeln.

„Darum geht es auch nicht. Bitte, es ist wichtig“, antwortete er.

Vielleicht war es das *Bitte*, aber ich lenkte ein und ließ ihn herein kommen – nicht aber, ohne mir vorher die Decke bis zu den Schultern zu ziehen. Langsam öffnete er die Tür und kam zum Bett. Er hatte seine Straßensachen ebenfalls ausgewechselt und trug jetzt eine schwarze Jogginghose und ein lockeres, dunkles Shirt. Dabei war seine ohnehin schon lockere Frisur in Mitleidenschaft gezogen worden, denn diese war jetzt noch verstrubbelter als vorher. Zu gern hätte ich mit der Hand durch in sein dichtes Haar gekämmt, doch sein ernster Blick hielt mich davon ab, meine Fantasie weiterzuführen. Man sah ihm seinen Streit mit Ben deutlich an, dennoch bemühte er sich um ein gefasstes Gesicht.

„Was ist los?“, fragte ich wachsam, denn mir kam ein schrecklicher Gedanke. War ich etwa nicht länger als Mieterin erwünscht?

Er nahm meinen Bürostuhl, platzierte ihn vor dem Bett und ließ sich darauf nieder, dann stützte er seine Ellenbogen auf den Knien ab und ließ den Kopf sinken. Das war gar nicht gut, überhaupt nicht!

„Du musst mir jetzt aufmerksam zuhören, Elena“,

begann er und richtete seinen Kopf wieder auf. „Ben will nicht, dass ich dir das anvertraue. Im Grunde genommen ist sogar verboten und gegen alle Regeln, aber ich kann nicht länger schweigen. Ich kann nicht mehr mit ansehen, wie du dich durch Unwissenheit weiter in Gefahr bringst, deshalb …“ Er atmete tief durch, wohingegen ich den Atem anhielt, und sagte:

„Was heute passiert ist, war kein Zufall, genauso wenig wie der Autounfall an der Bushaltestelle.“ Er machte eine Pause, um sicher zu gehen, dass ich jedes Wort verstand, sodass ich mir wie die Patientin einer psychiatrischen Einrichtung vorkam. Sein eindringlicher Blick, die vorgebeugte Haltung - als würde er mir gleich etwas anvertrauen, das nur schwer zu verkraften war.

„Ich weiß, es klingt mehr als verrückt, was ich dir jetzt sage, aber … du wirst vom Tod verfolgt.“

Ein, zwei Sekunden lang schaffte ich es, mich zusammenzureißen, dann prustete ich los.

„Hast du getrunken?“, fragte ich belustigt.

Ich musste noch mehr lachen, als sich seine Kiefer anspannten, denn ich glaubte, dass er versuchte, ernst zu bleiben, doch irgendwann merkte ich, dass hier etwas nicht stimmte. Hätte er nicht schon längst mit einstimmen oder seinen Scherz aufklären müssen?

Stattdessen wartete er geduldig, bis ich mich beruhigt hatte, und sagte noch einmal:

„Ich weiß, das ist im ersten Moment schwer zu begreifen, aber du wirst wirklich vom Tod verfolgt, Elena, und erst wenn er dich bekommen hat, werden diese ganzen Unfälle aufhören.“

Ich schnaubte.

„Ach, komm. Ich habe zwar gesagt, dass ich mich wie in *Final Destination* fühle, aber das war nur ein *Scherz*! Kein Grund, daraus einen schlechten Witz zu machen."

„Das ist kein Witz, und wenn du nur einmal den Unglauben beiseitelegst und dir die Tatsachen vor Augen hältst, dann weißt du selbst, dass das kein Zufall mehr sein kann."

„Lucan. Du verlangst doch nicht ernsthaft, dass ich …"

„Zählen wir doch mal die Fakten auf: Als wir an der Bushaltestelle standen, habe ich die ganze Zeit über auf die Straße gestarrt und dich in letzter Sekunde zur Seite gezogen, richtig? Und ich bin mir ziemlich sicher, dass du dich oft gefragt hast, warum ich gerade an *diesem* Tag dort war und nicht das Auto genommen habe. Nun kennst du den wahren Grund. Als wir am See waren, habe ich dich mit allen Mitteln davon abhalten wollen, ins Wasser zu gehen, und weißt du warum?

Weil du zu weit hinausgeschwommen und von Algen ertränkt worden wärst, und heute im Einkaufscenter habe ich das Glasdach beobachtet, weil ich *wusste*, dass die Scheiben herabstürzen und dich erschlagen würden. Und für all das gibt es einen Grund, Elena: Ich kann deinen Tod sehen und das, seitdem ich dich in der Bar berührt habe. Weißt du, wie ich mich in diesem Moment gefühlt habe? Als ich dich vor dem Sturz bewahren wollte und …

„Hör auf! Das ist nicht lustig, Lucan!", sagte ich, wobei mir das Lachen längst vergangen war.

„Sehe ich etwa so aus, als würde ich das lustig finden?“, fragte er ernst.

Nein, das sah er überhaupt nicht und obwohl sich jede einzelne Gehirnzelle dagegen sträubte, ihm zu glauben, denn logisch betrachtet war das einfach undenkbar, hatte mein Herz ihm doch längst Glauben geschenkt. Welche andere Erklärung könnte es denn sonst für die Ereignisse der letzten Wochen geben? Sein widersprüchliches Verhalten, sein schockiertes Gesicht, bevor er mich losgelassen hatte, und die Worte, dass ich es schon selbst bald einsehen würde.

„Lucan, was du da von mir verlangst, zu glauben, ist, …“

„Ich weiß, Elena, und ich wünschte, ich könnte es dir schonender beibringen, aber das war heute sehr knapp, und ich weiß nicht, wie lange ich dich noch beschützen kann, wenn du weiter unwissend bleibst.“

Ich betrachtete ihn, atmete tief durch und richtete den Blick auf meine Decke.

„Lass es zu“, sagte er eindringlich.

„Leg die Logik ab und lass zu, was du im Inneren schon längst weißt. Es ist real. Was dir passiert, ist real und es ist kein Zufall.“

Ich atmete unregelmäßiger, spürte, wie der Panzer meines Verstandes allmählich bröckelte und einer absoluten Gewissheit Platz machte. Ich war ein rational denkender Mensch, und genau deshalb konnte ich die Wahrheit nicht länger leugnen, egal, wie unglaublich sie auch erschien. Ich wurde vom Tod verfolgt, und Lucan hatte mich gerettet. Tränen liefen mir über die Wangen, und ich versuchte, sie wegzuwischen, doch sie kamen immer wieder nach. Irgendwann schaute ich vorsichtig zu Lucan hinüber und sah, dass seine Augen unglücklich auf die Bettkante gerichtet waren.

„Bist du deshalb immer so traurig? Weil du überall den Tod siehst?“, fragte ich.

Er sah auf und nickte kaum merklich.

„Es gibt leider nicht viel zu lachen, wenn man unaufhörlich von Tod und Leid umgeben ist. Natürlich sind wir das all irgendwie, denn jeden Tag rücken wir unserem eigenen Ende etwas näher, aber ihn bewusst wahrzunehmen, Menschen zu treffen, deren Leben bald ausgehaucht ist … das prägt einen. Genauso wie der Unfall deiner Großeltern dich geprägt hat“, sagte er.

Da hatte er absolut recht, denn ich war nicht mehr dieselbe, die ich noch vor einem halben Jahr gewesen war. Damals war ich unbeschwerter gewesen, hatte mir nie Gedanken über den Tod gemacht und hatte auch definitiv mehr unternommen.

Wie mit Grams zum Beispiel, mit der ich regelmäßig den Stadtgarten besucht hatte, um unsere Pflanzen zu pflegen. Vor Jahren hatte ein reicher Pflanzenfreund nämlich eine Aktion ins Leben gerufen, bei der alle Naturliebhaber ihre eigenen Gewächse anbauen konnten.

Dazu hatte er ein großes Gewächshaus am Rande der Stadt errichtet, stellte freien Boden zur Verfügung, und die monatliche Miete, die man für den Platz seiner Pflanze zahlen musste, wurde Regenwälder-Projekten und anderen Umweltprogrammen gespendet. Weil das eine super Sache war und die Miete gerade einmal 5 Dollar betrug, gab ich sie lieber *dafür* aus, als mir einen teuren Kaffee oder ein unnützes Beautyprodukt zu kaufen. Seit Grams fort war, hatte ich meine angepflanzte Hyazinthe allerdings nicht mehr besucht.

„Was ist geschehen?“, fragte Lucan und riss mich aus meinen Gedanken. Jedem anderen hätte ich die Frage übel genommen, denn ich fand, dass es sich nicht gehörte, einen Hinterbliebenen nach der Todesursache zu fragen. Es hatte dann meistens den Anschein, als wollten die Leute eine besonders tragische oder spannende Geschichte hören, nur um am Ende des Tages nach Hause zu gehen und sich freuen zu können, selbst noch am Leben zu sein. Lucan klang hingegen vielmehr, als wollte er mich dadurch besser verstehen.

„Ich war mit meinen Großeltern in einem Kurort“, begann ich.

„Ursprünglich wollte unsere ganze Familie fahren, doch Dad hatte wieder einmal mit seiner Arbeit zu tun und Mom hätte ein schlechtes Gewissen gehabt, ihn zurückzulassen, während wir uns amüsierten. Also fuhren wir zu dritt und ließen es uns dort so richtig gutgehen. Ich bin ehrlich, ich hatte Kurorte immer mit alten Menschen in Verbindung gebracht, dabei haben wir jungen Leute Entspannungsbäder und Massagen mindestens genauso nötig“, sagte ich lächelnd und erinnerte mich an die wohltuenden Whirlpools zurück. Lucan schmunzelte.

„Grams hat in der letzten Woche ihres Lebens oft vom Tod gesprochen, so, als würde sie etwas ahnen, und wir haben uns nächtelang darüber unterhalten. Mein Grandpa war da eher verschwiegen und wollte nie über sein

Ableben nachdenken – ganz anders als Grams.

Sie hat gesagt, dass es in ihrem Alter überall und jederzeit passieren könnte und ich dann nicht traurig sein sollte, denn sie hätte ein langes und erfülltes Leben gehabt. Sie war auch fest davon überzeugt, dass es einen Himmel gibt und machte sich ständig Sorgen um Grandpas Seelenheil, denn er konnte keinen Tag ohne einen vernünftigen Fluch beginnen. *Noch ein Fluch und Gott wird dir das Tor vor der Nase zuknallen*, hat sie immer geschimpft. Woraufhin Grandpa dann sagte: *Soll er doch machen, dann klettere ich einfach drüber.*" Ich machte eine Pause, weil ich lachen musste, und Lucan schloss sich mit einem warmen Lächeln an, dann fuhr ich fort.

„Schließlich fuhren wir wieder zurück und nur fünf Kilometer vor der Stadt passierte es dann", sagte ich und das Lächeln war wie aus meinem Gesicht gewischt. „Ich werde den Anblick der ordentlich aneinandergereihten Kiefern nie vergessen, die die Straße säumten. Ich hatte es schon immer geliebt, enge Landstraßen zu befahren und die Bäume an mir vorbeiziehen zu sehen.

Mein Fenster war halb heruntergekurbelt, deshalb hörte ich das laute Knacken zuerst. Dann ging alles so schnell, dass Grandpa nicht mehr reagieren konnte. Eben war die Straße noch frei gewesen und schon im nächsten Augenblick lag ein dicker Baumstamm quer darüber. Wir fuhren mit unglaublicher Geschwindigkeit dagegen, und das ist das Letzte, was ich von diesem Tag weiß. Später wachte ich im Krankenhaus auf und erfuhr, dass ich die einzige Überlebende war", schloss ich meine Schilderung.

Wir schwiegen eine ganze Weile, und obwohl Lucans

Blick auf mich gerichtet war, machte es den Anschein, als würde er durch mich hindurch blicken. Ich glaube, er merkte gar nicht, dass er mich anstarrte.

„Warum glaubst du, ist der Baum gefallen?“, fragte ich ihn irgendwann. Er blinzelte überrascht, zweifellos, weil er nicht damit gerechnet hatte, dass ich in nächster Zeit überhaupt etwas sagen würde. Er machte den Mund auf, doch da fuhr ich schon gedankenverloren fort: „Von der Polizei erfuhren wir nämlich, dass die Kiefer kerngesund war und eigentlich nicht hätte umfallen dürfen. Es wurden auch keine Spuren von Parasiten oder Axthieben gefunden. Sie war einfach so umgefallen, und jetzt frage ich mich, warum mich der Tod so verbissen verfolgt? Was habe ich getan, dass ich unbedingt sterben soll?“

„Das ist wohl der schwierigste Teil, mit dem die Betroffenen umgehen müssen, denn es gibt kein *Warum*“, antwortete er.

„Aber es muss doch irgendeinen Grund geben. Immerhin verfolgt er *mich* und niemand anderen.“

Lucan betrachtete mich mitfühlend. „Hör zu, Elena. Es gibt Menschen in aller Welt, die auf wundersame Weise tödliche Krankheiten und Verletzungen überleben, und im Gegenzug dafür sterben unschuldige Menschen in Schießereien oder tragischen Unfällen. Damit wird eine Balance zwischen Leben und Tod gehalten, die jeden Tag aufs Neue ausgeglichen wird. Und dann gibt es Menschen, die das Gleichgewicht aus irgendwelchen Gründen stören und die … beseitigt werden müssen, um es wieder herzustellen“, sagte er vorsichtig.

Mein Hals wurde trocken.

„Und ich *bin* so ein Mensch“, schlussfolgerte ich mit jagendem Puls.

Er antwortete nicht, aber sein Blick sprach Bände.

„Was ist mit dir? Woher … hast du diese Gabe?“, fragte ich und sah zu ihm auf.

Er ließ ein bitteres Schnauben hören. „Ich würde es weniger eine *Gabe* als einen Fluch nennen“, sagte er und starrte finster zu Boden. „Aber um auf deine Frage zu antworten: Ich weiß nicht mehr genau, *wann* es anfing, aber im Alter von fünf Jahren sah ich das erste Mal den Tod. Es war bei meinem Sandkastenfreund Oliver. Wir spielten auf einem Klettergerüst unserer Schule, während die Hofaufsicht die Kinder beobachtete.

Es war kein besonders hohes Gerüst und eigentlich für unser Alter ausgerichtet, doch Oliver und ich waren schon immer sehr wagemutig gewesen. Also kletterten wir auf die Spitze des Gerüstes, was den Aufsichtslehrern natürlich sofort ins Auge fiel. Sie riefen uns runter, doch Oliver und ich lachten nur, erkannten den Ernst der Lage nicht und richteten uns sogar stehend auf. Dabei berührte ich zufällig seine Hand und mein Lachen erstarb. Plötzlich sah ihn am Boden liegen, den Hals in einem unmöglichen Winkel geknickt, und in der nächsten Sekunde war er auch schon abgerutscht und vom Gerüst gestürzt.

Das war das erste Mal, dass ich eine Vision hatte, und im Laufe der Jahre wurden die Zeitabstände größer. Irgendwann konnte ich nicht nur die nächsten Sekunden, sondern auch Minuten und später Stunden voraussagen.“

„Ich verstehe, aber das ist nicht alles, oder?“, fragte

ich, denn sein Tonfall ließ darauf schließen, dass ich die Tragweite seiner Worte noch gar nicht erfasst hatte. Überrascht sah er mich an, offenbar nicht damit rechnend, dass ich überhaupt klar genug denken konnte, um das zu bemerken. Ich war ja selbst erstaunt, wie gefasst ich das Ganze nahm, aber wahrscheinlich hatte ich es einfach noch nicht verinnerlicht.

„Nein, denn es wird nicht von Dauer sein. Irgendwann … wird er dich einholen“, sagte er bekümmert.

Ich nickte, versuchte, die wiederkommenden Tränen zu unterdrücken, und fragte:

„Warum hast du mich dann überhaupt gerettet?“

Sprachlos sah er mich an.

„Ehrlich, das interessiert mich. Wäre es nicht besser gewesen, wenn du mich an der Haltestelle hättest sterben lassen?“ So langsam spürte ich Panik in mir aufsteigen, denn ich begriff, dass ich niemals alt werden und nie Kinder bekommen würde!

„Elena, hörst du dich da eigentlich reden? Wie könnte ich dich sterben lassen und untätig daneben stehen?“ Seine dunklen Augen schimmerten im Schein der Deckenlampe, und obwohl ich kein Recht hatte, Anspruch auf ihn zu erheben, denn mein Leben war bereits verwirkt, machte es mich wütend, dass mir die Chance genommen wurde, ihn besser kennenzulernen. Vielleicht wären wir ja zusammengekommen. Vielleicht wäre er der Prinz gewesen, den ich mir schon so lange herbeiwünschte. Den Tränen nahe starrte ich wieder auf meine Decke.

„Weil es das einzig Vernünftige gewesen wäre. Anstatt mich einzuweihen, hättest du mich einfach sterben lassen sollen, dann müsstest du dich jetzt nicht mit mir herumplagen und ich müsste keine Todesängste leiden", sagte ich aufgebracht. Ich hatte das Gefühl, zu ersticken, und zwang mich, tief einzuatmen.

„Das ist Blödsinn, und das weißt du", sagte er streng. „Du solltest für jeden weiteren Tag dankbar sein. Denn auch wenn es dein letzter sein könnte und es dir sinnlos vorkommt, weiterzumachen, bist du immerhin noch am Leben, und das ist mehr, als andere haben."

„Und was bringt mir das, wenn ich jeden Tag befürchten muss, dass es passiert? Das ist doch kein Leben!", rief ich. Ohne wirklich zu wissen warum, sprang ich vom Bett auf und lief am Fenster auf und ab wie ein Tiger in seinem Käfig. Aber ich musste irgendetwas tun, ich konnte nicht so einfach herumsitzen und über mein baldiges Ende plaudern!

Ich war auch nicht wirklich auf Lucan wütend und anschreien wollte ich ihn schon gar nicht, aber … an irgendjemandem musste ich meinen Frust doch auslassen. Wem konnte ich sonst die Schuld geben, wenn nicht demjenigen, der das alles schon längst hätte beenden können?

Nein, das war nicht richtig, und das wusste ich auch, dachte ich kopfschüttelnd. Aber was sollte ich jetzt machen? Was sollte ich fühlen? Als ich sein betroffenes Gesicht sah, verpuffte meine Wut, und ich sank kraftlos auf den Boden. Sofort war er bei mir, hob mich hoch und setzte meinen schlaffen Körper auf dem Bett ab. Dabei stieg das Schluchzen ohne Vorwarnung in mir auf und ließ meine Schultern beben. Anstatt mich mir selbst zu überlassen, setzte sich Lucan neben mich und hielt mich in den Armen, dabei ließ er mir so viel Zeit, wie ich brauchte. Er wusste es nicht, aber seine Berührung machte alles nur noch schlimmer - hielt sie mir doch vor Augen, was ich niemals würde haben können. Doch so bitter die Berührung seines warmen Körpers auch war, so sehr brauchte ich sie gerade.

„Ich will nicht sterben“, schluchzte ich an seiner Brust.

„Ich weiß, es tut mir so leid“, murmelte er und streichelte meinen Kopf.

Irgendwann legte er mich ins Bett und verließ mit den Worten das Zimmer, ein Glas Wasser holen zu wollen. Ich nickte stumm und wischte mir die Tränen vom Gesicht. Sekunden später knarrten seine Schritte dann auf der Treppe, und er kam wieder ins Zimmer.

„Ich denke, für heute hast du genug erlebt. Du solltest dich jetzt ausruhen und morgen sehen wir weiter“, sagte er und kam mit dem Wasser ans Bett. Dann öffnete er seine rechte Hand und entblößte zwei große Kapseln darin.

„Das sind starke Beruhigungstabletten, sie werden dir helfen, einzuschlafen.“

„Auf keinen Fall! Was, wenn ich an einer Überdosis sterbe und nicht wieder aufwache?“, fragte ich erschrocken.

Seinen Blick konnte man nur als gequält bezeichnen, und ich zweifelte nicht eine Sekunde daran, dass er gerade genauso litt wie ich.

„Elena“, sagte er sanft und legte mir eine Hand auf die Schulter. Die unglaublich wohltuende Wärme, die sie verströmte, ließ mich noch mehr zittern, denn sie machte mir bewusst, wie kalt und leer ich bereits war.

„Jemand, der vom Tod verfolgt wird, stirbt nicht an einer natürlichen Ursache, und das Einschlafen ist so ziemlich die natürlichste Art zu sterben, die es gibt. Es ist also vollkommen ausgeschlossen.“ Seine Stimme war sanft, doch ich hörte, dass es ihn große Anstrengung kostete, sie so klingen zu lassen. Den besinnlichen Tonfall, den ich sonst für selbstverständlich gehalten hatte, schien er im Augenblick nur mit großer Mühe halten zu können, was ein noch viel größeres Loch in meine Brust riss. Er glaubte keine einzige Sekunde lang an meine Rettung, und deshalb fiel es ihm wahrscheinlich auch so schwer, mich anzulügen.

„Versprich es. Versprich mir, dass ich heute Nacht nicht sterben werde“, verlangte ich mit einem verzweifelten Blick. Ich wollte mich im Bett aufrichten, doch er drückte mich sanft zurück und sah mir tief in die Augen.

„Ich verspreche es bei allem, was mir heilig ist, du wirst heute Nacht nicht sterben.“ Damit hielt er mir die Tabletten hin, und ich nahm sie zitternd aus seiner Hand.

Sollte er lügen oder sich irren, würde sein engelhaftes Antlitz das Letzte sein, das ich zu Gesicht bekam, und das war irgendwie tröstend – auch wenn es mein rasendes Herz nicht beruhigen konnte.

Ich warf die Tabletten ein, setzte das Glas an und

schaute ihm ein letztes Mal in die Augen. Traute ich Lucan genug, um mein Leben in seine Hände zu legen? Andererseits hatte er mir nun schon zwei Mal das Leben gerettet, wenn man den Tag am See mitrechnete, sogar drei Mal, und sollte ich die Tabletten *nicht* nehmen, würde ich ohnehin irgendwann einschlafen - ich konnte ja nicht ewig wach bleiben.

Wenn ich also die Wahl zwischen seinem wunderschönen Gesicht und der dunklen Zimmerdecke hatte, die ich als Letztes sehen würde, dann fiel mir die Entscheidung mit einem Mal nicht mehr schwer. Allen Mut zusammenkratzend spülte ich also die Tabletten mit dem Wasser hinunter– jetzt gab es kein Zurück mehr.

Lucan nahm mir das leere Glas ab, und ich ließ mich langsam in das Kissen sinken. Als er jedoch gehen wollte, schoss meine Hand vor und legte sich wie ein Eisenring um seinen Arm.

„Kannst du bei mir bleiben, bis ich eingeschlafen bin?" Eigenartigerweise kam mir die Frage alles andere als lächerlich vor.

Sein Blick wurde weich. „Elena, du wirst nicht sterben …", versprach er.

„Trotzdem, ich will nicht alleine sein, bitte", bat ich, und neue Tränen füllten meine Augen.

Er nickte und breitete fürsorglich die Decke über mir aus.

„Natürlich", sagte er und setzte sich auf die Bettkante.

„Aber ich muss dir nichts vorlesen, oder?", fügte er stichelnd hinzu, um mich zum Lachen zu bringen.

Es funktionierte, wenn auch nur kurz, denn ich wischte mir lachend die Tränen weg und schüttelte den Kopf, und schon nach kurzer Zeit fühlte ich eine bleierne Müdigkeit über mich kommen.

„Meintest du das, als du sagtest, dass du bereits Erfahrungen mit dem Tod hast? Hast du schon viele Menschen so begleitet?“

„Zu viele“, murmelte er, und das waren die letzten Worte, die ich vernahm, bevor mir die Augen zufielen.

# Der Seher
## *** 8 ***

Es war dunkel, als ich die Augen öffnete, dennoch konnte ich sehen, dass Lucan nicht mehr an meiner Seite war. Tief durchatmend lauschte in mich hinein und erlaubte mir einen kurzen Augenblick der Freude, denn er hatte recht behalten - ich lebte noch.

Mein Kopf war wie mit Watte gefüllt und meine Glieder fühlten sich ungewohnt leicht an, trotzdem hörte ich gedämpften Stimmen durch die geschlossene Tür dringen. Mit gespitzten Ohren versuchte ich, etwas zu verstehen, denn es hörte sich so an, als würden sie schon wieder diskutieren – oder immer noch -, aber es war kein Wort herauszuhören.

Also schwang ich mich kurzerhand aus dem Bett und lief zu meiner Tasche, um mein Handy herauszuholen. Ein kurzer Blick auf das Display verriet mir, dass es zwei Uhr morgens war. Die Tabletten hatten demnach zwar schnell gewirkt, aber nicht wirklich lange gehalten. Und nun? Ich glaubte kaum, dass ich ohne Hilfe wieder einschlafen könnte, selbst mit der Gewissheit, *nicht* im Schlaf ersticken zu müssen.

Dafür lastete die Erkenntnis der letzten Stunden einfach zu schwer auf mir. Nein, ich würde Lucan wohl noch einmal bitten müssen, mir die Tabletten zu verabreichen, und da er sowieso noch wach war ...

Kurzentschlossen warf ich mir einen Morgenmantel über und öffnete die Zimmertür, und gerade als ich den Flur betrat, hörte ich ihn sagen: „Wenn du sie kennen würdest, würdest du das nicht von mir verlangen. Sie hat es nicht verdient ..."

Ich hielt inne, schlich leise ins Zimmer zurück und zog die Tür bis auf einen Spalt zu.

„Wenn es danach geht, hat niemand den Tod verdient, Lucan. Und du hast recht, ich kenne sie nicht, und genauso ist es auch gut", unterbrach Ben ihn, wobei ich die beiden ihren deutlichen Stimmen nach in der Küche vermutete.

„Aber warum erzähle ich dir das überhaupt? Du wusstest, was passieren kann, wenn du den Menschen zu nahe kommst. Du wusstest es!" Seine Stimme zitterte vor unterdrückter Wut und dem Bemühen, leise zu sein.

„Ich habe dir doch schon gesagt, dass es keine Absicht war. Ich wollte sie nur vor einem Sturz bewahren, und ehe ich mich versah, hatte ich sie auch schon berührt", erklärte Lucan mit belegter Stimme.

Ben seufzte.

„Es ist passiert, wir können es ohnehin nicht mehr ändern. Trotzdem weißt du, was du jetzt zu tun hast. Verlass unverzüglich die Stadt."

Es wurde totenstill, und ich war mir sicher, dass Lucan zeitgleich mit mir den Atem anhielt, dann sagte er: „Ben, ich habe sie hier einziehen lassen. Wie sieht das denn aus, wenn ich jetzt einfach verschwinde?"

„Das war dein zweiter Fehler", erwiderte der kühl.

„Dein erster war, dass du sie vor dem Auto gerettet hast, dabei weißt du so gut wie ich, dass der schnelle Tod viel barmherziger gewesen wäre. Je länger du sie um dich hast, desto schwerer wird es dir fallen, sie loszulassen. Deshalb musst du die Stadt auch unverzüglich verlassen, am besten schon morgen."

„Ben …", wollte Lucan ihm widersprechen, doch der fuhr unbeirrt fort.

„Zieh es einfach durch, Lucan. Das ist doch nicht das erste Mal, dass du vorübergehend wegziehen musst. Wenn du allerdings nicht endlich lernst, dich zurückzuziehen, wird es wohl auch nicht das letzte Mal gewesen sein!"

Lucan ließ ein bitteres Schnauben hören.

„Mich zurückziehen, abgeschnitten und ohne Freunde leben, so wie du? Ich kann das nicht mehr, Ben. Ich habe schon so oft die Stadt gewechselt, dass ich gar nicht mehr weiß, wo ich überhaupt hingehöre!" Vorwurf und Schmerz dominierten seine Stimme und trafen nicht nur mich mitten ins Herz, denn Bens Tonfall wurde sanft.

„Du gehörst natürlich hierher, und das weißt du, aber so laufen die Dinge nun mal. Ich schlage vor, dass du dich für schulunfähig bescheinigen lässt und für ein oder zwei Wochen wegziehst oder verreist. Du weißt, dass es nicht länger dauern wird, und wenn Elena nicht mehr ist, dann kommst du zurück. Ich werde mich um sie kümmern … bis es zu Ende ist."

Mein Herz fühlte sich an, als würde es jemand in den Händen halten und quetschen - mir wurde schwarz vor Augen. Eine Woche? Ich hatte nicht mal mehr *eine* Woche zu leben?! Die schwarzen Ränder rückten schnell näher und zwangen mich zu einem Tunnelblick, und weil meine Beine immer weicher wurden, ging ich eilig in die Knie.

Ein lautes Schluchzen wollte in mir aufsteigen, doch weil ich fürchtete, Ben und Lucan könnten es hören, presste ich mir die Hände vor den Mund und erstickte es. Die Erkenntnis, dass ich in wahrscheinlich einer Woche nicht mehr atmen würde, war grauenhaft und lähmend, doch ich wollte dem Schmerz noch nicht nachgeben. Ich wollte hören, was sie noch zu sagen hatten, so niederschmetternd es auch sein mochte.

„Denkst du, ich sehe nicht, wie dich das mitnimmt?“, hörte ich Ben auf etwas sagen, das mir entgangen war.

„Wie es dich innerlich zerfrisst? Und glaubst du, ich will dich noch einmal so leiden sehen? Morgen ist Elena verschwunden, Lucan, zu deinem eigenen Besten!“ Damit entfernten sich Bens Schritte, und auch wenn ich Lucan nicht sehen konnte, schien sein Kummer in großen Wellen zu mir hochzuschlagen.

Ich lauschte auf ein Geräusch, doch er schien sich nicht zu bewegen oder zumindest hörte ich ihn nicht. Schließlich zog ich mich leise und mit bebenden Lippen in mein Zimmer zurück und steuerte das Bett an. Der Weg dorthin kam mir mit einem Mal unendlich weit vor, doch irgendwie schaffte ich es, dorthin zu gelangen, mich mit einem erstickten Schrei auf das Kopfkissen zu werfen und bitterlich zu weinen.

Irgendwann hatte mein Körper allerdings kein Wasser mehr, dass er in Form von Tränen hätte hergeben können, und so lag ich mit trockenen, aber brennenden Augen da und versuchte, meinen Herzschlag unter Kontrolle zu bringen – natürlich erfolglos. Aber wie sollte man auch Ruhe finden, wenn man eine so schreckliche Erkenntnis gewonnen hatte?

Ich war erst siebzehn Jahre alt, gottverdammt, ich durfte noch nicht sterben! Und was sollte nur aus Mom und Dad werden? Meine armen Eltern, die vor Kurzem erst Grams und Grandpa verloren hatten und nun auch bald ihre Tochter verlieren würden. Das würden sie nicht verkraften. Und Anna, meine liebste Anna, die einmal gesagt hatte, dass sie in einer Welt ohne mich nicht leben könnte. Oder Großtante Mary, die schon genug Kummer hatte!

Mein erster Impuls war es, Wut zu empfinden. Unsägliche Wut wegen der Ungerechtigkeit und weil Gott keinen Finger rührte, um in mein grauenvolles Schicksal einzugreifen. Doch dann musste ich an die armen Kinder mit ihren unheilbaren Krankheiten denken und dass ich mich glücklich schätzen konnte, überhaupt so alt geworden zu sein. Viele erblickten nicht einmal das Licht der Welt und wenn, dann waren sie schwer geschädigt oder starben frühzeitig am Hungertod. Sollte ich also nicht lieber dankbar sein? Dankbar, dass ich siebzehn Jahre in Gesundheit und Unbeschwertheit hatte leben dürfen? Aber bei Gott, es tat so weh, dass es mir das Herz zerriss.

Zwei Stunden später wurde der Himmel allmählich hell. Es war 5:30 Uhr am Morgen, und mein Koffer lag fertig gepackt auf dem Bett. Natürlich hatte ich kein Auge mehr zubekommen, nachdem ich Lucan und Ben belauscht hatte, dafür hatte ich aber beschlossen, die beiden noch heute zu verlassen. Ben wollte mich ohnehin nicht hier haben und um Lucan die Unannehmlichkeit zu ersparen, mich rauszuwerfen, würde ich einfach freiwillig ausziehen. Dummerweise musste ich aber das Voranschreiten der Zeit abwarten, denn die Busse fuhren erst in einer halben Stunde, und ich wollte ungern im Freien warten.

Als es dann aber soweit war, band ich meine Schuhe zu – ich brauchte drei Anläufe, so sehr zitterten meine Hände - und schlüpfte in meine Jacke. Ich hatte keine Ahnung, was mich draußen erwartete. Vielleicht würde ich in der nächsten Sekunde von einem Baum erschlagen oder erneut von einem Auto angefahren werden, doch ich würde den Teufel tun und meine letzten Tage in diesem Haus verbringen - eingepfercht wie ein ängstliches Kaninchen in seinem Bau. Nein, ich würde mein gesamtes Erspartes vom Konto abheben und in ein Hotel ziehen.

Am Rande der Stadt gab es genügend billige Absteigen, in denen ich hausen konnte. Dann würde ich mit dem nächsten Zug zu meinen Eltern fahren und mein restliches Leben mit ihnen gemeinsam verbringen. Schließlich hatte ich in den letzten zwei Stunden genügend Zeit gehabt, darüber nachzudenken und Ben recht zu geben. Je mehr Zeit Lucan mit mir verbrachte, desto schwerer würde mein Tod für ihn werden. Für mich natürlich nicht, denn ich würde dann nicht mehr da sein, um mich selbst zu betrauern, aber ihm war ich es einfach schuldig.

Er hatte mein Leben um mehrere Wochen verlängert und es mir ermöglicht - wenn ich es denn bis zu ihnen schaffte – mich von meinen Eltern und meiner Freundin zu verabschieden. Ich würde vorher bei Anna vorbeischauen, vielleicht sogar den Tag gemeinsam mit ihr verbringen und dann weiterziehen. Nein, er war mir also absolut nichts mehr schuldig.

Nachdem ich das Bett gemacht und die Unordnung beseitigt hatte, nahm ich meinen Koffer und öffnete leise die Tür. Ich würde Lucan weder wecken noch ihm Lebewohl sagen. Es würde ein gerader Schnitt werden, und bis ihm auffiel, dass ich fort war, würde ich schon über alle Berge sein. Ich würde mich dann am Telefon von ihm verabschieden, in sicherer Entfernung, denn ich hatte Angst, dass ich meine Pläne über Bord werfen und ihm in die Arme fallen würde, wenn er mich zurückhielt.

Die Wahrheit war nämlich, dass ich nicht weg wollte und das nicht nur, weil ich Angst vor dem *Draußen* hatte. Nein, am meisten fürchtete ich mich davor, *ihn* zu verlassen, denn in seiner Nähe – und jetzt wusste ich auch warum - hatte ich mich stets geborgen und sicher gefühlt. Der Koffer war schwer, denn neben meiner Kleidung hatte ich auch einen Großteil meiner Bücher mitgenommen.

Lächerlich, ich weiß, aber vielleicht würde ich ja noch dazu kommen, eines zu lesen, und wenn dem so sein sollte, wollte ich die freie Auswahl haben. Ich hätte es nie für möglich gehalten, dass mein ganzes Leben einmal in einen Koffer passen würde, doch nachdem das Haus meiner Großeltern verkauft worden und ich für ein halbes Jahr zu meinen Eltern gezogen war, hatte ich die meisten meiner Möbel und Wertsachen bei ihnen gelassen.

Nach dem Abschluss – so hatte ich es mir immer vorgenommen - hätte ich meine Einrichtung dann wieder hergeholt und in meiner eigenen Wohnung untergebracht, doch daraus würde ja nun nichts mehr werden. Ich tröstete mich mit dem Gedanken, dass ich mein weiches Bett mit dem eingeritzten Traumfänger und meine Lieblingskommode aus Eichenholz noch einmal wiedersehen würde, und schleppte den Koffer hinunter. Ich schaffte es, ihn lautlos ins Erdgeschoss zu tragen und zur Tür zu schleichen. Als ich diese jedoch öffnen wollte, ließ mich eine Stimme hinter mir zusammenfahren.

„Du verlässt uns schon?"

Es war Ben. Langsam drehte ich mich um und sah ihn mit einer dampfenden Tasse in der Küche stehen. Er hatte dunkle Schatten unter den Augen – kein Wunder, denn er war vor wenigen Stunden noch wach gewesen - und trug einen schwarzen Morgenmantel. Ich fand seine Frage ziemlich heuchlerisch, schließlich konnte er es doch kaum erwarten, mich loszuwerden.

„Ich habe euch gestern Nacht gehört und will euch die Mühe ersparen, mich rauszuschmeißen. Ich gehe freiwillig", sagte ich und war erstaunt, wie fest meine

Stimme klang. Mir war immer noch zum Heulen zumute, und ich glaubte nicht, dass sich daran bis zu meinem Tod irgendetwas ändern würde, aber ich klang nicht danach.

„Ich fürchte, das kann ich nicht zulassen“, sagte er überraschend und stellte die Tasse ab. Als er zu mir kam, beobachtete ich ihn wachsam, was unsinnig war, denn ich hatte absolut nichts mehr zu befürchten. Was konnte er mir schon antun, wenn ich ohnehin bald sterben würde? Diese Erkenntnis ließ mich beinahe hysterisch lachen.

„Wenn Lucan dein leeres Zimmers vorfindet, wird er denken, dass ich dich rausgeschmissen habe, und dann wird er dir nachlaufen und versuchen, dich zurückzuholen. Besser, du verabschiedest dich *hier* von ihm.“ Seine Stimme klang so gewöhnlich, als würde er mir gerade den Weg erklären, während sein Blick ohne jede Regung auf meinem Gesicht ruhte.

Als er merkte, dass ich ihn musterte, sagte er von selbst: „Du musst mich für kalt und herzlos halten, aber glaube mir, dass mein Benehmen nichts mit dir zu tun hat. Ich versuche nur, mich selbst zu schützen, und wenn Lucan schlau wäre, würde er dasselbe tun.“

Ich schluckte schwer, nickte aber einsichtig. Sein Benehmen war verletzend, aber ich konnte Ben verstehen. Wenn er sich mit mir anfreundete, würde ihn mein Tod zusetzen, und das versuchte er durch kühle Distanz zu vermeiden. *Mein Tod.* Nach allem, was ich gestern gehört hatte, kam es mir immer noch unwirklich vor. Das menschliche Gehirn war einfach nicht dafür geschaffen, nicht mehr zu *sein.* Ich glaube, selbst jemand mit einer tödlichen Diagnose konnte sich sein Ende nicht wirklich vorstellen. Genauso wenig wie man sich nur schwer eine unendliche Galaxie ausmalen konnte.

Irgendwo musste doch Schluss sein, es konnte nichts Unendliches geben und auf der anderen Seite konnte man doch schlecht einfach weg sein, oder?

„Dann hast du auch jemanden verloren?“, fragte ich und stellte den Koffer ab. Er würde mich nicht eher gehen lassen, bevor ich Lucan *lebe wohl* gesagt hatte, also brauchte ich mich auch nicht länger mit dem schweren Ding abzumühen.

„Nicht nur eine Person“, bestätigte er und griff wieder nach seiner Tasse.

„Bist du wie Lucan? Kannst du auch den Tod voraussehen?“, fragte ich weiter und überlegte, wie viele Menschen es wohl von ihnen geben mochte. Vielleicht hatte ich jeden Tag mit welchen zu tun gehabt, ohne es zu ahnen.

„Nicht ganz, aber meine Fähigkeiten sind ähnlich.“ Er machte keine Anstalten, näher ins Detail zu gehen, und ich hakte auch nicht weiter nach, was dazu führte, dass wir uns kurze Zeit anschwiegen.

„Auch wenn du es mir vielleicht nicht ansehen magst, aber ich bedauere dein Schicksal sehr, Elena“, beteuerte er mir nach einer Weile.

Er wollte noch mehr sagen, doch da erklang eine verschlafene Stimme vom Gang her.

„Wen bedauerst du?“, fragte Lucan und trat, mit einer lockere Hose und einem Shirt bekleidet, aus seinem Zimmer. Er wurde schlagartig wach, als er mich mit dem Koffer im Eingang stehen sah.

„Auf Wiedersehen“, sagte Ben zu mir und zog sich auf sein Zimmer zurück.

Derweil kam Lucan auf mich zu und fuhr sich übers Gesicht, um wacher zu werden.

„Was ist los, Elena? Wo willst du hin?“, wollte er wissen.

Eigenartigerweise ließ die Frage Tränen in mir aufsteigen. Hatte Ben mir nicht eben die gleiche Frage gestellt? Doch das hatte mich nicht annähernd so zerrissen wie Lucans.

„Ich habe euch gestern Nacht gehört. Ich bin hier nicht länger erwünscht, deshalb gehe ich", sagte ich wackelig und blinzelte die Tränen weg. *Reiß dich gefälligst zusammen und hör auf zu flennen! Das macht es nur noch schlimmer*, rief ich mir zu.

„Elena", sagte er sanft und kam näher. „Niemand will, dass du gehst."

„Ben schon", erwiderte ich.

„Ben ist nur praktisch veranlagt und er ist hier auch nicht der Hausherr. Wenn du bleiben willst, dann tu es einfach", sagte er mit einem aufmunternden Lächeln. Als ich es nicht erwiderte, fragte er: „Möchtest du bleiben?"

Ich presste die Lippen zusammen und schüttelte den Kopf, doch es hätte ehrlicher ausgesehen, wenn ich nicht in diesem Moment in Tränen ausgebrochen wäre. Wie ein Wolkenbruch ergossen sie sich über meine Wangen, und aus meiner Kehle drang ein lautes Schluchzen. *Nicht jetzt!*, dachte ich verzweifelt, während ich gleichzeitig zu wanken begann. Ich hatte mit meinem Zusammenbruch doch warten wollen, bis ich allein war! Ich schlug nie auf dem Boden auf, denn Lucan machte einen Satz nach vorn und fing mich wie selbstverständlich auf – schon wieder.

„So sieht es aber nicht aus", meinte er und wollte mich in seine Arme heben, doch ich befreite mich daraus und wich zurück, als wäre er der Tod persönlich. Ich durfte nicht zulassen, dass er mich berührte, denn wenn ich es tat, lief ich Gefahr, mich wie ein ausgehungerter Blutegel an seinen Körper zu klammern und ihn nie wieder loszulassen. Dabei war der Verlust seiner Wärme schon qualvoll genug, genauso wie das Gefühl, in seinen Armen geborgen zu sein.

„Warum tust du das, Lucan? Warum kannst du mich nicht einfach gehen lassen? Du kannst nichts für mich tun!", sagte ich schniefend und wütend zugleich. Merkte er denn nicht, dass es so nur noch schwerer für mich war? Glaubte er etwa, mir damit zu irgendwie zu helfen? Seine Berührung hatte nichts, absolut nichts Tröstendes an sich. Im Gegenteil, sie hielt mir nur vor Augen, was ich schon bald nie wieder würde fühlen können.

Und doch benahm er sich, als würde es in irgendeiner Form Hoffnung für mich geben, als würde ich nicht in einer Woche vor mich hin modern!

„Du irrst dich, ich kann etwas für dich tun … nämlich deinen Tod hinauszögern." Er machte eine Pause, als erwartete er Freudensprünge, doch ich starrte ihn nur an.

„Wenn du mich lässt, würde ich es dir gerne erklären, denn es gibt da einiges, das du noch nicht verstehst. Danach kannst du immer noch gehen, wenn du willst. Es dauert nicht lange, aber ich bin sicher, dass du es hören willst."

In einer einladenden Geste deutete er auf das Sofa im Wohnzimmer, und nachdem ich etliche Sekunden gezögert hatte, folgte ich seiner Geste. Ich wusste, dass ich besser gehen, einen geraden Schnitt machen sollte, doch ich verlor den inneren Kampf und setzte mich.

Anstatt sofort anzufangen, schaltete Lucan aber erst einmal den Fernseher aus, auf dessen Bildschirm eine Nachrichtensendung über den gestrigen Unfall im Einkaufscenter flackerte. Nachvollziehen konnte man es nicht, wie die Glasplatten aus den Verankerungen hatten rutschen können, denn diese wiesen Untersuchungen zufolge keinerlei Schäden auf, und es war auch niemand ernsthaft verletzt worden. Ein Glück, denn es wäre irgendwie meine Schuld gewesen, wenn jemandem etwas passiert wäre.

Anschließend lief Lucan in die Küche und setzte

Wasser auf.

„Hast du überhaupt schon etwas gegessen?", fragte er dabei.

Schnaubend erwiderte ich: „Ist das noch wichtig?" Es war nicht richtig, so schroff zu sein, das wusste ich, aber es machte mich sauer, dass er unseren Abschied hinauszögerte und dass ich mich - schwach wie ich war - nicht von ihm trennen konnte.

Sein Blick wurde traurig, sodass ich meine Worte am liebsten zurückgenommen hätte, doch er überging sie und fragte stattdessen: „Wo willst du überhaupt hin?" Ich sah, wie er meine Lieblings-Cornflakes in eine Schüssel füllte und mit Milch übergoss, und spürte meine Mundwinkel zucken. Was für eine charmante Henkersmahlzeit.

„Ich gehe zu meinen Eltern und verbringe die restliche Zeit mit ihnen", antwortete ich, als er wieder ins Wohnzimmer kam. Mit unergründlicher Miene reichte er mir die Schüssel und nahm gegenüber Platz.

„Bitte iss etwas", bat er und führte sich selbst einen Löffel zum Mund. Es sah nicht so aus, als hätte er wirklich Appetit, womit es ihm genauso erging wie mir, doch ich sah auch ein, dass ein Frühstück notwendig war. Mit leerem Magen würde ich nämlich nicht weit kommen, sondern höchstens bewusstlos auf der Straße enden, wo mich dann ein Auto überfahren konnte. Nein, so leicht wollte ich es dem Tod nicht machen! Ob er in diesem Moment im Zimmer stand und mich beobachtete? War er überhaupt materiell, wie in *Rendezvous mit Joe Black,* oder *war* er bloß einfach?

Schweigend aßen wir unsere Cornflakes, wobei Lucan mich konzentriert beobachtete. Es war fast, als zählte er die Löffel, die ich lustlos in mich hineinschob, und als ich seiner Meinung nach genug gegessen hatte, fragte er: „Wirst du es deinen Eltern sagen?"

Ich atmete tief durch.

„Nein, ich werde mir etwas ausdenken. Vielleicht, dass die Schule wegen einer defekten Gasleitung oder Pestiziden geschlossen wurde.“ Ich zuckte die Schultern, und obwohl die Situation alles andere als passend war, lachte er, was wunderbar in meinen Ohren klang.

„Und so einen Unsinn sollen sie dir glauben?“

Meine Mundwinkel zuckten.

„Ich war in meiner ganzen Schulzeit nicht einmal krank, aus Angst, auch nur eine Stunde zu verpassen. Wenn es um die Schule geht, glauben sie mir alles“, sagte ich stolz.

Er nickte beruhigt, stellte die Schüssel ab, und ich machte es ihm nach.

„Also, Elena, ich habe dir gesagt, dass ich deinen Tod voraussehen kann, aber das ist nicht alles“, begann er.

„Sprichst du zufällig Latein?“

Ich nahm an, dass die Frage wichtig war, deshalb sagte ich ohne zu zögern: „Etwas.“

Als künftige und sprachbegeisterte Studentin hatte ich mich bereits mit der toten Sprache beschäftigt – nicht zuletzt, weil Latein eines meiner Studienfächer gewesen wäre. Dementsprechend hatte ich auch hin und wieder mit lateinischen Wörtern jongliert.

„Vielleicht weißt du dann auch was mein Name *Lucjan* bedeutet“, fuhr er fort.

Ich forschte in meinem Gedächtnis und riet: „Blendend, leuchtend?“

„Fast, er bedeutet *Licht*“, verbesserte er mich.

„Ich trage meinen Geburtsnamen nicht gerne, denn mit *Licht* assoziiere ich etwas Gutes, wohingegen ich meine Gabe eher als Fluch ansehe. Wie dem auch sei, einige denken, dass Menschen wie Ben und ich so etwas wie Schutzengel sind, weil wir ein Licht in uns tragen, das andere beschützt.“ Sein Schnauben machte deutlich, wie wenig er davon hielt.

„Einige?“, fragte ich interessiert.

„Gläubige, Menschen, die sich mit dem Tod beschäftigen, oder auch Fanatiker. Es gibt unzählige Gruppierungen und Sekten, die sich mit dem Ableben beschäftigen und an diesen Unsinn glauben“, erläuterte er.

„Und du glaubst nicht daran?“, fragte ich verwundert. Das war schwer nachzuvollziehen, nach allem was er mir gestern anvertraut hatte.

„An Engel? Nein. Ich glaube nicht einmal an Gott oder an den Teufel.“

Jetzt war ich wirklich verblüfft.

„Aber … an irgendetwas musst du doch glauben, bei deiner Fähigkeit. Was denkst du, wer mir sonst nach dem Leben trachtet?“, fragte ich und nestelte befangen am Reißverschluss meiner Jacke herum.

Wieder lachte er, diesmal traurig.

„Der Teufel ist sicher nicht hinter dir her, Elena, und wenn es ihn wirklich geben würde, dann würde er sich zuerst die Mörder und Vergewaltiger vorknöpfen. Sicher keine Schülerin, deren einziges Verbrechen darin besteht, einmal ihre Schulunterlagen vergessen zu haben.“

„Du kennst mich doch überhaupt nicht. Vielleicht habe ich es ja verdient“, sagte ich und wusste selbst nicht, warum meine Stimme so herausfordernd klang.

„Stimmt, ich kenne dich vielleicht noch nicht lange, aber ich habe in den letzten Wochen genug gesehen, um dir eines versichern zu können: Du bist eine reine Seele, Elena, aufopferungsvoll, begehrenswert, unschuldig und vor allem gut. Glaub mir, du bist die Letzte, die den Tod verdient hat.“

Seine Worte ließen Hitze in mir aufsteigen, denn ich hatte noch keinen Jungen getroffen, der sich so offen und reif ausdrückte. Die meisten trauten sich ja noch nicht einmal, ein Kompliment zu machen, und er ließ gleich eine ganze Palette an Worten hören, die ich niemals mit mir in Verbindung gebracht hätte. Wobei … unschuldig war ich tatsächlich.

„Wenn es danach geht, haben wohl die wenigsten den Tod verdient", wiederholte ich Bens Worte und starrte auf meine Hände. Irgendwie konnte ich Lucan nach den Komplimenten nicht mehr in die Augen sehen, was schade war, denn ich sollte seinen Anblick so lange genießen wie ich konnte.

„Soll das bedeuten, dass du einfach aufgeben willst?", fragte er, und sein strenger Ton ließ mich aufblicken.

„Natürlich nicht, aber wenn du keine übernatürlichen Kräfte hast, dann glaube ich kaum, dass du mir helfen kannst", gab ich zurück und meinte jedes Wort ernst. Wie schön wäre es doch, wenn er magische Kräfte hätte, mit denen er mich von meinem Fluch befreien könnte.

Er betrachtete mich mit seinen dunklen Augen, und gerade als mir das Schweigen zu drückend wurde, sagte er: „Nein, die habe ich leider nicht, aber im Grunde ist es dasselbe wie mit den Hellsehern und Wunderheilern. Nur die wenigsten glauben, dass sie übernatürliche Fähigkeiten besitzen, und trotzdem bringen sie erstaunliche Dinge zustande. Ich war mal bei einem Hellseher, der mir Wort für Wort meine Gedanken wiedergeben konnte. Da war weder Magie noch sonst irgendein Hokuspokus im Spiel, aber es war genauso wenig ein Trick. Der Mann konnte wirklich sehen, was ich dachte. Ob er es aber nun an meiner Körpersprache oder meinen Augen ablesen konnte, spielt dabei keine Rolle. Tatsache war, dass er es konnte, und genauso ist es bei mir."

Ich dachte über seine Worte nach.

„Dann glaubst du also wirklich nicht an Magie, sondern dass es eher so etwas wie ein siebter Sinn ist?"

Er hob die Schultern.

„Ich weiß nicht, *was* es ist, nur dass es nichts Übernatürliches ist. Manche Menschen werden mit außergewöhnlicher Intelligenz geboren, so wie Einstein oder Aristoteles, und andere haben eben mentale Fähigkeiten. Beides ist wissenschaftlich nicht erklärbar, aber nur, weil es so ist, heißt das nicht, dass es übersinnlich ist."

Seine Worte waren alles andere als tröstlich für mich, denn sie bedeuteten, dass am Ende meines Weges kein Himmel auf mich wartete, zu dem ich aufsteigen würde.

„Wenn du also nicht daran glaubst und auch nicht an den Himmel und die Hölle, was denkst du, wo ich dann hinkommen werde?", fragte ich mit belegter Stimme. Meine Zunge fühlte sich mit einem Mal bleischwer an, und ich begriff, dass mir seine Antwort enorm wichtig war. Sie würde entscheiden, ob ich meine letzten Tage in Resignation oder in absoluter Panik verbringen würde.

Er schien es mir anzusehen, denn er zögerte eine ganze Weile, bevor er zu dem Schluss kam, dass wohl weder raten noch lügen mich beruhigen würde. Deshalb sagte er wahrheitsgemäß: „Ich weiß es nicht."

„Tja, dann bin ich wieder am Anfang", seufzte ich und ließ mich gegen die Lehne sinken.

„Nicht ganz", sagte Lucan und erhob sich.

Als er mir bedeutete, ihm zu folgen, tat ich es ohne nachzuhaken, doch als er mich zur Bibliothek führte, zögerte ich.

„Bist du sicher, dass wir das dürfen?", fragte ich und blieb unschlüssig davor stehen.

Lucan hatte mir mehr als einmal eingeschärft, die Bibliothek nicht zu betreten, was natürlich gemein gewesen war, denn mich zog es in Büchersäle wie eine Katze in einen Baldriangarten, aber ich hatte mich daran gehalten. Zu wissen, dass ich ihn nun betreten durfte, reichte daher fast aus, um mich meine Todesängste kurzzeitig vergessen zu lassen.

„Das hat lediglich dazu gedient, dich von der Lektüre fernzuhalten, mit der wir uns beschäftigen. Es wäre nämlich schwierig gewesen, dir zu erklären, warum die Bibliothek mit Todeslektüre vollgestopft ist, ohne dass du uns für Psychopathen hältst. Da du jetzt aber eingeweiht bist, ist das Verbot natürlich hinfällig", sagte er und ließ mich vorangehen.

Weder erwartete mich ein zwei Etagen hoher Saal noch ordentlich aneinandergereihte Bücherregale, trotzdem war ich sofort hin und weg. Das große Zimmer barg sechs Regale, zwei davon in anderen Maßen und alle in unterschiedlichen Brauntönen, doch gerade diese zusammengewürfelten Gestelle verliehen der Bibliothek ihren Charme. Wäre ich in einer tadellosen Bücherei gelandet, in der jedes Buch strikt geordnet gewesen wäre, hätte es mich nicht annähernd so begeistert als es die unstrukturierten Fächer und Bücher hier taten.

„Ben ist leider nicht der Ordentlichste und man muss sich ständig durch chaotische Bücherberge wühlen, aber er gibt sich zumindest Mühe", entschuldigte Lucan die Bücherhaufen am Boden und blieb vor dem dunkelbraunen Regal stehen. Es war so sehr mit dicken Wälzern vollgestopft, dass ich mich nicht gewundert hätte, wenn es hinten den Rücken durchgebogen hätte. Mir fiel überwiegend lateinische Literatur ins Auge, als ich meinen Blick über die Bücher wandern ließ, aber auch viele, die sich mit dem Tod und dem Leben danach beschäftigten.

„Das macht nichts, ich finde es toll hier", sagte ich und strich ganz sacht über den Einband eines Buches. Es machte einen sehr alten und zerbrechlichen Eindruck.

„Ben und ich beschäftigen uns schon seit Jahren mit dem Tod, Ben sogar um einiges länger als ich, und wir hatten ausreichend … Gelegenheit, um uns in einem ganz sicher zu sein: In der Nähe von *Sehern*, also Menschen wie ihn und mich, steigert sich die Lebenszeit der Betroffenen um einiges." Er ließ mir ausreichend Zeit, diese Information zu verinnerlichen, und beobachtete jede meiner Gesichtsregungen. Mit *ausreichend Gelegenheit* meinte er dann wohl Menschen, die er und Ben im Laufe ihres Lebens auf dieselbe Weise verloren hatten wie sie auch mich verlieren würden.

„Und was bedeutet *um einiges*? Wie viel Zeit habe ich denn noch?", fragte ich mit jagendem Puls. Am liebsten hätte ich mich vor der Antwort gedrückt, so wie sich viele aus Furcht vor einer Diagnose des Arztes drückten, doch ich musste mutig sein, wollte ich meine Familie und Freunde noch einmal wiedersehen.

„Das hängt von verschiedenen Faktoren ab und ist von Mensch zu Mensch unterschiedlich, aber in meiner Nähe wird es definitiv länger sein, als wenn du auf dich selbst gestellt bist. Du erinnerst dich sicher, dass ich gesagt habe, dass du dich zu mir hingezogen fühlst, und das war absolut nicht überheblich gemeint, auch wenn es dir damals so vorgekommen sein muss. Aber *Betroffene* scheinen es zu spüren, dass da etwas in uns ist, das sie beschützen kann. Man könnte also sagen, dass euer Überlebensinstinkt automatisch Schutz bei unseresgleichen sucht und sich deshalb von uns angezogen fühlt. Aber am Ende ist auch dieser Schutz vergänglich."

„Das reicht mir schon. Wenn du mir garantieren kannst, dass ich mich noch von meinen Freunden und meinen Eltern verabschieden kann, dann ist das mehr als ich mir erhofft hatte“, sagte ich leise, woraufhin er betrübt nickte.

„Apropos Eltern. Wer hat dir diesen außergewöhnlichen Namen gegeben und warum? Wussten deine Eltern, dass du einmal solche Fähigkeiten entwickeln würdest?“, fragte ich.

Bitter verzog er das Gesicht. „Ich bezweifle, dass sie damals überhaupt einen Namen für mich hatten, geschweige denn sich für mich interessierten.“

Als ich ihn nur ratlosen anschaute, erklärte er: „Ich bin adoptiert, habe meine leiblichen Eltern nie kennengelernt. Den Namen habe ich im katholischen Waisenhaus bekommen. Im Alter von drei Jahren kam ich dann zu einer Pflegefamilie und seitdem sind *sie* meine Eltern.“

„Das tut mir leid“, sagte ich aufrichtig und erntete ein dankbares Nicken. „Warum wohnen sie in einem anderen Bundestaat?“, erkundigte ich mich.

„Das hängt mit meiner … Fähigkeit zusammen. Zwei Jahre, nachdem sie mich adoptiert hatten, hatte ich das erste Mal eine Vision - wobei es eigentlich keine Visionen, sondern vielmehr Vorahnungen sind – und von da an hat sich mein Leben grundlegend verändert. Ich konnte die Menschen nicht mehr so einfach berühren, aus Angst, ihren Tod vorauszusehen, und so zog ich mich die ersten Jahre komplett zurück. Meine Eltern dachten, dass Mobbing der Grund für mein Benehmen wäre, also zogen wir um, doch an der nächsten Schule war es dasselbe: Ich bekam Schweißausbrüche, wenn mir jemand die Hand geben wollte, weigerte mich, im Sportunterricht Spiele mit zu viel Körperkontakt mitzumachen, und zog mich stattdessen hinter Bücherberge zurück.

Verzweifelt wie sie waren, schickten sie mich schließlich zum Psychiater, doch dem vertraute ich natürlich nichts an, aus Angst, er würde mich in eine Anstalt stecken. Meine Eltern versuchten zwar, Verständnis für mich aufzubringen und liebten mich weiterhin, aber mein Verhalten belastete sie und deshalb zog ich in einen anderen Bundesstaat. Über die Entfernung kommen wir weitaus besser miteinander klar und in meinen Ferien besuche ich sie meistens."

Er hatte also ebenfalls einen Psychiater gehabt. Obwohl ich deswegen Mitleid mit ihm empfand, fühlte ich mich gleichzeitig auf eine Weise mit ihm verbunden, die mich glücklich machte, denn nie hätte ich es für möglich gehalten, dass Lucan und ich so etwas gemeinsam haben könnten.

„Mit sechzehn Jahren zog ich dann einen Schlussstrich und akzeptierte mein Schicksal. Ich lernte, damit umzugehen, zwang mich, wieder unter Leute zu gehen, und entwickelte eine Strategie, mit der es sich leben ließ." Er machte eine Pause, um von seinem Glas zu trinken, und sagte dann: „Ich berühre alle Menschen, mit denen ich Kontakt habe, seien es Mitschüler, Nachbarn oder Bekannte, und prüfe, ob sie vom Tod verfolgt werden, und wenn dem nicht so ist, dann freunde ich mit ihnen an oder halte den Kontakt. Ich weiß, das kling makaber, aber nur so lässt es sich leben."

„Dann könnte man also sagen, mit dir befreundet zu sein, ist wie ein Gütesiegel?", scherzte ich.

Er zog die Brauen hoch, unentschlossen, ob er das amüsant oder unangebracht finden sollte, und schüttelte dann lächelnd den Kopf „So in etwa, ja, aber das bedeutet nur, dass man im *Moment* nicht verfolgt wird. Das kann sich nämlich jederzeit ändern. Johnson, Eric, Chloe oder auch Liz, sie alle könnten morgen ebenfalls vom Tod verfolgt werden, und das zu wissen, kann einen an manchen Tagen fertig machen."

„Kann ich mir vorstellen", sagte ich traurig, was ihn schnauben ließ. Ich glaubte nicht, dass er es wirklich böse meinte, deshalb nahm ich ihm seine nächsten Worte auch nicht übel.

„Das glaube ich kaum. Du hast keine Ahnung, wie das für mich war, als ich dich berührt habe, Elena. Da ziehe ich extra in eine Kleinstadt, weil in einer Großstadt die Möglichkeit auf einen Auserwählten zu treffen, so viel höher ist, finde endlich eine Klasse, in der es keinen gibt, führe ein halbes Jahr ein annähernd normales Leben, und dann kommst du und zerstörst alles. Am Anfang war ich unheimlich wütend auf dich. Einmal hatte ich mir sogar gewünscht, dass du bei deinem Autounfall besser ums Leben gekommen wärst ..."

Sein Gesicht war schmerzverzerrt vor Reue, und ich zweifelte nicht einen Augenblick daran, dass ihm die Worte körperliche Schmerzen zufügten. „... aber dann habe ich gesehen, was für ein wundervoller Mensch du bist, und jeden Tag mit mir gerungen. Der eine Teil in mir wollte dich dir selbst überlassen, weil er wusste, dass es so besser für dich wäre, aber der andere konnte dich einfach nicht sterben lassen. Tja, am Ende hat wohl die gute Seite in mir gesiegt ... oder die törichte, wie man es nimmt."

Er richtete seinen Blick zum Fenster, und als er weitersprach, schaute er gedankenverloren in den Garten hinaus. „Seitdem ich Ben kenne, fällt es mir leichter, damit umzugehen, immerhin teilen wir dasselbe Schicksal. Ich wünschte allerdings, ich hätte ihn früher kennengelernt, das hätte mir in meiner Jugend viel Kummer erspart."

„Ben sagte, seine Fähigkeiten seien anders. Inwiefern?", fragte ich.

Er sah wieder zu mir. „Er kann hellsehen und das, ohne jemanden berühren zu müssen. Anders als ich hat er also wirklich *Visionen.*“

„Wow“, machte ich, was mir einen strengen Blick eintrug.

„Sag das bloß nicht in seiner Nähe. Niemand von uns ist stolz auf seine Fähigkeiten, und wenn wir könnten, würden wir sie sofort abgeben. Es ist ein Fluch, vergiss das nicht, und absolut nichts daran ist positiv.“

Ich nickte einsichtig, denn natürlich sah er es so. Trotzdem war es aber ein *Wunder*, dass es so etwas gab, oder nicht? Er hatte natürlich recht, ich konnte nur bedingt nachvollziehen, wie traurig und qualvoll sein bisheriges Leben gewesen sein musste, aber ich wusste auch, wie es war, jemanden zu verlieren, und wenn *ich* Bens oder seine Fähigkeiten besessen hätte, dann hätte ich meine Großeltern vor dem umstürzenden Baum warnen können. Ich sah es also sehr wohl als Gabe an. Doch ich wollte jetzt nicht mit ihm streiten.

„Was ist passiert, bevor du hergekommen bist? Was hast du davor gemacht und wo hast du gelebt?“, wollte ich wissen. Es schwirrten noch so viele Fragen in meinem Kopf herum, und alle wollte ich möglichst heute noch beantwortet haben, doch war er gerade noch so gesprächig gewesen, schien ihm diese Frage überhaupt nicht zu gefallen. Seine Lippen wurden schmal und seine Kiefer pressten sich zusammen.

„Ach, komm schon. Du hast gesagt, dass du mir alles erklären willst, und um zu verstehen, was mit mir passiert, muss ich nun mal alles wissen. Und es ist ja nicht so, dass ich deine Geheimnisse nicht mit ins Grab nehmen werde.“ Noch bevor ich zu Ende gesprochen hatte, bereute ich meine Worte. Ging es vielleicht noch taktloser? Ich konnte ihm gegenüber doch nicht solche

Witze reißen!

„Weißt du, ich habe nicht gerade eine Schwäche für Grabwitze“, bemerkte er ernst.

„Ich weiß, entschuldige“, sagte ich aufrichtig.

„Aber ein bisschen Humor musst du mir schon lassen. Wenn ich nicht darüber lachen kann, dann bleibt mir nur noch zu heulen, und das willst du dir bestimmt nicht antun.“

Als seine Mundwinkel minimal zuckten, atmete ich erleichtert auf. Ich hätte es schrecklich gefunden, wenn er jetzt wütend auf mich gewesen wäre, denn wen hatte ich denn sonst, um mich auszusprechen?

„Ich denke, für heute hast du genug erfahren. Ich mache uns erst einmal ein ordentliches Frühstück, dann gebe ich dir die Tabletten und du schläfst dich aus“, sagte er und stand auf.

„Und was ist mit meinen Eltern?“, fragte ich verwundert.

„In einer Woche sind Ferien, ich schlage vor, du wartest bis dahin ab und fährst dann erst zu ihnen.“

„Wozu?“

Er kam noch einmal zurück und blieb zwischen der Küche und dem Wohnzimmerbereich stehen.

„Versteh mich bitte nicht falsch, aber ich kann hier nicht so einfach weggehen wie du. Wir schreiben in dieser Woche zwei wichtige Klausuren und die darf ich nicht verhauen. Weil du ohne mich aber nicht fahren kannst, müssen wir die Woche leider noch abwarten.“

Ich nickte einsichtig. Natürlich verstand ich ihn nicht falsch, doch das bedeutete nicht, dass seine Worte nicht schmerzten. Für mich hatte es nämlich keine Bedeutung mehr, ob ich weiterhin zur Schule ging oder Klausuren schrieb, Lucan hingegen hatte eine Zukunft. Er würde seinen Abschluss machen, studieren und als

Kunsthändler arbeiten, so wie er es sich vorgenommen hatte und ...

„Moment mal, du willst mit zu meinen Eltern kommen?“, fragte ich und versuchte, einen leichten Ton anzuschlagen, damit er den Unglauben und die Nervosität nicht darin hörte.

„Natürlich, nur so kann ich für deine Sicherheit garantieren.“

„Aa... aber das geht nicht, sie werden denken, dass du ... mein Freund bist“, stotterte ich mit glühenden Wangen, womit mein unbekümmertes Gehabe wohl hinfällig war.

„Noch besser, dann brauchen wir keinen Vorwand, warum ich dich begleite“, sagte er sachlich und ohne meine Scham zu teilen. Offenbar machte ihm die Vorstellung, meinen Freund zu spielen, überhaupt nichts aus. Ich bekam dagegen allein bei dem Gedanken, mit ihm Händchen halten zu müssen, Herzrasen. Und was, wenn meine Eltern zum Beweis einen Kuss erwarteten? Wie würden sie überhaupt reagieren, wenn ich plötzlich mit einem Freund vor der Tür stand? Ich hatte meiner Mutter einmal versprochen, dass sie die Erste wäre, die ich über einen Gefährten informieren würde, weil ich wusste, wie sehr sie sich darauf freute, aber so würde ich praktisch mit der Tür ins Haus fallen.

„Kannst du mir nicht einfach eine Vorhersage für die ganze Woche machen? Ehrlich, ich weiß nicht, wie meine Eltern das aufnehmen ...“

Doch er schüttelte den Kopf. „So funktioniert das leider nicht. Um die Gefahr zu spüren, muss ich in deiner Nähe sein, und meine Vorahnung reicht meistens auch nicht länger als für 24 Stunden. So oder so, ich werde dich begleiten müssen, wenn du länger als einen Tag überleben willst.“

„Verstehe“, sagte ich seufzend. Dann würde ich also mit einem Jungen, für den ich insgeheim schwärmte, ein Paar spielen müssen und das in dem Wissen, dass ich bald sterben und er in ferner Zukunft mit einer anderen glücklich sein würde. Ehrlich, ich wusste nicht, ob ich das schaffen würde.

„Geht's dir gut?“, fragte er, weil mein Gesichtsausdruck Bände sprechen musste.

„Ja“, log ich. „Ich frage mich nur, was ich eine ganze Woche lang machen soll. Lernen und Klausuren schreiben kommt mir nämlich gerade ziemlich albern vor“, sagte ich mit einem hölzernen Lachen.

Wie erwartet teilte er meinen Galgenhumor nicht und sagte stattdessen: „Du solltest in die Schule gehen und dich von deinen Freunden verabschieden.“

# Verdächtigt
## *** 9 ***

Als ich zwei Tage später mit Lucan auf dem Weg zur Schule war, war ich nicht besonders zum Plaudern aufgelegt. Ich hatte es am Montag nicht über mich gebracht, dorthin zu gehen, aus Angst, Anna würde mir etwas anmerken, doch am Abend war mir noch klar geworden, wie absolut töricht meine Entscheidung gewesen war, denn ich hatte einen ganzen Tag für etwas geopfert, das ich sowieso nicht würde ändern können. Natürlich würde Anna merken, dass etwas nicht stimmte, aber deswegen durfte ich doch nicht die kostbare Zweit vergeuden, die uns noch blieb! Ich hatte nur diese *sieben* Tage, sieben Tage, die ich sie noch einmal herumblödeln und lachen sehen konnte, und einer davon war nun für immer dahin.

Die Fahrt verbrachten wir in drückendem Schweigen, was nicht Lucans Schuld war. Er versuchte, mich zum Reden zu animieren, indem er mir bedeutungslose Fragen stellte, wie etwa, welchen Radiosender ich hören wollte oder ob ich noch etwas an Lebensmitteln bräuchte. Wenn ich nicht so angespannt gewesen wäre, hätte ich es ja niedlich von ihm gefunden, doch ich brauchte all meine Konzentration, um die Fassade aufrecht zu erhalten, die ich mir wie Make-up aufgetragen hatte. Sie vermittelte Ruhe und Gelassenheit, wie üblich, wenn ich die Schule betrat, und ich konnte nur hoffen, dass sie mir nicht vor der gesamten Klasse zerlaufen würde.

„Wir sind da“, riss Lucans Stimme mich aus meine Gedanken. Erst jetzt bemerkte ich, dass wir bereits angehalten hatten, und ich sah an ihm vorbei zu den Türmen der Schule. Gestern hatte ich mich mit Kopfschmerzen krank gemeldet, was man mir sofort abgenommen hatte, und auch Anna hatte ich darüber informiert. Wenn ich Glück hatte, würden sie und die anderen also denken, dass ich mich immer noch damit herumplagte, denn mein Gesicht war auffallend blass, wie ich im Autospiegel gesehen hatte. Mit einem dicken Kloß im Hals stieg ich aus, und Lucan tat es mir gleich, und als ich die Straße überquert hatte, blieb ich vor dem beeindruckenden Gebäude stehen.

Als ich vor einigen Wochen das erste Mal die Schule wieder betreten hatte, hatte ich mir vorgenommen, ein neues Leben anzufangen. Ich hatte meinen Durchschnitt halten und mit Bravur bestehen, in der Stadt studieren, mir ein Haus kaufen und mit einem netten Mann alt werden wollen. Doch all das war jetzt bedeutungslos. Also ließ ich meine Träume und Vorhaben los, entband sie von mir, damit sie davonfliegen und von jemand anderem erfüllt werden konnten. Sie waren frei und alles, was ich jetzt noch wollte, war, meine Freunde und meine Lieblingslehrer zu sehen und mich in aller Stille von ihnen zu verabschieden.

Als sich eine warme Hand in meine schob, zuckte ich zusammen und sah verstört zu Lucan auf. So dunkel seine Augen auch waren, aber als sie mich nun ansahen, strahlten sie eine Wärme aus, die sie von innen heraus leuchten ließen. Wahrscheinlich war es nur eine Reflektion, aber ich bildete mir gern ein, dass es seine Anteilnahme war, die in seiner Iris flackerte.

„Du musst das nicht alleine durchstehen, Elena", sagte er und festigte seinen Griff.

„Bist du sicher?", hakte ich nach und sah noch einmal auf unsere verankerten Hände. Wenn wir nämlich in *der* Formation über das Schulgelände spazierten, würden uns alle für ein Paar halten.

„Absolut", sagte er und ließ seine Mundwinkel minimal nach oben wandern. Leider hatte ich aber keinen blassen Schimmer, was *absolut* zu bedeuten hatte. War das nun rein freundschaftlich gemeint oder nicht? Bevor ich meine Gedanken darüber allerdings vertiefen konnte, waren wir schon im Gebäude. Es war nicht so, dass die Schüler ihre Köpfe nach uns wandten oder zu tuscheln begannen, wie man es immer in High School-Filmen sah, aber diejenigen, die uns kannten, sahen zumindest etwas verdutzt aus. Lucan störte das natürlich überhaupt nicht.

Er lief selbstsicher neben mir her, als wäre es das Selbstverständlichste der Welt, doch ich besaß leider nicht so viel Coolness und ließ ihn kurz vor dem Klassenraum los. Der Verlust seiner Berührung war schon fast schmerzhaft, aber ich konnte nicht Hand in Hand in unsere Klasse marschieren. Das hätte in etwa dieselbe Wirkung gehabt als wäre ich splitterfasernackt gegangen, und da ich meine Selbstbeherrschung noch brauchte, wollte ich mich keinen ungläubigen Blicken aussetzen. Lucan sagte nichts dazu, ich glaubte ihn jedoch minimal lächeln zu sehen, als wir den Raum betraten. Offenbar hatten mich die Gedanken an unsere Berührung aber ausreichend abgelenkt, denn kaum erblickte ich Annas Gesicht, brach die Realität mit einem Mal über mich herein.

*Ich werde sterben und ich werde Anna nie wieder sehen!* Ihr glückliches Winken, als sie mich entdeckte, lief wie in Zeitlupe vor mir ab, und kaum hatte ich den Gedanken gefasst, liefen mir auch schon die Tränen.

*Oh Gott, bitte nicht jetzt!*, rief ich mir stumm zu, doch plötzlich gab es kein Halten mehr. Ich versuchte, sie zu verstecken, indem ich mir über die Augen wischte, doch Annas Lächeln hatte sich bereits in ein besorgtes Stirnrunzeln verwandelt.

„Elena?", fragte sie beunruhigt, als ich bei ihr war. Ich machte eine wegwerfende Handbewegung und setzte mich neben sie, wobei ich dem Großteil der Klasse den Rücken zuwandte. Einen Tisch vor uns saß Johnson, der mich verwirrt anschaute, doch ich brachte ihn mit einem strengen Blick dazu, sich wieder umzudrehen – was mir unheimlich leid tat, aber gerade notwendig war. Lucan, der hinter mir gelaufen war, blieb an unserem Tisch stehen und musterte mich besorgt.

„Tut mir leid", sagte ich zu ihm und wischte mir mit dem Handrücken über die Augen.

„Elena, was ist denn los?“, wollte Anna wissen und legte mir eine Hand auf den Arm, doch ich schüttelte nur den Kopf und ließ meine Haare wie einen Schleier vor meine linke Gesichtshälfte fallen, damit die anderen meine Tränen nicht sahen.

„Gar nichts, ich hab nur was im Auge“, behauptete ich und fummelte ein Taschentuch aus meiner Tasche. Sie sah nicht überzeugt aus und warf Lucan einen undefinierbaren Blick zu, ehe er sich an seinen Platz setzte. Glücklicherweise blieb ich ihr aber eine weitere Lüge schuldig, denn unser Lehrer betrat das Klassenzimmer und begann den Unterricht.

„Sagst du mir jetzt, was das vorhin war?“, fragte sie ungeduldig, kaum dass es zur Pause geklingelt hatte. Ich hatte mich soweit zusammengerissen, dass ich nicht mehr weinte, hatte dafür aber Annas Anblick meiden müssen, bei dem mir immer wieder die Tränen hochzukommen drohten. Natürlich war es ihr nicht entgangen, dass ich sie bei der heutigen Partnerarbeit nicht direkt angesehen hatte, und nun fragte ich mich, wie ich allen Ernstes geglaubt haben konnte, das eine ganze Woche durchstehen zu können.

„Nichts, ehrlich“, versicherte ich ihr, als sich zu allem Übel auch noch Chloe und Liz zu uns gesellten.

„Oh. Mein. Gott. Sag mir bitte, dass du nicht wirklich mit Lucan zusammen bist“, verlangte Liz verzückt und hakte sich bei mir unter, als wir auf dem Gang waren.

„Wie bitte?“, fragte Anna verwirrt.

„Sind wir nicht“, versuchte ich in unbeschwertem Ton

zu sagen und hoffte, dass nur ich das Zittern in meiner Stimme bemerkte.

„Und warum betretet ihr dann Händchen haltend das Gelände? Die halbe Schule hat euch gesehen“, sagte Liz und wackelte mit den Augenbrauen.

Ich begegnete Annas Blick, der zwischen Unglaube und Verblüffung wechselte und bildete mir einen Funken Enttäuschung ein, weil sie es erst von Liz erfahren hatte.

„Das war … das hatte nichts zu bedeuten“, versuchte ich, klarzustellen, doch die Blicke der anderen machten deutlich, wie wenig sie mir glaubten. Damit hätte ich allerdings noch umgehen können. Ich war es gewohnt, dass Liz und Chloe mir Dinge unterstellten und in den Mund legten und das meiste war ohnehin nur Spaß, aber womit ich im Moment überhaupt nicht umgehen konnte, war Annas Blick. Ich sah es geradezu hinter ihrer Stirn arbeiten. Sie fragte sich sicher, was heute mit mir los war, ob Liz‘ Vermutung stimmen konnte und wenn ja, warum ich es ihr nicht erzählt hatte, ihrer besten Freundin! Ich konnte das nicht ertragen.

„Wisst ihr … ich glaube, ich gehe wieder nach Hause. Mir geht es überhaupt nicht gut“, verkündete ich und musste die Übelkeit nicht einmal vortäuschen, die mich plötzlich erfasste. Die Mädels blieben stehen und musterten mich besorgt.

„Ach, herrje, hast du dir vielleicht einen Virus eingefangen?“, fragte Liz und betastete meine Stirn.

„Ich weiß nicht, ich … muss wirklich nach Hause“, sagte ich und mied dabei Annas Blick. Sie war auffallend still und musterte mich nachdenklich, und als wäre er die ganze Zeit hinter uns gewesen, tauchte Lucan plötzlich hinter mir auf und erfasste die Situation in wenigen Sekunden.

„Ich glaube, ihr ist schlecht", erklärte Chloe, bevor er etwas sagen konnte.

„Willst du nach Hause?", fragte er mich, und anstelle einer Antwort brachte ich nur ein zaghaftes Nicken zustande.

„Ihr ging es heute Morgen schon nicht gut, aber sie wollte unbedingt zur Schule kommen", sagte er zu meinen Freundinnen. „Könnt ihr sie im Sekretariat krank melden?", fragte er. Chloe und Liz nickten im Chor, doch es war Anna, die sagte: „Ich mach das." Ihr Ton klang dabei aber eine Spur zu fest.

„Danke", sagte er und legte mir einen Arm um die Taille, um mich wegzuführen. Kurz bevor wir am Ende des Gangs um die Ecke bogen, schaute ich noch einmal zurück und sah meine Freundinnen mitten im Gang stehen und uns hinterherschauen. Sie alle hatten den gleichen verwunderten Ausdruck in den Augen, sodass ich mich fragte, wie ich ihnen das je erklären sollte.

„Das war eine blöde Idee, absolut blöd!", stieß ich wütend aus, als wir im Auto saßen.

„Niemand hat erwartet, dass es leicht für dich wird", sagte er verständnisvoll und den Blick auf die Straße gerichtet.

„Aber hast du Annas Gesicht gesehen? Sobald ich wieder in die Schule komme, wird sie mich löchern. Und wie kann ich es ihr auch zu verübeln? Meine Vorstellung war grottenschlecht!", stöhnte ich.

„Elena, du hast die unmögliche Aufgabe, dich von deinen Freundinnen zu verabschieden, ohne es ihnen sagen zu können. In meinen Augen bist du der mutigste Mensch der Welt, und du machst das großartig. Morgen wird es dir sicher leichter fallen."

Ich warf ihm einen Seitenblick zu.

„Ach, wird es das? Wird es wirklich leichter für mich?"

Er musste mir angehört haben, dass ich den Tränen nahe war, doch er musste auf den dichten Verkehr achten, deshalb konnte er mich nicht ansehen und steckte alles Mitgefühl in seine Stimme. „Es gibt Menschen, die finden sich nach einer tödlichen Diagnose sofort mit ihrem Schicksal ab. Andere beenden ihr Leben schon vorher aus Verzweiflung und wieder andere kämpfen bis zur letzten Sekunde. Ich denke, du hast etwas von allem in dir, und wenn du dich gebührend von deinen Freunden verabschiedet hast, dann wirst du es akzeptieren."

Ich nickte kaum merklich, sah aus dem Fenster und ließ den Tränen freien Lauf, die auch dann noch nicht ganz getrocknet waren, als wir bereits zuhause waren. Aber wie sollte ich mich auch jemals gebührend von meinen Freunden verabschieden, wenn ich überhaupt nicht bereit war, sie zu verlassen? Ich wollte nicht sterben und noch viel weniger wollte ich all den wunderbaren Menschen Lebewohl sagen müssen!

„Ich muss wieder zurück, aber Ben ist zuhause und wird für deine Sicherheit sorgen. Frag ihn nach den Tabletten, wenn du schlafen willst", sagte Lucan und beugte sich zu mir herüber. Zuerst dachte ich, er wollte mir den Gurt öffnen, den ich vor lauter Tränen ohnehin kaum sah, doch dann legte er mir eine Hand auf den Hinterkopf, zog mich zu sich heran und drückte mir einen Kuss auf den Haaransatz. Ich war so verblüfft, dass meine Tränen augenblicklich versiegten, doch kaum hatte ich das eben Geschehene begriffen, streckte er auch schon den Arm aus und öffnete die Beifahrertür.

„Wenn du irgendeinen Wunsch für das Abendessen hast, dann schreib mir einfach. Ich fahre nach der Schule einkaufen." Damit schob er mich geradezu aus dem Auto, und kaum hatte ich es verlassen, zog er die Tür zu und fuhr davon - was den Eindruck erweckte, als könnte er gar nicht schnell genug von mir wegkommen. Dabei war ich doch nicht diejenige gewesen, die ihn auf die Haare geküsst hatte! Was sollte das überhaupt? Als hätten sie sich abgesprochen oder als hätte er uns gehört, stand Ben plötzlich in der Tür und nickte mir zu. Er hatte Lucan nicht noch einmal darauf angesprochen, dass er mich hier behalten hatte, oder zumindest nicht in meiner Gegenwart, deshalb nahm ich an, dass er sich damit abgefunden hatte.

„Hey", sagte ich und wischte mir die halb getrockneten Tränen von den Wangen. Ich war viel zu verwundert über Lucans Verabschiedung, um jetzt noch ans Weinen zu denken.

„Kannst du mir die Tabletten geben, ich würde mich gerne hinlegen", bat ich und trat ein.

Anstatt sie sofort zu holen, fragte er jedoch: „Hast du denn schon was gegessen? Die Tabletten sind ziemlich stark und sollten nicht zu oft auf leeren Magen genommen werden.“

Ich starrte ungläubig zu ihm auf.

„Meinst du das ernst? Vorgestern war es dir noch vollkommen egal, ob ich sterbe, und jetzt machst du dir Gedanken darüber, dass ich die Tabletten richtig einnehme?“

„Du irrst dich, es ist mir nicht egal, Elena“, sagte er ruhig und schloss die Tür hinter mir.

„Ich versuche nur, entsprechend damit umzugehen, und wenn Lucan schlau wäre ...“

„Ich weiß, dann würde er dasselbe tun“, beendete ich den Satz für ihn, woraufhin er bedrückt nickte. Ich wollte an ihm vorbeigehen, hielt dann aber inne und drehte mich noch einmal zu ihm um.

„Kann ich dich etwas fragen? Was glaubst du, warum Lucan mir unbedingt helfen will?“

Wenn ich mich recht erinnerte, hatte Lucan zu mir gesagt, dass er endlich glücklich sein wollte, dabei konnte ich mir beim besten Willen nicht vorstellen, was ihn an meinem baldigen Tod beglücken sollte. Sicher hatte er also etwas anderes gemeint.

„Erinnere ich ihn an jemanden? Denkt er vielleicht, er ist mir etwas schuldig?“, fragte ich.

Ben sah mich lange an, ehe er antwortete. Etwas, dass entweder Lucan von ihm oder er von Lucan hatte.

„Wenn es nur das wäre. Nein, ich fürchte, es liegt an etwas viel Schlimmeren ...“, sagte er und wandte sich zum Gehen.

„Schlimmer? Was kann denn noch schlimmer sein?“, fragte ich, doch da war er schon halb die Treppe hinauf.

„Ich hole deine Tabletten, und du solltest etwas essen“, antwortete er knapp und verschwand im Obergeschoss.

Seufzend kam ich seiner Aufforderung nach. Warum mussten die beiden eigentlich immer in Rätseln sprechen?!

Am nächsten Tag ging ich mit neuem Optimismus zur Schule – soweit man denn im Anbetracht seines baldigen Todes überhaupt optimistisch sein konnte. Doch ich hatte mir zumindest vorgenommen, stark zu sein und meine Freunde davon zu überzeugen, dass es mir gut ging – vor allem Anna. Ich wollte nicht, dass sie mich als weinendes Wrack in Erinnerung behielt, denn so war ich nie gewesen – selbst nach dem Tod meiner Großeltern nicht.

Ich hatte um sie getrauert und mich in Selbstmitleid gesuhlt, so wie es Hinterbliebene am Anfang taten, doch am Ende hatte ich mich aufgerappelt und weitergemacht, und genau das würde ich jetzt wieder tun. Natürlich war das nicht wirklich zu vergleichen, denn diesmal ging es um mein eigenes Ableben, aber das schien mein Gehirn noch nicht so recht realisiert zu haben. Ich fühlte mich vielmehr, als bereitete ich mich auf das Eventuelle vor, dabei wusste ich doch ganz genau, dass es nicht nur *vielleicht*, sondern sogar ganz sicher passieren würde. Aber solange das bedeutete, dass ich noch lachen und an etwas Positives denken konnte, wollte ich mir die Hoffnung nicht nehmen.

Jetzt galt es erst einmal, meine Fehler von gestern auszubügeln, und bei Anna würde ich anfangen.

Nachdem ich mich für das gestrige Verhalten entschuldigt hatte, lockte ich sie in der großen Pause auf die Wiese - unseren Lieblingsplatz - und holte eine Kette aus meiner Hosentasche hervor. „Die möchte ich dir schenken", sagte ich und legte sie ihr in die Hand. Es war eine schlichte, silberne Kette mit einem platt gedrückten Herzanhänger, und wie ich es erwartet hatte, sah Anna eher verstört als freudig überrascht aus.

„Elena, das ist die Halskette deiner Grams!", sagte sie empört und wollte sie mir zurückgeben, doch ich schüttelte den Kopf.

„Ich weiß, aber ich möchte, dass du sie bekommst."

Forschend sah sie mir ins Gesicht und schüttelte dann kaum merklich den Kopf.

„Warum? Du liebst diese Kette doch und hast sie seit dem Unfall nicht mehr abgelegt."

„Und das würde ich auch weiterhin nicht, aber seit einigen Wochen bekomme ich davon Ausschlag. Ich habe es schon mit unzähligen Cremes versucht, aber die helfen nicht." Das war absolut gelogen, doch ich hoffte, dass sie diese Lüge schlucken würde.

„Oh, das ist natürlich ärgerlich. Aber dann behalte sie doch wenigstens", sagte sie und ihr Blick wurde weicher.

„Nein, dafür ist sie viel zu schade. Dich hat Grams genauso geliebt wie mich, und es wäre schön, wenn jemand die Kette trägt, den Grams gemocht hat“, erklärte ich.

Nickend strich sie über das Herz und hängte es sich schließlich um.

„Wow, Elena, das ist wirklich … ich weiß gar nicht, was ich sagen soll“, meinte sie und umarmte mich.

„Du brauchst nichts sagen, trage sie einfach in Gedenken an uns“, sagte ich und drückte sie fest an mich.

„An uns?“, fragte sie verwirrt und ließ mich wieder los. Sie lehnte sich zurück und wischte sich eine Träne vom Gesicht, musterte mich dabei aber forschend, sodass ich mir am liebsten auf die Unterlippe gebissen hätte.

„Äh, an *sie* natürlich“, korrigierte ich mich, doch ihr nachdenklicher Blick blieb.

„Was ist das zwischen Lucan und dir?“, wechselte sie schlagartig das Thema.

Ich senkte den Blick auf das giftgrüne Gras.

„Gar nichts, wirklich“, meinte ich, doch wie immer klang ich nur wenig überzeugend. Dabei hatte ich immer geglaubt, eine gute Schauspielerin zu sein.

„Als Liz gestern sagte, dass ihr Händchen haltend durch die Schule gelaufen seid, wollte ich es zuerst gar nicht glauben, aber andere haben es bestätigt. Findest du nicht, dass du deiner besten Freundin eine Erklärung schuldig bist?“

Ohne zu wissen, was ich darauf antworten sollte, öffnete ich den Mund, nur um ihn kurz darauf wieder zu schließen und zu Boden zu schauen. Das schien Anna aber vollkommen falsch zu deuteten, denn sie fragte: „Ist alles in Ordnung zwischen dir und Lucan? Du kommst mir nämlich nicht gerade glücklich in seiner Nähe vor."

Überrascht sah ich auf.

„Was? Nein, ich bin sogar sehr … glücklich", beteuerte ich, doch es kam viel zu hastig, das merkte ich selbst. Ich klang wie ein Opfer, das seinen Peiniger deckte, weil es dessen Zorn fürchtete, und Anna schien das ähnlich zu sehen.

„Es gefällt mir nicht, wie er dich ansieht. Weißt du noch, wie ich mal gesagt habe, dass er etwas Unheimliches ausstrahlt? Seit gestern hat sich dieser Eindruck noch verstärkt. Ich meine, er lässt dich ja überhaupt nicht mehr aus den Augen!"

„Klar macht er das", erwiderte ich, woraufhin sie demonstrativ hinter mich blickte.

Ich folgte ihrem Blick und sah ihn an einem Baum, nicht weit von uns, stehen und an seinem Handy herumspielen. Verdammt! Aber ich konnte ihr schlecht erklären, dass er nun mal in meiner Nähe bleiben *musste*.

„Elena, ich merke doch, dass da etwas nicht stimmt. Man könnte fast meinen, dass du Angst vor Lucan hast, und wir wissen beide, dass du gestern nicht nach Hause gegangen bist, weil du Kopfschmerzen hattest. Das konntest du vielleicht Chloe und Liz verkaufen, aber nicht mir."

„Anna …", begann ich.

„Weißt du, wie das gestern ausgesehen hat, als du in den Klassenraum kamst und in Tränen ausgebrochen bist? Das war wie ein stummer Hilferuf von dir. Bedrängt er dich etwa? Zwingt er dich, irgendwelche Dinge …"

Empört sprang ich auf.

„Gott, Anna! So ist das nicht, was denkst du eigentlich von ihm?!"

„Keine Ahnung, Elena, ich weiß nur, dass du dich gestern für deine Tränen bei ihm entschuldigt hast, als wären wir in einem schlechten Triller gelandet. Da kann doch was nicht stimmen!"

„Du spinnst doch!", sagte ich, doch weniger, weil ich sie beleidigen wollte, sondern vielmehr aus Hilflosigkeit. Sie hatte sich da etwas zusammengesponnen, das absolut daneben war, das ich ihr aber auch nicht verübeln und noch weniger ausreden konnte, ohne mit der Wahrheit rausrücken zu müssen. Wäre ich gestern nicht in Tränen ausgebrochen, dann würde sie Lucan jetzt nicht für einen Psychopathen halten und ich könnte mich so von ihr verabschieden, wie ich es mir vorgenommen hatte. Die Reservierung bei ihrem Lieblingsitaliener konnte ich jetzt wohl absagen, denn Anna sah nicht so aus, als ob man noch vernünftig mit ihr reden könnte. Sie wollte etwas sagen, doch als sich ihr Blick verfinsterte und an mir vorbei ging, wusste ich, wer hinter mich getreten war.

„Gibt es ein Problem?", fragte Lucan und kam hinter meinem Rücken hervor.

„Allerdings, *du* bist das Problem, Lucan! Seit gestern benimmt Elena sich wie ein geprügelter Hund, und du bist ständig in ihrer Nähe, als dürfte sie nirgendwo mehr alleine hingehen. Was soll das werden?"

Er antwortete nicht, sondern betrachtete sie aus ruhigen Augen, so wie er es auch bei mir tat, wenn ich mich aufregte. Bei Anna führte das allerdings zum gegenteiligen Effekt, was daran liegen mochte, dass sie ihn gerade zum Psychopathen erklärt hatte.

„Wenn ich herausfinde, dass du ihr etwas antust, dann bekommst du es mit mir zu tun. Und ich werde es herausfinden, verlass dich drauf!“, drohte sie ihm mit erhobenem Zeigefinger. Eigentlich war Anna ein unheimlich nettes Wesen, aber wenn es um ihre Freunde oder Familie ging, hatte sie einen ausgeprägten Beschützerinstinkt. Wie ich konnte sie dann zur Furie werden, dabei müsste sie doch wissen, dass ich mich nie und nimmer unterdrücken lassen würde. Aber Lucan und ich mussten wirklich das Bild einer Opfer-Täter-Beziehung abgeben. Gott, wie sollte ich nur jemals wieder aus dieser Sache herauskommen?

„Willst du lieber mit mir kommen? Ich wollte mir noch einen Kaffee holen“, fragte Anna an mich gewandt. Es war verstörend, denn während ihre Stimme mit einem Mal ganz sanft war, versuchte sie, Lucan geradezu mit ihren Blicken zu töten.

„Du verstehst das vollkommen falsch, Anna, wirklich“, versuchte ich es noch einmal, doch das nahm sie wohl als *nein*.

„Verstehe“, sagte sie und marschierte davon.

Sie gab mir die Kette nicht zurück oder strafte mich den Rest des Tages mit Schweigen, über solch kindische Gebaren war sie glücklicherweise erhaben, aber man merkte uns die Auseinandersetzung deutlich an – oder zumindest taten es Liz und Chloe, die so gut wie jede Pause mit uns verbrachten.

„Habt ihr von dem Unfall in der Mall gehört? Schrecklich, oder? Stellt euch mal vor, jemand wäre von diesen Platten getroffen worden!“, sagte Chloe in der nächsten Pause, wobei ihr Blick zwischen Anna und mir wechselte. Ihr Versuch, uns in ein Gespräch zu verwickeln, war rührend, doch weder meine beste Freundin noch ich waren zum Plaudern aufgelegt, und so verfolgten wir Chloes Einschätzung mit verhaltenem Interesse.

In der nächsten Stunde sagte man uns, dass der Unterricht ausfalle, was dazu führte, dass wir schon um 12 Uhr Schluss hatten. Normalerweise hätten meine Mädels und ich die gewonnene Zeit genutzt, um ins Café oder zum Shoppen zu gehen, doch stattdessen fuhr ich mit Lucan nach Hause.

„Dann werde ich die Reservierung wohl mal aufheben“, sagte ich, nachdem wir eingestiegen waren, und holte mein Handy heraus.

„Willst du Anna nicht lieber vorher noch mal anrufen?“, fragte Lucan mitfühlend. Ich wusste ja nicht, wie oft er solche Situation schon miterlebt hatte, aber wenn es einen Mensch auf der Welt gab, der mit mir fühlen konnte, dann war es wohl er.

„Zwecklos, sie wird mir erst glauben, wenn ich mit der Wahrheit rausrücke – die sie wahrscheinlich nicht mal glauben würde“, erwiderte ich und ließ das Handy klingeln.

Sein Kopf fuhr zu mir herum.

„Du darfst es ihr nicht sagen, Elena, egal, wie schwer es dir fällt. Das würde das Gleichgewicht stören, und ich habe schon gegen die Regeln verstoßen, indem ich es dir gesagt habe – das darf auf keinen Fall ausarten!“, warnte er mich.

„Ich weiß“, seufzte ich.

„Aber wer hat diese Regeln überhaupt aufgestellt? Kontrolliert das jemand und wenn ja, welche Konsequenzen hätte das?“, fragte ich frustriert.

„Wenn man den Mythen und Legenden glauben will, wurden die Regeln schon einmal gebrochen und das hatte dahingehend Auswirkungen, dass das Gleichgewicht gefährdet wurde und sich die Spielregeln geändert haben. Wenn das wieder passiert, wäre das fatal, denn dann könnte alles, was ich dir erzählt habe, hinfällig werden. Ich kann dich nur deshalb beschützen, weil es Regeln gibt, nach denen das Ganze läuft. Wer sie erfunden hat, wissen weder Ben noch ich, doch sie wurden über die Jahrhunderte überliefert, und es wird einem immer wieder und von den unterschiedlichsten Kulturen eingeschärft, sich daran zu halten.

Ich bin ein großes Risiko eingegangen, indem ich es dir gesagt habe, und diesen Fehler darfst du nicht weiterführen. Es könnte Konsequenzen haben und damit …“

Doch in diesem Moment nahm man am anderen Ende der Leitung ab, und wir unterbrachen unser Gespräch.

Wir nahmen es nicht wieder auf, denn Lucan nutzte die gewonnene Freizeit, um einige Erledigungen zu machen, und setzte mich vor der Haustür ab. Diesmal sah ich, dass er Ben anklingelte, während wir über die Einfahrt rollten, woraufhin dieser dann wie auf Kommando in der Tür erschien. Gott, allmählich fühlte ich mich wie ein Kleinkind, das man nicht unbeaufsichtigt lassen durfte.

Ohne dass wir großartig Konversation hielten, verschwand Ben in seinem Zimmer und ich ließ mich vor den Fernseher nieder. Es war eigenartig, sich nicht zu Hausaufgaben verpflichtet zu fühlen und deshalb auch nichts Sinnvolles zu tun zu haben. Ich hätte ja zu gern Anna angerufen und mich unterhalten, einfach nur, um ihre Stimme zu hören, aber ich kannte sie. Sie würde so lange auf Distanz gehen, bis ich mich ihr anvertraut hatte, und das nahm ich ihr auch gar nicht übel, denn wenn es eines gab, das wir beide nicht ausstehen konnten, dann waren es Lügen innerhalb einer Freundschaft.

Die Zeit zog sich wie zäher Gummi dahin und die Stunden wollten einfach nicht vergehen. Es wurde 14 Uhr, 15 Uhr, dann 16 und 17 Uhr, und Lucan war immer noch nicht zurück. Für eine Sekunde schlich sich der böse Gedanke in meinen Kopf, dass er sich extra Zeit ließ, um mir und meinem lästigen Schicksal einmal zu entfliehen, doch im nächsten Moment schämte ich mich dafür. Lucan tat so viel für mich, dass ich nicht das Recht hatte, ihm so etwas zu unterstellen. Vielleicht tat er aber auch einfach *zu* viel für mich, denn meine Gedankengänge zeigten doch, dass ich gar nicht mehr ohne ihn auskam. Ich war seine Nähe und Fürsorge schon so sehr gewohnt, dass es mich schon paranoid machte, wenn er mich nur vier Stunden allein ließ. Ob das an der Anziehungskraft lag, die er auf Menschen wie mich ausübte oder einfach daran, dass ich nicht mehr ohne ihn konnte?

Ich saß gerade in der Küche und machte mir eine Suppe, als ich voller Überraschung Anna über das Grundstück spazieren sah. Ich musste sogar zwei Mal hingucken, so erstaunt war ich über ihren unangekündigten Besuch.

Ohne der Herdplatte noch eines Blickes zu würdigen, eilte ich zur Haustür und riss sie auf.

„Anna, was machst du denn hier?", fragte ich erstaunt. Sie war in ihren knallroten Lieblingsmantel gehüllt, der im kräftigen Wind peitschte und nur schlecht in das trübe Wetterbild passen wollte. Die Haare hingen ihr vom Winde verweht ins Gesicht, und sie machte einen gehetzten Eindruck. Das Misstrauen von vorhin war zwar aus ihren Augen verschwunden, dafür waren sie nun aber angsterfüllt.

„Ist er da?", fragte sie, ohne sich mit einer Begrüßung aufzuhalten.

„Lucan? Nein, aber Ben. Was ist los?", wollte ich wissen.

In diesem Moment kam Ben die Treppe herunter, um sich in der Küche ein Glas Wasser zu holen. Er nickte Anna flüchtig zu, werkelte in der Küche herum und verzog sich dann in die Bibliothek.

„Ich muss mit dir reden – dringend!", sagte sie und drückte den Kragen ihres Mantel zu, damit der Wind nicht hindurch konnte.

Ein lautes Blubbern erklang hinter mir und erinnerte mich an das kochende Wasser auf der Herdplatte.

„Gut, komm rein", sagte ich und hastete in die Küche, um den Herd auszustellen.

Anna folgte mir, doch als sie bei mir war, packte sie plötzlich meinen Arm und sah mich eindringlich an.

„Elena, ich glaube, du weißt es nicht, aber du bist in großer Gefahr", begann sie.

„Wie kommst du denn darauf?", fragte ich und warf einen beunruhigten Blick auf ihre klammernden Finger.

Unsicher schaute sie zur Bibliothek, ehe sie leise antwortete: „Unsere heutige Auseinandersetzung hat mir einfach keine Ruhe gelassen, also habe ich noch einmal über Lucan recherchiert und etwas sehr Beunruhigendes herausgefunden", sagte sie und holte ein zusammengefaltetes Blatt aus ihrer Manteltasche.

„Verdächtiger in unaufgeklärtem Unfall", las sie daraus vor und reichte das Blatt an mich weiter. Es war ein Zeitungsartikel, den sie sich aus dem Internet ausgedruckt hatte und der einen dunkelhaarigen Jungen mit längeren Haaren und ein blondes Mädchen zeigte. Zweifellos war das Lucan auf dem Bild, nur trug er seine Haare jetzt viel kürzer und sah dadurch deutlich reifer aus.

„Dein Verhalten hat mich wirklich beunruhigt, Elena, deshalb habe ich noch einmal nachgeforscht und nach langem Suchen diesen Artikel gefunden. Ich war mir sicher, dass es irgendetwas über ihn geben muss, heutzutage steht einfach jeder im Internet. Dann habe ich das Foto gesehen, und als ich den Artikel angeklickt habe, wurde mir auch klar, warum wir vorher nichts gefunden hatten: Er hat einen anderen Nachnamen, *Balfort* ist nicht sein wirklicher Familienname“, erklärte Anna.

Ich hörte ihr zu, doch meine Augen waren auf das Foto gerichtet. Es zeigte einen Lucan, der strahlend glücklich und so unbekümmert aussah, wie ich ihn noch nie gesehen hatte. Das Mädchen in seinen Armen hieß Judith Carter und bevor sie an einer Ampel ums Leben kam, war sie seine Freundin gewesen.

„Sein wahrer Name lautet *Falless,* Lucan Falless“, sprach Anna weiter. Bekümmert sah ich von dem Blatt auf und schaute ihr in die Augen. Sie hatte keine Ahnung, was sie mir gerade antat, denn mit großer Wahrscheinlichkeit würde ich genauso enden wie Judith – tot und in einem Zeitungsartikel.

„Lies dir den Bericht durch“, verlangte sie und zeigte auf den Text, und weil ich ihr wohl nicht schnell genug reagierte, tat sie es an meiner Stelle.

„Wochen vor Judiths Tod beklagten sich ihre Familienmitglieder immer wieder über Streitereien der beiden. Judith zog sich immer mehr von der Außenwelt zurück, traf sich nur noch mit Lucan und schrieb sogar Abschiedsbriefe. Am Tag ihres Todes war sie mit Lucan unterwegs, und kurz bevor sie von einem Schulbus erfasst wurde, berichteten Augenzeugen, wie sie sich von ihm losriss und über die Straße rannte. Er hat sie dazu getrieben, Elena.

Man konnte ihm die Schuld zwar nie nachweisen, aber was auch immer Lucan mit ihr gemacht hat, es hat sie dazu veranlasst, Selbstmord zu begehen!“ Vollkommen überzeugt sah sie mich an und hielt mir den Artikel vor die Nase, damit ich es nachlesen konnte, doch ich nahm das Blatt betont langsam aus meinem Blickfeld. Wie sollte ich das bloß anstellen? Wie sollte ich ihr erklären, dass Lucan nicht der war, für den sie ihn hielt?

„Sag doch was, Elena", bat sie, weil ich sie nur anstarrte. Doch während ich versuchte, mir eine plausible Erklärung einfallen zu lassen, rang ich gleichzeitig mit den Tränen. Judiths Bild brannte sich in meinen Kopf, denn sie war das Spiegelbild meiner Zukunft – meiner nahen Zukunft!

„Am besten, du kommst sofort mit mir mit. Lass alles stehen und liegen, und sobald wir aus diesem Haus sind, überlegen wir uns, wie wir deine Sachen hier rausschaffen. Chloes Dad ist Polizist, wenn er uns dabei hilft, wird Lucan bestimmt nichts versuchen. Gott, wer weiß, in was für einem Irrenhaus wir hier gelandet sind. Vielleicht ist Ben genau..."

„Hör auf!", fiel ich ihr ins Wort und schob sie zur Seite, damit ich an ihr vorbei konnte. Ich brauchte Platz zum Atmen und Denken und stützte meine Arme auf den gegenüberliegenden Tresen.

„Aufhören? Elena, ich habe dir gerade gesagt, dass Lucan seine Exfreundin in den Tod getrieben hat, dass er seinen Namen geändert hat, damit wir nicht in seiner Vergangenheit herumwühlen können und dass dir womöglich dasselbe Schicksal droht, und du willst ..."

„Ich weiß, was du gesagt hast", unterbrach ich sie stöhnend und drehte mich zu ihr um. Was sollte ich bloß tun?

Ein, zwei Sekunden lang starrte sie mich nur an, dann machte sich Fassungslosigkeit in ihren Augen breit. „Oh mein Gott, es ist dir egal, oder? Du bist ihm bereits vollkommen verfallen.“

Ihr Gesicht, der Tonfall, ja, der ganze Moment waren einfach so komisch und surreal, dass ich lachen musste, womit ich mir einen Blick restlosen Unverständnisses einhandelte.

„Das reicht, ich werde deine Eltern anrufen“, sagte Anna entschieden und wollte sich abwenden, doch ich packte sie blitzschnell am Arm. Das Lachen war schlagartig aus meinem Gesicht gewichen.

„Du willst was?“, fragte ich erschrocken.

„Offenbar hat er dir vollkommen den Kopf verdreht, und wenn du nicht auf mich hören willst, dann muss ich eben deine Eltern informieren. Tut mir leid, Elena, aber das scheint mir das Beste für dich …“

„Das Beste für mich? Anna …“ Ich war kurz davor, ihr alles zu sagen, direkt mit der Tür ins Haus zu fallen und sie über mein bedauernswertes Schicksal aufzuklären. Die Zeit schien still zu stehen, während sie mich anstarrte und auf meine folgenden Worte wartete. Doch ich durfte nicht. Ich durfte das Gleichgewicht nicht durcheinander bringen – nicht einmal, wenn es bedeutete, dass ich dadurch meine beste Freundin verlor. Deshalb versuchte ich es anders.

„Sieh mich an, Anna! Komme ich dir in irgendeiner Weise nicht ganz richtig im Kopf oder verwirrt vor?“

Sie hielt inne und sah mir forschend ins Gesicht.

„Du musst mir in dieser Sache einfach vertrauen, und du musst mir glauben, dass Lucan absolut nicht derjenige ist, für den du ihn hältst.“

Zweifelnd ging ihr Blick zu dem Zeitungsartikel auf dem Tresen.

„Vertrau mir, Anna!"

Ihr Blick flackerte.

„Das tue ich ja, aber ich traue *ihm* nicht", entgegnete sie und steuerte die Tür an.

Nein, nein, nein, das lief vollkommen falsch! Ich sollte nicht so mit ihr auseinandergehen.

„Lies dir den Artikel durch und überlege es dir noch mal", sagte sie an der Tür, bevor sie hindurch ging.

„Wirst du es meinen Eltern sagen?", rief ich ihr hinterher, als sie schon über das Grundstück lief, doch sie antwortete nicht, und nachdem sie aus meinem Blickfeld verschwunden war, schloss ich geknickt die Tür. Erst jetzt fiel mir auf, dass Ben sich nicht hatte blicken lassen, dabei mussten unsere erhobenen Stimmen doch deutlich zu hören gewesen sein. Mit einem Gefühl, das zwischen Wut und Verzweiflung schwankte, lief ich in die Küche zurück und nahm den Zeitungsartikel in die Hand. Ich las ihn bestimmt drei Mal durch, sah mir jedes einzelne Wort an und versuchte, die Verzweiflung zu ersticken, die die Oberhand gewinnen wollte.

Wie hatte sich mein Leben nur so schlagartig ändern können? Ich hatte doch alles gehabt: Gute Noten, eine glückliche und intakte Familie, tolle Freunde und eine Zukunft, und innerhalb eines halben Jahres war mir das alles entglitten. Die einzigen, die mir jetzt noch Halt geben konnten, waren meine Eltern und Freunde, doch letztere hielten mich wohl so langsam für durchgeknallt. Gerade jetzt, da ich sie doch am meisten brauchte!

Als ich das Blatt sinken ließ, fiel mir die angefangene Whiskeyflasche ins Auge, die neben dem Couchtisch stand. Ben war kein großer Trinker – soweit ich wusste -, aber an manchen Abenden genehmigte er sich einen Schluck Hochprozentiges, bevor er wieder für Stunden in der Bibliothek verschwand, und gerade kam mir die Vorstellung, meine Sorgen für kurze Zeit zu ertränken, ziemlich verlockend vor.

Als Lucan nach Hause kam, dämmerte es bereits und ein Viertel der Flasche war ausgetrunken. Beim ersten Schluck war mir das Zeug gleich wieder hochgekommen, und eigentlich hatte ich es nur bei einem zweiten oder dritten lassen wollen, doch je mehr ich genommen hatte, desto leichter war es meinen Hals hinuntergelaufen, und irgendwann hatte ich einfach nicht mehr aufgehört. Mit den Füßen baumelnd saß ich auf dem Tresen und beobachtete, wie er mit vollen Tüten in die Küche kam, und als er mich entdeckte, stockte er. Er tat es wahrscheinlich nicht einmal, weil ich auf dem Tresen saß – was mir sonst nie einfallen würde –, sondern vielmehr wegen meines Gesichtsausdrucks. Bedacht langsam stellte er die Einkaufstüten ab und schaute dann zur Whiskeyflasche. Ich hatte sie von mir weggeschoben, näher ans Fenster heran, doch er wusste trotzdem, dass ich davon getrunken hatte.

„Herrgott, Elena!“, stöhnte er und war mit drei Schritten bei mir. Mit angespannten Kiefern zwang er mein Kinn in die Höhe und fragte dann: „Wie viel hast du getrunken?“

Kichernd deutete ich auf die Flasche. „Sieht man das nicht?“

„Die Flasche war schon angefangen, es kann also gut möglich sein, dass Ben noch mehr davon getrunken hat. Wobei, wenn ich mir dich so ansehe …“, sagte er ernst.

„Du hast recht. Hab alles ich getrunken, aber ist das nicht egal? Für Belehrungen wegen übermäßigen Alkoholkonsums ist es für mich doch ohnehin zu spät, oder?“, nuschelte ich trotzig. Tief im Inneren wusste ich, dass ich mich daneben benahm, aber es tat so unglaublich gut, zur Abwechslung einmal Hochstimmung zu verspüren und keine Furcht zu empfinden. Und ganz ehrlich? Im Augenblick konnte ich nur allzu gut nachvollziehen, was Alkoholiker und Drogenabhängige so sehr antrieb. Der Rausch und die damit verbundene Gleichgültigkeit waren toll.

„Aber das heißt nicht, dass du dich sinnlos zuschütten sollst oder was habe ich dir über den natürlichen Tod gesagt?“, fragte er streng und umfasste meine Schultern. Er sah aus, als würde er mich nur allzu gern schütteln und als kostete es ihn unglaubliche Mühe, es nicht zu tun, aber wenn er sich dadurch besser fühlte, konnte er dem gern nachgeben – mir war gerade ohnehin alles egal. Als ich nicht antwortete und ihn nur unbewegt betrachtete, sah er sich über beide Schultern um.

„Und wo ist überhaupt Ben abgeblieben?"

„Hat sich in seiner Bibliothek verschanzt", antwortete ich ungerührt und genoss den Anblick seines wütenden Gesichtes. Es machte ihn nur noch verführerischer, fand ich.

Er wollte etwas sagen, holte bereits tief Luft, doch dann fiel sein Blick auf den Zeitungsartikel, und er hob ihn langsam auf. Ich musterte ihn, während er den Text überflog, und konnte beobachten, wie sich sein Gesicht mit jeder weiteren Zeile verhärtete.

„Wo hast du das her?", fragte er, und sein Tonfall machte mir eine Heidenangst. Er war nicht einmal drohend oder kalt, dafür aber von jedweden Emotionen befreit, sodass es genauso gut eine Puppe hätte sein können, die mir diese Frage stellte. In Sekundenschnelle hatte er eine Mauer hochgezogen und schottete mich damit komplett von seinen Gedanken ab.

„Von Anna, sie war vorhin hier und hat gedroht, meine Eltern zu informieren, wenn ich mich noch länger von dir einschüchtern lasse. Sie sagt, ich wäre die nächste auf deiner Liste."

Schnaubend legte er das Blatt weg, doch ich glaubte nicht, dass er es wegen meiner Worte tat, sondern wegen meines forschenden Blickes. Er hatte nicht gewollt, dass ich das erfuhr, schließlich war er mir schon einmal bei dem Thema ausgewichen, doch nun war es unausweichlich, und das wusste er.

„Es ist wegen Judith, oder? Du glaubst, ihren Tod bei mir wieder gutmachen zu müssen und …“

„Du solltest nicht von Dingen reden, von denen du keine Ahnung hast, Elena!“, sagte er und das in einem Ton, den er mir gegenüber noch nie angeschlagen hatte – nicht einmal, als er nichts mit mir zu tun hatte haben wollen. Wow, offenbar hatte ich gerade einen wunden Punkt getroffen, wenn nicht sogar seine Achillesferse.

„Dann erkläre es mir. Erkläre mir, warum du das alles für mich machst“, verlangte ich und sprang vom Tresen. Der Umstand, dass er mir nicht einmal zur Hilfe kam, als ich gefährlich wankte, sagte eine Menge über seinen Gemütszustand aus.

„Erklären? Und was soll das Ganze bringen, wenn du …“, er stockte und atmete tief durch.

„... wenn ich sowieso bald tot bin? Wolltest du das sagen?“, rief ich und war von Null auf Hundert aufgebracht.

Als würde ihm meine laute Stimme Kopfschmerzen bereiten, massierte er sich erschöpft die Stirn. „Tut mir leid, das …“

„Du brauchst dich nicht entschuldigen. Ich weiß, dass du das sagen wolltest.“ Wenn ich all meine Sinne zusammengehabt hätte, hätte mich sein gequälter Gesichtsausdruck mit Sicherheit zum Verstummen gebracht, doch mein Taktgefühl war wohl gerade etwas … außer Takt geraten.

„Schon, aber aus einem anderen Grund als du denkst“, sagte er und sah mich nun direkt an.

„Was denke ich denn, Lucan? *Was* denke ich?“,

wollte ich wissen und fühlte mich mit einem Mal ziemlich gerädert. Ich war es leid, mich so zu fühlen, leid, jeden Tag mit Angst aufzuwachen, noch weiter mit Anna zu streiten, und mich zu fragen, warum dieser Junge so fürsorglich war.

„Was du denkst? Offenbar, dass ich Judith in dir sehe und dass ich dir nur aus Mitleid helfe. Nun, du irrst dich in beiden Punkten." Er trat so dicht an mich heran, dass sich unsere Körper fast berührten und ich den Kopf in den Nacken legen musste, um ihm in die Augen sehen zu können.

„Judiths Tod liegt fast drei Jahre zurück, aber ich habe ihn verkraftet. Entgegen des Zeitungsartikels waren wir aber nie zusammen, sondern nur gut befreundet. Sie war ebenfalls ein Waisenkind, ich lernte sie in einem Jugendclub kennen und deshalb fühlte ich mich noch mehr verpflichtet, ihr zu helfen. Vor allem hatte sie aber ein reines Herz – so wie du. Was das Mitleid angeht: Ja, ich habe Mitleid mit dir und mit allen, denen das Gleiche wiederfährt, aber deshalb helfe ich ihnen nicht gleich.

Die oberste Regel lautet, sich niemals einzumischen, wie du ja mittlerweile weißt, und mit Ausnahme von Judith habe ich mich auch immer daran gehalten. Nach ihrem Tod habe ich mir geschworen, nie wieder in das Schicksal anderer einzugreifen, doch bei dir konnte ich nicht anders. Anfangs habe ich versucht, dem Drang zu widerstehen, mich gewehrt und immer wieder dagegen angekämpft, aber dann wurde ich es leid. Ich will nur noch für eines kämpfen, nämlich dein Leben, Elena, und ich werde dir hier jetzt etwas versprechen: Ich werde dich beschützen, und ich werde alles in meiner Macht Stehende tun, um dich vor dem Tod zu bewahren – auch wenn es mein Leben kosten sollte“, sagte er todernst und umfasste mein Gesicht.

Meine Blicke wechselten hastig zwischen seinen Augen hin und her, die immer näher zu kommen schienen.

„Aber …warum?“, flüsterte ich.

Ich sah, dass er etwas anderes sagen wollte, doch dann schüttelte er kaum merklich den Kopf, wie um sich selbst Einhalt zu gebieten, und antwortete: „Weil ich dich mag, Elena, und ich werde ganz sicher nicht mit ansehen, wie du dich hier betrinkst und dein Leben gefährdest. Und jetzt komm, schlaf erst einmal deinen Rausch aus“, sagte er und legte mir eine Hand auf den Rücken, um mich zur Treppe zu führen.

# Hoffnungsfunke
# *** 10 ***

Als ich am nächsten Tag erwachte, dachte ich erst, ich hätte einfach nur ausgeschlafen, doch nachdem ich blinzelnd die Augen geöffnet hatte, sah ich eine dunkle Gestalt vor meinem Bett sitzen. Lucan, erkannte ich sofort, wobei er mit seiner dunklen Kleidung und den engelhaften Gesichtszügen durchaus als dunkler Himmelswächter hätte durchgehen können. Nun überlegte ich, ob ich wach geworden war, weil ich seine Anwesenheit gespürt hatte.

„Wa… was machst du hier?“, fragte ich verwundert und rieb mir den Schlaf aus den Augen.

„Dir dein Frühstück bringen. Allerdings warst du nicht wirklich wach zu kriegen, also habe ich gewartet“, sagte er lächelnd und deutete auf meine Kommode. Ich folgte seinem Blick und entdeckte ein Tablett mit frisch gepresstem Orangensaft, Croissants, Rührei, Butter, Marmelade und Früchten. Wow.

„Lucan, das … war doch nicht nötig“, sagte ich verlegen und war mit einem Mal hellwach. Ich richtete mich in eine sitzende Position auf, strich mir die Haare aus dem Gesicht und erinnerte mich daran, ihn gestern übel angefahren zu haben. Wie konnte er sich dann heute so um mich kümmern? Das setzte mir noch mehr zu, als wenn er mich mit Schweigen gestraft hätte, ehrlich!

„Du weißt doch, dass ich gerne koche“, sagte er und stand auf, um mir das Tablett auf den Schoß zu stellen.

„Also, dann … vielen Dank“, sagte ich und begann das Croissant aufzuschneiden. „Wie lange sitzt du schon hier?“, fragte ich scheinbar beiläufig, denn irgendwie beflügelte und beunruhigte es mich gleichermaßen, dass er mich im Schlaf beobachtet hatte. Wer wusste schon, was ich Peinliches getan oder im Traum geredet hatte?

„Etwas über eine Stunde.“ Er setzte sich wieder in den Sessel, wobei ihn mein Unbehagen zu erheitern schien.

„So lange?“, fragte ich bestürzt.

Da zuckte er mit den Schultern. „Ich habe gerade nichts zu tun und ohne wie ein Psychopath klingen zu wollen, aber es ist sehr beruhigend, dir dabei zuzusehen.“

Mit einem verlegenden Lachen biss ich in das Croissant und während ich mir das Frühstück schmecken ließ, überlegten Lucan und ich, was wir heute machen würden. Die nächste wichtige Klausur würden wir erst morgen schreiben, deshalb nahm er sich heute frei und stellte mir seinen Körper und sein Auto zu Verfügung, wie er scherzhaft erklärte. Ich wusste, dass er es tat, um mich aufzuheitern, weil ich mich mit Anna gestritten hatte, und nahm seine Geste nur allzu gern an. Es würde mich zwar nicht trösten, aber zumindest ablenken und mir dabei helfen, eine Lösung für mein Problem zu finden.

Wir gingen ins Kino und weil wir uns nicht entscheiden konnten, schauten wir zuerst einen Actionfilm und anschließend einen Disneyfilm an. Es machte unheimlich viel Spaß mit Lucan, und abgesehen von gelegentlich wachsamen Blicken seinerseits fühlte ich mich in seiner Nähe wie ein normaler Mensch. Ich amüsierte mich und brauchte mir keine Sorgen um mein Leben zu machen, denn bei ihm war ich sicher.

Als sich der Tag schon langsam dem Ende zu neigte, machten wir eine kleine Shoppingtour, jedoch nicht im Einkaufscenter, das im Übrigen wieder gesichert war, sondern in einer beliebten Nebenstraße und anschließend fuhren wir erschöpft, aber glücklich nach Hause. Ben empfing uns mit einem missbilligenden Blick, als wir lachend zur Tür herein kamen, was dazu führte, dass meine gute Laune augenblicklich verflog.

Sicher, er war der Einzige, der dem Ganzen realistisch gegenübertrat und sich nichts vormachte, aber musste er das so offen zeigen? Warum konnte er mich meine restliche Zeit nicht wenigstens *etwas* genießen lassen? In Lucans Nähe hatte ich nämlich das trügerische Gefühl, dass alles nur ein ferner und böser Traum war und eigentlich alles in Ordnung war. Das war natürlich ein Irrtum, aber wenn es mich zumindest den Bruchteil des Tages von der Wahrheit ablenkte, dann wollte ich mich dem gern hingeben.

Nachts, als ich allein im Bett lag, brach die Realität natürlich wieder über mich herein, aber die Tabletten halfen mir, in einen traumlosen und damit erholsamen Schlaf zu fallen. Auch die nächsten Tage war ich auf Lucans Tabletten angewiesen, vor allem weil sich nichts an Annas und meinem Zustand änderte. Wir sprachen zwar miteinander, aber distanziert und auffallend höflich, und das machte mich fertig. Doch so schmerzhaft es auch war, ich war entschlossen, das durchzuziehen.

Vielleicht war es besser so. Sollten Anna und ich ruhig im Streit auseinandergehen, dann würde ihr der Abschied vielleicht leichter fallen. Im Inneren wusste ich, dass es nicht so sein würde und es nur eine Notlüge war, um es mir selbst leichter zu machen, doch ich redete es mir weiter ein.

Einige Tage später war es dann soweit und die Ferien begannen.

Milder Wind empfing uns, als Lucan und ich aus dem Haus traten, und der für den Regen so typische Geruch hing in der Luft und kündigte Niederschlag an. Heute würde sich der Himmel noch einmal über uns ergießen, so wie es um diese Jahreszeit üblich war. Es war, als wollten die Wolken sich noch einmal trotzig und unbedingt über uns ergießen, ehe sie dem trockenen Sommer Platz machen mussten, doch wenn er so angenehm lauwarm und mild war wie heute, hatte ich absolut nichts gegen Regen einzuwenden.

Da wir mit dem Auto fahren würden, hatte ich lediglich eine dünne Sweatjacke übergezogen und meine Jacke im Gepäck verstaut, das Lucan soeben in den Kofferraum hob.

Die Ferien würden zwar nur eine Woche andauern, trotzdem hatte ich so viele Sachen in den Koffer gestopft wie nur irgend möglich war. Ich hatte mich noch nicht entschieden, ob ich wieder zurückkommen würde, und wenn, dann würde ich es nur tun, um mich von Anna zu verabschieden. Auch hatten wir noch nicht geklärt, wie wir meinen Eltern erklären sollten, warum Lucan ohne mich zurückfuhr, denn er würde nur die Ferien über wegbleiben können. Aber das waren Fragen, mit denen ich mich im Moment nicht auseinandersetzen wollte. Wenn die Karten gut für mich standen und Lucan mich länger als geplant am Leben halten konnte, dann würde ich vielleicht noch einmal herkommen.

Wenn nicht … dann hatte ich wenigstens alles bei mir, was mir wichtig war – außer Anna natürlich.

Damit meine Eltern keinen Herzinfarkt erlitten, hatte ich sie bereits über Lucans Existenz informiert, wobei meine Mutter so aufgeregt war, dass sie mir nicht einmal böse sein konnte. Um das Ganze realistischer zu machen, denn Mom wusste, wie übervorsichtig ich seit Marvin in Bezug auf Beziehungen war, hatte ich ihr erzählt, schon einen Monat mit Lucan zusammen zu sein, und das hätte sie mir normalerweise übel genommen. Doch anstatt sich darüber zu beschweren, weil ich es ihr verheimlicht hatte, konnte sie es kaum erwarten, ihn kennenzulernen – womit mir schon mal eine Sorge genommen wurde.

Lucan hatte den Kofferraum gerade zugeworfen und öffnete mir die Beifahrertür, damit ich einsteigen konnte, als er plötzlich erstarrte. Seine Hand, die er mir auf den Rücken gelegt hatte, fuhr so hastig zurück, als hätte er sich verbrannt, und ich musste seinen Gesichtsausdruck nicht sehen, um zu wissen, was los war, denn genauso hatte er auch geschaut, als er das erste Mal meinen Tod gesehen hatte.

„Schon wieder?“, fragte ich mit zugeschnürtem Hals, denn seine letzte Vorahnung lag erst vier Tage zurück.

Er nickte mit zusammengepressten Kiefern.

„Die Abstände werden jetzt immer kleiner. Wir müssen heute wieder vorsichtig sein“, bestätigte er und schob mich in den Wagen.

Am liebsten hätte ich etwas Tröstendes gesagt oder etwas, das ihm die Anspannung nahm, doch sein Gesichtsausdruck hielt mich davon ab und sagte mir, dass es mit seiner guten Laune heute vorbei war. Also schnallte ich mich kommentarlos an und wartete, bis er eingestiegen war und losfuhr.

In der ersten halben Stunde war Lucan nicht sehr gesprächig, was mich bedrückte, aber absolut nachvollziehbar war. Ich versuchte zwar stets, mich in ihn hineinzuversetzen, wusste aber, dass ich es nie wirklich verstehen würde, so wie er zu sein. Wenn es nämlich andersherum wäre und ich ihn regelmäßig und auf unterschiedliche Weise sterben sehen müsste … nein, das könnte ich nicht ertragen.

Wie konnte er also mit solch einer Last leben und dabei immer noch so verständnisvoll und sanft sein wie er eben war? Vielleicht hatte er unrecht und es gab doch Engel, denn wenn dem wirklich so sein sollte, dann stammte er definitiv von einem ab.

Irgendwann taute er aber wieder auf oder die Stille wurde ihm einfach nur unangenehm, denn er fragte: „Sollte ich noch etwas über deine Eltern wissen?“

Ich musste unwillkürlich lachen. „Was denn, fürchtest du etwa, dass dich mein Dad mit einem Baseballschläger erwartet? Keine Sorge, er ist super nett und wird es verkraften, dass ich einen Freund habe. Meine Mutter dagegen kann es jetzt schon kaum erwarten, dich kennenzulernen.“

Es war eigenartig, das auszusprechen, da wir doch nur so taten als ob, aber mit diesem Gefühl schien ich allein zu sein, denn Lucan machte nicht den Eindruck, als würde er sich in irgendeiner Weise dafür genieren, meinen Freund spielen zu müssen. Wo nahm er bloß immer die Gelassenheit und das Selbstbewusstsein dafür her?!

„Meine Großtante ist da allerdings etwas altmodischer. Für sie wird es wahrscheinlich ein regelrechter Schock sein, vor allem, weil du dich nicht vorher meinen Eltern vorgestellt hast. Aber sei ihr nicht böse, falls sie eine Bemerkung dazu machen sollte. Sie hat seit dem Tod meiner Großeltern eine Menge durchgemacht.“

„Von welchem der beiden war sie die Schwester?“, erkundigte Lucan sich.

„Von Grams. Sie standen sich unglaublich nahe, so nahe, dass manche sie teilweise sogar für Zwillinge gehalten haben. Ich kann mich nicht mehr daran erinnern, aber als ich noch klein war, haben Grams, Mary und ich viel zusammen unternommen. Mom sagt immer, dass meine Großtante es nicht überlebt hätte, wenn ich ebenfalls gestorben wäre, deshalb kann sie es auch kaum erwarten, dass ich sie endlich besuchen komme. Sie lag jetzt ein halbes Jahr im Krankenhaus und rang mit dem Tod, aber seitdem ich wieder in die Schule gehe …“ Ich stockte, denn Lucan schwenkte plötzlich so stark nach links, dass mir beinahe die Wasserflasche aus der Hand gerutscht wäre.

„Das … kann doch nicht unmöglich sein, oder?“, murmelte er und brachte den Wagen am Rand der Straße zum Stehen. Seine Hände umklammerten das Lenkrad so fest, dass seine Handknochen weiß hervortraten.

„Was ist denn los?“, fragte ich erschrocken und hätte seine verkrampften Hände am liebsten davon gelöst - allein das Zusehen tat schon weh -, doch Lucan schien mich überhaupt nicht zu hören, stattdessen war sein Blick auf das Lenkrad fixiert.

„Lucan!“, sagte ich drängender, denn seine Erstarrung machte mir Angst, doch erst als ich ihn berührte, schaute er auf.

„Elena“, sagte er ernst und packte mit der einen Hand schon fast schmerzhaft meine Schulter.

„Ich muss dir jetzt ein paar Fragen stellen, und ich möchte, dass du sie so präzise wie möglich beantwortest“, bat er eindringlich.

„Okay, aber …“

„Bitte, tu es einfach!“, verlangte er und machte nicht den Eindruck, als wäre er gerade zum Diskutieren aufgelegt. Also klappte ich den Mund zu und nickte.

„Deine Grams und ihre Schwester standen sich sehr nahe, sagst du?“

Ich nickte.

„Und nachdem ihr den Unfall hattet, war sie genau ein halbes Jahr lang im Krankenhaus?“, hakte er weiter nach.

„Ja, sie litt an Herzproblemen. Zeitweise sah es wirklich nicht gut für sie aus, aber an meinem ersten Schultag wurde sie entlassen.“

Er nickte nachdenklich und knabberte gedankenverloren auf seiner Unterlippe herum.

„Ist dir während des halben Jahres irgendetwas passiert? Hattest du einen Unfall oder eine lebensbedrohliche Verletzung, als du wieder bei deinen Eltern gelebt hast?“

Ich schüttelte den Kopf.

„Oh Mann“, murmelte er und fuhr sich mit den Händen durchs Haar.

„Erzählst du mir jetzt bitte, warum du das alles wissen willst?“, fragte ich ungeduldig.

Er sah mich an.

„Elena, es könnte sein, dass … der Tod gar nicht hinter dir her ist“, sagte er, doch es war, als würde ich die Worte durch einen langen Tunnel hören und als kämen sie deshalb verzögert bei mir an. Verständnislos blinzelte ich ihn an und merkte nur am Rande, wie ich ungläubig den Kopf schüttelte.

„Wie kommst du denn darauf. Ich werde doch andauernd von ihm verfolgt.“

„Schon, aber nachdem, was du gerade erzählt hast, kann es sein, dass du gar nicht das eigentliche Ziel bist, sondern deine Großtante“, erklärte er.

Verwirrt ließ ich mich in meinen Sitz fallen.

„Das verstehe ich nicht.“

„Okay", sagte er und richtete sich etwas auf. Mit einem Mal wirkte er sehr aufgeregt und ungeduldig. „Ich habe dir gesagt, dass es Menschen gibt, die das Gleichgewicht stören und dass der Tod alles Mögliche tun wird, um diese ins Jenseits zu befördern, und dabei ist ihm jedes Mittel recht. Was wäre also, wenn euer Unfall allein dem Zweck gedient hätte, deine Großtante zu beseitigen, und was wäre, wenn der Tod jetzt, da sie sich wieder erholt hat, hinter *dir* her ist? Du hast gesagt, dass sie es nicht überlebt hätte, wenn du ebenfalls umgekommen wärst, also musst du sterben, damit sie es ebenfalls tut. Denn offenbar wird sie erst sterben, wenn sie alle liebenden Menschen verloren hat. Es kommt zwar selten vor, dass der Tod über andere Menschen geht, um an sein Ziel zu kommen, aber das hat es durchaus schon gegeben. Ben beschäftigt sich schon eine Weile damit und hat es selbst miterlebt." Mit einem fiebrigen Glanz in den Augen, ja, schon beinahe hoffnungsvoll sah er mich an und spiegelte genau das wider, was ich gerade fühlte: Hoffnung.

Doch dann verinnerlichte ich seine Worte und begriff, dass das bedeuten würde, dass meine Großtante dafür sterben müsste, und in meinem Magen drehte sich alles. Wie konnte ich nur so ein perverses Hochgefühl verspüren, wenn es doch ihren Tod bedeutete?! Hastig schnallte ich mich ab und stolperte aus dem Wagen. Ich brauchte frische Luft, denn ich hatte das Gefühl, zu ersticken und mich gleichzeitig übergeben zu müssen.

„Elena?", fragte er beunruhigt und stieg ebenfalls aus, da fuhr ich zu ihm herum.

„Das glaube ich nicht. Ich kann nicht glauben, dass meine Großeltern nur gestorben sind, damit Großtante Mary …" Ich stockte und schüttelte entschieden den Kopf.

„Es ist zunächst nur eine Vermutung", sagte Lucan bedächtig und kam langsam näher.

„Aber es deutet so einiges darauf hin."

Ich sah ihn an.

„Was denn zum Beispiel?"

„Zum Beispiel die Tatsache, dass dir ein halbes Jahr lang nichts passiert ist und das genau in der Zeit, in der deine Großtante im Sterben liegt. Wenn der Tod schon damals hinter dir her gewesen wäre, dann hätte er dich in dem halben Jahr ihres Krankenhausaufenthaltes definitiv erwischt. Ohne Schutz und ohne jemanden wie Ben und mich in deiner Nähe, dauert es normalerweise nur wenige Tage. Weil dir in dieser Zeit aber nichts passiert ist, kannst du auch nicht das eigentliche Ziel sein. Stattdessen hat der Tod gewartet, dass deine Großtante stirbt, doch das tat sie aus irgendwelchen Gründen nicht. Und plötzlich, da deine Tante wieder gesund ist und entlassen wird, hast du diese Unfälle.

*Deshalb* glaube ich, dass du nie das Ziel warst, sondern sie", schloss er seine Erklärung und packte mich bei den Schultern.

Doch ich konnte das freudige Glitzern in seinen Augen nicht teilen, bedeutete es doch, dass nicht nur mein Leben in Gefahr war. Tränen liefen mir über die Wangen und fühlten sich im Gegensatz zum kühlen Regen ziemlich heiß auf der Haut an. „Ist das ... ist das sicher?", fragte ich schniefend.

„Das kann ich erst sagen, wenn ich deine Großtante berührt habe. Aber sollte ich recht behalten, Elena", sagte er und zwang mich, ihn anzusehen.

„Dann kannst du gerettet werden."

Ungläubig betrachtete ich sein erhitztes Gesicht.

„Gerettet werden, indem ich meine Großtante töte! Hörst du dich eigentlich reden?!", rief ich und wich zurück, als wäre er plötzlich gefährlich. Wie konnte er mich nur so freudig dabei anblicken, als wären das gute Nachrichten? Mein aufgeregtes Herzklopfen kam mir wie ein Verrat vor, Verrat an meiner Großtante und am liebsten hätte ich es mir in diesem Moment aus der Brust gerissen. Ich widerte mich selbst an, hasste mich dafür, dass ich auch nur eine Sekunde so etwas wie Freude empfunden hatte. Noch schlimmer fand ich allerdings, dass Lucan seine Euphorie nicht einmal vor mir verbarg.

Erst jetzt schien er zu begreifen, wie er auf mich wirken musste, und hob langsam und beschwichtigend die Hände. Ich kam mir vor, als wäre ich ein wild gewordenes Tier, das man einfangen wollte.

„Tut mir leid, ich … so meinte ich das natürlich nicht“, sagte er bestürzt.

„Ach nein? Wie meinst du es dann?“, fragte ich laut.

Er sah mich lange an, schien sich seine Worte sorgfältig zurechtzulegen.

„Dass es nicht mehr vollkommen unmöglich ist, dich zu retten, denn jetzt gibt es eine andere Möglichkeit: Wir können warten …“

„Warten und darauf hoffen, dass Großtante Mary bald stirbt?! Ich soll allen Ernstes die Zeit absitzen und hoffen, dass sie schleunigst das Zeitliche segnet, damit ich aus dem Schneider bin?“ Meine Stimme überschlug sich fast vor Hysterie.

„Elena …“, sagte er besänftigend, doch ich wollte nichts mehr davon hören. Es machte mich krank.

„Gott, das ist alles so verkehrt. Wie soll ich denn jemals damit leben, wenn ich gleichzeitig hoffen muss, dass Tante Mary ablebt, damit ich wieder ein normales Leben führen kann?! Und wie kannst du von mir erwarten, mich auch noch darüber zu freuen?“

„Das erwarte ich doch gar nicht. Ich will nur, dass

du begreifst, dass dein Leben nicht hoffnungslos verloren ist, auch wenn es bedeutet, dass sie dafür sterben muss. Hör zu, ich weiß, was du gerade durchmachst …"

„Nein, weißt du nicht. Du hast überhaupt keinen Schimmer!", unterbrach ich ihn wütend.

„Du bist nicht derjenige, dessen Leben in wenigen Tagen oder Wochen enden wird! Du bist immer auf der anderen Seite gewesen und hast den Menschen dabei zugesehen, also sag mir nicht, dass du weißt, wie es mir geht!"

Ich wollte noch mehr sagen, musste aber abbrechen, weil mir das Schluchzen die Worte raubte. Es war ungerecht, was ich sagte, das wusste ich, noch bevor die Worte meinen Mund verlassen hatten, denn wenn es jemanden auf der Welt gab, der mich verstand, dann war er es. Doch der Frust, der sich wie dicke Luft in mir angestaut hatte, drohte in mir zu zerplatzen, wenn ich ihn nicht endlich hinausbrüllte, und weil Lucan nun mal die einzige Person war, mit der ich darüber reden konnte, bekam er es ab – auch wenn mir das sofort leid tat.

„Gott, entschuldige", murmelte ich daraufhin und fühlte den gesamten Frust und die Kraft aus meinen Körper weichen. Zurück blieb eine schwache Hülle, die sich im Inneren ziemlich erschöpft und kalt anfühlte. War das wirklich noch ich, die da sprach? „Das war schrecklich und absolut nicht der Wahrheit entsprechend", sagte ich, doch obwohl ich ihn gerade angeschrien hatte, kam er zu mir und nahm mich in die Arme. Dabei legte er eine Hand auf meinen Hinterkopf und drückte ihn an seine Brust, wodurch mein ganzer Körper gegen ihn fiel. Vielleicht spürte er, dass ich meinen Kräften beraubt war oder er hatte das schon einige Male getan, jedenfalls platzierte er die andere Hand auf meinem Rücken und drückte mich an sich, damit ich nicht zur Seite rutschen konnte.

„Das braucht es nicht. Du machst etwas Schreckliches durch, Elena, und wenn du mich fragst, meisterst du das ohnehin viel zu gut. Es ist nur menschlich, wütend zu sein und diese Wut hinausschreien zu wollen, und eigentlich wäre es sogar unmenschlich, wenn du es nicht tun würdest. Aber du irrst dich. Ich verstehe dich vollkommen, und wenn ich könnte, würde ich sofort mit dir tauschen“, sagte er.

Seine Worte waren tröstend, genau wie die Berührung seiner Hand, die sanft meinen Rücken streichelte. Einen unendlich langen Moment blieben wir einfach nur so stehen und ließen das federleichte Nieseln über unsere Körper ergehen.

Doch nach einer Weile lösten seine sanften Streicheleinheiten ein Gefühl aus, das absolut nicht in diese Situation gehörte und ganz und gar unpassend war. Erschrocken löste ich mich von ihm und trat zwei Schritte zurück, worauf ich mit dem Rücken ans Auto stieß.

„Was hast du?“, fragte Lucan verwundert und sah mir nach.

Der Regen wurde stärker, doch mein Körper, der von innen heraus zu glühen schien, begrüßte die Erfrischung nur.

„Du … solltest mich nicht so berühren. Ich … kann das nicht, tut mir leid“, stammelte ich und atmete so unruhig, als wäre ich gerade gejoggt. Das Herz schlug mir bis zum Hals, doch wusste ich nicht, was mich mehr beunruhigte: Das Kribbeln, das seine Nähe so plötzlich in mir auslöste oder die Erkenntnis darüber.

Stirnrunzelnd sah er mich an. „*Was* kannst du nicht?“, fragte er.

*So tun, als würden mir deine Berührungen nichts ausmachen? Oder mit dem Gedanken leben können, dass ich schon bald unter der Erde liegen werde, während du jemand anderen in diese wunderbar wohltuende Umarmung nimmst?*

Doch anstatt irgendetwas davon auszusprechen, schüttelte ich nur traurig den Kopf. Auch wenn Lucan glaubte, in meiner Tante so etwas wie Hoffnung zu finden: Ich würde nie etwas tun, das sie gefährden könnte, und ganz bestimmt würde ich niemals hoffen, dass sie starb, damit ich weiterleben konnte. Nein, ich würde mich mit dem Gedanken abfinden, dass er unerreichbar war und ich nicht mehr lange leben würde!

„Sieh mich an“, bat er, doch wieder schüttelte ich nur den Kopf. Ich konnte den Mut und die Kraft nicht aufbringen, zu ihm aufzuschauen, denn ich fürchtete mich vor dem Ausdruck seiner Augen, fürchtete, dass ich bei seinem Anblick schwach werden und ihm in die Arme fallen würde.

Er glaubte offenbar, dass ich ihn seiner Worte wegen nicht berühren konnte, denn er sprach: „Was ich vorhin gesagt habe, muss dir sehr grausam vorkommen, und das tut mir leid, aber ich möchte es dir erklären. Natürlich fände ich es genauso schrecklich, wenn deine Großtante die Auserwählte wäre, aber dennoch - und bitte versteh das nicht falsch – hoffe ich sogar, dass *sie* es ist.“

Meine Augen weiteten sich vor Entsetzen, doch bevor ich etwas erwidern konnte, fuhr er fort: „Das liegt aber nicht daran, dass ich herzlos oder egoistisch wäre, sondern einzig und allein daran, dass ich sie nicht kenne. Es ist dasselbe wie mit den Nachrichten. Wenn wir sie schauen und von Todesopfern hören, dann haben wir zwar Mitleid, aber es berührt uns Außenstehende nicht wirklich, und das ist auch gut so, denn wenn wir um jeden Menschen trauern würden, dann würden wir alle kein glückliches Leben führen. Es ist also eine Art Selbstschutz, genau wie Ben ihn ausübt, aber das bedeutet nicht, dass ich herzlos bin.

Und genauso ist es mit deiner Großtante. Ich kenne sie nicht, und genau dieser Umstand, lässt mich das Ganze sachlich betrachten. Deshalb frage ich dich, Elena: Was würde sie wohl lieber wollen? Sie liebt dich, das hast du selbst gesagt, und sie ist eine alte Frau, die ihr Leben gelebt hat. Glaubst du nicht, dass sie es nicht sofort für ihre Großnichte aufgeben würde, die noch ihr ganzes Leben vor sich hat? Ich kann mir vorstellen, wie es gerade in dir aussieht. Die Hoffnung, die du verspürst, muss dir wie ein Verrat vorkommen, aber es ist nichts Schlimmes daran, leben zu wollen. Es ist sogar das Menschlichste, das es gibt."

„Nicht, wenn es um meine Verwandten geht", sagte ich schniefend und wischte die Tränen aus meinem Gesicht – sie kamen immer wieder nach.

„Selbst dann", sagte er und zwang sanft mein Kinn in die Höhe, um mir in die Augen zu schauen. „Wenn deine Großtante wirklich die Auserwählte sein sollte, dann habe ich vollstes Mitleid mit ihr, glaub mir, aber ich würde dein Leben dem ihren jederzeit vorziehen", sagte er ernst.

Die restliche Fahrt verbrachten wir in bedrückendem Schweigen, jeder in seinen eigenen Gedanken versunken und alles andere als zum Plaudern aufgelegt. Ich hatte verstanden, was Lucan mir sagen wollte, doch den Hoffnungsfunken hatte ich trotzdem verloren. Ob Großtante Mary alt war oder nicht, niemand hatte es verdient, vom Tod verfolgt zu werden, und auch wenn es ein großartiges Gefühl gewesen war, eine Sekunde lang Hoffnung zu verspüren, so musste ich doch der Realität ins Auge sehen.

Mary war noch sehr fit für ihr Alter und sie war aus dem Krankenhaus entlassen worden. Sie würde also noch Jahre zu leben haben, und so lange würde Lucan mich nicht beschützen können.

„Da wären wir“, sagte ich, als der Wagen vier Stunden später zum Stehen kann. Die Kleinstadt, in der meine Eltern lebten, war wesentlich größer als unsere und wies eine Menge sanierungsbedürftiger Bauten auf. So auch das fünfstöckige Haus, in dem sie wohnten und das vom Platz her wesentlich bescheidener war als die unzähligen und prächtigen Häuser bei uns. Aber für zwei Personen war die Dreizimmerwohnung mehr als ausreichend, und solange das Innenleben heimisch eingerichtet war, störte mich die unschöne Fassade nicht. Lucan schien es da ähnlich zu halten, zumindest sah ich keine abfällige Gesichtsregung, als er zu dem grauen Gebäude aufsah.

Ich hatte noch eine ganze Weile gebraucht, um die Information zu verarbeiten und mich zu sammeln, und nun, da es vielleicht diese andere Möglichkeit gab, wollte ich Großtante Mary gar nicht mehr besuchen. Eigentlich wollte ich es schon, denn ich hatte sie lange nicht mehr gesehen, aber ich fürchtete mich vor Lucans Urteil. Ich wollte nicht wissen, wer von uns die Auserwählte war, denn das würde nur Hoffnung schüren, wo keine war, und ich wollte nicht hoffen müssen, denn dann müsste ich hoffen, dass Mary starb. Das wäre abscheulich und grausam – egal, wie menschlich das in Lucans Augen war.

Als wir mit unseren schweren Taschen vor der Haustür standen, starrte ich unser Namensschild etliche Sekunden lang an. Unzählige Emotionen wollten in mir aufsteigen, doch ich durfte sie nicht zulassen. Hätte ich meinen Gefühlen nämlich die Oberhand gelassen, hätte ich mich weinend in die Arme meiner Eltern geworfen, und das durfte unter keinen Umständen geschehen. So grausam es auch war, aber ich würde mich still und heimlich von ihnen verabschieden müssen, ohne dass sie es merkten.

„Alles in Ordnung?“, fragte Lucan und gab mir das Gefühl, meine Gedanken wieder einmal laut und deutlich gehört zu haben.

Nickend klingelte ich, und als hätte meine Mutter all die Stunden hinter der Tür gesessen und auf uns gewartet, öffnete sich Sekunden später die Tür. Ich wusste, dass sie es war, denn sie hatte es schon in meiner frühen Kindheit fertig gebracht, immer zur rechten Zeit in der Nähe der Wohnungstür zu sein.

Wir durchquerten den Hausflur und gingen zum Fahrstuhl, und als wir ihn betreten hatten und Lucan meine Hand ergriff, sah ich überrascht zu ihm auf. Ich wollte sie automatisch zurückziehen, einfach, weil es ungewohnt war, von ihm berührt zu werden, doch dann erinnerte mich daran, dass wir ja ein Paar spielen mussten, und ich ließ es zu.

„Es muss schon überzeugend aussehen“, sagte er mit einem schwachen Grinsen, das mir Bauchkribbeln verursachte.

Dann waren wir da, und als sich die Fahrstuhltüren mit einem lauten *Bing* öffneten, wurden wir bereits erwartet.

Meine Mutter hatte das gleiche dichte und

dunkelbraune Haar wie ich, oder besser gesagt ich wie sie, und auch unsere Gesichtsform war ähnlich. Einzig und allein ihre braunen Augen unterschieden sie von mir und die wenigen Kilo, die sie mehr auf die Waage brachte. Sie sah wie eine ältere Version von mir aus, und obwohl sie nicht viel Sport trieb, war sie für ihr Alter noch ziemlich knackig. Weil wir die gleichen Gene besaßen, hatte ich immer gehofft, später genauso auszusehen, aber … nun ja, das war ja jetzt hinfällig.

„Meine Elena“, sagte sie und breitete die Arme aus, damit ich hineinlaufen konnte. Ich tat es und ließ mich fest drücken. Leider sorgte ihr vertrauter Duft und ihre tröstende Umarmung dafür, dass ich genau das tat, was ich hatte verhindern wollen: Ich weinte! Doch ich schaffte es, bei den Tränen zu bleiben und nicht zusammenzubrechen. Schnell versuchte ich, sie mir hinter ihrem Rücken wegzuwischen, doch als hätte sie es gemerkt, packte sie mich bei den Schultern und hielt mich von sich weg, damit sie mich betrachten konnte.

„Aber, Schätzchen, warum weinst du denn?“, fragte sie mit einem halbherzigen Lächeln.

Ich schüttelte den Kopf und wischte meine Augen trocken. „Ich freue mich nur, dich zu sehen“, sagte ich und drückte sie noch einmal an mich. Dann löste ich mich von ihr und umarmte Dad, der wie immer geduldig an der Wohnzimmertür wartete. Er hatte einen gesunden Respekt vor uns Frauen und allen Macken und Eigenheiten, die wir mit uns brachten, und wenn meine Mutter und ich uns lange nicht gesehen hatten, konnten wir uns schon mal minutenlang umarmen und noch an der Tür Neuigkeiten austauschen. Er wartete dann immer, bis wir ihm endlich unsere Aufmerksamkeit schenkten, und zeigte damit sehr viel mehr Verständnis als Männer normalerweise hatten.

Heute kam ich jedoch nicht allein, deshalb verkürzten wir das Ganze.

„Schön, dass du wieder da bist“, sagte Dad und drückte mir einen dicken Kuss auf die Wange. Dann ging sein Blick an mir vorbei, und in seine Augen trat ein wachsamer, aber freundlicher Ausdruck. Wie bei einem Wolf, der vorsichtig das andere Alphamännchen scannte.

„Und du musst Lucan sein“, hörte ich meine Mutter sagen und drehte mich zu ihr um. Ich sah, wie sie den überraschten Lucan in eine mütterliche Umarmung zog und auch ihm einen Kuss auf die Wange drückte. Oh Gott, sie würde sich doch nicht in eine dieser peinlichen Mütter verwandeln, die ihre Töchter vor lauter Aufregung blamierten, oder? Da ich meine Mutter noch nie mit einem Freund konfrontiert hatte – Marvin hatte sie nie persönlich kennengelernt - wusste ich auch nicht, ob sie dieses Blamier-Gen in sich trug.

Doch Lucan schien das Ganze eher amüsant zu finden und erwiderte mein entschuldigendes Lächeln. Nachdem sie Lucan eingehend betrachtet und mir unauffällig zugezwinkert hatte, ließ sie ihn zu meinem Dad durch, der ihn weniger überschwänglich begrüßte. Ganz Mann reichte er ihm höflich die Hand und stellte sich mit seinem Vornamen vor und Lucan erwiderte die Geste galant.

Der Tisch war bereits gedeckt, und so riss meine Mom uns die Jacken vom Leib und dirigierte uns an die Tafel, auf der frisch gebackener Kuchen und Kaffee standen.

Da Mom weder besonders gut kochen noch backen konnte - sie war eher die geborene Geschäftsfrau - nahm ich an, dass Großtante Mary den Kuchen gemacht hatte.

Als ich mich daraufhin nach Großtante Mary erkundigte, erzählte man mir, dass sie zuhause bleiben musste, weil sie Handwerker im Haus hatte. Im Gegensatz zu Mom und Dad besaß sie nämlich ein Haus, das aber so alt war, dass regelmäßig daran herumgewerkelt werden musste. Ich konnte Mary aber verstehen, wenn sie sagte, dass sie es nicht aufgeben wollte, weil ihr Herzblut daran hing.

„Wenn ihr Lust habt, könnt ihr nachher bei ihr vorbeigehen. Sie erwartet euch schon sehnlichst", sagte Mom und schnitt den Kuchen an.

„Wenn du nichts dagegen hast?", fragte ich an Lucan gewandt und wünschte mir insgeheim, dass er verneinen würde. Ich hatte wirklich Angst, zu ihr zu gehen, auch wenn ich sie eigentlich sehen wollte. Doch natürlich war Lucan viel zu höflich, um abzulehnen und sagte deshalb zu.

Wir ließen uns Zeit beim Essen, sprachen über dieses und jenes und tauschten Neuigkeiten aus, und immer wenn Lucan und ich nach unserem Zusammenleben ausgefragt wurden, hatte er eine überzeugende Antwort parat, die mich manchmal selbst überraschte. Er strahlte einfach ein Vertrauen und eine Gutherzigkeit aus, die keine Sekunde an seinen Worten zweifeln ließ, und ich sah meinen Eltern an, dass er sie schon nach kurzer Zeit in seinen Bann geschlagen hatte. Lucan kam einfach überall gut an, was erstaunlich war, da er sich doch die meiste Zeit seines Lebens von den Menschen ferngehalten hatte.

Nach dem Essen gingen wir direkt zum Monopolyspielen über – eine Art Tradition bei uns – und als wir erfuhren, dass Lucan das noch nie gespielt hatte, erntete er bestürzte Blicke.

„Wirklich nicht?", fragte ich entgeistert.

Er hob die Schultern.

„Na ja, ich hatte früher nicht viele Freunde, wie du ja

weißt", antwortete er, woraufhin meine Mom den Kopf schüttelte.

„Das kann ich mir gar nicht vorstellen, bei so einem charmanten, jungen Mann."

Er lächelte, aber der bittere Nachgeschmack seiner Worte blieb. Hatte er überhaupt jemals eine halbwegs gewöhnliche Kindheit geführt? Wohl kaum, wenn er nicht einmal Gesellschaftsspiele gespielt hatte. Der Ausdruck in seinen Augen tat mir im Herzen weh, doch als hätte er mein Mitleid bemerkt, zog er eine innere Mauer hoch und verbarg seine Gedanken dahinter.

Zum Nachmittag hin – Lucan hatte das Spiel übrigens gewonnen – machten wir uns dann zu Großtante Mary auf. Bei unserer gefakten Liebesgeschichte hatte ich leider nicht bedacht, dass wir ja nur eine Dreizimmerwohnung hatten, und so musste Lucan in meinem Zimmer schlafen, was wir vor meinen Eltern natürlich hingenommen hatten. Er selbst hatte diese Information wieder einmal locker weggesteckt, doch als meine Mutter mein Bett betrachtet und bemerkt hatte, dass es schon für uns zwei reichen würde, war ich angelaufen wie eine überreife Tomate.

Mit Lucan in einem Bett schlafen? Den ganzen Weg zu meiner Großtante hüllte ich mich in peinlich berührtes Schweigen, und sollte er ahnen, was in mir vorging, so ließ er es sich nicht anmerken.

Dann waren wir da und hielten vor einem kleinen, gemütlichen Haus. Von außen machte es eigentlich einen ganz schicken Eindruck und auch Marys Inneneinrichtung konnte sich sehen lassen, aber hinter der Fassade verbarg sich ein baufälliges Gebäude, das von Wasserschäden, über defekte Leitungen bis hin zu undichten Fenstern geplagt wurde. Anders als bei meinen Eltern, denn diese legten keinen allzu großen Wert darauf, hatten wir vorher noch bei einem Blumenhändler gehalten und einen gewaltigen Rosenstrauß gekauft.

Mary liebte Rosen, besonders gelbe, und irgendwie schien die ältere Generation darauf festgefahren zu sein, dass man bei jedem Besuch Blumen mitbringen musste. Hätte ich es nicht getan, wäre sie mir zwar nicht böse gewesen, aber ich wusste, wie sehr sie sich darüber freuen würde.

An der Haustür angekommen klingelte ich drei Mal und nach einigen Sekunden – es dauerte wesentlich länger als früher – klackte das Schloss und sie öffnete die Tür.

Mary war früher einmal eine schöne Frau gewesen und die Männer hatten ihr reihenweise nachgestellt. Das Alter und der sechsmonatige Krankenhausaufenthalt hatten ihr Aussehen allerdings ziemlich in Mitleidenschaft gezogen. Ihre Haare waren immer noch blond – sie färbte sie –, aber ihre Haut war von tiefen Falten geprägt und von den filigranen Gesichtszügen war auch nicht mehr allzu viel übrig.

Manchmal erschreckte es mich, was das Alter mit einem machte, denn es hielt mir vor Augen, wie vergänglich die Schönheit doch war und dass man jeden Moment seines jungen Daseins genießen sollte. Von der fehlenden Gartenarbeit und dem damit einhergehenden Bewegungsmangel hatte sie einige Pfunde zugelegt und die dunklen Schatten unter ihren Augen deuteten auf Müdigkeit hin.

„Wie geht es dir?“, fragte ich, nachdem wir uns fest gedrückt hatten.

Sie setzte ihren gewohnt mahnenden Blick auf, den sie aber nicht so meinte, und antwortete: „Das solltest du eine alte Frau nun wirklich nicht fragen, Kindchen. Wie soll es mir schon gehen? Vom Kopf her fühle ich mich nicht älter als du, aber mein Körper ... nun ja“, sagte sie mit einem traurigen Lächeln, sodass ich meine Frage bereute. Waren sie sich sonst so ähnlich und einer Meinung gewesen, aber während Grams den Tod und das Altern nie gefürchtet hatte, war Mary schon immer eine sehr modebewusste und gepflegte Frau gewesen.

Für Menschen, die ihr Leben lang schön und begehrt gewesen waren, war es bestimmt nicht einfach, eines Tages in den Spiegel zu sehen und in das Antlitz einer alten Frau zu blicken. Sie war aber nie eitel oder hochnäsig gewesen, doch sie hatte ihre Jugend und Gesundheit stets geschätzt.

„Und Sie müssen Elenas mysteriöser Freund sein", sagte sie und reichte Lucan die Hand. Vielleicht war es, weil ich nur darauf gewartet hatte, aber ich glaubte, ihn kaum merklich zusammenzucken zu sehen, als er ihre Hand schüttelte.

Dass er daraufhin meinen Blick mied, war mir eigentlich schon Antwort genug, doch weil ich mir nichts anmerken lassen wollte, wandte ich den Blick ab und ließ mich von ihr hineinführen. Das Haus war noch genauso liebevoll und kitschig eingerichtet wie ich es in Erinnerung hatte. Es war sehr hell: weiße Möbel, weiße Dekoration und weiße Bilderrahmen an den Wänden.

Das Ganze wurde von vielen Blumengestecken und bunten Vasen aufgewertet, was der Einrichtung eine puppenhafte Note gab. An der Wohnzimmerwand hing ein großes Familienfoto, mit Mom, Dad, mir und meinen Großeltern drauf, und auf der Kommode neben dem Eingang standen viele Erinnerungsbilder aus vergangener Zeit. Auf den meisten waren Mary und Grams zu sehen, als sie noch jung waren.

„Wie läuft es in der Schule? Schreibst du immer noch gute Noten?", erkundigte Mary sich, nachdem wir alle im Wohnzimmer Platz genommen hatten. Der Regen flachte allmählich ab, und durch die verglaste Terrassentür konnte ich die Sonne sehen, die sich langsam hinter den Wolken hervorschob.

„Ja, es läuft super", antwortete ich.

Sie nickte zufrieden, doch ihr Lächeln hatte deutlich von seinem früheren Glanz verloren. Mir war, als hätte ich nur noch eine schwache Kopie ihrer selbst vor mir, als wäre mit Grams' Tod ein Großteil ihrer Güte und Wärme herausgerissen worden. Großtante Mary wirkte nämlich viel härter und weniger unbeschwert als früher.

„Das ist schön, du hast Geschichte und Literatur schon immer geliebt, genau wie deine Großmutter. Sicher bist du schon aufgeregt wegen des Studiums."

Mein Blick ging automatisch zu Lucan, der ihn unglücklich erwiderte.

„Ja, ich … kann es kaum erwarten."

„Ah, fast hätte ich es vergessen", sagte sie und stand umständlich von ihrem Platz auf. Mit vorsichtigen Schritten näherte sie sich der Kommode mit den vielen Bildern und fischte einen Bilderrahmen heraus, um damit wieder zurückzukommen.

„Das wollte ich dir noch geben. Deine Großmutter hat das Bild geliebt, und ich bin sicher, dass sie wollen würde, dass du es jetzt bekommst."

Ich nahm das Bild entgegen und schaute in die Augen einer deutlich jüngeren Version von Grams, so wie ich sie noch nie gesehen hatte. Sie musste etwa in meinem Alter gewesen sein und poste mit einem Cheerleader-Puschel auf dem Sportplatz der *Dornan High School.* Schon ihre Mutter und deren Mutter waren auf meine Schule gegangen und mit Ausnahme der schwarzweißen Farbe hätte das Bild genauso gut erst gestern geschossen worden sein können, denn nichts hatte sich verändert.

„Danke", sagte ich den Tränen nahe und stellte das

Bild auf den Tisch. Dann sah ich sie ernst an.

„Tante Mary ... ich weiß, dass wir uns während deines Krankenhausaufenthalts und meiner Behandlung kaum gesehen haben, deshalb wollte ich dir noch mein Bei...“

Doch sie winkte hektisch ab.

„Nicht doch, Kindchen. Du standest meiner Schwester genauso nahe wie ich und jeder, der schon mal einen geliebten Menschen verloren hat, weiß, dass Beileidsbekundungen absolut keinen Trost spenden. Lassen wir das also, ich weiß auch so, wie sehr du es bedauerst“, sagte sie mit bitterernster Miene.

„Ich hole uns Kekse.“ Damit stand sie auf und verließ schon fast fluchtartig den Raum, wobei ich Tränen in ihren Augen zu sehen glaubte. Arme Mary!

Sie schloss die Tür hinter sich, wahrscheinlich, damit wir das Schluchzen nicht hörten, und während wir den Geräuschen lauschten, die Mary in der Küche verursachte, legte sich Schweigen über Lucan und mich.

„Sag es mir, Lucan, ist sie die Außerwählte?“, fragte ich und merkte nur am Rande, wie ich meine Finger in die Sessellehne krallte.

Er nickte, wobei sein Ausdruck so verschlossen war, dass ich keine Gefühlsregung darin erkennen konnte. Ob er verhindern wollte, dass ich Erleichterung in seinen Augen sah? Seine Antwort veranlasste mich dazu, meine Ellenbogen auf den Tisch zu stützen, das Gesicht in den Händen zu vergraben.

„Ich verstehe einfach nicht warum. Warum ist er ausgerechnet hinter ihr her und warum müssen so viele Menschen sterben, damit er sie bekommt?“

„Hör auf, Elena. Es bringt nichts, nach einen Grund zu suchen, weil es den nämlich nicht gibt“, sagte er leise. „Etliche haben sich dieselbe Frage gestellt und dabei ihren Verstand verloren. Glaub mir, du würdest keine zufriedenstellende Antwort finden."

„Aber wie kann so etwas Schreckliches ohne Grund passieren?", fragte ich und schaute auf. „Irgendjemand muss doch die Entscheidung treffen." Sein mitfühlender Blick zeigte mir, dass er diese Frage schon oft gehört hatte, und wahrscheinlich gab er mir dieselbe Antwort wie schon so vielen vor mir.

„Der Fehler ist, sich den Tod als jemand Lebendigen vorzustellen, jemand Denkenden und Fühlenden. Dabei ist es vielmehr ein Vorgang, der ohne Rücksicht und ohne Gefühle vonstattengeht und den wir nie ganz verstehen werden – nicht einmal Ben oder ich. Ich habe mich damals dasselbe gefragt und monatelang nach Antworten recherchiert, doch erfolglos, und erst Ben konnte mich dazu bringen, es aufzugeben.

Deshalb lass mich dir das Gleiche sagen wie er damals zu mir: Der Grund, weshalb das alles geschieht, ist bedeutungslos, denn selbst wenn du ihn wüsstest, könntest du nichts daran ändern. Vielleicht gibt es eine Todesliste, dessen Namen alphabetisch abgehakt werden, vielleicht geschieht die Auswahl aber auch willkürlich oder die Betreffenden sind einfach zur falschen Zeit am falschen Ort. Was aber auch der Grund ist, er wird nie befriedigend genug sein, um dir Genugtuung zu geben und den Hinterbliebenen Trost zu spenden.

Also halte dich nicht mit der Frage auf, lass sie einfach los", sagte er und ergriff über den Tisch hinweg meine Hand.

Ich atme tief durch, ließ mir das Gesagte durch den Kopf gehen und befand, dass er recht hatte. Welche Rolle spielte es schon, weshalb das alles geschah? Meine Großeltern waren tot, ob grundlos oder nicht, und entweder Mary oder ich, aber eine von uns beiden würde die Nächste sein.

„Störe ich?“, fragte Mary, die soeben den Raum betrat und unsere verschränkten Hände sah. Ruckartig zog ich meine Hand zurück, was albern war, denn wenn man ein Paar war, dann war es nur natürlich, sich zu berühren. Aber ich musste mich noch an meine neue Rolle gewöhnen.

„Nein, nein, setz dich doch“, bat ich und warf Lucan einen entschuldigenden Blick zu.

Mit einem aufsetzten Lächeln kam sie meiner Aufforderung nach und stellte ein Tablett mit selbstgemachten Keksen vor uns ab. „Entschuldigt meine schroffen Worte von eben, aber wenn es um den Tod meiner Schwester geht, dann reagiere ich noch etwas empfindlich“, rechtfertigte Mary sich und nahm Platz.

„Aber jetzt erzählt doch mal“, sagte sie und legte ihre warme Hand auf meine.

„Was habt ihr zwei Turteltäubchen für Zukunftspläne? Ist eine Hochzeit geplant, die ich noch erleben darf, oder vielleicht sogar Kinder?“

Sie scherzte zwar nur, trotzdem hätte mir ein Eimer eiskaltes Wasser weniger Stiche versetzt als ihre Frage. Ich begegnete Lucans Blick, der genauso starr war wie meiner, dann sah ich, dass Mary irgendeine Reaktion erwartete, wie etwa beschämt zu verneinen. Machten das frisch Verliebte nicht so? Also strich ich mir die Haare hinters Ohr und tat, als würde mich die Frage verlegen machen, obwohl sie meinem Herzen in Wahrheit doch Messerstiche versetzte. Anstatt zu antworten, schüttelte ich nur hilflos den Kopf, und Lucan, ritterlich wie er war, übernahm an meiner statt die Antwort.

„Soweit haben wir noch gar nicht geplant. Ich denke, wir werden erst einmal das Studium beenden. Um unsere Zukunft werden wir uns später Gedanken machen. Im

Moment versuchen wir nur, jede Sekunde zu genießen." Während er sprach, ruhten seine Augen auf meinem Gesicht, und ich fühlte meine Wangen heiß werden. Wow, das hörte sich ja richtig überzeugend an.

„Mein lieber Junge, Elena scheint dir ja richtig den Kopf verdreht zu haben", sagte Mary strahlend, und ihre Trauer schien vor Verzückung wie weggewischt.

Lucan und ich sahen uns über den Tisch hinweg an, und seinen Blick konnte man nur als sengend bezeichnen.

„Ja, das hat sie."

Daraufhin konnte ich mich kaum noch auf das Gespräch konzentrieren, denn Lucans Blicke verursachten eine Hitze in mir, die nicht von dem kleinen Kamin in der Ecke kommen konnte. Großtante Mary liebte das Knistern und den Geruch von Feuer und zündete den von ihrem Vater erbauten Kamin bei jeder Gelegenheit an – so auch heute, da das Wetter weniger sommerlich war.

Ich wusste nicht, wie lange wir dort saßen und plauderten – wobei sich hauptsächlich Lucan und Mary unterhielten und ich nur gelegentlich nickte -, aber irgendwann erwachte ich von selbst aus meinen Gedanken.

„... euch gerne ein paar mitnehmen, aber Elena scheint ja gar nicht richtig bei uns zu sein", drang ihre Stimme an mein Ohr.

„Hm?", machte ich und schaute sie an.

„Ich habe Lucan gerade von meinen heilenden Kräutern erzählt. Wärst du so lieb und pflückst uns welche? Die könntet ihr dann mitnehmen und euch einen entspannenden Tee machen", schlug sie vor.

„Ja, klar", sagte ich und erhob mich.

„Danke, Liebes, Tüten findest du neben der Spüle", rief sie mir hinterher, als ich mich zur Küche aufmachte.

Ich nickte, nahm eine durchsichtige Tüte, mit der man im Supermarkt Obst und Gemüse einpackte, und lief zur Terrassentür. Kurz bevor ich hindurchtrat, begegnete ich Lucans Blick, der mit einem Mal seltsam dunkel wirkte. Bevor ich seinen Ausdruck weiter analysieren konnte, war ich aber schon draußen und musste auf die Stufen achten, die von der kleinen Terrasse auf den Rasen führten. Marys Garten war penibel gepflegt, etwas, das sie in ihrem Alter ohne Hilfe kaum noch schaffen würde. Doch glücklicherweise kamen Mom und ihre Freundin regelmäßig vorbei, um ihn zu pflegen. Mom hasste das, denn anders als ich war sie nie ein Gartenkind und Naturliebhaber gewesen.

Vielleicht hatten Grams und ich uns deshalb so nahe gestanden, denn während sich Mom als Kind für technische Dinge begeistert hatte, hatte ich stundenlang mit Grams im Garten verbracht und Gemüse gesät. Wenn ich jetzt so darüber nachdachte, konnte ich mich daran erinnern, dass auch Großtante Mary oft dabei gewesen war. Zusammen hatten wir Erdbeeren, Äpfel und Pflaumen geerntet und daraus die verrücktesten Kuchen kreiert. Gott, es war so eine sorglose und schöne Zeit gewesen. Grams hatte immer gesagt, dass ich jeden Augenblick meines Lebens genießen sollte, vor allem den mit meinen Freunden und meiner Familie, denn wenn man später jemanden verlor, war es wichtig, schöne Erinnerungen an denjenigen zu haben, weil es einem den Abschied leichter machen würde.

Und sie hatte recht gehabt. Neben dem Schmerz, den ich dabei verspürte, wenn ich an sie und Grandpa dachte, gesellte sich auch immer ein positiver Gedanke dazu, der mir ein Lächeln auf die Lippen zauberte.

Umso bedauerlicher war es eigentlich, dass ich nur noch sehr wenige Erinnerungen an Tante Mary hatte. Es war nicht einmal meine oder ihre Schuld, denn nachdem sie ihn im Urlaub kennengelernt hatte, war sie mit ihrem zukünftigen Mann nach Europa gezogen und hatte dort Jahre lang gewohnt. Ihr Traum war es immer gewesen, später wieder hierherzukommen und hier alt zu werden, nur leider hatte sich dieser Wunsch schneller erfüllt als erwartet, denn sie hatten sich schon nach sieben Jahren Ehe getrennt und sie war allein zurückgekommen.

Das war wohl ihr Schicksal, denn nach drei Ehen und etlichen langjährigen Beziehungen hatte Mary nie den Mann fürs Leben gefunden. Sie würde kinderlos und ohne Partner sterben, und das hatte mir schon immer für sie leid getan.

Umso schöner wollten meine Mom und ich ihr die letzten Jahre bereiten, und ich würde einen Teufel tun und zulassen, dass sie für mich starb, nur damit ich glücklich sein konnte – auch wenn *sie* eigentlich die Auserwählte war.

Irgendwie konnte ich Lucan ja verstehen, denn er kannte Mary nicht so wie ich sie kannte. Sie war keine Familie für ihn, nicht der letzte lebende Mensch, der noch eine direkte Verbindung zu Grams darstellte – mit Ausnahme meiner Mutter natürlich - und deshalb fiel es ihm auch viel leichter, sich ihren Tod an meiner Stelle vorzustellen. Aber ich konnte das nicht. Wenn der Tod - weshalb auch immer - nicht an sie heran kam und stattdessen mich auserwählt hatte, dann würde ich sicher nicht diejenige sein, die ihr ein Messer in den Rücken rammte, und ich würde auch nicht zulassen, dass es jemand anderes tat. Und da gab es eigentlich nur einen …

Nein. Ich schüttelte den Kopf. Soweit würde Lucan niemals gehen. Er war kein Mörder und er würde Großtante Mary nie etwas antun … oder? Unwillkürlich musste ich an seinen finsteren Blick von eben denken und erstarrte. Ich hockte auf dem Boden, die halbe Tüte bereits mit den verschiedensten Kräutern gefüllt, als ein lauter Schrei erklang.

Nein! Ich ließ die Tüte fallen und stolperte mit jagendem Puls zum Haus zurück. Das würde er nicht wagen, er würde Großtante Mary doch nicht wirklich töten! Doch die lähmende Angst, die sich in meinen Gliedern ausbreitete, sagte mir etwas anderes. Wie gut kannte ich Lucan wirklich? Er war zu mir zwar stets höflich gewesen, aber das bedeutete nicht, dass in ihm nichts Dunkles schlummern konnte. Wie normal konnte man denn noch sein, wenn man Dinge gesehen und erlebt hatte wie er? War es da nicht vorprogrammiert, dass sich ein Teil seiner Seele verfinsterte? Ich hätte auch nie gedacht, dass er gewalttätig werden würde, aber als es im Einkaufscenter um mein Leben gegangen war, hatte er auf die Wachmänner eingeschlagen, oder nicht? Und er hatte es selbst gesagt: Er würde lieber sie statt mich sterben lassen.

„Lucan!“, schrie ich und stürzte in das Haus, doch als ich um die Ecke bog, spielte sich eine Szene vor mir ab, die mich absolut verwirrte. Mary musste gelacht haben, denn ihr Mund war noch zu einem Lächeln geöffnet und ihre Hand lag auf ihrem Herz. Das Lächeln verwandelte sich aber Stück für Stück in ein Stirnrunzeln.

„Schätzchen, was brüllst du denn hier so herum?“, fragte sie und nahm die Hand herunter. Ich begegnete Lucans Blick, der mich genauso verwirrt ansah wie sie.

„Ich ... entschuldige, ich ... dachte nur ... Du hast geschrien und da dachte ich ...“ Vor lauter Gestammel brachte ich keinen vernünftigen Satz zustande.

Verwirrt und belustigt zugleich schaute Mary zu Lucan.

„Was denn, dachtest du etwa ... er tut mir etwas?“,

fragte sie schmunzelnd.

Ich lachte gekünstelt. „Natürlich nicht, ich dachte nur, du hättest dir etwas getan“, winkte ich mit einem wackeligen Lachen ab und sah wieder zu Lucan. Seiner versteinerten Miene nach glaubte er mir kein Wort. Gott, wie beschämend. Wie hatte ich nur eine Sekunde lang glauben können, dass er sie kaltblütig ermorden würde?!

„Tut mir leid, wenn ich dich so erschreckt habe, aber seine Witze sind wirklich zum Schreien“, sagte Mary. „Na komm, setz dich. Du bist weiß wie eine Wand.“

Als wir uns eine Stunde später verabschiedet hatten und im Auto saßen, wandte ich mich an Lucan.

„Tut mir wirklich leid. Ich weiß auch nicht, was da in mich gefahren ist.“

Ohne mich anzusehen, startete er den Motor und fuhr los – er war wirklich wütend.

„Ich kann einfach nicht fassen, dass du wirklich geglaubt hast, ich tue ihr etwas an. Für wen hältst du mich eigentlich?“, fragte er, immer noch auf die Straße schauend.

„Tut mir leid, ich … du hast nur so böse geschaut, als ich in den Garten gegangen bin und …

„Da nimmst du einfach an, dass ich sie in ihrem eigenen Wohnzimmer absteche?“, beendete er meinen Satz.

„Was soll ich denn noch sagen? Es tut mir leid, Lucan. Ich weiß selbst, dass das bescheuert war“, sagte ich und versuchte, seinen Blick einzufangen.

„Das ändert nur nichts daran, dass du es geglaubt hast“, sagte er, und das waren die letzten Worte, bis wir bei meinen Eltern waren. Als wir im Fahrstuhl standen, fühlte ich mich elend. Lucan war noch nie sauer auf mich gewesen, zumindest hatte er mir das nie so offen gezeigt, und es machte mich echt fertig. So ein verständnisvoller

Mensch wie er sollte einfach nicht wütend auf andere sein. Das war irgendwie falsch, gegen seine Natur, so als würden Kühe plötzlich fliegen.

Wieder zu Hause angekommen, setzten wir beide eine fröhliche Miene auf und hielten die Fassade auch noch beim Abendessen aufrecht. Lucan war wirklich gut. Während ich mich bemühte, seinen Blick einzufangen und mich mit Blicken zu entschuldigen, wich er ihnen gekonnt aus und unterhielt meine Eltern stattdessen mit Studentenwitzen. Er bestrafte mich, und auch wenn es schmerzte, so hatte ich es doch verdient.

„Hier ist das zweite Kopfkissen. Braucht ihr noch eine zusätzliche Decke oder reicht euch die eine?", fragte Mom, als wir in meinem Zimmer standen. Ich wollte gerade antworten, als Lucan mir zuvorkam.

„Eine reicht. Bei mir zuhause teilen wir uns auch eine Decke."

Während meine Mutter schmunzelte, fielen mir beinahe die Augen aus dem Kopf. War das sein Ernst? So wollte er mich also betrafen?

„Also dann, schlaft gut. Morgen fahren wir in die Stadt und unternehmen was Schönes", sagte sie und küsste mich auf die Stirn. Dann schloss sie die Tür hinter sich, und Lucan und ich blieben in meinem Zimmer zurück.

„Das ist nicht witzig, Lucan", sagte ich streng und deutete auf mein Bett.

„Wo ist das Problem? Wir sind doch zusammen."

„Wenn du mich für vorhin bestrafen willst, in Ordnung, aber das hier ist … lächerlich", sagte ich mit verschränkten Armen.

„Wirklich? Für mich siehst du gerade ziemlich nervös aus", entgegnete er spöttisch.

Ich konnte es einfach nicht fassen. Der sonst so nette Lucan benahm sich gerade wie … ein Arsch! Hatte ich ihn wirklich so sehr verletzt? Kraftlos ließ ich mich in meinen Ecksessel fallen und stieß einen lauten Seufzer aus. Ich schätzte, ich hatte die Behandlung verdient.

Lucan beobachtete mich Zunge schnalzend, doch als ich seinen Blick müde erwiderte, verschwand der kalte Ausdruck aus seinen Augen.

„Gott, ich bin so ein Idiot. Tut mir leid“, sagte er und fuhr sich mit der Hand durchs Haar.

„Nein, mach nur. Ich habe dich schon so oft beleidigt und angeschrien, da kannst du deine Wut auch mal an mir auslassen. Ich weiß, dass ich es verdient habe, also … nur zu“, sagte ich und fühlte mich mehr als erschöpft.

Er schnaubte.

„Als ob ich sauer auf dich sein könnte. Ich habe mich wie ein Arsch benommen, dabei kann ich solche Typen überhaupt nicht leiden. Also verzeih mir, das kommt nicht wieder vor.“

Wir starrten uns etliche Sekunden lang an, dann lächelten wir versöhnlich, und ich ging ins Bad, um mir die Zähne zu putzen.

Als ich wiederkam, saß er noch angezogen auf dem Bett und las in einem meiner Liebesromane, wobei mir siedend heiß bewusst wurde, dass es jene Szene war, in der sich die Protagonisten leidenschaftlich küssten. Es war meine Lieblingsstelle, ich hatte sie schon tausend Mal gelesen. Die Kussszenen in Romanen wurden immer so magisch beschrieben, dass sie mich faszinierten, und diese hatte ich mit einem Lesezeichen versehen - das Lucan nun in der Hand hielt. Kommentarlos, aber mit einem Schmunzeln im Gesicht, steckte er das Lesezeichen wieder an seinen Platz und legte das Buch zurück.

„Solche Küsse sind also zu schön, um wahr zu sein, ja?“, fragte er erheitert und stand auf.

„Wie bitte?“ Verständnislos blinzelte ich ihn an.

„Du hast einen Kommentar auf der Seite hinterlassen, dass Buchküsse sowieso nicht der Wahrheit entsprechen“, erläuterte er.

Oh. Mein. Gott. Das hatte ich ja ganz vergessen, und das war auch nicht ich, sondern Liz gewesen! Sie stempelte mich stets als hoffnungslose Romantikerin ab und weil ich während unserer letzten Klassenfahrt immer wieder darin gelesen hatte, anstatt mir ihre Schwärmereien anzuhören, hatte sie es mir im Schlaf weggenommen und diese zynischen Worte hineingekritzelt. Ich war ihr nicht lange böse gewesen und heute, zwei Jahre später, konnten wir nur noch darüber lachen, doch gerade im Moment wollte ich wieder sauer sein, denn ich konnte ihm schlecht erzählen, dass das nicht ich gewesen war. Das hätte den Eindruck eines naiven Mädchens erweckt, das auf frischer Tat ertappt wurde, und er hätte mir sowieso nicht geglaubt.

„Äh, ja, das ... habe ich mal vor Jahren hineingeschrieben“, antwortete ich deshalb kleinlaut.

„Verstehe, dann hast du wohl noch nie den wahren Kuss erlebt, oder?“, vermutete er und kramte sein Shampoo und seine Zahnbürste aus der Tasche.

Ich hob die Brauen. Was war das denn bitte für eine Frage? Erwartete er darauf etwa eine Antwort? Als er die Utensilien hatte, kam er zur Tür und blieb dicht vor mir stehen. Sein intensiver Blick weckte in mir den starken Drang, ihm meine tiefsten Geheimnisse anzuvertrauen, und bevor ich mich stoppen konnte, sagte ich wahrheitsgemäß: „Nein, definitiv nicht. Was ist mit dir? Hattest *du* denn schon deinen wahren Kuss?“, wollte ich wissen.

Erst, als ich seine zuckenden Mundwinkel sah, wurde mir bewusst, dass er mich gerade auf den Arm genommen und die Frage überhaupt nicht ernst gemeint hatte. Mir wurde unangenehm heiß, und ich wäre am liebsten im Erdboden versunken.

„Idiot!“, sagte ich und versuchte, weniger beschämt als sauer zu klingen.

„Tut mir leid, ich konnte einfach nicht widerstehen. Nimm es als Retourkutsche für deine Verdächtigung“, sagte er und verschwand grinsend im Bad.

Als er wiederkam, hatte ich mich bereits unter die Bettdecke verkrochen. Ich trug zwar mehr als üblich, nämlich eine lange Schlafhose und ein blickdichtes Top mit Sport-BH, trotzdem musste ich ja nicht im Schlafzeug vor seiner Nase herumtanzen. Wobei … wenn ich mich recht erinnere, hatte er mich schon weitaus freizügiger gesehen. Die Hygieneartikel hatte er im Bad gelassen und seine Socken waren auch verschwunden, und als er die Tür schloss und das Licht ausknipste, bildete sich ein dicker Kloß in meinem Hals. Meine Nachttischlampe war noch an, deshalb konnte er meinen Gesichtsausdruck deutlich sehen.

„Ich kann auch auf dem Boden schlafen, wenn dir das unangenehm ist“, schlug er vor. Doch es war mir nicht seinetwegen unangenehm. Ich meine, hallo? Wer träumte denn nicht davon, mit ihm das Bett zu teilen? Nein, es war vielmehr die Angst davor, wie mein Körper auf seinen reagieren würde. Nun war ich mir nämlich nicht mehr sicher, ob ich meine Hände bei mir behalten konnte, wenn er neben mir lag. Was, wenn ich ihn im Schlaf aus Versehen betatschte? Das Bett war nämlich nicht sonderlich groß und es konnte durchaus sein, dass wir einander berührten.

„Nein, das wäre ungerecht“, sagte ich in dem Versuch, unbeschwert zu klingen, und klopfte neben mich aufs Bett.

Also zog er sich das Shirt über den Kopf und erinnerte mich dabei an den Werbespot eines bekannten Textilherstellers. Ansehnliche Muskeln formten seinen schmalen Oberkörper und bestärkten seine Chancen auf einen gutbezahlten Model-Job noch. Das wirklich Tolle an Lucans Körper war, dass seine Muskel nicht stählern und eingemeißelt wirkten, so als hätte er jahrelang dafür im Fitnessstudio trainiert, sondern dass sie eine natürliche Dichte hatten, und das machte ihn nur umso anziehender für mich. Ich merkte gar nicht, dass ich seinen Bauch anstarrte, und erst seine Stimme ließ mich erschrocken zu ihm aufschauen.

„Ich schlafe für gewöhnlich in Unterhose, ich hoffe, das ist in Ordnung?“, fragte er, wobei ich mir ein zufriedenes Funkeln in seinen Augen einbildete. Unterhose? Er wollte seine Hose ausziehen?

„Äh, ja“, stotterte ich, und als er seine Hose aufzuknöpfen begann, sah ich überall hin, nur nicht zu ihm. *Ehrlich, jetzt reiß dich mal zusammen!*, ermahnte ich mich. Ich konnte ja wohl auch schlecht erwarten, dass er in Jeans schlief, aber verdammt, die Temperatur im Zimmer stieg gerade rapide an.

„Solange du sie anbehältst“, fügte ich hinzu, um den peinlichen Moment etwas aufzulockern. Wobei … peinlich schien es nur mir zu sein, denn Lucan machte nicht den Eindruck, als würde er sich genieren, sich vor mir zu entblößen. Tja, warum auch? Mit diesem Luxuskörper hätte ich auch kein Problem damit!

Er lachte und schlug die Decke zurück, um ins Bett zu kommen, und als sich die Matratze unter seinem Gewicht bewegte, versuchte ich, meinem Herzrasen Herr zu werden - vergebens. Aber wie sollte es auch zur Ruhe kommen? Ich hatte gerade einen halbnackten Lucan in meinem Bett! Nicht einmal in meinen tollsten

Tagträumen hätte ich mir das ersehnt. Und nun? Ich würde nie und nimmer einschlafen können, wenn ich ihn so nahe bei mir hatte.

Und vor allem: *Wie* sollte ich schlafen? In der Seitenlage und ihm den Hintern entgegenstrecken? Wohl kaum! Ich wollte aber auch nicht auf dem Rücken liegen, denn dann hätte er mich ungeniert betrachten können. Gott, vielleicht war doch keine so gute Idee gewesen, ihn ins Bett zu lassen.

„Elena?“, fragte er, und das so unerwartet, dass ich kaum merklich zusammenzuckte. Stocksteif saß ich in meinem Bett und starrte das Bild an der Wand an. Ihm musste klar sein, dass ich mich in seiner Nähe nicht entspannen würde, und fürsorglich wie er war, versuchte er, mich abzulenken.

„Wenn du es wissen willst: Ich habe auch noch nicht meinen wahren Kuss gehabt. In meiner Jugend habe ich nicht viele Menschen an mich herangelassen, schon gar keine Frauen, aber das mit dem Kuss lag wohl noch an etwas anderem.“

Es funktionierte, denn ich drehte meinen Kopf neugierig zu ihm.

„Willst du es sehen?“, fragte er. Als ich nickte, schlug er die Decke zurück und ging an seine Tasche, wobei ich noch einmal seinen knackigen Körper begutachten konnte. Dann kam er mit seinem Portemonnaie zurück und holte seinen Schülerausweis hervor. Es musste ein anderer Pass sein, denn die Ausweise unserer Schule waren orange, während dieser hier grün war.

Ich brauchte einen Moment, um zu begreifen, dass der Junge auf dem Bild tatsächlich Lucan war, dann brach ich in schallendes Gelächter aus und presste mir daraufhin beschämt die Hand auf den Mund.

„Tut mir leid, ich wollte nicht …“

Doch er grinste ebenfalls.

„Du darfst ruhig lachen. Ich war ein pummliger Brillenträger mit fettigen Haaren, glaub mir, mich wollte niemand küssen."

Schmunzelnd gab ich ihm den Ausweis zurück, und er verstaute ihn im Portemonnaie. Wie aufopferungsvoll Lucan doch war. Da nahm er es hin, dass ich auf seine Kosten lachte, nur um mir die Anspannung zu nehmen. War es da noch so verwunderlich, dass ich mich zu diesem Jungen so hingezogen fühlte? Anna hatte recht, ich war ihm vollkommen verfallen und das schon am ersten Tag unseres Kennenlernens.

„Wie alt warst du da?", fragte ich, nun, da ich viel ungezwungener war.

Er saß ebenfalls im Bett, anders als ich hatte er sich die Decke aber nicht bis zum Kinn gezogen, weshalb sein gesamter Oberkörper zu sehen war.

„Zehn, glaube ich."

„Hut ab, dann hast du dich ganz schön gewandelt", meinte ich grinsend, woraufhin er sich bedankte.

„Ich sah nicht immer so aus. Vor meiner ersten Vorahnung habe ich mich viel bewegt, war gerne mit meinen Freunden auf dem Spielplatz", erzählte er von selbst, wobei sein Lächeln Stück für Stück erlosch.

„Aber nach Olivers Tod habe ich mich vollkommen zurückgezogen, und wenn man sich nur noch hinter Büchern versteckt, sich nicht mehr bewegt und vor lauter Frust Süßigkeiten in sich hineinstopft, dann macht sich das irgendwann am Gewicht bemerkbar."

Er wollte weitersprechen, doch dann entfuhr mir ein langes Gähnen, das ich hinter vorgehaltener Hand zu verstecken versuchte.

„Du solltest schlafen", bemerkte er und rutschte in eine liegende Position.

„Und was ist mit dir? Bist du denn nicht müde?“, fragte ich und tat es ihm gleich. Vorher schaltete ich aber noch die Nachttischlampe aus, wodurch es stockdunkel wurde und sein Gesicht vor meinen Augen verschwand. Dafür hörte ich ihn aber vernehmlich schnauben.

„Glaub mir, im Moment ist mir alles andere als zum Schlafen zumute.“

Seine Worte bereiteten mir Herzklopfen, obwohl ich mir nicht einmal sicher war, wie sie gemeint waren. War das auf die heutigen Ereignisse bezogen? Bestimmt, denn etwas anderes konnte er kaum meinen, oder? Ich legte mich auf den Bauch, versuchte, seine nackte Haut dabei nicht zu berühren, und schloss die Augen, und obwohl ich es seit jener Nacht nicht mehr getan hatte, schlief ich ohne Tabletten und ohne Albträume zu haben ein.

Als ich aufwachte, spürte ich etwas Warmes und Hartes unter mir. Es war sehr bequem und bewegte sich unter meiner Wange, außerdem pochte es in einem gleichmäßigen und beruhigenden Takt. Meine Hand lag dagegen auf etwas Festem und aus unebenen Dellen Bestehendem. Was war das? Es roch gut, schon beinahe betörend, und es kicherte leise.

„Das fühlt sich wirklich toll an, Elena, aber wenn du so weitermachst, kann ich für nichts garantieren“, hörte ich eine samtig weiche Stimme an meinem Ohr.

Ich war schlagartig wach und mir wurde so einiges klar. Es war Lucan, auf dem ich lag, sein Herz, das fest gegen meine Wange schlug, und sein trainierter Bauch, der sich unter meiner Hand bewegte.

So schnell, dass mir schwindelig wurde, fuhr ich hoch und wich zurück. „Gott, entschuldige, das … ich habe geschlafen und …“, stotterte ich, doch er blickte mich nur amüsiert an.

„Du brauchst dich nicht zu entschuldigen. Es war nicht unbedingt das unangenehmste Erlebnis“, sagte er, immer noch mit diesem amüsierten Blick.

Ich kratzte mir verlegen am Hinterkopf.

„Wie bin ich überhaupt dahin gekommen? Ich kann mich nicht daran erinnern, mich auf deine Seite gelegt zu haben“, sagte ich peinlich berührt.

Er lachte.

„Na, *ich* habe dich jedenfalls nicht dazu gezwungen.“

Ich schaute ihn an, ließ meinen Blick über die verschränkten Arme hinter seinem Kopf zu seinem wundervollen Oberkörper wandern. Gott, ich hätte mich nur allzu gern wieder zu ihm gelegt, denn es hatte sich wunderbar angefühlt, in seinen Armen zu liegen. Erst, als sein Lächeln schlagartig verschwand, bemerkte ich die Träne, die sich über meine Wange gestohlen hatte.

„Habe ich etwas Falsches gesagt?“, fragte er und richtete sich besorgt auf.

Ich schüttelte den Kopf und wischte die Tränen weg. „Nein, tut mir leid, es ist nur …“ Es hatte sich so verdammt richtig in seinen Armen angefühlt, so unbekümmert und geborgen, dass ich nicht wusste, ob ich jemals wieder ohne seine Berührung und seine Nähe würde einschlafen können. Und jetzt war alles vorbei. Ich war aufgewacht und befand mich wieder in der Realität, und genau das machte mir zu schaffen. Wie ungerecht das alles doch war!

Als ich aufstand und zur Tür ging, schlug er die Decke zurück und erhob sich ebenfalls. Da stand er, nur in Unterhose bekleidet und so geheimnisvoll und vollkommen, dass ihn nur der Himmel ausgespuckt haben konnte.

„Warte, Elena, ich … muss dir noch etwas sagen."

Doch ich schüttelte nur den Kopf. Ich konnte ihn jetzt nicht ansehen, konnte seine Nähe nicht ertragen.

„Ich geh mich frisch machen", winkte ich deshalb ab und eilte hinaus.

Meine fluchtartige Reaktion tat mir unheimlich leid, denn er musste denken, dass er etwas falsch gemacht hatte. Dem war natürlich nicht so, aber ich musste etwas Abstand zwischen uns bringen. Keine Ahnung, wie ich das meinen Eltern klarmachen sollte, aber wir würden nicht noch einmal in einem Bett schlafen können.

Diese Nähe, *so* neben ihm aufzuwachen, als wären wir ein glückliches Paar … das war einfach unerträglich für mich. So etwas würden wir nie zusammen haben, und deshalb konnte ich mich auch nicht so verhalten, als wäre es anders – als würde es Hoffnung geben!

Eine Stunde später – ich hatte es so lange hinausgezögert wie möglich – kam ich wieder ins Zimmer. In meiner Eile hatte ich vergessen, mir frische Sachen mitzunehmen, deshalb war ich wieder in meinen Schlafanzug geschlüpft, aber ich war zumindest geduscht und hatte einen frischen Atem. Lucan stand angezogen am Fenster, den Rücken mir zugekehrt, und sah hinaus.

Seine Haltung drückte Anspannung aus und seine Hände hatte er in den Hosentaschen vergraben.

„Tut mir leid", sagte ich, nachdem ich die Tür geschlossen hatte. „Ich wollte nicht so einfach abhauen, aber … so neben dir zu liegen, dass …"

Er drehte sich zu mir um und sah mich an.

„Denkst du, für mich ist es einfacher? Dir jeden Tag nahe zu sein und darauf zu warten, dass du endlich über

deinen Schatten springst?", fragte er und klang leicht angesäuert.
Ich blinzelte.
„W… wie bitte?"
Da nahm er die Hände aus den Hosentaschen und kam so geschmeidig auf mich zu, als wäre er ein Raubtier und ich seine Beute.

„Bei aller Freundschaft, aber glaubst du, ich würde es dir nicht ansehen? Und denkst du wirklich, dass ich das alles nur aus reiner Freundschaft für dich mache? Ich habe dir zwar gesagt, dass ich Mitleid mit dir hätte, aber ich dachte, dass du irgendwann selbst drauf kommst, Elena."

Mittlerweile stand er direkt vor mir, sodass ich zwischen seinen Körper und der Tür eingeschlossen war. Ich starrte mit großen Augen zu ihm auf und glaubte, das Blut in meinen Ohren rauschen zu hören. Wollte er damit etwa sagen …? Nein, das musste ein Traum sein. Warum klopfte mein Herz dann so laut, als wollte es mir aus der Brust springen, und warum wurde mein Mund so trocken? Mein Körper schien die Antwort schon zu wissen, doch mein Verstand weigerte sich. Lucan musste mich wieder auf den Arm nehmen, denn er konnte sich unmöglich *so* für mich interessieren!

Mit weichen Knien schob ich mich an ihm vorbei und ließ ihn an der Tür stehen. Dieser sengende Blick, dem konnte ich unmöglich länger standhalten, ohne dahin zu schmelzen.

„Wollen wir nicht lieber … äh, nach unten gehen? Meine Eltern haben bestimmt schon das Früh…" Ich stockte, als er sich mit hochgezogenen Brauen zu mir umdrehte.

„Hast du mir überhaupt zugehört?", fragte er mit ernster Miene.

Ich nickte, und als mir bewusst wurde, wie eingeschüchtert ich aussehen musste, sagte ich mit fester Stimme: „Sicher, du sagtest, dass du mich magst."

Er stieß ein Lachen aus, das eine Spur zu hart klang.

„*Mögen*, so kann man es auch nennen …"

Ich musterte ihn aus wachsamen Augen, denn seine plötzliche Offensive reizte und verstörte mich gleichermaßen. Er strahlte eine Entschlossenheit aus, die mich einschüchterte und meine Glieder butterweich werden ließ.

„Lässt du mich bitte vorbei?", fragte ich mit betont fester Stimme und ging auf ihn zu. Ich wusste, was er wollte, Herrgott, ich war ja nicht blöd, aber etwas sagte mir, dass das keine gute Idee war. Für uns gab es keine Zukunft, und was auch immer ihn dazu verleitete, mich küssen zu wollen – es war nicht richtig und würde uns beiden nur Kummer bereiten.

Er kam meiner Aufforderung nach und trat beiseite, doch gerade als ich den Türknauf drehen wollte, erklang seine Stimme hinter mir.

„Elena …" Er sprach meinen Namen leise und geschmeidig aus, wie flüssiger Honig, und genau das schien auch mit meinen Gliedmaßen zu passieren: Sie verflüssigten sich, denn mein Arm sackte kraftlos herab.

„Ja?", fragte ich.

„Dreh dich um."

Wenn ich schlau gewesen wäre, hätte ich einfach die Tür geöffnet und wäre gegangen, doch seine Aufforderung ließ mich automatisch zu ihm herumfahren. Das war ein Fehler, denn im nächsten Moment lehnte ich mit dem Rücken an der Tür und spürte seinen Körper an mir. Sein Kuss kam so schnell und unerwartet, dass ich nicht mehr reagieren konnte. Eben noch hatte ich in seine Augen geschaut, und in der nächsten Sekunde lagen seine Lippen auf meinen.

Die erste Berührung war bittend und vorsichtig. Er ließ mir genügend Zeit, um ihn wegzustoßen oder mich zu befreien, doch einmal seine Lippen geschmeckt, konnte ich nicht genug davon bekommen. Instinktiv schlang ich ihm die Arme um den Hals und zog ihn zu einem intensiveren Kuss heran, und Lucan quittierte meine Aufforderung mit einem leisen Stöhnen und indem er meine Taille umfasste.

Wow. Ich konnte weder klar denken noch sagen, wo unten oder oben war, denn mein Zimmer löste sich auf und verwandelte sich in einem farbenfrohen Strudel. Genauso hatte ich mir einen richtigen Kuss immer vorgestellt, denn Lucan wusste genau, was er tat. Er unterbrach den Kontakt unserer Lippen, um mit sanften Küssen über meinen Hals zu fahren, an meinem Schlüsselbein zu knabbern und mich schließlich wieder zu küssen. Himmel, ich hielt das nicht länger aus! Mit einem lustvollen und entrüsteten Keuchen zugleich löste ich mich von ihm.

„Das ist falsch, Lucan, wir … wir sollten das nicht tun“, keuchte ich und befreite mich von seinen Händen. Sollten? Wir *hatten* es doch gerade getan, verdammt!

„Tatsächlich? Es fühlt sich aber nicht so an“, sagte er und zog mich wieder in seine Arme. Als er mich diesmal küsste, drohte ich wirklich, die Kontrolle zu verlieren, denn er nutzte meinen offenstehenden Mund, um mit der Zunge einzudringen und meine mit gekonnten Bewegungen zu necken.

Es war fast, als wollte er mich damit überreden, und ich musste zugeben, es funktionierte ausgezeichnet. Eine endlose Sekunde lang wusste ich nicht einmal, was ich eben gesagt hatte, doch irgendwie schaffte ich es, in die Realität zurück zu gelangen und mich entschieden von ihm loszumachen.

„Ich werde sterben, Lucan!"

„Nicht, wenn ich es verhindern kann", widersprach er und atmete genauso unregelmäßig wie ich. In seinen Augen schimmerte ein fiebriger Glanz, und ich war mir sicher, wenn ich in den Spiegel schauen würde, dann würde ich dasselbe Funkeln auch in meinen vorfinden. Aber wie konnte er nur so etwas behaupten, nach allem was er über den Tod wusste? Wie konnte er mich küssen, wo ich doch dem Tode geweiht war? Als ich den Mund öffnen wollte, legte er mir einen Finger auf die Lippen.

„Warum kämpfst du dagegen an, Elena? Warum kannst du nicht zulassen, dass wir wenigstens für den Moment glücklich sind? Ich sehe doch, dass du mich auch willst, und wenn ich ehrlich sein soll, habe ich es satt, immer nur an dem Schlechten festzuhalten. Ben schärft mir schon seit Jahren ein, dass ich mich von den Menschen fernhalten soll, dass meine Kontaktfreude töricht, zu gefährlich ist, aber was ist das denn für ein Leben, das ich seiner Meinung nach führen soll? Ich *will* glücklich sein, Elena, und im Moment bist du diejenige, die mich glücklich macht. Also bitte ich dich: Lass es zu."

„Lucan, deine Worte sind … rührend … und du hast recht, ich fühle mich zu dir hingezogen, aber mein Schicksal ist besiegelt!", beteuerte ich traurig.

„Das weißt du nicht sicher", erwiderte er, und allmählich erlosch das Funkeln in seinen Augen.

„Ich konnte Judith zwei Monate lang beschützen. Wenn sie ihr Leben nicht frühzeitig beendet hätte … wer weiß, wie lange sie dann noch gelebt hätte", sagte er zuversichtlich.

Tränen sammelten sich in meinen Augen, denn seine Worte klangen zu schön, um wahr zu sein.

„Ich will ja mit dir glücklich sein, aber wenn ich

daran denke, dass ich dich irgendwann zurücklassen werde ...“

„Das steht nicht fest“, sagte er noch einmal.

„Und wenn doch? Was, wenn ich morgen schon sterbe?!“ Schon eigenartig. Vor wenigen Sekunden hatte ich noch höchstes Glück empfunden, und nun liefen mir schon wieder die Tränen. Wie lange konnte ein Mensch so ein Gefühlschaos eigentlich aushalten, ehe er daran zerbrach?

„Mach dir um mich keine Sorgen“, antwortete er mit einem schwachen Lächeln. „Ich will zwar nicht behaupten, dass ich deinen Tod verkraften würde, denn das wäre nicht nur herzlos, sondern auch absolut gelogen, aber wenn ich nur einen Tag mit dir zusammen sein kann, dann nehme ich die Trauer gerne hin. Was hat es denn für einen Sinn, unsere letzten Tage in Angst und Einsamkeit zu leben, wenn wir sie auch gemeinsam verbringen können? Für mich ist nur wichtig, dass du glücklich bist, Elena, und ohne eingebildet klingen zu wollen, aber ich glaube, am glücklichsten bist du mit mir.“

Mein Blick flackerte. und ich begann zu schluchzen.

„Denke nicht darüber nach, Elena. Verstand hat hier nichts zu suchen“, flüsterte er.

„Lass es zu, sag einfach ja.“ Damit zog er mich wieder in seine Arme, und ich vergrub mein Gesicht an seinen Hals, um den unverkennbaren Duft einzuatmen. Wie könnte ich auch gegen jemanden ankämpfen, den ich bedingungslos liebte?

Die Ferien entwickelten sich zu den besten meines Lebens, denn gerade, weil jeder Tag mein letzter sein könnte, nahm ich alles um mich herum bewusster wahr und genoss jeden einzelnen Moment mit meinen Eltern. Noch nie hatte mir ein Glas Cola besser geschmeckt, noch nie hatte ich mich mehr in Spieleabende reingehängt und noch nie hatte eine fettige Pizza aus einem heruntergekommenen Lokal besser geschmeckt als jetzt. Zu wissen, dass jedes Erlebnis mein letztes sein könnte, erfüllte mich mit mehr Leben als in meinem ganzen bisherigen.

Ich begeisterte mich für einfach alles, wollte sämtliche Dinge noch einmal tun, Neues ausprobieren, und ich wollte jeden Tag neben Lucan aufwachen – meinem persönlichen Engel. Es war verrückt, denn hatten wir vor wenigen Tagen noch so getan als ob, waren wir jetzt wirklich zusammen, was sich so wunderbar anfühlte, dass es meine Zweifel an unserer Zukunft erstickte. Denn er hatte recht. Anstatt in Selbstmitleid zu baden, sollte ich jede Sekunde genießen, und weil ich so euphorisch war und er mir noch mindestens zwei Monate zusicherte, beschloss ich, mit ihm zurückzufahren.

Ich wollte weder Vorbereitungen treffen noch ans Ende denken, sondern *genauso* von der Welt gehen, wie es mir von Anfang an bestimmt gewesen war: plötzlich und als glücklicher Mensch. Da kam es uns gelegen, dass in wenigen Tagen der Schulball veranstaltet werden würde und ich noch einmal Gelegenheit bekam, alle meine Leute auf einem Haufen zu sehen.

„Passt auf euch auf, wir sehen uns in den Sommerferien", raunte Mom mir zu und drückte mich fest an sich. Ein letztes Mal atmete ich ihr Parfüm ein und drückte sie an mich, dann küsste ich sie auf die Wange und löste mich von ihr. Ich war stolz auf mich, denn ich schaffte es, keine einzige Träne zu vergießen und ihr mit fester Stimme zu sagen: „Pass gut auf Dad auf, du weißt, er ist ohne dich aufgeschmissen."

Damit stiegen wir ins Auto, und kaum hatte ich die Tür geschlossen, fragte Lucan:

„Alles in Ordnung?" Ich lauschte kurz in mich hinein und nickte dann. Ich hatte meine Eltern und Großtante Mary verabschiedet, würde noch Zeit haben, um meinen Freunden ebenfalls Lebewohl zu sagen, und ich hatte einen Beschützer an meiner Seite, der mich bis zum Ende begleiten würde, und damit war ich wohl eine der wenigen Auserwählten auf dieser Welt, die sich wahrhaft glücklich schätzen konnten. Also ja, es war alles in Ordnung.

# Vollmond
# *** 11 ***

Der Schulball rückte näher, und vielleicht lag es daran, dass ich das erste Mal seit Langem wieder im Reinen mit mir war und das auch ausstrahlte, aber ich verstand mich wieder richtig gut mit Anna. Irgendwie stand die Sache mit Lucan zwar noch zwischen uns, aber wir hatten uns stumm darauf geeinigt, das Thema ruhen zu lassen. Sie hatte wohl eingesehen, dass ich alt und vor allem klug genug war, um eigene Entscheidungen zu treffen, und vielleicht fand sie es nicht berauschend, dass Lucan und ich nun offiziell zusammen waren, und vielleicht hielt sie ihn insgeheim noch für einen Verrückten, aber um unserer Freundschaft Willen akzeptierte sie unsere Beziehung, und das bewies nur, was für eine begnadete Freundin sie war.

Sie ging mit Tobi zum Ball, doch weniger aus romantischen Gründen, sondern vielmehr, weil sie auf die Schnelle niemanden mehr gefunden hatte. Nach unserem Streit war nämlich nicht klar gewesen, ob wir überhaupt hingehen würden, und ohne den anderen hätten wir es nicht getan. Tobias juckte das aber wenig, denn der war noch nie ein Romantiker gewesen und freute sich ohnehin nur darauf, mit seinen Kumpels eine Fete zu veranstalten, und um auf den Ball gehen zu können, brauchte er nun mal eine Begleitung. Es war also ein rein zweckmäßiges Arrangement, das mich aber auch irgendwie traurig machte.

Ich hätte zu gern noch erlebt, wie sich Anna das erste Mal verliebte, hätte sie beraten und getröstet, wenn es auseinanderging, und ihr dabei geholfen, den Richtigen zu finden. Ich hatte auch immer ihre Brautjungfer sein wollen und sie die meine, deshalb tat es weh, zu wissen, dass ich das alles nicht mehr erleben würde. Und dennoch. Dass ich jemanden wie Lucan kennengelernt hatte, der sich so aufopferungsvoll um mich kümmerte und mich wirklich mochte … das war ein Segen und spendete mir einen gewissen Trost.

Wie üblich würden die Paare zusammen zum Schulball gehen, deshalb würden wir uns alle erst in der Schule treffen.

Als ich die Treppe in Lucans Haus hinunterstieg und ihn am Fuße warten sah, fühlte ich mich wie in der berühmten Szene in *Titanic*. Da stand er, zwar weder mit gestriegelten Haaren noch in vornehmer Haltung, aber bei Weitem attraktiver als Jack Dawson es jemals sein könnte. Lucan sah in seinen dunklen Sachen wirklich atemberaubend aus und das Tolle war: Er musste sich nicht einmal verkleiden, um als Todesengel durchzugehen.

Das war mein Vorschlag gewesen, den er anfangs überhaupt nicht lustig gefunden hatte, aber, hey, man musste das Ganze doch irgendwie mit Humor nehmen, und so passten wir wenigstens zusammen. Seine lässige Malerfrisur lud geradezu zum darin Herumwühlen ein, und als seine Augen bei meinem Anblick aufleuchteten, schlug mir das Herz bis zum Hals. So hatte ich es mir immer gewünscht. Grams‘ wundervolles Kleid zu tragen und von dem Jungen zum Ball begleitet zu werden, den ich liebte.

Das Kleid sah wirklich traumhaft aus, und entgegen meinen Befürchtungen hatte ich doch hineingepasst.

Es zwickte zwar etwas unter den Armen, das lag aber wahrscheinlich nicht am Gewicht, sondern an meinem Wachstum. Dennoch betonte es wunderbar meine Taille und floss in verschiedenen weißen Ebenen aus Chiffon, Seide und Spitze an meinem Körper herab. Die Flügel waren klein und unauffällig, damit sie mich nicht behinderten, und auf einen Heiligenschein hatte ich auch verzichtet, denn das hätte lächerlich ausgesehen. Schon damals hatte ich zu Grams gesagt, dass mein Kleid weniger nach einem Kostüm aussehen sollte, und ich musste sagen, sie hatte es perfekt umgesetzt. Mit etwas Fantasie glaubte ich sogar, noch ihren Duft am Stoff wahrzunehmen.

„Du musst wirklich ein Engel sein", sagte Lucan, als ich bei ihm angekommen war, und küsste mich auf den Mund. Seine Lippen waren weich und warm, glühten schon fast, und seine Hände auf meinem Rücken drückten unsere Körper aneinander. Am liebsten hätte ich mich nie wieder von ihm gelöst, doch wir mussten los, wenn wir nicht zu spät kommen wollten.

Zwanzig Minuten später begrüßte sich unsere Gruppe dann, und es war wunderbar, alle meine Freunde wiederzusehen. Liz und Chloe waren Prinzessin und Herzogin – was auch sonst, Rebecca hatte sich in eine sexy Britney Spears-Schuluniform geworfen und die Jungs gingen als Zorro, Gentleman und König. Tobi hatte sich eine *The Crow*-Maske aufgesetzt, womit er leider gar nicht zu der Elfe Anna passte, die im Übrigen atemberaubend aussah, aber da sie wohl kaum miteinander tanzen oder zusammenhocken würden, war es zu verkraften.

Nachdem wir gegenseitig unsere Kostüme bewundert hatten, gingen wir hinein und fanden uns in einer wundervoll dekorierten Schule wieder. Wie es für solche Veranstaltungen üblich war, begegneten uns überall rote und rosafarbene Luftballons, die an Treppengeländern und Säulen befestigt waren oder einfach an der Decke schwebten. Es gab auch einen Kuchenbasar, in dem Schüler ihr selbst gemachtes Gebäck verkauften. Das Geld floss dann in Klassenfahrten oder andere Veranstaltungen.

Wir fanden uns in der großen Sporthalle ein, die zu einem gewaltigen Ballsaal umdekoriert worden war und in dem als Vampire verkleidete DJs Musik auflegten. In der einen Ecke gab es alkoholfreie Bowle, aber wie ich die Jungs kannte, hatte man in den einen oder anderen Becher bestimmt Alkohol gefüllt – das musste bei Schulpartys wohl einfach so sein. Es war lustig, mit anzusehen, denn genierten sich anfangs noch alle, machte irgendwann ein Pärchen den ersten Schritt und Minuten später war die Tanzfläche von tanzenden Pärchen besiedelt.

„Hilfe, das ist dann wohl mein Zeichen", sagte Tobi und verdrückte sich mit Johnson zu den Getränken.

Anna und ich lachten, dann zog Lucan mich aufs Parkett und legte die Arme um meine Mitte.

„Ich wusste gar nicht, dass du tanzen kannst", sagte ich grinsend und schlang die Arme um seinen Hals.

„Kann ich auch nicht, hab's nie probiert, aber wie schwer kann das schon sein?", sagte er und deutete auf die Umstehenden, die nur leicht auf der Stelle wippten.

Ich lachte und drückte ihm einen Kuss auf die Wange.

„Auch wenn du es wahrscheinlich schon längst weißt, aber ich möchte dir danken, Lucan", sagte ich und war im nächsten Moment todernst.

„Was du hier für mich machst … du bereicherst mir jeden einzelnen Tag und sorgst dafür, dass ich glücklich bin. Das ist mehr als ich mir jemals erhofft habe."

„Sicher, dass du mir danken willst? Ich mache das

nämlich nicht für dich, sondern einzig und allein aus Eigennutz", sagte er mit einem frechen Zwinkern.

„Ich tue das nur für mich, denn dich glücklich zu machen, macht mich glücklich", fügte er hinzu und senkte seine Lippen auf meine.

Irgendwann zogen sich Lucan und die Jungs zurück, um ihr eigenes Ding zu machen – wobei er mir versicherte, dass mir heute nichts passieren würde - und wir Mädels streiften durch die Schule und hielten hier und da an, um mit anderen Schülern zu plaudern. Ich fühlte mich so gut, denn genauso hatte ich mir den Abschied vorgestellt. Noch einmal so richtig unbeschwert und kindlich zu sein und das mit meinen Mädels.

Später am Abend zogen sich Chloe und Liz dann auf die Toilette zurück, um ihr Make-up aufzufrischen, und Rebecca wurde von einem Piraten auf einen Drink eingeladen. Da nutzte Anna die Gunst der Stunde und zog mich aus dem Gebäude in die Nacht hinaus. Das Schulgelände war von Fackeln erhellt und hier draußen konnte man die gedämpfte Musik aus der Turnhalle wummern hören. Die zusätzlichen Lichtquellen wären aber gar nicht nötig gewesen, denn es war Vollmond und der sorgte bereits für ausreichend Beleuchtung. An einer Bank nahe der Wiese ließen wir uns dann nieder, und Anna ergriff meine Hand.

„Ich möchte, dass du eines weißt, Elena: Ich weiß nicht, was das zwischen dir und Lucan ist, aber ich sehe, dass ihr glücklich seid, und das beschämt mich. Ich meine, alleine wir ihr euch anseht und berührt … das habe ich mir schon so lange für dich gewünscht, vor allem nach der Pleite mit Marvin, und zu sehen, wie glücklich du bist, ist wirklich toll."

„Nicht doch, Anna", wollte ich abwinken, denn ich wollte unseren Streit nicht wieder hochkochen lassen, doch sie ließ mir keine Chance.

„Nein, bitte. Ich habe mich falsch verhalten, und was noch viel schlimmer ist, ich habe deinem Urteil misstraut. Was Lucan damals durchgemacht hat, war schrecklich, und ich hatte nichts Besseres zu tun, als dir diesen Zeitungsartikel unter die Nase zu halten und ihn zu beschuldigen. Er muss mich hassen, und das ist schrecklich, weil ich eigentlich gar nicht so bin. Aber Menschen können sich ändern, und jeder verdient eine zweite Chance, und wenn du Lucan vertraust, dann tue ich das auch."

Ich blinzelte die Tränen weg und biss mir auf die Unterlippe.

„Ich verspreche dir hiermit, eure Beziehung nie wieder infrage zu stellen. Du bist meine beste Freundin, und ich liebe dich, Elena, da darf so etwas nicht zwischen uns stehen."

Ich wusste nicht, was ich sagen sollte, und keine Worte der Welt hätten ausdrücken können, was ich in diesem Moment empfand, also weinte ich, und Anna schloss sich mir an.

„Alles in Ordnung?", fragte Lucan, nachdem wir wieder zu den anderen gestoßen waren. Eigentlich waren meine Tränen längst versiegt, aber er schien mir trotzdem etwas anzumerken.

„Besser noch, Elena und ich haben uns wieder vertragen, und ich möchte mich bei dir entschuldigen", antwortete Anna an meiner statt und trat hinter mir hervor. „Ich habe mich unmöglich benommen, und ich sehe, wie glücklich ihr zusammen seid - meinen Segen habt ihr also“, sagte sie und reichte ihm die Hand.

„Danke, das bedeutet mir viel“, sagte er und schüttelte sie lächelnd.

Zwei Stunden später leerte sich die Schule allmählich. Der Abend hatte mir unheimlich Spaß gemacht, so sehr, dass er meinetwegen nie hätte enden müssen, aber ich war auch müde und fühlte meine Augenlider schwerer werden. Ich war jedoch noch wach genug, um zu bemerken, dass Lucan uns nicht nach Hause fuhr.

„Wo willst du hin?“, fragte ich und sah ihn aus müden Augen an.

„Ich weiß, du fällst gleich um, aber bleib bitte noch wach, ich möchte dir etwas zeigen“, bat er.

Irgendwann begriff ich dann, dass wir zum See fuhren, und nachdem wir geparkt hatten und durch den dunklen Wald zum Wasser liefen, war ich mit einem Mal hellwach.

„Das ist wirklich gruselig“, bemerkte ich und umklammerte seinen Arm, wobei er den anderen benutzte, um mit dem Handy in den Wald zu leuchten.

„Keine Sorge, ich habe jedenfalls nicht vor, dich im Wald zu vergraben – um auch mal einen schlechten Witz zu machen“, gab er zurück.

Ich lachte und entspannte mich etwas, denn was auch immer er mir zeigen wollte, es war bestimmt etwas Schönes.

Meine Vermutung bestätigte sich, als wir das Ufer erreichten. Der Mond hing voll und leuchtend über dem Wasser und tauchte die Oberfläche in silbernes Licht. Die Nacht war friedlich und angenehm warm, und gerade weil es mein letzter Vollmond sein könnte, war ich so glücklich wie jemals zuvor, denn ich durfte ihn mit Lucan erleben – meinem Licht.

„Elena“, sagte er und umfasste meine Taille. Wir standen direkt am Wasser, rechts von uns der Wald und links der funkelnde See. „Ich werde dir jetzt etwas versprechen …“

Ich wusste sofort, was er meinte, und schüttelte den Kopf.

„Tu das nicht, Lucan. Wir wissen beide, dass du das Versprechen nicht halten kannst, aber es ist in Ordnung – ich bin glücklich“, warf ich ein, doch sein Griff wurde fester.

„Ich *werde* es halten, ich werde nicht zulassen, dass du mich verlässt. Ich trage das Licht in mir, mein Name hat nicht umsonst eine Bedeutung, und ich liebe dich! Alles an dir. Deine Gutherzigkeit, deinen Humor, wie du mich ansiehst und deine finsteren Blicke, wenn du mich zurechtweist.“ Jetzt lächelte er sanft.

„Und ich verspreche dir, dass ich alles in meiner Macht Stehende tun werde, um dich zu beschützen.“

Aber das war eben nicht genug. Er hatte es selbst gesagt. Er konnte mich nur begrenzt absichern. Irgendwann würde der Tod mich holen, und selbst er konnte nichts dagegen unternehmen.

Doch ich widersprach ihm nicht mehr. Wenn er sich so besser fühlte, dann wollte ich ihm die Illusion nicht nehmen. Ich hatte längst resigniert, wollte unsere Zweisamkeit lediglich so lange genießen, wie es möglich war, doch ich sagte nichts. Das konnte ich Lucan nicht antun, denn wenn ich an seiner Stelle gewesen wäre, dann hätte es mir das Herz zerrissen. Also schloss ich nur die Augen und ließ mich von ihm auf die Stirn küssen.

# Der Preis des Lebens
## *** 12 ***

Leider lief meine Zeit schneller ab als erwartet, und es geschahen immer häufiger Zwischenfälle, die Lucan nicht hatte kommen sehen. Drei Wochen waren seit der Vollmondnacht vergangen, und mittlerweile hatte Lucan fast jeden zweiten Tag eine Vorahnung.

„Ich verstehe das einfach nicht. Selbst Judith hatte nach zwei Monaten nicht so viele schwarze Tage gehabt", murmelte Lucan verzweifelt. Wir saßen am Frühstückstisch, er hatte die Ellenbogen aufgestützt und das Gesicht in den Händen vergraben.

„Du hast selbst gesagt, dass es von Person zu Person unterschiedlich ist", sagte ich sanft, doch trösten konnten ihn meine Worte natürlich nicht.

„Und was willst du mir damit sagen? Dass ich mich glücklich schätzen soll?", fragte er gereizt und sah auf.

Gestern war etwas Schreckliches passiert. Wir waren Eis essen und spazieren gewesen, als ein Baugerüst über uns eingestürzt war und mich am Arm erwischt hatte. Das Schlimme dabei: Es war nicht Lucan gewesen, der mich gerettet hatte, sondern ein Bauarbeiter, der mich in letzter Sekunde zur Seite gestoßen hatte. Lucans Kräfte hatten mich nicht beschützen können, sie ließen also nach, und das machte ihn fertig. Seine schlechte Laune konnte ich ihm also nicht verübeln.

„Vielleicht solltest du dich etwas hinlegen, du hast nicht viel geschlafen", sagte ich und betrachtete die dunklen Schatten unter seinen Augen. Nickend stand er auf und schlurfte davon, und erst, nachdem er in seinem Zimmer verschwunden war, ließ ich meine Tränen laufen.

Wir wollten uns nichts mehr vormachen. Meine Glückssträhne war vorbei, und ich sollte dankbar sein, drei weitere Wochen überlebt zu haben. Was mich jedoch so fertig machte, war Lucans Zustand, denn es nahm ihn zunehmend mit.

Auch in der Woche darauf verbesserte sich seine Laune nicht, und mittlerweile war er sogar soweit, dass er mich nicht mehr aus dem Haus lassen wollte. Er verbot es mir zwar nicht, aber immer, wenn ich einkaufen oder mich mit Anna treffen wollte, dann schlug er vor, dass sie herkommen oder er den Einkauf für mich erledigen könnte. Ich wusste warum. Er hatte Angst, dass er mich nicht mehr beschützen konnte, deshalb lenkte ich auch meistens ein. Ich fragte mich sowieso, ob mir nur deshalb nichts in diesem Haus geschah, weil ich von zwei Sehern umgeben war und ihre inneren Lichter mich doppelt schützten.

Am nächsten Morgen – wir hatten in den letzten Wochen entweder in seinem oder meinem Bett, aber immer zusammen geschlafen – erwachte ich von einem fürchterlichen Albtraum. Ich war von der Brücke gestürzt, über die Lucan und ich vor nicht allzu langer Zeit spaziert waren, und im Wasser elendig ertrunken. Das war es allerdings nicht, was mich so entsetzte, sondern der Umstand, dass ich überhaupt einen Albtraum gehabt hatte. Das war mir nämlich nicht mehr passiert, seitdem ich das erste Mal neben Lucan geschlafen hatte. Ob das ein Zeichen war?

Ich richtete mich im Bett auf und bemerkte, dass er wach war. Er starrte an die Decke und hatte wieder dunkel umschattete Augen.

„Hast du etwa noch gar nicht geschlafen?“, fragte ich

bestürzt und fuhr ganz sacht darüber. Er wich meinem Blick aus, doch das war mir Antwort genug.

„Lucan, warum machst du das? Du hast doch selbst gesagt, dass ich nicht im Schlaf sterben kann."

Er schnaubte bitter.

„Genau, und ich habe dir auch gesagt, dass dir in meiner Nähe nichts geschehen kann - und was ist passiert? Du wurdest beinahe von einem Gerüst erschlagen! Meine Kräfte wirken bei dir immer weniger, und ich weiß ehrlich nicht mehr, welche Regeln überhaupt noch gelten", sagte er. Erschöpft fuhr er sich mit den Händen durch Haar und stand auf, wobei er mir den Rücken zudrehte.

„Ich könnte es jedenfalls nicht ertragen, wenn ich neben dir aufwache und du nicht mehr atmest", sagte er und drehte sich wieder zu mir. Tränen glitzerten in seinen Augen, und zu wissen, dass ich der Grund für seinen Schmerz war, brach mir schier das Herz.

„Wir wussten doch, dass es so kommen würde", sagte ich leise.

„Aber nicht so schnell!", rief er, wobei Wut und Verzweiflung seine Stimme dominierten. Ich zuckte zusammen, weil ich Lucan noch nie die Stimme gegen mich erheben gehört hatte, und auch wenn ich ihn verstehen konnte, machte es mich fertig, ihn so zu sehen. Sein sanftes Wesen schwand von Tag zu Tag. Jedes Mal, wenn er mich anlächelte, war da ein Schmerz in seinen Augen, der mich innerlich zerriss, und jedes Mal, wenn er mich in seine Arme nahm, dann tat es beinahe weh, so fest drückte er mich an sich. Hinzu kam, dass er tagsüber müde war, weil er die ganze Nacht wach geblieben war, um auf mich aufzupassen, und die Schule und seine Freunde vernachlässigte er ebenfalls.

Ich konnte das nicht länger ertragen. Ich konnte

nicht ertragen, dass sich sein ganzes Universum nur noch um mich drehte. Dass er sogar die grundlegendsten Bedürfnisse wie Hunger und Schlaf hinten anstellte, nur weil er fürchtete, dass ich jeden Moment tot umfallen könnte. Was war ich denn noch, wenn ich ohne Lucan nicht mehr das Haus verlassen konnte? Wenn ich nicht einmal in den Garten gehen konnte, ohne von einem Baum erschlagen zu werden? Das war doch kein Leben mehr, und es war auch kein würdiges Ende!

„Tut mir leid …“, sagte er seufzend und kam zu mir, um mir sanft mit der Hand über die Wange zu streichen.

„Ich kann den Gedanken nur nicht ertragen, dich zu verlieren.“

Und genau davor hatte Ben uns gewarnt. *Das* war der Grund, warum er hatte verhindern wollen, dass ich hier einzog und wir uns näherkamen. Ben hatte es kommen sehen, vielleicht sogar im wahrsten Sinne des Wortes, aber niemand hatte auf ihn gehört. Für die wenigen Wochen, die wir glücklich gewesen waren, mussten wir nun durch die Hölle gehen und meine letzten Tage in Angst, Verzweiflung und Streit verbringen. Das war alles so ungerecht!

Nachdem Lucan eingeschlafen war, schlich ich in die Küche, um etwas zu essen, und traf auf Ben. Seinem Blick nach zu urteilen, war Lucans laute Stimme nicht zu überhören gewesen, und so wie er mich ansah, würde er wohl gleich mit einer Standpauke über mich herfallen.

„Ich weiß, was du sagen willst. Du wusstest, dass es so kommen würde“, sagte ich, bevor er den Mund aufmachen konnte. Warum sollte er mich auch sonst so komisch ansehen?

„Du hast recht, aber das war es nicht, was ich sagen wollte“, antwortete er und musterte mich.

„Sondern?“, fragte ich mit verschränkten Armen. Es

machte mich wütend, dass er Lucan in diesen schwierigen Zeiten nicht zur Seite stand, denn da ich ja in gewisser Weise an Lucans Kummer Schuld hatte, sollte doch zumindest Ben derjenige sein, der ihn tröstete. Lucan brauchte ihn, denn er zerbrach allmählich an seinem Schmerz, doch Ben tat nichts, um ihm zu helfen. Ich weiß, eigentlich gab es auch gar nichts, was er tun konnte, aber konnte er nicht wenigstens so tun als ob?

Plötzlich wurde sein Blick weich, und das erste Mal trat etwas in seine Augen, das ich noch nie zuvor darin gesehen hatte: Emotionen. Ich sah, dass er Mitleid mit mir hatte, mit Lucan und unserer ausweglosen Situation, und dass er uns helfen würde, wenn er nur könnte. Ich hatte mich also geirrt, es berührte ihn sehr wohl.

„Du musst dich bereitmachen, Elena. Lucan sagt es dir zwar nicht, aber deine Aura ist beinahe schwarz", sprach er und sah mich eindringlich an.

„Aura?", fragte ich verwirrt.

Er nickte.

„Nicht nur wir *Seher* tragen ein Licht in uns, sondern auch alle anderen Menschen. Es ist zwar nicht so kraftvoll wie unseres, aber es ist da und symbolisiert das Licht des Lebens. Bei Auserwählten erlischt dieses Licht allmählich, bis es vollkommen schwarz ist. Wir Seher können es wahrnehmen, fast *sehen,* und deines, Elena … der Tod ist nahe, und das weiß Lucan. Es wird Zeit, dich von ihm zu verabschieden."

Ich nickte und starrte auf den Boden, damit er die Tränen nicht sah, die in mir aufstiegen.

„Warum sagst du mir das?", fragte ich und schaute wieder zu ihm auf. Meine Sicht war zwar verschleiert, aber ich schaffte es, sie zurückzudrängen.

„Weil ich ein Narr wäre, wenn ich dich nicht mögen würde, Elena. Du bist ein wunderbarer Mensch, ich konnte sofort verstehen, was Lucan an dir findet, und auch wenn ich stets kalt zu dir war … es geht gar nicht, dich nicht zu mögen, und es tut mir im Herzen weh, was ihr beide durchmacht."

Seine unerwarteten Worte ließen mich in Tränen ausbrechen und in der Küche zusammensacken. Da hatte ich immer geglaubt, dass ihn mein Schicksal nicht berührte, und jetzt sagte er so etwas. Das war zu viel! Bevor ich auf dem Boden aufkommen konnte, ergriff Ben meinen Arm und hielt mich aufrecht, dann schloss er mich unerwartet in die Arme und bettete meinen Kopf an seine Brust.

„Es tut mir so unendlich leid, Elena, du glaubst gar nicht wie sehr", murmelte er und drückte mich fest an sich.

Ich war froh, dass Lucan uns nicht so sehen konnte, und das nicht etwa, weil Ben mich umarmte, sondern weil ich vor Lucan keine Schwäche zeigen wollte. Wenn ich das lähmende Gefühl nämlich zulassen würde, das sich in mir anstaute, dann würde ich mich wahrscheinlich weinend an seinen Körper klammern und ihn anflehen, mich nicht sterben zu lassen – und das würde ihn endgültig brechen. Nein, das konnte ich ihm nicht antun!

Ich musste stark sein und zumindest so tun, als würde ich das Ganze mit Fassung tragen. Sicher, wenn ich tot war, dann würde er noch einmal durch die Hölle gehen, aber irgendwann würde er es verarbeiten, so wie er Judiths Tod verarbeitet hatte. Je länger ich also lebte, desto schlimmer machte ich es für ihn, und deshalb musste ich unverzüglich handeln. Es war Zeit, diese Welt zu verlassen.

Ich las den Brief noch einmal sorgfältig durch, faltete ihn zusammen und legte ihn unters Kopfkissen. Ich weiß, ein Abschiedsbrief war den Lebenden gegenüber nicht sehr rücksichtsvoll, aber so war es weniger schmerzhaft und vor allem war es sicherer. Es verhinderte nämlich, dass ich meine Meinung in letzter Sekunde ändern und mich an Lucan und damit ans Leben klammern konnte. Ein Abschiedsbrief stellte einen geraden Schnitt dar, und genauso war es richtig. Mit dieser Gewissheit ging ich ins Bad, um mich fertig zu machen und um ein letztes Mal zu duschen. Ben hatte das Haus vor zwei Stunden verlassen.

Ich hatte ihn gebeten, uns allein zu lassen und wenn möglich erst morgen früh wiederzukommen, und er hatte sofort eingewilligt. Er hatte mich noch einmal umarmt und mir sein Beileid ausgesprochen, doch ich war nicht wieder in Tränen ausgebrochen. Mich füllte nun eine innere Gleichgültigkeit aus, die schon beinahe an Ruhe herankam – der Ruhe vor dem Sturm.

Als ich aus dem Bad kam, schlüpfte ich in mein gelbes Lieblingskleid und ließ meine Haare offen über die Schultern fallen. Etwas Make-up und Rouge trug ich ebenfalls auf, denn Lucan sollte mich nicht in schlabbrigen Sachen und unordentlicher Frisur in Erinnerung behalten. Anschließend lief ich in die Küche, um sein Lieblingsessen vorzubereiten. Kalbsfilet mit Rosmarinkartoffeln und Brokkoli. Ben, der mir heute wie ein Assistent zur Seite gestanden hatte, war für mich einkaufen gefahren und hatte neben den Zutaten auch eine Flasche Wein für mich besorgt.

Ich hoffte, dass mir das Essen gelang, denn ich hatte mich schon einmal daran probiert und dabei kläglich versagt. Doch ich wollte, dass der Abend für Lucan perfekt wurde, denn es würde unser letzter sein.

Um halb fünf begab ich mich dann in Lucans Zimmer. Ich hatte eigentlich erwartet, dass er von selbst aufstehen würde, doch der Schlafmangel schien ihm wirklich zu schaffen zu machen. Doch ich konnte ihn nicht länger schlafen lassen, denn sonst würden wir nicht mehr viel vom Tag haben.

Als ich an sein Bett trat, fand ich ihn tief und gleichmäßig atmend darin vor. Lächelnd setzte ich mich auf die Bettkante und beobachtete ihn eine Weile. Er hatte mal gesagt, dass er es entspannend fände, mir beim Schlafen zuzusehen. Nun, das Kompliment konnte ich nur zurückgeben, denn es war beruhigend, ihn so friedlich und entkrampft zu sehen.

Die Decke war ihm bis auf die Hüften runtergerutscht, deshalb hatte ich einen ungehinderten Blick auf seinen perfekten Körper. Starke Muskeln erhoben sich unter der glatten Haut und feine Sehnen durchzogen seine Arme. Ich platzierte eine Hand auf sein Herz und lauschte dem gleichmäßigen und festen Schlagen, doch als ich sein Gesicht genauer betrachtete, entdeckte ich getrocknete Tränenspuren darauf. Mein Blick wanderte zum Nachttisch, auf dem ein Glas Wasser und die Tabletten standen, die ich anfangs zum Einschlafen genommen hatte.

Ich presste die Augen zusammen und versuchte, die Tränen zu unterdrücken. *Reiß dich zusammen! Heute wirst du stark sein, ihm zuliebe,* redete ich mir zu, und es funktionierte. Nach wenigen Sekunden konnte ich die Augen wieder öffnen, ohne dass mir Tränen über die

Wangen liefen – ich war stolz auf mich.

Doch dann zog ich meine Hand erschrocken zurück, denn ich schaute in Lucans geöffnete Augen.

„Hey“, sagte ich und versuchte, meinen jagenden Puls unter Kontrolle zu bringen.

Er warf einen Blick aus dem Fenster und richtete sich verschlafen auf. „Hey, wie spät ist es?“

„Gleich fünf. Du hast ziemlich lange geschlafen“, sagte ich und lächelte ihm zu.

„Tut mir leid, ich wollte eigentlich schon längst wieder wach sein“, sagte er und warf einen unwillkürlichen Blick zu der leeren Tablettenpackung. Als ich ebenfalls dorthin sah, kreuzten sich unsere Blicke und er sah beschämt zu Boden. Dann schaute er allerdings wieder auf und musterte mein Outfit.

„Du siehst hübsch aus, gibt es dafür einen Anlass?“

Ich lächelte geschmeichelt.

„Allerdings, ich habe für uns gekocht. Komm, du hast bestimmt Hunger“, sagte ich und wollte ihn aus dem Bett ziehen, doch stattdessen umfasste er blitzschnell meine Taille und zog mich auf sich. Ich gab einen überraschten Schrei von mir und fiel lachend gegen seine Brust.

„Lass uns noch ein bisschen im Bett bleiben und kuscheln“, sagte er und versenkte seine Nase in meinem Haar.

Und das taten wir auch, so lange, bis sich sein Magen mit einem Knurren meldete und ich ihn aus dem Bett scheuchte. Während er duschen ging, bereitete ich das Essen zu, das jetzt nur noch gebraten und warm gemacht werden musste, und deckte den Tisch, und als Lucan angezogen in die Küche kam, traf mich sein Aussehen wie ein Schlag. Er hatte sich ebenfalls schick gemacht, war in eine seidene, schwarze Anzughose geschlüpft und trug dazu ein schwarzes Hemd, dessen obere Knöpfe offen standen und ein Streifen Haut freigaben. Mir fiel vor lauter Staunen beinahe das Weinglas aus der Hand.

„Willst du mich um den Verstand bringen? So kann ich mich unmöglich auf das Essen konzentrieren", sagte ich scherzhaft und spürte meine Kehle trocken werden. Er sah einfach verboten gut aus. Lächelnd kam er auf mich zu und nahm mir das Glas aus der Hand.

„Ich wollte es dir nur nachmachen, denn du bist diejenige, die mich um den Verstand bringt", raunte er mir ins Ohr. Er wollte mich küssen, und obwohl es schon beinahe schmerzhaft war, es abzulehnen, duckte ich mich darunter weg und wich ihm aus.

„Nichts da, erst wirst du etwas essen", sagte ich grinsend und gebot ihm, Platz zu nehmen.

Mit einem amüsierten Blick kam er meiner Aufforderung nach und setzte sich brav auf seinen Platz. Es machte mich nervös, dass er mich die ganze Zeit beobachtete, und ich konnte nicht einmal sagen, warum. Vielleicht war es der feurige Blick, mit dem er mich ansah.

Zehn Minuten später servierte ich dann die angerichteten Teller und schenkte uns Wein ein. Ich hatte die rote Soße damit abgelöscht und leider etwas zu viel davon hineingekippt. Nun ja, ändern konnte ich es nicht mehr, aber ich hoffte, dass es ihn nicht allzu sehr störte.

„Guten Appetit", sagte ich und spießte Brokkoli auf. Er wünschte mir das Gleiche, und während er den ersten Bissen von dem Kalbsfilet nahm, beobachtete ich ihn ganz genau.

Er schob ihn sich in den Mund, kaute und schluckte schließlich ihn hinunter. Sein Gesicht ließ keine Regung erkennen, und doch glaubte ich ihn minimal das Gesicht verziehen zu sehen. Schnell probierte ich ebenfalls davon und kam zu dem Schluss:

„Gib es zu, es schmeckt scheußlich."

„Überhaupt nicht, ich finde es richtig gut", log er und nahm noch einen Happen.

Mahnend sah ich ihn an und das so lange, bis er es nicht mehr aushielt und er lachen musste.

„Okay, vielleicht ist es etwas zu zäh … und zu wenig gewürzt, aber, hey, dafür schmecken die Kartoffeln super", sagte er grinsend und stopfte sich eine in den Mund.

Wir lachten beide, und ihn so unbeschwert zu sehen, sei es auch nur für einen Moment, war einfach nur wunderbar. Trotz der aufgezählten Mängel aß Lucan den Teller blitzblank. Vielleicht hatte er aber auch bloß großen Hunger gehabt. Er hatte gerade einen Schluck Wein genommen, als er den Kopf neigte und in die Stille hinein lauschte, als wäre er ein Hund, der etwas gehört hatte.

„Wo ist eigentlich Ben?"

„Äh, der wollte … etwas erledigen, glaube ich", sagte ich überfahren. Mist, über eine plausible Erklärung hatte ich mir noch gar keine Gedanken gemacht.

„Etwas erledigen?", fragte er zweifelnd.

Ich hob die Schultern.

„Er hat mir nicht gesagt wohin, du weißt ja, wie gesprächig er zu mir ist", erklärte ich unschuldig.

Lucan nickte und nahm noch einen Schluck Wein, dann fragte ich: „Möchtest du ein Dessert?"

„Ist es selbst gemacht?", fragte er frech, woraufhin ich ihm in gespielter Empörung die die Serviette ins Gesicht warf. Gott, ich hatte ganz vergessen, wie lustig Lucan sein konnte.

„War nur ein Scherz", sagte er lachend und hob abwehrend die Hände.

„Aber ich glaube, ich passe erst mal, mein Magen ist

voll.“

„Gut, wollen wir dann vielleicht einen Film gucken oder Monopoly spielen?“, fragte ich. Lucan war bei meinen Eltern so begeistert von dem Brettspiel gewesen, dass er es sich wenige Tage später selbst gekauft hatte und es seitdem jeden dritten Tag hatte spielen wollen. In den letzten Tagen war er zwar nicht wirklich dazu aufgelegt gewesen, aber jetzt schien er so gute Laune zu haben, dass er bestimmt nicht nein sagen würde.

Doch da verschwand das Lächeln plötzlich aus seinem Gesicht.

„Ich weiß, was das hier werden soll, Elena“, sagte er ernst und atmete tief durch.

Ich hielt die Luft an. Woher sollte er wissen, dass das hier der Abschied war? Ich hatte ihm den Brief doch noch gar nicht gegeben. Sein Blick durchbohrte mich und gab mir wieder das Gefühl, bis auf den Grund meiner Seele blicken zu können, und ich starrte nur mit einem Kloß im Hals zurück.

„Du glaubst, dass du nicht mehr viel Zeit hast, aber ich habe es ernst gemeint, als ich sagte, ich würde dich beschützen.“

Ich atmete erleichtert aus. Das meinte er also.

„Ich habe mir überlegt, dass ich dich einfach hier behalte. Ben und meine Aura scheinen dich beide zu schützen. Vielleicht kannst du so länger am Leben bleiben, vielleicht sogar so lange, bis …“

Er sprach es nicht aus, aber ich wusste trotzdem, was er meinte. So lange, bis Tante Mary von uns gegangen war. Aber was er sich da vorstellte, war unvorstellbar für mich. Selbst wenn ich dadurch noch monatelang leben könnte. Ich könnte es nicht ertragen, eingesperrt in einem Haus zu sein und ihn noch länger so leiden zu sehen. Sein Zustand würde sich nicht bessern, es würde noch schlimmer mit ihm werden, vielleicht würde er vor Angst und Trauer sogar den Verstand verlieren. Nein, das konnte ich nicht zulassen – dafür liebte ich ihn zu sehr. Erwartungsvoll sah er mich, also lächelte ich und sagte: „Gut, dann machen wir es so."

Offenbar hatte er mit Gegenwehr gerechnet, denn zuerst sah er mich mit großen Augen an. Dann lächelte er jedoch erleichtert, und obwohl in meinem Inneren etwas brach, lächelte ich zurück. Früher hatte ich ihm nichts vormachen können. Dass er meine Antwort und meine Lüge wegen Bens Verschwinden so schnell geglaubt hatte, sagte einiges über seinen Gemütszustand aus.

Doch meine Lüge bewirkte wahre Wunder, denn seine Laune besserte sich augenblicklich und blieb den ganzen Abend über bestehen. Wir räumten den Tisch ab, alberten dabei herum und spielten anschließend Monopoly. Dann machten wir uns über das Dessert her, schauten eine DVD und kuschelten dabei.

Es war der perfekte Abend, und je mehr er sich dem Ende zuneigte, desto fester setzte sich ein Gedanken in mir fest: Ich wollte ihn noch perfekter machen, wollte, dass er sich in unser beider Gedächtnis einbrannte, und ich wollte etwas mit ihm teilen, das ich noch mit keinem anderen geteilt hatte. Das hier würde meine letzte Nacht mit dem Jungen sein, den ich liebte, also wollte ich sie auch wirklich vollkommen machen.

Ich wartete, bis er aus dem Bad kam, dann ging ich hinein und machte mich ebenfalls bettfertig. Es gab nichts, wovor ich Angst haben müsste, keinen Grund, nervös zu sein, denn ich liebte Lucan, und ich wollte ihn mit jeder Faser meines Körpers fühlen. Mit einem letzten tiefen Atemzug betrat ich sein Zimmer und schaltete das Licht aus. Es war noch nicht vollkommen dunkel, deshalb konnte ich seinen fragenden Gesichtsausdruck sehen, als ich vor dem Bett stand.

„Alles in Ordnung?“, fragte er und sah verwundert zu mir auf.

Als Antwort schob ich den rechten Träger meines Kleides beiseite, und seine Augen weiteten sich. Wir waren jetzt schon einige Wochen zusammen, doch er hatte mich noch nie zu etwas gedrängt. Dafür schätzte ich ihn nur noch mehr, doch heute wollte ich es so - ich wollte den letzten perfekten Abend.

Langsam nahm er die Arme runter, die er hinter seinem Kopf verschränkt hatte, und ich sah, wie er vernehmlich schluckte.

„Du musst das nicht tun, Elena. Wir haben noch genug …“

Ich legte ihm einen Finger auf die Lippen.

„Ich weiß, aber ich möchte es so. Ich liebe dich, Lucan, und ich will alles mit dir teilen.“

Er sah mir tief in die Augen, als wollte er meine wahren Beweggründe herausfinden, doch ich sah auch, dass er sichtlich mit sich rang. Ich wusste, dass er mich wollte, denn nur weil er es nie angesprochen hatte, hieß das nicht, dass ich nicht seine Blicke bemerkt hatte, wenn ich im Handtuch aus dem Bad gekommen war oder neben ihm gelegen hatte. Er schluckte noch einmal, dann umfasste er meine Taille und zog mich langsam zu sich heran.

# Der letzte Tag
## *** 13 ***

Als ich die Augen öffnete, war ich von einem inneren Frieden erfüllt, der mich selbst überraschte. Ich würde heute sterben, würde meinen letzten Atemzug machen, und doch war ich der glücklichste Mensch der Welt. Ich drehte meinen Kopf zu Lucan, der friedlich neben mir lag und gleichmäßig atmete. Ich hatte ihn gestern dazu gebracht, noch eine Tablette zu nehmen, damit er heute Morgen nicht so schnell aufwachte.

Ich schlüpfte unter der Decke hervor, tappte nackt durch das Zimmer und zog mich an. Anschließend holte ich den Brief aus meinem Zimmer und legte ihn auf seinen Nachttisch. So viel hätte ich ihm gern noch gesagt, mich für so vieles bedankt und entschuldigt, doch stattdessen senkte ich meine Lippen zu einem letzten Kuss auf seine und atmete seinen unverkennbaren Duft ein.

Ein letztes Mal ließ ich meine Tränen fließen, fuhr ihm mit der Hand durchs Haar und verließ dann das Zimmer.

Es war frisch draußen, und obwohl ich sie eigentlich nicht mehr brauchte, zog ich dennoch meine Jacke über. Nur weil ich meinem Ende entgegentrat, hieß das ja nicht, dass ich dabei frieren musste. Schon eigenartig, wie ruhig und furchtlos ich über das Grundstück spazierte. Mir war, als würden sich die Bäume mir entgegenbiegen, als würde sich der Weg unter meinen Füßen verformen und mir die Richtung weisen, und dennoch verspürte ich keine Angst. Jeden Moment konnte ich von etwas oder jemandem erfasst werden, doch auch das konnte mir meinen Frieden nicht nehmen.

Ich war einfach nur gespannt, wie er es anstellen würde.

Ich lief in Richtung Stadt, wo es unzählige Möglichkeiten für den Tod gab, mich zu holen, und spazierte über die *Woolbury Bridge*, die auch die Todesbrücke genannt wurde. Wenn man Selbstmord begehen wollte, tat man es hier, dabei konnte ich beim besten Willen nicht verstehen, wie man sich an so einem traumhaften Ort überhaupt umbringen wollte.

Die Stadt war bei Weitem nicht so laut und voll wie eine Großstadt, hatte aber dennoch genügend Einwohner, dass man nicht jeden Tag denselben Leuten begegnete, was ich schrecklich gefunden hätte.

Wir hatten wunderschöne Seen in der Umgebung und Wälder und Berge soweit das Auge reichte. Die Luft war frisch, das Wetter fast immer angenehm und die Menschen waren herzlich. Ich würde nie von hier wegziehen wollen, nicht einmal, wenn mir ein millionenschweres Jobangebot gemacht werden würde. Was trieb die Menschen dann immer wieder dazu, sich hier herunterzustürzen? Waren sie etwa wie *ich* gewesen? Waren sie vom Tod verfolgt worden? Ich hatte jedenfalls nicht vor, mein Leben hier zu beenden. Ich würde nicht Selbstmord begehen, sondern warten, dass der Tod *mich* holte, so wie er es schon vor Monaten vorgehabt hatte.

Doch genauso wie ich den Weg unbeschadet hierher überstanden hatte, so ließ er mich auch ereignislos die Brücke überqueren. Ich wusste selbst nicht genau, was ich erwartet hatte. Vielleicht eine starke Windböe, die mich von der Brücke fegte, oder dass sie unter mir einstürzte, doch nichts dergleichen geschah. Ich ging weiter, sah mich aufmerksam um und spürte immer mehr Nervosität in mir aufsteigen. „Na los, worauf wartest du noch?“, murmelte ich ungeduldig, als ich die Brücke hinter mir gelassen hatte und an einer Ampel die Straße überquerte. Seit annähernd zwei Stunden war ich nun schon unterwegs und noch immer war nichts geschehen. Warum? Ich war doch hier, ich war bereit!

Und dann, als hätte er mich gehört, sah ich ein Auto auf mich zukommen. Der Tod musste einen ausgesprochenen Sinn für Ironie haben, denn das rote Auto sah dem meiner Großeltern verdammt ähnlich. Ich hörte die Reifen quietschen, als es zu bremsen versuchte, doch es war zu schnell unterwegs und würde mich jeden Augenblick erfassen. Vielleicht hätte ich ja sogar noch Zeit gehabt, auszuweichen, doch ich zwang meine Beine, stehen zu bleiben, und schloss die Augen. So musste es sein.

So hätte es schon im Auto meiner Großeltern und spätestens an der Bushaltestelle passieren sollen, doch etwas war mir damals dazwischen gekommen – *Lucan* war dazwischen gekommen. Heiße Tränen rannen mir übers Gesicht, als ich an ihn dachte, doch gleichzeitig überkam mich auch ein unbeschreibliches Hochgefühl, als ich mir sein engelhaftes Gesicht ein letztes Mal vorstellte. Er glaubte nicht an sie, das hatte er selbst gesagt, doch ich war mir sicher, dass er zu ihnen gehörte. Er war *mein* Engel gewesen und er hatte mir den Himmel gezeigt.

Als ich aufwachte, verspürte ich ein Gefühl unendlichen Glücks. Gestern hatte Elena mir den Himmel gezeigt und das nicht nur, weil sie zu mir ins Bett gestiegen war, sondern vor allem, weil sie mir *eines* ganz deutlich bewusst gemacht hatte: Ich war in den letzten Tagen so voll blinder Furcht gewesen, dass ich ganz vergessen hatte, zu *leben.* Doch mit dem gestrigen Tag hatte sie mir vor Augen gehalten, wofür ich eigentlich kämpfte, und mich daran erinnert, dass ich jede einzelne Sekunde mit ihr genießen sollte. Ich würde mich also nie wieder so gehen lassen und ihr jeden einzelnen Tag versüßen – so wie sie mir den gestrigen versüßt hatte. Doch noch bevor ich ganz wach war, wurden mir zwei Dinge bewusst: Elena lag nicht neben mir und ich konnte ihre Aura auch nicht spüren!

„Nein!", rief ich verzweifelt und sprang auf. Das musste ein Albtraum sein, ich musste träumen!

„Elena!", rief ich und stürmte zur Tür hinaus. Ich sah zuerst im Bad nach, im gesamten Erdgeschoss, in ihrem Zimmer und sogar in Bens, doch sie war nirgends zu finden und er ebenfalls nicht. *Er hat mir nicht gesagt wohin, du weißt ja, wie gesprächig er zu mir ist,* erinnerte ich mich an Elenas gestrige Worte. Nun fragte ich mich mit einem bitteren Lachen, wie ich ihr nur eine Sekunde lang hatte glauben können.

Wo sollte Ben denn schon hingegangen sein? Er hatte keine Freunde, ging nie aus und hockte, seitdem ich ihn kannte, in seiner Bibliothek. Sie hatte gelogen, und blind wie ich gewesen war, hatte ich es einfach so geschluckt! Vielleicht sind sie ja zusammen einkaufen gefahren?, überlegte ich. Instinktiv wusste ich aber, dass es nicht so war.

Ich kannte dieses Gefühl, diese plötzliche Leere in mir, denn ich hatte sie wahrlich schon oft genug gespürt. Wenn ein Auserwählter seinen letzten Atemzug aushauchte, dann verschwand seine Aura, und es war jedes Mal so, als würde ein Stück von meinem Herzen herausgerissen.

Das erste Mal hatte ich es bei meinem Schulfreund Oliver gespürt. Nie würde ich seinen Gesichtsausdruck vergessen, bevor er abstürzte. Nie die Schreie der Lehrer, vermischt mit meinem eigenen. Nie würde ich das abgrundtiefe Grauen und die Qualen vergessen, als er aufhörte zu leben. Doch obwohl ich dasselbe auch jetzt verspürte, wollte ich nicht glauben, dass Elena ebenfalls tot war. Das durfte sie einfach nicht sein. Das würde sie nicht wagen!

Wie betäubt lief ich in mein Schlafzimmer zurück und näherte mich dem Nachttisch. Ich hatte ihn schon beim Aufstehen bemerkt, ihn aber ignoriert, weil ich es nicht hatte wahrhaben wollen. Doch jetzt starrte ich ihn an. Dort, neben dem leeren Wasserglas lag ein Brief – ein Abschiedsbrief.

Mit verschwommener Sicht und einem Gefühl, als würde jemand mein Herz quetschen, hob ich ihn auf und setzte mich aufs Bett. Ich öffnete ihn jedoch nicht, sondern blieb eine gefühlte Ewigkeit reglos sitzen und starrte ihn an. Ich konnte es nicht, wollte nicht lesen, was sie geschrieben hatte, denn ich wusste, dass ich nur Schmerz empfinden würde. Doch irgendwann atmete ich tief durch und öffnete ihn doch. Es waren schließlich Elenas letzte Worte, Worte der Frau, die ich liebte. Ich musste sie lesen, das war ich ihr schuldig.

*Mein geliebter Lucan,*

*wenn du diesen Brief liest, bin ich wahrscheinlich schon tot, doch diese Worte schreibe ich mit einem Lächeln. Nachdem meine Großeltern starben und ich an die Schule zurückkehrte, hatte ich zwar Träume und Ziele, doch etwas Entscheidendes hatte in meinem Leben immer gefehlt: Du. Ich kann dir gar nicht beschreiben, wie viel erfüllter es war, nachdem ich dich getroffen hatte, und auch wenn wir anfangs unsere Schwierigkeiten hatten, waren das die besten Monate meines Lebens.*

*Ich möchte, dass du nichts bereust, vor allem meinen Tod nicht, denn du hast mir kostbare Zeit geschenkt, Zeit, die ich gar nicht mehr hätte haben sollen. Ich weiß, meine Worte können dich nicht trösten, und vielleicht bist du sogar wütend auf mich, aber es war mein Leben, und ich habe mich dazu entschieden, als glücklicher Menschen zu gehen.*

*Es wäre gelogen, wenn ich schreiben würde, dass du mich vergessen sollst, denn das möchte ich nicht. Ich will in deinen Gedanken und Erinnerungen weiterleben, aber nicht, dass sie von Trauer erfüllt sind. Ich wünsche mir für dich eine glückliche Beziehung, Erfolg in deinem Beruf und Kinder. Ich möchte, dass du lebst, Lucan, und nicht dem hinterher trauerst, was wir gemeinsam hätten haben können. Erinnere dich lieber daran, was wir hatten, denn es war wundervoll.*

*Dies ist mein letzter Wille,*

*Elena Roberts*

*P.S. Was in meinem Buch steht, kann ich hiermit widerlegen, denn es gibt den wahren Kuss tatsächlich. Ich hatte ihn mit dir.*

Was war das nur für ein nervendes Geräusch? Blinzelnd öffnete ich die Lider und sah in haselnussbraune Augen.

„Geht es Ihnen gut?“, fragte ein Mann und richtete mich in eine sitzende Position auf. Mein Kopf tat weh, und als ich meine Schläfe betastete, bemerkte ich etwas Feuchtes - Blut!

„Ja, ich … denke schon“, sagte ich kraftlos und sah mich um.

Das Auto war hinter mir zum Stehen gekommen und das nur wenige Zentimeter vor einer Säule. Der Fahrersitz war leer, demnach musste der Mann über mir wohl der Besitzer sein.

„Was ist passiert?“, fragte ich und ließ mir von ihm aufhelfen. Meine Beine fühlten sich wackelig an, und ich hatte Kopfschmerzen, aber ansonsten ging es mir gut.

„Mein Pedal hat geklemmt, und ich konnte den Wagen nicht mehr bremsen. Ich habe gehupt, aber Sie sind einfach auf der Straße stehengeblieben. Dann sind Sie plötzlich umgefallen, und ich schaffte es in letzter Sekunde, den Wagen zur Seite zu lenken. Eigenartigerweise funktionierte das Bremspedal aber wieder“, sagte er und schien selbst noch ein wenig durcheinander zu sein. Vielleicht stand er sogar unter Schock.

„Geht es ihnen gut? Soll ich einen Krankenwagen rufen?“, fragte er und hielt mich immer noch am Arm.

Da bemerkte ich wieder dieses lästige Geräusch und begriff, dass es ein Handy war – mein Handy. Ich schüttelte den Kopf, ignorierte die herannahenden Menschen und holte das Handy aus meiner Jackentasche. Ich musste es dort gestern vergessen haben, denn ich konnte mich nicht daran erinnern, es vorhin eingesteckt zu haben. Ohne auf das Display zu schauen, nahm ich ab und hörte dann voller Überraschung die verschnupfte Stimme meiner Mutter.

„Elena, Schätzen", sagte sie und schnaubte in ein Taschentuch.

„Bist du gerade unterwegs? Vielleicht solltest du dich setzen", schlug sie vor.

Offenbar war mein Denkvermögen noch etwas eingeschränkt, denn für gewöhnlich bedeutete diese Aufforderung nur eines.

„Was ist denn los?", fragte ich und beobachtete, wie die Passanten auf den Autofahrer einredeten und er daraufhin auf mich deutete.

„Tante Mary, sie … ist heute Morgen von uns gegangen."

Ihre Worte hallten in meinem Kopf wider, doch sie wollten nicht so recht zu mir durchdringen.

„Elena?", fragte sie, und da erwachte erst ich aus meiner Starre.

„A… aber, sie war doch wieder gesund und …"

„Ich weiß, es … kam sehr überraschend", sagte sie, und als sie in Tränen ausbrach, konnte auch ich nicht mehr an mich halten. So viele Emotionen prasselten auf mich ein und zerrissen mir das Herz, denn ich weinte nicht nur um Großtante Mary, sondern auch vor Glück. Der Fluch war gebrochen, ich würde am Leben bleiben und zu Lucan zurückkehren können, doch gleichzeitig hatte ich ein weiteres Familienmitglied verloren.

Nur am Rande nahm ich wahr, wie ich zu Boden ging und das Handy fallen ließ. Zwei Passanten eilten zu mir und reden auf mich ein, doch ich konnte ihre Stimmen nicht verstehen - in meinen Ohren rauschte es zu sehr.

Im nächsten Moment rappelte ich mich wieder auf. Was tat ich hier eigentlich? Ich musste hier weg, ich musste sofort zu Lucan!

Ohne das Handy vom Boden aufzuheben, rannte ich die Straße hinunter – die Proteste der Umstehenden ignorierend. Meine Lungen brannten und mein Kopf und meine Beine schmerzten, doch noch nie hatte ich den Schmerz so sehr begrüßt wie jetzt – bedeutete er doch, dass ich am Leben war.

Irgendwann, ich wusste nicht, wie lange ich gerannt war, erreichte ich endlich Lucans Haus und hämmerte ungeduldig gegen die Tür. Es dauerte wahrscheinlich nur wenige Sekunden, doch mir kam es wie eine Ewigkeit vor, bis sie endlich geöffnet wurde. Doch als sie es wurde und ich das makellose Antlitz von Lucan erblickte, da war all der Schmerz der letzten Wochen vergessen. Mit einem erstickten Schrei fiel ich ihm um den Hals und drückte ihn fest an mich, doch Lucan erwiderte die Geste nicht. Wie versteinert blieb er vor mir stehen und lehnte sich dann zurück, damit er mir ins Gesicht gucken konnte.

„Aber … du bist tot, ich … deine Aura …"

Anstatt zu antworten, legte ich meine Lippen auf seine und spürte, wie heiße Tränen meine Wangen hinabliefen. Auch wenn es die Moral für solch einen Moment anders vorsah, aber ich konnte die Freude in meiner Stimme nicht unterdrücken, als ich erklärte: „Tante Mary ist tot, Lucan. Der Fluch … ist aufgehoben."

Er sah mich an, als würde ich eine andere Sprache sprechen, und ich musste meine Worte noch einmal wiederholen, ehe sie allmählich zu ihm durchdrangen.

„Aber dein Brief …"

„Den hatte ich schon vorher geschrieben. Ich bin auf die Straße hinausgegangen, damit der Tod mich holen kommt“, erklärte ich und das so aufgeregt und zittrig, dass ich meine eigenen Worte kaum verstand. „Und gerade, als ein Auto auf mich zusteuerte und mich fast erwischt hätte, rief Mom an und erzählte es mir. Lucan, ich bin keine Auserwählte mehr, ich bin gerettet“, sagte ich und brach daraufhin in Tränen aus. Es war, als würde ich erst jetzt, da ich in seinen Armen lag, das Ausmaß meiner Worte begreifen. All der Schmerz würde jetzt ein Ende haben - der Albtraum war vorbei.

Allmählich schien das auch Lucan zu begreifen, denn sein Körper erwachte zum Leben, und seine Arme schlangen sich so fest um meinen Körper, dass es schmerzte. Trotzdem gebot ich ihm keinen Einhalt, denn ich wollte, dass er mich nie wieder losließ.

Ich weiß nicht, wie lange wir noch ineinander verschlungen dastanden, doch irgendwann schloss Lucan die Tür und führte mich zum Sofa.

Er ließ mich die ganze Zeit nicht los, als fürchtete er, dass ich mich auflösen würde, wenn er es täte, und genauso erging es mir auch. Die Gefühle, die in mir tobten, spalteten mich, denn einerseits war ich so unendlich glücklich, am Leben zu sein, und fühlte mich auf der anderen Seite schuldbewusst, weil ich mehr Glück als Trauer empfand.

Auf dem Weg zum Sofa fielen mir mehrere zerbrochene Vasen auf und ich sah erschrocken zu Lucan.

Daraufhin warf er mir einen entschuldigenden Blick zu. „Ich bin komplett durchgedreht, nachdem ich deinen Brief gelesen hatte, tut mir leid“, sagte er leise, doch ich schüttelte den Kopf.

„Nein, mir tut es leid, weil du das überhaupt

durchmachen musstest."

Als wir beim Sofa waren, bemerkte er die Wunde an meinem Kopf und fuhr erschrocken mit den Händen darüber. „Du bist verletzt."

„Nur eine kleine Platzwunde, sie tut gar nicht mehr weh", sagte ich, um ihn zu beruhigen, denn ich wollte nicht, dass er mich verließ, um Verbandszeug zu holen. Er sollte mich einfach nur halten und nie wieder loslassen.

„Was ist da draußen passiert?", fragte er, nachdem wir uns gesetzt hatten.

„Ich weiß nicht genau. Kurz, bevor mich das Auto erreichte, bin ich ohnmächtig geworden, und als ich wieder aufwachte, rief Mom an."

Er nickte mit ernstem Gesicht.

„Deshalb habe ich wohl auch nicht deine Aura gespürt. Wenn Menschen ins Koma fallen oder bewusstlos werden, dann verschwindet ihre Aura zeitweise. Es ist, als ob sich ihr Licht so lange zurückzieht, bis sicher ist, dass sie wieder aufwachen.

Als deine Aura weg war … da habe ich das Schlimmste befürchtet", murmelte er.

Ich umfasste sein Gesicht und sah ihm tief in die Augen.

„Das alles hat jetzt keine Bedeutung mehr. Es ist vorbei, Lucan, und ich bin hier."

Als wir uns küssten, war keine Zärtlichkeit darin, sondern unbändige Sehnsucht. Ich hatte geglaubt, ihn nie wieder zu sehen, und der Umstand, dass es so war, dass sich das Schicksal doch noch zu unseren Gunsten gewendet hatte … das hätte ich nie zu träumen gewagt.

Plötzlich löste er sich jedoch von mir und sah mich reumütig an.

„Deine Großtante … auch wenn du mir das

wahrscheinlich nicht glaubst, aber … es tut mir leid, Elena.“

Ich lächelte sanft.

„Das weiß ich doch, aber lass uns nicht mehr davon reden. Im Moment will ich überhaupt nicht reden“, sagte ich und küsste ihn erneut.

# Epilog

„Ich wünschte, ich hätte dich noch einmal umarmen können“, sagte ich und legte die Blumen sacht auf ihr Grab. Es war weiß und mit bunten Blumengestecken versehen. Meine Tränen flossen schon seit einer Weile nicht mehr, denn ich hatte heute schon so viel geweint, dass meine Augen einfach kein Wasser mehr hergaben. Eine Woche war seit Marys Tod vergangen, und noch immer kämpfte ich mit der Freude und dem schlechten Gewissen. Es machte mich einfach fertig, dass ihr Tod der Schlüssel zu meinem Glück gewesen war, doch Lucan gab mir Kraft und half mir dabei, es zu verarbeiten. Irgendwann - das wusste ich - würde ich es verkraften, aber bis dahin war es noch ein langer Prozess.

„Grüße Grams und Grandpa von mir, ich liebe dich.“ Damit entfernte ich mich vom Grab und stellte mich zu den anderen. Ich ließ mich von meinem Dad in die Arme nehmen und beobachtete, wie auch Lucan sich von Mary verabschiedete. Dann kam er zurück und drückte mir einen sanften Kuss auf die Stirn.

„Bist du sicher, dass du ihr Haus kaufen willst?“, fragte Mom, nachdem die Beerdigung vorbei war und wir zu den Autos gingen.

„Ihr habt schon das Haus deiner Mutter verloren, da sollt ihr nicht auch noch das deiner Tante verkaufen müssen“, antwortet Lucan lächelnd.

Mom nickte mit bebenden Lippen. Es war schon

immer ihr Traum gewesen, ein eigenes Haus zu besitzen, doch finanziell hatten sie und Dad es sich nie leisten können. Wie das von Grams und Grandpa hätten sie Marys Haus ebenfalls verkaufen müssen und weil Mom einen Großteil ihrer Kindheit dort verbracht hatte, wäre es gewesen, als würde man ihr auch noch das letzte Stück ihrer Vergangenheit nehmen. Lucan wusste das und hatte vorgeschlagen, dass er und Ben das Haus kauften.

Ben war durch seine hellseherische Fähigkeit damals zu einer Menge Geld gekommen und weil die Häuser hier nicht viel kosteten, hatte er sich sofort dazu bereit erklärt. Meine Eltern hatten sich allerdings geweigert, es als Geschenk anzunehmen und stattdessen eine Abzahlung vorgeschlagen.

„Das werde ich dir nie vergessen", sagte Mom schniefend und zog Lucan in eine Umarmung.

Als wir später zuhause waren und das Haus betraten, wartete Ben schon auf uns und winkte uns zu. Er war jetzt viel aufgeschlossener, und seitdem ich nicht mehr vom Tod verfolgt wurde, kam auch ich in den Genuss seiner angenehmen Gesellschaft. Ich zog meine Jacke aus und wollte mich zu ihm ins Wohnzimmer setzen, als Lucan mich unerwartet in sein Zimmer zog und die Tür schloss.

„Weißt du eigentlich, wie sehr ich dich liebe?", fragte er und zog mich zu sich heran.

Lächelnd sah ich zu ihm auf und nickte.

„Glaube nicht, dass ich auch nur einen Augenblick lang den Schmerz vergessen werde, den ich empfunden habe, als du weg warst", fuhr er fort.

Mein Lächeln verschwand, weil ich dachte, er wollte mir deswegen Vorhaltungen machen, doch ich irrte mich.

„Deshalb lass mich dir sagen, Elena Roberts: Ich werde dich wie verrückt lieben und jeden Tag auf Händen tragen, und an dem Tag, an dem ich dir Unrecht tue oder mein Versprechen vergesse, soll mich der Blitz treffen." Als er mich küsste, durchfuhren mich tausend sanfte Schauer und ich glaubte auf einer Wolke davonzuschweben. Gleichzeitig musste ich aber auch über seine geschwollenen Worte lachen und konnte mich nicht daran erinnern, wann ich das letzte Mal so unbeschwert gewesen war. Kichernd löste ich mich aus seiner Umarmung.

„Ich verstehe, was du meinst, und ich empfinde genauso, aber findest du das nicht etwas zu dick aufgetragen?", fragte ich grinsend.

In gespielter Empörung sah er mich an.

„Ich gestehe dir hier gerade meine Liebe, und du lachst über mich?" Er zog mich in seine Arme, als wäre es das natürlichste der Welt und ließ mir diesmal keine Chance, ihm zu entkommen.

„Aber nur, weil ich so glücklich bin. Ich liebe dich auch, Lucan, mehr als du dir vorstellen kannst", antwortete ich und ließ mich erneut von ihm küssen.

# Ende

# Liebe Leserin, Lieber Leser,

Wenn Ihnen mein Roman gefallen hat, würden Sie mir mit einer kurzen Rezension einen großen Gefallen tun. Ihre Empfehlung unterstützt nicht nur mich als unabhängigen Autor, sondern ist auch eine wichtige Hilfe für mögliche weitere Leser.

Wenn Sie Fragen oder Anregungen zu meinen Romanen haben, können Sie mich gerne über meine Website oder Facebook kontaktieren.

Ich freue mich immer, von meinen Lesern zu hören.

Hier finden Sie mich

**Facebook: Miranda J. Fox**

**www.mirandajfox.com**

Weitere Romane

# Küsse zum Valentinstag

Laura hat endgültig genug von Männern und gerade als sie es am wenigsten erwartet, tritt Mike in ihr Leben, der nicht nur einfühlsam sondern auch verdammt attraktiv ist. Er strahlt all das aus, wonach sie bei anderen vergeblich gesucht hat und als er ihr aus scheinbarem Mitgefühl seine Freundschaft anbietet, nimmt Laura nur allzu gerne an.

Doch man sollte sich möglichst nicht in seinen Kumpel verlieben und schon gar nicht, wenn er bereits vergeben ist …

# Eine Zugfahrt ins Glück

Um endlich von ihrer störrischen Mutter wegzukommen, zieht die 25-jährige Sophia nach Berlin und möchte dort ein neues Leben beginnen. Leider wird die Fahrt dorthin zur absoluten Katastrophe, denn sie muss sich die Kabine mit einem unverschämt arroganten, aber leider auch gut aussehenden Geschäftsmann teilen, der sie fortwährend provoziert. Während der Fahrt lassen die beiden ordentlich die Fetzen fliegen, und als Sophia Berlin endlich erreicht und den Albtraum hinter sich glaubt, sieht sie den Mann an ihrem ersten Arbeitstag wieder … als ihren neuen Chef.

Eine witzige und freche Liebesgeschichte über zwei Menschen, die mehr gemeinsam haben, als es auf den ersten Blick scheint.

# Zuckersüßes Chaos

Studienzeit ist die schönste Zeit des Lebens.

Davon ist auch Claire überzeugt, als sie in die Nachbarstadt zu ihrer Cousine zieht. Bis sie zwei Männern begegnet, die unterschiedlicher nicht sein können und ihr Leben ziemlich auf den Kopf stellen. Da ist zum einen der Uni-Liebling Taylor, der sich als absoluter Traummann entpuppt und auf der anderen Seite der unnahbare Frauenheld Jason, der sie mit seinen anzüglichen Sprüchen in den Wahnsinn treibt. Und in dem ganzen Durcheinander muss sich Claire auch noch mit ihrer chaotischen Cousine, dem Studium, einem Job und jeder Menge anderer Probleme herumschlagen.

Printed in Great Britain
by Amazon